NASANIN KAMANI

Lonely Hearts Club

AF168278

NASANIN KAMANI

Lonely Hearts Club

HEALING

HEALTHY ROMANCE

Playlist

Amy Winehouse – *Back to Black*

Supertramp – *Goodbye Stranger*

Eminem – *Houdini*

Antonio Vivaldi – *Sommer (3. Satz)*

Crazy Town – *Butterfly*

10cc – *Not in Love*

Teddy Swims – *Lose Control*

Frédéric Chopin – *Regentropfen Prélude*

Audrey Hepburn – *Moon River*

Sergej Rachmaninov – *Elegie*

Liebe Leser:innen,

es ist mir eine große Freude, dass ihr mein Buch in den Händen haltet. Ich hoffe, dass euch die Geschichte von Milly und Clara gefallen wird und ihr euch mit den beiden an die atlantische Smaragdküste und in das belebte Paris wegträumen könnt. Ein wichtiger Hinweis vorab: Es ist möglich, dass mein Buch Aspekte enthält, die euch belasten könnten. Deshalb findet ihr auf Seite 378 eine Info zu sensiblen Themen. Achtung: Diese enthält Spoiler für die gesamte Geschichte. Die psychologischen Ratschläge, die meine Charaktere im Buch erhalten, habe ich sorgfältig gewählt. In meinem zweiten Leben arbeite ich als Ärztin in einer Klinik, in der psychische Erkrankungen behandelt werden. Es ist mir ein großes Anliegen – auch mit diesem Roman –, über psychische Gesundheit aufzuklären.

Ich wünsche euch viel Freude beim Lesen – passt gut auf euch auf!

Eure Nasanin & euer GU-Team

TEIL 1

Intro

KAPITEL 1

Clara

»Mindestens vier Wochen«, hat die Ärztin gesagt. »Sonst ergibt eine Therapie wenig Sinn.« Und im Grunde ist es ja auch ganz okay hier: Der Sport, die Gruppengespräche, die Kunsttherapie, die Einzelsitzungen, das Entspannungstraining. Sogar das Zimmer ist in Ordnung und mit den anderen Patienten ist es nicht anders als »draußen« – es gibt nette und nervige, lustige und launische, es gibt heiße, hohle, hudelige. Das ganze Horrorzeug, das ich im Internet gelesen habe – verriegelte Türen, Ärzte in hochgeknöpften Kitteln, Notfallbetten mit Schnallen – bezog sich scheinbar nur auf geschlossene Stationen. Und das hier ist keine.

Frau Dr. Dupont sitzt mir schräg gegenüber an ihrem Schreibtisch und tippt ihre Notizen in den PC.

»Wann genau kommt es bei Ihnen denn zu Gefühlen wie Anspannung und Wut? Können Sie konkrete Beispiele nennen?« Sie dreht den Kopf in meine Richtung, ohne die Hände von der Tastatur zu nehmen.

Ich überlege. »Wenn sich jemand in meine Angelegenheiten einmischt.«

»Jemand?«

»Meine Mutter zum Beispiel.«

Die Psychiatrie-Ärztin trägt ein knielanges, beigefarbenes Kleid, dazu schwarze Ballerinas und ein dezentes Make-up. »Wann noch?«

»Wenn ich mal wieder feststelle, dass sich ein paar Leute kaum noch melden, seit wir zum Studieren auseinandergezogen sind. Oder abtauchen, sobald sie in einer Beziehung stecken – wie mein bester Unikumpel.«

»Wie fühlt sich diese Wut genau an?«, fragt sie hinter ihrem Schreibtisch. Während ich einen Moment darüber nachdenke, rollt sie mit ihrem Stuhl ein Stück zur Seite in mein Sichtfeld.

»Als wäre sie so groß, dass sie in meinem Körper keine Luft bekommt. Der Platz ist ihr zu eng, sie tritt und schlägt von innen auf mich ein. Und ich muss zusehen, wie ich sie loswerden kann. Ob ich schreien soll oder …«

»Oder?«

Oder eine Runde faste, bis die Wut sich in Hunger und Übelkeit verwandelt hat.

Oder so schnell und lange laufen gehe, bis die Seitenstiche auch die Wut abstechen.

Oder im klapprigen Peugeot meines Bruders mit hundertachtzig Sachen über die Autobahn heize und mir ausmale, wie die kleinste Handbewegung in einem tödlichen Crash enden könnte. Das jagt *mir* einen Riesenschreck ein und die Wut zum Teufel.

»Oder meine Gedanken dazu aufschreibe«, antworte ich brav.

Sie zieht die Brauen hoch und grinst ungläubig. »Sicher, dass Sie das tun?«

»Sicher!«, beteure ich und deute mit dem Finger auf das ausgedruckte Fotoposter, das über ihrem Schreibtisch an der Wand hängt. »Mögen Sie Ballett?«

Sie nickt mit einem förmlichen Lächeln. Auf dem Bild ist eine einzelne, weibliche Tänzerin in bläulichem Bühnenlicht zu sehen. Eine grazile Fee auf Zehenspitzen, bei deren Anblick man sich automatisch wie ein ungelenkiger Baumstamm fühlt.

»Haben Sie das selbst geschossen?«

Jetzt blickt sie doch ein bisschen verträumt zum Bild auf. »Ja, in Paris. Schwanensee, in der *Opéra national*.«

»Wussten Sie, dass Tschaikowski ein bisschen irre war?«

Dr. Dupont schaut irritiert. »Wie bitte?«

»Der Komponist von Schwanensee, er hatte einen Knall.«

Schweigen.

»Er hat eine Frau geheiratet und direkt danach angefangen, sie zu hassen. Er hat sogar überlegt, sich das Leben zu nehmen, um aus der Nummer wieder rauszukommen.«

Ihr Ton wird ernster. »Lernt man das an der Musikhochschule?«

Ich schüttle den Kopf. »Das wusste ich schon vorher.«

»Immerhin schlägt Ihr Spezialwissen eine gute Brücke zu unserem Ursprungsthema.«

»Selbstmord?«

»Nein. Wut und Spannungen. Oder spielen Sie mit dem Gedanken, sich etwas anzutun?«

»Nichts, das mich umbringen würde«, sage ich mit einem munteren Grinsen. Die Ärztin findet das nicht witzig.

»Was könnten Sie denn sonst noch tun, um Ihre Wut herauszulassen? Sie belegen im Hauptfach Klavier, richtig? Ist das etwas, das Ihnen hilft?«

Das Piano. Ein kompliziertes Thema. Eins, das über das Zusammenspiel von zehn Fingern auf achtundachtzig Tasten weit hinausgeht und alles andere als schwarz-weiß ist. Schon immer hat meine Mutter davon geträumt, dass ich ausverkaufte Klassikkonzerte gebe. Sollte das nicht funktionieren, meint sie, könne ich ja eine Karriere als Dozentin an der Pariser Musikhochschule einschlagen. Seit ich mein Studium begonnen habe, bin ich aber weder von Starpianistin-Plan A noch von Professorin-Plan B überzeugt. Das bedeutet nicht, dass ich die Entscheidung bereue, *für* die Musik zu leben und daran zu arbeiten, später auch *von* ihr leben zu können. Nur möchte ich auf dem Weg von diesem *für* ins *von* meine Mutter nicht enttäuschen, deren ganzes Herzblut in meinem Werdegang steckt. Ich habe das Gefühl, dass ich dieses Blut nicht aufsaugen darf wie ein Vampir, sondern es mit Sauerstoff anreichern und wieder zurückpumpen muss. Aber manchmal schaffe ich es einfach nicht, ihr das zu geben, was sie von mir erwartet, und dann geschehen Dinge, die mich wieder wütend machen. Also was soll ich der Ärztin jetzt antworten? Dass mir die Musik oft dabei hilft, den Druck abzubauen – sie genauso oft aber auch am Aufbau von Druck beteiligt ist? Ergibt das für irgendwen Sinn, der nicht mit mir unter einem Dach aufgewachsen ist?

Sie unterbricht das Schweigen: »Ich habe mir nach unserem letzten Gespräch Ihren Instagram-Account angeschaut. Beeindruckend, die ganzen Videos.«

Ich möchte glauben, dass sie tatsächlich Interesse an meiner Arbeit hat, weiß aber, dass *Insta* viele Gesichter haben kann: Für meinen Ex-Freund war mein Profil eine Stalking-Oase, mit der er die Dürrephase nach der Trennung überbrückt hat. Für die Profs, die über mein Unistipendium entschieden haben, war mein Profil eine Art Bonus-Bewerbungsmappe, in die sie anonym reinschnuppern konnten. Und für die Seelenklempnerin, die wieder fleißig am Tippen ist, könnte das Profil ein Utensil sein, um noch tiefer in mir zu graben.

»Musikmachen hilft schon weiter«, sage ich. »Aber halt nicht immer. Manchmal hilft gar nichts mehr.«

»Und dann sehen Sie rot?«

»Schon, ja.« Ich lasse meinen Blick durch das geräumige Behandlungszimmer schweifen, in dem der Geruch von zitronigem Putzmittel in der Luft liegt. Da gibt es die schwarz gepolsterte Patientenliege, das Waschbecken mit dem Desinfektionsspender, die Pinnwand mit den Postkarten. Ob sie von mir erwartet, dass ich auch eine zum Abschied schreibe?

»Grau sehe ich aber auch manchmal. Dann ist alles öde: verkochter, geschmacksneutraler Brei. Den will man dann auch nicht unbedingt schlucken.«

»Das heißt, Sie verlieren das Interesse an Ihrer Umgebung?«

Ich nicke.

»Geht das damit einher, dass Ihr Motor schlappmacht?«

»Heißt?«

»Sie Ihren Antrieb verlieren.«

»Ja, aber irgendwann lerne ich dann trotzdem wieder für die Uni, nehme ein neues Reel auf, übe fürs Semesterkonzert. Und dann geht es schon wieder. Fake-it-till-you-make-it-mäßig.«

»Grundsätzlich ist es ja gut, sich zu strukturieren und Routinen zu folgen. Es erfordert aber auch viel Kraft, sich da immer wieder allein rauszuziehen. So ganz ohne Unterstützung und ohne die Ursachen zu erforschen. Finden Sie nicht?«

Ich zucke mit den Schultern. »Anders kenne ich es nicht.«

»Dass Sie und Ihr Hausarzt sich für die stationäre Aufnahme entschieden haben, liegt aber daran, dass die *fake-it-make-it-*Strategie nicht mehr funktioniert hat, richtig?«

Darauf antworte ich nicht.

»Ihr Bruder lebt noch in Saint-Malo im Haus Ihrer Mutter, oder?«

»Ja, etwas über zwei Zugstunden von Paris.«

Die Ärztin steht auf und desinfiziert sich die Hände am Sterilliumspender neben der Tür. Dann läuft sie zur schwarzen Polsterliege und bezieht sie mit einer Papierrolle. »Gleich kommt ein Patient zur körperlichen Aufnahmeuntersuchung«, kündigt sie an. »Sollten Sie in den kommenden Tagen noch einmal Wut und Spannungen empfinden, beantworten Sie am besten ein paar Fragen.«

Ich nicke.

»Wollen Sie die Fragen mitschreiben?«

»Klar«, sage ich, zücke mein Handy und öffne die Notizen-App.

»Wen haben Sie als Letztes gesprochen oder gesehen? Woran haben Sie kurz vorher gedacht? Und könnte vor dem Auftreten der Anspannung vielleicht auch ein anderes Gefühl da gewesen sein?«

»Zum Beispiel?«

»Traurigkeit. Sorgen. Innere Leere. Unsicherheit. Gefühle, die Angst machen können oder schwer auszuhalten sind.«

Ich höre auf zu tippen. Ihre Worte treffen mich an einer Stelle, die mir durchaus bekannt ist – der ich mich aber nur ungern zuwende.

»Je besser Sie Ihre Emotionen und deren Entstehung verstehen, desto leichter können Sie mit ihnen in Kontakt treten, sie beeinflussen und regulieren«, fährt sie fort.

»Manchmal habe ich schon das Gefühl, dass ich traurig bin.«

»Aber?«

»Aber nicht so, dass ich drauflosheulen könnte und mich dann irgendwie erleichtert fühle. Es ist eher wie ein Gefühl, das zwar vorhanden ist, aber irgendwo in mir weiter weg liegt. Ich weiß nicht, wie ich das beschreiben soll.«

»Eher wie ein dumpfes Hallen?«

»Ja.«

Sie läuft quer durch den Raum, reißt das Fenster auf und setzt sich wieder an ihren Schreibtisch. Dann zückt sie überraschend das Handy. »*winterwind* lautet Ihr Profilname, richtig?«

Wie es aussieht, ruft sie gerade meinen *Insta*-Account auf.
Sie drückt die Lautertaste mit ihrem Daumen und hält sich das
iPhone ans Ohr – eine ältere Generation mit unterirdischer Ton-
qualität. Dr. Dupont hat den ersten Track angeklickt, den ich an
meiner Pinnwand fixiert habe.

»Sie mischen Pop und Klassik?«, fragt sie, ohne das iPhone
wieder runterzunehmen.

»Electro und Klassik, ja.«

»Schöne Idee.«

»Danke.«

Es ist mir etwas unangenehm, dass mein Musikaccount plötzlich auf dem psychologischen Präsentierteller liegt.

»Also, nicht komplett neu, die Idee«, schiebt sie noch hinterher.
»Aber man merkt, dass Sie da einen ganz eigenen Zugang gefunden haben. Und Klavier spielen Sie auch total toll.«

Ich setze ein Lächeln auf.

»Was bedeutet Ihr Benutzername *winterwind*?«

»Der Name ist angelehnt an ein Stück von …«, sie klickt ein
weiteres Reel an, das jedoch nicht mit dem Klavierpart beginnt,
sondern mit einem Beatintro, »… meinem Lieblingskomponis-
ten.«

Dr. Dupont dreht den Ton glücklicherweise wieder leiser und
legt das Handy auf ihrem Schreibtisch ab.

»Fünfzigtausend Follower«, sagt sie. »Ist das viel?«

»Es ist okay. Meine Follower sind loyal, das ist das Wichtigste.
Wenn ich mal eine Zeit lang nichts poste …«

Sie nickt. »… dann springen die nicht gleich wieder ab, weil sie
nachhaltiges Interesse an Ihren Inhalten haben?«

»Ja, das bringt es ziemlich gut auf den Punkt.«

Die Ärztin kneift die Augen zusammen und sagt auf eine Art
und Weise »Ich verstehe«, als hätte sie gerade den *Insta*-Algorith-
mus geknackt.

»So!« Sie steht auf, ich erhebe mich ebenfalls. »Ende der Woche haben wir noch einen Kurzkontakt.«

Zwanzig Minuten in diesem Raum sind nicht *kurz*. Die Zeitangabe für ein Gespräch, in dem es ausschließlich um Gefühle und Probleme geht, sollte man im Kopf verdoppeln, um eine grobe Vorstellung davon zu bekommen, wie lang sich so ein *Deep-Talk*-Treff anfühlen kann.

Sie begleitet mich zur Tür. Ich verabschiede mich mit einem »Danke« und trete aus dem Zimmer. Im Flurbereich sitzt bereits der nächste Patient auf einem der Klappstühle.

Auf dem Weg ins Treppenhaus stecke ich mir kabellose Kopfhörer in die Ohren, öffne eine meiner Playlists und lasse mich von dem Song überraschen, den *Spotify* für mich auswählt. Manchmal fühlt es sich tatsächlich so an, als hätte *Spoti* eine Seele und wüsste besser als sonst wer, was ich gerade hören muss.

Die App entscheidet sich für Amy. Ich bin kein bekennender Fan, war nie auf einem Konzert und habe auch nicht den weichgespülten Film über ihr Leben gesehen. Und mit Sicherheit ist sie auch kein erheiterndes Beispiel dafür, dass man die Probleme in den Zwanzigern schon irgendwie gut über die Show- und Lebensbühne bringen wird. Aber sie hat aus dem *Black*, zu dem sie immer zurückgekehrt ist, und dem *Rehab*, von dem sie nichts wissen wollte, immerhin etwas erschaffen, das ihren toxischen Ex, ihren komischen Vater und all ihre Kritiker um Jahrzehnte überleben wird. Dass sie durch ihre Musik solch eine Mischung aus Macht und Magie entfalten konnte, ist tröstlich. Und es ist vorbildlich.

Ich ziehe den Tagesplan aus meiner Tasche; das Sportprogramm startet in knapp einer halben Stunde. Anfangs hieß es, ich solle mich nicht so viel bewegen, damit ich nicht noch weiter abnehme. Die Pflegekräfte haben mich bei der Aufnahme gewogen, gemessen und mir verkündet, dass ich mit fünfzig Kilo bei einem Meter achtundsechzig untergewichtig sei. Als Dr. Dupont mich bei unse-

17

rem ersten Gespräch vor rund zehn Tagen fragte, ob ich mir schon einmal den Finger in den Hals gesteckt habe, konnte ich ihr glaubhaft versichern, dass ich den Anblick von Kotze deutlich schlimmer finde als den von Kilos auf der Waage. Das letzte Mal habe ich mich übergeben, als mein Bruder Léon für uns Mexikanisch gekocht hat: ein buntes, appetitlich aussehendes Gemisch aus knallrotem Chili, kleegrüner Guacamole und maisgelben Tortillas, dessen Schein getrogen und gelogen hat. Beim Hineinbeißen hatte ich nämlich etwas im Mund, das wie Erbrochenes schmeckte, und dass ich daraufhin selber brechen musste, hatte nun wirklich nichts mit Bulimie zu tun. Ich packe Leggins, Turnschuhe, ein Handtuch und zwei Energieriegel ein, die ich nach Absprache mit der Sporttherapeutin vor und nach dem Training essen werde.

* * *

Vorher geht es aber erst noch mal ins Raucherhäuschen im Klinikgarten, das mich stark an die Qualmhütte auf dem Schulhof vom *Lycée Laplace* erinnert – mein altes Gymnasium, an dem Léon nächstes Jahr sein deutsch-französisches Abi machen wird: ein offener, heller Holzkasten mit spitzem Dach und einem Edelstahl-Standaschenbecher, in dem es nach Kippenstummeln und Krebsrisiko riecht.

»Hey, Clara«, grüßt mich eine der älteren Mitpatientinnen.

»Hey, na?«

»Wie geht's? Hast du Feuer?«

»Klar.«

Ich zünde ihre Zigarette an und beginne, mir selbst eine zu drehen.

»Wie lange bleibst du eigentlich noch?«, fragt sie.

»Geplant sind noch knapp drei Wochen.« Es graut mir schon davor, die Wut-Hausaufgaben von Dr. Dupont zu erledigen und die ganzen Bögen mit den tausend Fragen auszufüllen. Mir nach meinem Aufenthalt eine Diagnose aufdrücken zu lassen, die sich noch schwieriger beseitigen lässt als meine Tattoos. Meine Mutter hat mich eindrücklich davor gewarnt: Die Krankenakte sei wie das Internet. Was einmal drinstehe, werde nie mehr ganz verschwinden.

»Wenn du mit jemandem reden willst, dann rede doch mit mir. Ich bin deine Mutter. Ich höre dir zu. Ich kenne dich seit zwanzig Jahren. Ich möchte dein Bestes. Wie sollen wildfremde Menschen, die sich um Drogensüchtige und Schizophrene kümmern, dir weiterhelfen?« Wenn sie wüsste, dass ich mich dennoch für die Klinik entschieden habe, würde sie vermutlich selbst mit einer Zwangsjacke und einer Betäubungsspritze anrücken, um mich zu meinem eigenen Besten aus dem »Irrenhaus« zu befreien. Léon ist der Einzige, der davon weiß. Und der kann schweigen wie ein vergessenes Grab.

»Ich glaube, ich breche morgen ab«, sage ich aus dem Bauch heraus.

Die Mitpatientin macht die Augen klein, zieht an ihrer Zigarette und blickt zur Seite. »Und ich glaube, du bist noch nicht so weit, Kleine.«

Ihre Worte prallen an mir ab. Nicht, weil *ich* stark bin – aber die Mauer ist es, die ich hochgezogen habe. Den nächsten Zug zieht sie auf Lunge.

»Als ich dich letzte Woche bei deiner Ankunft gesehen habe, dachte ich: Mann, Mann, was für ein hübsches Mädel. Kastanienrotes Haar, feines Gesicht und die großen, braunen Mädchenaugen. Im selben Moment habe ich aber auch gedacht: Die wird nicht lange bleiben.«

Sie räuspert sich ein paarmal. Darauf folgt ein schleimiger Husten mit dem Sound of Sickness.

Ich stecke mir die gedrehte Zigarette in den Mund und blicke auf den weißen Gebäudekomplex, in dem sich die Patientenzimmer, der Essenssaal, die Therapie- und Sporträume befinden. »Die hat doch bestimmt eine ganze Fan-Horde, dachte ich. Mädels und Typen, die sich darum reißen, es ihr recht zu machen.« Erstens: Schön wär's. Zweitens: Ich fühle mich durch ihre Komplimente irgendwie beleidigt.

»Aber ganz ehrlich …«, sie klopft die Asche ab, »die Therapie abzubrechen, ist ein Luxus, den man sich nur leisten kann, wenn man noch nicht komplett am Arsch ist.« Ziehen. Qualmen. Räuspern. Husten. »Oder aber schon am Arsch ist und es nicht wahrhaben will. Das ist natürlich übel, weil man kostbare Zeit verliert, in der man sich helfen lassen könnte.«

Ihre letzte Aussage trifft mich unerwartet hart. Binnen Sekunden bildet sich ein Kloß in meinem Hals, der mir so eine Angst einjagt, dass ich sofort versuche, ihn mit einer Riesenportion Speichel runterzuschlucken.

»Wie läuft es denn bei dir so?«, frage ich, um von mir abzulenken.

Sie dreht mir das Gesicht zu, lächelt knapp und kurz. »Ganz gut. Wir sind grad beim Thema Eltern.«

»Ist doch ein überschaubares Thema«, witzle ich. »Kriegt man bestimmt schnell gelöst.« Dann drücke ich die halb aufgerauchte Zigarette aus und verabschiede mich mit einem knappen »Ciao«. Die Ältere hebt die Hand, ohne mich anzusehen. Ich stecke mir die In-Ear-Kopfhörer rein, lasse die Playlist weiterlaufen und erkläre *Spotify* kurzerhand zum Orakel: Der nächste Song soll darüber bestimmen, wie es weitergeht. Ob ich abhaue oder bleibe.

Komm schon, *Spoti*, spuck es aus.

It was an early morning yesterday
I was up before the dawn
And I really have enjoyed my stay
But I must be moving on

Supertramp dröhnt durch meine Ohren. Ich laufe ins Hauptgebäude, hoch in den ersten Stock, schließe mein Zimmer auf, ziehe den Reiserucksack aus dem Schrank und stopfe alles hinein, was herumliegt. Saubere Wäsche, schmutzige Wäsche, Lotions, Shampoo, Bürste, Schlafzeug, Sportsachen.

Ich weiß, dass etwas mit mir nicht stimmt. Und ich weiß, dass man dieses Etwas nicht einfach wie eine Zigarette anzünden und erwarten kann, dass es ein paar Giftstoffe abdrückt und sich dann für immer in Rauch und Asche auflöst.

Aber es gibt Situationen, in denen dieses Etwas zumindest für ein Weilchen den Rand hält und mich in Frieden lässt: Wenn ich ein Klavierstück nach monatelanger Arbeit so gut beherrsche, dass ich den Komponisten mit Herz und Händen fühlen kann. Wenn meine Follower einen neuen Remix abfeiern. Wenn ich mit Léon über Familienzeug spreche, das nur er verstehen kann, und mit ihm über Dinge lache, die zum Heulen sind – weil wir nicht nur eine Historie teilen, sondern auch einen Humor. Wenn ich am Strand ein paar bekannte Gesichter aus der Schule treffen, die den neusten Saint-Malo-Tratsch ausplaudern und mir das Gefühl geben, ich wäre nie weg gewesen. Als würde ich für immer dazugehören.

Das sind Dinge, die ich liebe, und ich glaube, sie lieben mich auch. Aber wie wir alle wissen, weil wir es überall hören: Liebe allein reicht manchmal nicht.

Goodbye stranger, it's been nice.
Hope you find your paradise.

KAPITEL 2

Milly

»Manchmal denke ich an Nadja zurück. Nein, Nadine, meine ich. Genau. Sie hat sich Dine genannt.« Mein Bruder ordnet sich auf der linken Spur ein und folgt dem Schild in Richtung Hauptbahnhof. »Sie war schlau und attraktiv. Ich kann mich gar nicht daran erinnern, warum wir nicht zusammengekommen sind.«

Ich schon. Er hat das Interesse an ihr verloren, weil er sich im Praktischen Jahr seines Medizinstudiums in eine Assistenzärztin verliebt hat. Die war zwar vergeben, hat ihn aber mit Geschäker und zufälligen Berührungen bei der Stange gehalten. Dass daraus nichts werden konnte, war ihm irgendwo klar, aber für so vage Geschichten mit unberechenbarem Verlauf hat Daniele eine Schwäche. Das passt ganz und gar nicht zu dem soliden Schwiegersohn-Image, das unser Vater ihm gern aufdrücken würde. Er ist ebenfalls Arzt, ein Kardiologe, was lustig ist, da er außerhalb seiner Praxis nicht allzu viel von Herzen versteht. Mein Bruder und er sind ziemlich verschieden, dennoch verbringt Daniele eine

Menge Zeit mit ihm und tut einen Haufen Dinge, um ihn zufriedenzustellen. Vielleicht ist das so ein Erstgeborenen-Ding, von dem ich nichts verstehe – was ich auch nicht will. Ich bin neun Jahre jünger als mein Bruder und gehe ihm mit meinen eins dreiundachtzig bis knapp unter die Nase. Wir haben beide dunkelblondes Haar, nur, dass meins etwas länger ist und sich ein ganz klein bisschen wellt. Unser Papa hatte bereits in seinen Zwanzigern nur noch einen Kranz auf dem Kopf und da Daniele in seinem Alter schon deutlich weiter über den Berg ist, hoffe ich natürlich, dass die Glatzen-Gene nicht an mir hängen bleiben. Unsere Eltern sind beide Deutsche. Dennoch hat mein Bruder einen italienischen Vornamen und ich einen, der eher in Osteuropa verbreitet ist – was einfach nur daran liegt, dass die Namen ihnen gefallen haben. Mehr nicht.

»Was ist eigentlich mit dir?«, fragt er. »Hast du noch Kontakt zu dem Mädel aus deiner Stufe?«

»Anna. Ja. Aber wir sind jetzt wieder Freunde, das passt besser so.«

»Lief denn richtig was zwischen euch?«

Ich antworte nicht.

»Irgendwann musst du auch mal ins kalte Wasser springen und eine Runde schwimmen gehen.«

Benutzt er »schwimmen« gerade als Metapher für Sex? So wie die US-Daddys in alten Serien und Filmen übers Anschnallen beim Autofahren sprechen, damit kein »Unfall« entsteht? Daniele fällt definitiv eher in die Kategorie cooler großer Bruder, fühlt sich hin und wieder aber dazu verpflichtet, mir väterlich zur Seite zu stehen, was einfach nicht zu ihm passt und letztlich mit peinlichen Pointen und cringen Kommentaren endet.

»Ich fahre lieber Jetski«, sage ich und denke an das blaugrün schimmernde Meer, das mich in Saint-Malo erwartet – nicht nur für eine Woche oder einen Monat, sondern für mein gesamtes letztes Schuljahr. An meinem Gymnasium habe ich schon seit der Siebten Fächer auf Französisch, die mich aufs deutsch-französische AbiBac vorbereiten. Ich kann mir noch gar nicht vorstellen, wie sich das anfühlt, wenn die Postkartenkulisse zum Alltag wird und der Geruch von Algen und Sand jeden Morgen auf dem Weg zur Schule in meine Nase dringt. Dreihundertfünfundsechzig Tage an einem französischen Küstenort sind mit Sicherheit doppelt so schnell gezählt wie daheim in Nordrheinwestfalen.

Dass ich für Sprachen, Philo, Päda, Psychologie und so brenne und in Naturwissenschaften nur mit Ach und Krach auf meine Dreien komme, findet mein Vater als Vollblut-Mediziner irritierend. Zudem gefährdet das seine Vorstellung, dass auch ich Arzt werde und meinen Platz in seiner Herren-Hierarchie einnehme, in seinem Kittel-Klüngel. Richtig ins Gesicht hat er mir das noch nie gesagt. Er arbeitet da lieber mit: Mimik (enttäuschte Miene), Andeutungen (»Die jungen Sensibelchen studieren hippe Fächer, die keiner gebrauchen kann, und schaffen künstliche Probleme, weil sie keine echten haben«), Vergleichen (»Hör mal, der Sascha aus deiner Stufe, der will Jura studieren, haben seine Eltern erzählt, ist ja klasse!«) – und mein absoluter Favorit: pseudo-resignierte 180-Grad-Wendungen (»Wisst ihr was: Soll jeder machen, was er will, meinetwegen auch Straßenkünstler in Paris werden«).

Bedauerlicherweise hat Daniele sich neulich von ihm vor den Karren spannen lassen und mir nach einer gemeinsamen Runde Sport ein paar getackerte Dokumente in den Rucksack gesteckt. »Lag in der Klinik herum«, sagte er beiläufig. »Berufsorientierung und so, das ist doch gerade Thema bei euch in der Schule.«

Daheim musste ich feststellen, dass es sich um Infos rund um den Eignungstest an einer Privatuni handelte, für die Eltern ein halbes Vermögen zahlen, damit auch Nachfahren ohne Eins-Komma-null-Schnitt zum Star in Weiß aufsteigen können. Wie es aussah, hatte er Daniele damit beauftragt, mir ein Leben zwischen Krankenhausgeruch, Blut und Schläuchen schmackhaft zu machen.

Ich sprang auf mein Rad, fuhr durch die halbe Stadt und klingelte bei meinem Bruder, der frisch geduscht in Jogger und T-Shirt die Tür öffnete. »Milly, alles okay?«

Ich trat in seine geräumige Wohnung und schlug die Tür hinter mir zu. »Du bist ein Verräter.«

Die Schuld stand ihm binnen Sekunden ins Gesicht geschrieben. »Kriegt Papa etwa Panik, weil ich mir von ihm nicht reinquatschen zu lassen? Weil ich mich am Lycée Laplace beworben habe, statt für das Ferienpraktikum an seiner Klinik?«

Aus Schuld wurde Scham. Ja, mein Bruder schämte sich und das war etwas, das ich mit meinen achtzehn Jahren vielleicht ein- oder zweimal live mitbekommen hatte. Aber ich war noch zu enttäuscht, um mich davon besänftigen zu lassen. »Dass du Papa nichts ausschlagen kannst – nicht einmal dann, wenn du mich damit verletzt –, ist so verdammt schwach.«

Er fasste sich ins nasse Haar, blickte schweigend zur Seite.

»Gönnst du es mir nicht, dass ich meinen eigenen Weg gehe? Nur weil deiner darin besteht, seine Fußspuren vom Boden abzulesen und ihnen hinterherzukriechen?« Okay, das ging unter die Gürtellinie. Zeit, wieder klarzukommen.

»Es waren doch nur ein paar Blätter«, sagte Daniele leise.

»Für mich sind das nicht nur Blätter, sondern Bomben, die Papa auf meine Pläne und meine Person abwirft.« Und dann etwas ruhiger: »Hilf ihm doch nicht dabei. Sonst jagt er irgendwann noch unsere Beziehung in die Luft. Auch, wenn das gar nicht sein Ziel war.«

Daniele drehte mir wieder das Gesicht zu. Seine Miene war wie versteinert, nur seine Augen waren etwas feucht und gerötet wie nach dem Schwimmen oder Zwiebelschneiden. »Sorry, Milly, ich bin ein Arsch.«

Ich ließ mich auf seine Couch fallen.»Ist gut. Du glaubst doch nicht wirklich, dass ich das erste Semester Medizin überlebe. Muss man da nicht Redoxreaktionen, Genetik, Schaltkreise und so können? Einen Kurzschluss hätte ich zu bieten, viel mehr auch nicht.«

Er setzte sich neben mich, zückte sein Handy und öffnete eine Lieferdienst-App.»Willst du was essen?«

»Klar.«

»Cool.«

»Versprichst du mir, dass du mir nie wieder in den Rücken fällst?«, fragte ich, während appetitliche Pizza-Bilder auf seinem Bildschirm erschienen. Daniele packte mein Handgelenk, ohne mich anzusehen.»Ich verspreche es bei allem, was ich habe.«

Und ich glaubte ihm.

* * *

Mein Bruder stellt das Auto auf dem Bahnhofsvorplatz ab. Er hat angeboten, mich bis an die deutsch-französische Grenze zu fahren, damit wir noch ein wenig Zeit zu zweit haben. Es ist abgemacht, dass wir uns erst an Weihnachten wiedersehen.

Daniele steigt aus und läuft um das Auto herum. Ich folge ihm und lade mein Gepäck aus dem Kofferraum.

»Alles klar.« Er versucht zu lächeln, aber der Abschied lastet schwer auf seinen Mundwinkeln.»Das werden miese Joggingrunden ohne dich, Milly.«

Er legt mir eine Hand auf die Schulter, fährt mit der anderen seitlich durch mein Haar und berührt kurz mein Gesicht.»Ich finde es toll, dass du das machst. Viel Erfolg, kleiner Bruder.«

Ich gehe einen Schritt vor, drücke ihn kräftig und weiche zurück, als er mich gerade richtig in die Arme schließen will. Ein finales »Tschüss« verkneife ich mir, da ich nicht weiß, wie gefestigt meine Stimme sein würde. Dass mein Bruder mir bei diesem großen Schritt die Anerkennung schenkt, die mein Vater mir konsequent verweigert, erfüllt mich mit einer Dankbarkeit, die mich tiefer berührt als ich gedacht hätte.

Eine Viertelstunde später sitze ich schon im ICE in Richtung Paris, wo ich einen Zwischenstopp auf dem Weg nach Saint-Malo einlege.

»Hat alles gut geklappt ❤«, schreibe ich meiner Mutter, die selbst als Französischlehrerin arbeitet und mich mehr oder weniger heimlich unterstützt hat: mit der Bürokratie, der Anerkennung meiner Leistungen, dem Aufnahmegespräch. Da ein Wechsel im letzten Schuljahr deutlich komplizierter ist als davor, bin ich ihr verdammt dankbar für ihre Hilfe. Meine Mama und Daniele haben die Gemeinsamkeit, dass sie beide hinter mir stehen wollen, ohne sich Papa dabei in den Weg zu stellen. Sie haben quasi den berüchtigten Platz zwischen den Stühlen. Und auch, wenn die Verführung groß ist, mich deshalb schuldig zu fühlen, weiß ich tief im Inneren, dass ich keine Verantwortung für ihre unbequeme Lage trage. Ich muss meinen Kopf nicht hinhalten, um das in Ordnung zu bringen. Freikriegen muss ich ihn, und bald auch mit Abizeug befüllen. Und manchmal auch abschalten, um Spaß zu haben – abends, an den Wochenenden, in den Ferien.

C'est tout.

KAPITEL 3

Clara

»Alles gut bei dir? Warte sehnsüchtig auf dein nächstes Video.«

»Und wo machst du Urlaub?«

»Steht dein Auftritt beim Festival Fauré noch?«

»Kannst du vielleicht mal erzählen, wie genau die Aufnahme-prüfungen an der Musikhochschule abgelaufen sind? Ich überlege nämlich auch, mich zu bewerben. Wäre super hilfreich, danke!«

Knapp zweihundert Kommentare stehen unter meinem letzten *Insta*-Beitrag mit Standort Paris: eine dreiteilige Fotoserie vor der Musikhochschule, bei Sonnenschein und blauem Himmel. Ich trage ein kurzes, schwarzes Kleid, dunkelroten Lippenstift, Sonnenbrille, Sneakers. Auf dem einen Foto stehe ich allein mit feierlich ausgestreckten Armen, auf dem nächsten mit Roman an meiner Seite, der im Hauptfach Geige studiert. Auf dem dritten sieht man das alte Backsteingebäude, in dem im Grunde nur die Leute von der Verwaltung sitzen. Zum Fotografieren ist es trotzdem besser geeignet als der Neubau mit den modernen Konzert- und Hörsälen. Die Bildunterschrift:»Alle Prüfungen durch! Semesterferien!« Rund dreitausend Likes.

Ich beneide die Person in dem fünf Wochen alten Beitrag. Sie sieht glücklich und befreit aus. Wie eine Clara aus einem Paralleluniversum, das mit meinem aktuellen Leben wenig gemeinsam hat.

Ich habe zwar keine Erfahrungen mit Antidepressiva, kann mir aber nicht vorstellen, dass die Pillen besser funktionieren als das Zeug, das mein Körper unmittelbar nach der Prüfungsphase ausgeschüttet hat: Meine Beine waren so leicht, dass ich bei der Semesterabschlussparty problemlos die Nacht durchtanzen konnte. In Stöckelschuhen und – wie ich morgens feststellen musste – mit zwei blutigen Blasen. Zudem fühlte sich mein Kopf so frei an, als hätte jemand alle nervigen Gedanken einfach ausgemistet und als»mentaler Müll« zur Abholung rausgeworfen. Gedanken darüber, ob ich bis zum Bachelorabschluss mein Niveau halten kann und mein Stipendium behalte. Ob ich am schwarzen Brett alle Wettbewerbsaushänge abfotografiert habe. Ob ich meinen *Insta*-Account löschen sollte, um mir in der traditionellen Klassikszene nichts zu verbauen.

Tagelang fühlte ich mich weder taub noch angespannt. Weder traurig noch wütend. Weder kraftlos noch sorgenvoll. Schlief weder zu viel noch zu wenig. Ich hatte sogar Bock auf Small Talk. Auf einen Big Mac. Habe freiwillig ein feuchtfröhliches Stück in C-Dur gespielt, irgendwas Spritziges von Mozart.

Aber die positiven Gefühle ließen nach und die Probleme kehrten zurück. Und sie fühlten sich doppelt so schwer an wie davor. Das regte mich schon wieder ordentlich auf, dass man für alles irgendwie bezahlen musste und es nichts umsonst gab. Nicht mal ein gottverdammtes Hoch nach den Prüfungen.

Eine Durchsage tönt durch die Zuglautsprecher: Noch zehn Minuten bis zu meinem Zielbahnhof in Paris. Ich ziehe meine Jacke zu. Draußen sind es knapp dreißig Grad, aber hier im Zug ist es so kühl, als wolle er keine Passagiere, sondern Leichname transportieren.

Dann schließe ich *Insta* und öffne den Chat der *Lonely-Hearts-Club*-Gruppe, die von den Teilnehmern meiner Gesprächsgruppe erstellt wurde. Sie wollen sich einmal im Monat treffen, um auch nach der Klinikzeit in Kontakt zu bleiben. Eigentlich eine nette Idee.

> **CLARA**
> Hey zusammen. Wie ihr mitbekommen habt, war ich heute nicht bei der Gesprächsgruppe. Ich habe meine Therapie vorzeitig beendet. Mir geht es gut, bitte macht euch keine Sorgen. Danke für euren Support, es war schön, euch alle kennenzulernen. Wir halten Kontakt ♥

Im Anschluss öffne ich den Chat mit meiner Mutter. Das Letzte, was sie mir geschickt hat, war eine Klavieraufnahme von der *Ocean-Etüde* von Chopin.

> **MAMA**
> Was hältst du davon, die Etüde beim Weihnachtsfest in der Museumshalle zu spielen? Ich übernehme wieder die Orga, zusammen mit dem Team des Bürgermeisters.

> **CLARA**
> Das schaffe ich neben dem Uniprogramm für das kommende Semester leider nicht.

MAMA
Und was, wenn du die Etüde in das Uniprogramm einbaust? Du könntest sie in dein Solorepertoire aufnehmen und mit deinem Prof im Einzelunterricht durchgehen.

CLARA
Theoretisch ginge das, aber wir hatten uns für dieses Semester schon auf die *Revolutionsetüde* geeinigt. Sie handelt von Chopins Trauer und Wut über die damalige politische Lage in Polen. In der Zeit war er in Wien und Paris. Darüber könnte ich beim Weihnachtskonzert doch ein paar Takte erzählen.

MAMA
Hm, das ist natürlich eine interessante Geschichte, aber ich finde, die *Ocean* passt bildlich besser zu Saint-Malo. Wir könnten im Hintergrund ein Video vom Meeresspiel bei Ebbe und Flut laufen lassen, es kommen einige Gäste aus dem Landesinneren.

CLARA
Ich melde mich später.

Ich schiebe unseren Chat ins Archiv – und meine unangenehmen Gefühle am besten gleich hinterher, damit ich sie gar nicht erst richtig lesen und verstehen muss.

* * *

Den Weg durch den Pariser Bahnhof laufe ich, ohne nach rechts oder links oder jemandem ins Gesicht zu blicken. Dennoch fange ich versehentlich das Lächeln eines Kerls ein, um das ich nicht gebeten habe, und erwidere es, bevor ich den höflichen Automatismus stoppen kann. Ich denke wieder an die Clara vom letzten *Insta*-Beitrag. An ihr Lächeln, das ein Leben hatte.

Draußen steuere ich die Fahrräder an der Bikestation an und entsperre eins per App.

»Pardon«, sagt eine männliche Stimme. »Ich suche ein Café, das möglichst bahnhofsnah ist. Kannst du mir da weiterhelfen?« Sehe ich aus wie ein City-Guide? Eine Bistro-Bloggerin? Jemand in Plauderstimmung? Ich hebe den Kopf. Ein großer, junger Kerl steht vor mir. Aschblondes Haar, Augenfarbe unklar, irgendein helles Gemisch, das von Grau durchzogen ist, dazu ein Reisekoffer. Er hält ein Handy in der Hand, auf dem Google Maps geöffnet ist, und sieht mich hilfesuchend an. Ich denke unwillkürlich über seine Frage nach und bin überrascht, dass mir keine Antwort einfällt. Dabei müsste ich mindestens zwei oder drei naheliegende Cafés beim Namen kennen.

»Sorry«, sage ich schulterzuckend.

Er winkt ab. »Pas de problème.«

Ja, für dich vielleicht nicht. Für mich ist es schon ein *problème*, wenn mein Gehirn den Geist aufgibt.

»Ich wollte nur die Umsteigezeit überbrücken.«

Ich ziehe wortlos meine Jacke aus und stopfe sie in den vorderen Fahrradkorb. Der Typ mustert die tätowierte Notenzeile auf meinem Arm.

»Wohin geht es denn?«, frage ich, als ich auf das Rad steige und mir die Kopfhörer in die Ohren stecke.

Er lächelt vorfreudig. »Ans Meer.«

»Gute Wahl.«

Ich trete in die Pedale. Die Sonne knallt mir ins Gesicht, aber der Fahrtwind mildert die Hitze.

Das müsste sich schön anfühlen.

Ich versuche mir vorzustellen, dass es sich schön anfühlt.

Ich *wünsche* mir, dass es sich schön anfühlt.

Aber es ist vor allem sehr hell und sehr laut und sehr warm. Ich zücke mein Handy und schalte die *Ocean-Etüde* von Chopin an. Von hinten drängeln immer mehr Radfahrer, obwohl ich gar nicht zu langsam bin. Sie rauschen links und rechts an mir vorbei, während der verstorbene Piano-Gott Pollini mir vorspielt, welche technische Arbeit demnächst auf mich zukommen könnte. Ich beschleunige mein Tempo. Wenn ich mit meinem Abgang schon die Ärztin enttäuscht habe und meine Mutter meint, ich hätte die falsche Etüde gewählt, dann kann ich es doch zumindest den Radfahrern recht machen. Die nächste Ampel springt gerade auf Rot, dennoch gebe ich ordentlich Gas. Wenn ich das will, dann kann alles ganz schnell gehen.

Es ist meine Entscheidung.

Gehupe. Gebrüll. Noch mehr Gehupe. Noch mehr Gebrüll. Einer der Drängler bremst hinter mir ab. Jetzt hat er es plötzlich nicht mehr so eilig. Mein Herz schlägt mir bis in die Kehle und ich fühle wieder diese körpereigene Droge, nur dass sie diesmal etwas anders ist als nach Semesterende. Als wäre sie gestreckt und aus billigem Stoff.

Alles rast in mir. Alles fliegt davon.

Der Radfahrer kommt näher. »Ça va?«

Ich bin abgestiegen, ohne richtig zu merken, wann und wie, bin ein paar Schritte zurückgegangen und stehe wieder halb auf dem Bürgersteig.

»Nein«, hauche ich. Er schaut besorgt. Das berührt mich. Ich will ihn fragen, ob er mich umarmen kann, will aber kein Freak sein. Stattdessen sage ich »Merci« und fahre weiter, die Ampel ist mittlerweile auf Grün umgeschlagen.

Schon wieder Gehupe. Diesmal kein warnendes. Kein mahnendes.

Diesmal schimpfen die Hupen.

*　*　*

Daheim stelle ich mich unter die Dusche, wasche mir mit heißem Wasser und einem intensiven Peeling die Klinik, die Zugfahrt und das Fahrraddrama vom Körper. Dabei fällt einiges von mir ab, Erleichterung und Erschöpfung machen sich in meinen Knochen breit. Dann lege ich mich in Leggins und Top auf die Couch in meiner Einzimmeraltbauwohnung und schalte auf Netflix eine Serie mit etlichen Staffeln an, die ich anfangs mal aufmerksam verfolgt habe. Irgendwann begann ich, die Folgen als Einschlaf-Begleitung zu nutzen. Mittlerweile lasse ich sie nur noch stumm im Hintergrund laufen, weil die vertrauten Gesichter und Orte dabei helfen, sich weniger einsam zu fühlen. Was genau die Figuren miteinander bequatschen, brauche ich gar nicht zu wissen.

Eine E-Mail von Dr. Morel ploppt auf meinem Handybildschirm auf. Ein Hausarzt kurz vor der Rente, der mich nach meinem Umzug von Saint-Malo nach Paris als Patientin aufgenommen hat.

Liebe Clara,

ich erhielt heute von Frau Dr. Dupont die Mitteilung, dass Sie sich gegen ärztlichen Rat aus der Klinik entlassen haben. Das ist sehr schade. Ich war mir sicher, die ländliche Umgebung, die Tagesstruktur und die Gesellschaft von Mitpatienten mit ähnlichen Problemen würden Ihnen guttun. Wie Sie wissen, sind die Wartezeiten für offene Stationen mit Sport-, Musik- und Kunstprogrammen nicht gerade kurz, weshalb hier ein besonderer Dank an meine geschätzte Kollegin und Schwägerin Fr. Dr. Dupont gilt, die Ihre spontane Aufnahme ermöglicht hat. Falls Sie noch keinen

Psychiater oder Psychologen kontaktiert haben, können Sie sich weiterhin für Krisengespräche in meiner Praxis melden.

Kopf hoch!

Herzlich

Dr. med. K. Morel

Ich muss mich bei ihm entschuldigen. Er hat sich für mich starkgemacht und soll bloß nicht denken, ich wäre undankbar oder unzuverlässig.

Aber das kläre ich lieber später, gerade bin ich nicht in der richtigen Verfassung, um einen überzeugenden Text zu formulieren, der knackig auf den Punkt ist.

Ich schließe die E-Mail-App und öffne den Chat mit meinem Kommilitonen und Kumpel Roman. Seit er die südkoreanische Studentin aus dem Austauschprogramm datet, ist er für Verabredungen außerhalb der Uni kaum noch zu haben. Es fing damit an, dass er plötzlich nur noch ein bis zwei Stunden Zeit hatte, wenn ich etwas mit ihm unternehmen wollte. Dann antwortete er auf Vorschläge für Treffen mit zunehmender Verzögerung, manchmal auch gar nicht und lenkte ein paar Tage später mit einem Musikvideo von meiner Frage ab. Als ich ihn kurz nach Semesterende per Facetime anrief und etwas am Thema vorbei fragte, ob seine neue Freundin ein Problem mit anderen Frauen habe, antwortete er etwas angespannt: »Nicht mit anderen Frauen. Nur mit unseren Treffen zu zweit. Sie kennt das nicht so eng zwischen Jungs und Mädels. Dass wir zusammen auf deinem *Insta*-Account zu sehen sind, hat sie auch irritiert.«

»Glaubt sie, ich stehe auf dich?«, fragte ich mit einem giftigen Lacher.

»Was ist daran so witzig?« Er schien ein wenig verletzt. »Sie

35

sagt, dass man die romantischen Gefühle durch ständiges Zusammenhängen ja nicht provozieren muss.«

»Ständiges Zusammenhängen? So nennt ihr unsere Freundschaft also, wenn ihr zu zweit mit euren rot getönten Sechziger-Sonnenbrillen in eurem albernen Pärchenlook über den Campus walkt? Du weißt schon, dass du dabei aussiehst, als würdest du nicht nur unter dem Pantoffel stehen, sondern ihren Pantoffel ablecken?«

Ihm fiel alles aus dem Gesicht, und das war eine Menge: sein freundlicher Blick, sein höfliches Lächeln, der glamouröse Geiger-Glow.

Ein paar Wochen später hat er mich tatsächlich mit »Hallo, hier ist der Pantoffel-Feinschmecker« angeschrieben, was ich ihm hoch anrechnete. Wir kamen ins Chatten, aber ich verlor kein Wort darüber, dass ich zu diesem Zeitpunkt in einer Psycho-Klinik war. Zu groß war meine Sorge, er könnte es seiner Freundin stecken, die meine Probleme dann als Basis für ihre künftige Contra-Clara-Kampagne nutzt (»Sie ist instabil« / »Sie nutzt dich aus« / »Sie gönnt dir unser Beziehungsglück nicht, weil sie selbst keins hat«).

Ich schreibe Roman.

> **CLARA**
> Hey, na? Wie geht es dir? Was treibst du später noch?
> Bisous

Er antwortet kurze Zeit später: Ein Selfie mit seiner Freundin, darunter die Bildunterschrift

> **ROMAN**
> Sind in Seoul. Bin in zwei Wochen zurück. Dann Mittagssnack im QL?

Mittagssnack im *Quartier Latin*. Bedeutet übersetzt: vierzig Minuten mit einer Falafeltasche durch das volle Studentenviertel spazieren. So eine Verabredung, die er zur größten Not auch als Zufallsbegegnung verkaufen könnte.

Ich like seine Nachricht.

Kontaktende.

Schon seltsam. Obwohl ich im Grunde nichts anderes erwartet hatte, trifft mich sein unengagierter Vorschlag. Auch das Erwartbare kann wehtun.

Mein Blick fällt auf mein elektronisches Musikequipment, das auf dem Schreibtisch liegt: Das Keyboard mit seinen Beat Pads, daneben mein Macbook, das ich gebraucht auf dem Studi-Elektromarkt ergattert habe. Ich sollte endlich wieder ein neues Musikvideo posten. Vor der Klinikaufnahme habe ich an einem Trance-Remix von Beethovens *Sinfonie Nr. 7* (2. Satz) gearbeitet. Die Audiospuren sind bereits mit diversen Samples bespielt. Über die Kopfhörer klingt der Remix noch etwas basslastig und die Übergänge könnten glatter sein. Das Stück ist etwas ganz Besonderes. Es wurde zum ersten Mal im Jahr 1813 aufgeführt: ein Benefizkonzert für die verwundeten Soldaten, die im Befreiungskrieg gegen die Herrschaft unseres guten, alten Napoleons gekämpft haben. Die melancholische Melodie ist weltberühmt. Einerseits ist das ideal für den Remix. Andererseits besteht das Risiko, es so richtig zu versauen und sich zum Gespött der Community zu machen. Mein Vorhaben, Beethoven in modernem Licht zu präsentieren, könnte damit enden, dass ich lediglich Napoleon heraufbeschwöre, der in die Schlacht gegen meine musikalische Existenz zieht.

Um das durchzuziehen, muss ich also richtig gut oder richtig irre sein. Irre gut wäre natürlich der Idealfall.

Mein Bruder ruft an. Videocall.

Ich setze mich auf, bringe meine Haare schnell in Form.

»Hey«, sage ich beim Abheben. »Na?«

»Salut, Clara. Wie geht es dir?«

Er sitzt im Leinenhemd auf der Terrasse, mit Kurzsichtbrille auf der Nase, die braunen Haare zur Seite gegelt.

»Es ist so dunkel bei dir«, sagt er, ohne zu erkennen, dass ich in meiner Wohnung auf dem Bett sitze, mit dem Rücken an die Wand gelehnt. »Bist du gerade in der Klinik? Wie läuft es dort?«

Léons helle Augen leuchten einen an, ganz gleich, wie spät es ist, wie das Licht gerade fällt und in welcher Stimmung er sich befindet. Er könnte hundemüde und verkatert zu einem Bewerbungsgespräch torkeln – die Augen würden ihm schon irgendwie den Weg freileuchten.

»Ich bin bei mir in Paris«, gestehe ich.

Er steht auf und setzt sich um, vermutlich damit die Sonne ihn weniger blendet. »Ich dachte, dein Hausarzt hat dir einen Platz in dieser Top-Klinik organisiert?« Sein Ton klingt ernster.

»Hat er auch, aber das war nicht der richtige Ort für mich. Darum habe ich mich selbst entlassen.«

Er wirkt betroffen, müht sich dabei aber ein Lächeln ab. Léon weiß, dass er mir in solchen Fällen nicht reinreden sollte. Ihm bleibt nichts anderes übrig, als abzuwarten, ob mein Alleingang sich als Top oder Flop erweist.

»Der Austauschschüler kommt später an«, lenkt er vom Thema ab. »Mama hat deine restlichen Sachen aus dem Zimmer geräumt und in einer Kiste auf dem Dachboden verstaut. Dann kann er sich da breitmachen.«

Die Vorstellung, dass sie mein Zimmer, das daheim auch mein Musikraum ist, einfach umfunktioniert hat, legt sich wie ein schwerer Stein auf meine Brust.

»Und warum kommt er nicht ins Gästezimmer?«

Er zuckt mit den Schultern. »Sie sagt, das sei zu winzig und dass deins eh die meiste Zeit leer steht.«

»Aha.«

»Clara, du weißt doch, wie sie ist. Einerseits will sie, dass du in Paris erfolgreich dein Ding durchziehst. Andererseits kommt sie nicht ganz drauf klar, dass du nicht mehr bei uns bist.«

»Und deshalb muss sie den Austauschschüler bei mir reinsetzen, ohne das mit mir abzusprechen?«

»Ich glaube, sie freut sich einfach, dass bald wieder Leben in die Bude kommt.«

Er mag recht haben. Dennoch kann sie mein restliches Zeug nicht einfach auf den Dachboden verbannen, einschließlich der Erinnerungsstücke aus einer Zeit, in der wir noch eine richtige Familie waren – Mama, Papa, Léon und ich.

»Ist der Typ in deinem Jahrgang?«, frage ich und versuche, meinen Unmut zu unterdrücken.

»Ja, wir machen zusammen das AbiBac. Und da kommen wir auch schon zum nächsten Punkt.«

»Ja?«

»Ich habe vor, noch mal eine Party zu schmeißen, bevor das letzte Schuljahr losgeht. Und jetzt, da du doch nicht für zwei Monate in der Klinik bleibst …«

»Deine frisch aus der Psychiatrie entflohene Schwester soll Häppchen zubereiten und das Haus dekorieren, aus dem sie für einen Wildfremden aus Deutschland restlos eliminiert wurde?«

Irgendwie kann ich es doch nicht lassen.

Léon zieht seine Brille ab und nähert sein Gesicht der Kamera.

»Die Party ist erst für das letzte Ferienwochenende geplant, ist also noch etwas hin. Und nein, um Essen und Deko kümmere ich mich schon. Aber du könntest doch für ein Stündchen deine Musik auflegen.« Seine Euphorie wächst. »Ich filme dich auch, dann hast du gleich ein paar Storys zum Hochladen.«

»Du willst mich mit *Insta*-Content bestechen?«

»Und mit der Liebe und Bewunderung eines kleinen Bruders.«

Ich muss schlucken. Léon ist zwar auf dem Papier über zwei Jahre jünger, wurde aber schon häufiger für den Älteren von uns gehalten. Er ist ein gutes Stück größer, hat eine tiefe, ruhige Stimme und die Ausstrahlung eines selbstzufriedenen Typs, der zu lässig für einen Nerd, zu besonnen für einen Draufgänger und zu attraktiv für den Nice Guy von nebenan ist. Am liebsten trägt er lang- oder kurzärmlige Leinenhemden in wechselnden Pastellfarben, dazu Stoff- oder Jeanshosen.

»Ich vermisse dich«, rutscht es mir heraus.

Sein Gesicht entfernt sich reflexartig von der Kamera.

»Bist du betrunken?«, fragt er mit einem überraschten Lächeln.

»Nein, nur ehrlich.« Tränen steigen mir in die Augen. Ich versuche, unauffällig den Kopf in den Nacken zu legen, damit sie wieder zurückfließen, wo auch immer sie hergekommen sind.

»Hey, Clara.« Seine Stimme wird sanfter. »Komm doch schon früher, wenn du in Paris nicht so viel zu tun hast.« Besorgter. »Du musst für die Party natürlich nichts machen, war nur so eine dumme Idee.«

»Ich kümmere mich gern um die Musik.« Ich höre mich die Worte sagen, ohne sie zu fühlen. Als würde die Verbindung zwischen mir, meiner Stimme und dem Gesagten fehlen.

»Nein«, widerspricht Léon. Und jeder Buchstabe in diesem Nein tut mir weh. Der erste, weil er seinen Wunsch zurückzieht, obwohl er mich ohnehin viel zu selten um etwas bittet. Der zweite, weil er glaubt, ich könne nicht selbst entscheiden, ob ich das packe oder nicht. Der dritte, weil der Fokus von der Party auf mich gerückt ist, was nicht im Geringsten meine Absicht war. Und der vierte, weil ich spüre, dass er mich nicht halb so sehr braucht wie ich ihn.

»Vor Ferienende schaffe ich es nicht«, sage ich, »aber die Party verpasse ich nicht. Und auflegen werde ich auch.«

Er stößt einen ratlosen Seufzer. »Na gut. Aber höchstens eine Stunde.«

»Alles klar, au revoir.«
»Clara.«
»Ja?«
»Ich vermisse dich auch.«

KAPITEL 4

Milly

Mein Gastbruder schickt mir einen Standort.

> **LÉON**
> Ich stehe auf einem leeren Parkplatz, rund zwei Geh-
> minuten vom Bahnhof entfernt. Die Anita-Conti-Stra-
> ße runter und dann nach rechts. Geh mir auf den paar
> Metern bloß nicht verloren.

> **MILLY**
> Verticken Sie Drogen?

Ich kenne Léon bereits durch unsere Chats und Anrufe. Vor ein paar Wochen schickte er mir eine E-Mail, in der er sich als mein Gastbruder vorstellte. Wir tauschten Nummern, schrieben eine Weile hin und her und telefonierten zweimal. Er war so nett, mir ein paar Fragen zur Schule zu beantworten und mir einen virtuellen Rundgang durch das Haus und mein Gastzimmer zu geben.

Als ich das Ankunftsgleis verlasse und der Adresse auf meinem Handy folge, nehme ich ein leises Wellenrauschen wahr, das sich mit den entfernten Geräuschen der Stadt vermischt. Ein Kerl mit braunen Haaren, getönten Brillengläsern und einem kurzärmligen Hemd sitzt in einem Auto mit offenem Verdeck, das für seine Aufmachung definitiv zu schrottig aussieht. Léon hebt die Hand und winkt mir zu.

»Der Kofferraum ist offen.«

Ich lade mein Gepäck ein, setze mich auf den Beifahrersitz und fühle mich dabei, als würde ich nicht nur in das Auto, sondern in ein neues Leben steigen.

»Bonjour, Émilien.«

»Emilian.«

»Du bist jetzt in Frankreich, also Émilien.«

Ich nicke leicht irritiert und lasse die Namensänderung unkommentiert. Er tritt die Kupplung und legt den Rückwärtsgang ein.

»Genau so stelle ich mir irgendwie Franzosen vor, die am Meer wohnen«, meine ich und mustere ihn noch mal genauer.

»So wie mich?«

»Ja.«

»Sagte der deutsche Junge mit dem weißen T-Shirt und dem graublonden Haar.«

»Wir sagen dazu straßenköterblond.«

»Straßenköter? Also quasi hundeblond?«

»Ja.«

Er setzt ein amüsiertes »Ah ja«-Gesicht auf, schaltet das Radio lauter und fährt los. Der Fahrtwind mischt sich mit der kühlen Küstenbrise.

»Willst du dir die Altstadt ansehen?«, fragt Léon. »Und gleich einen Happen essen?«

»Gern, nach einer kalten Dusche.«

»Gut.«

Wenige Minuten später parkt er auf einer Straße, die parallel zur Strandpromenade verläuft, und öffnet das Handschuhfach. »Leg deine Wertsachen rein.«

Während ich, ohne zu fragen, Handy und Portemonnaie rauskrame, schnappt er sich seinen Rucksack von der Rückbank. Wir steigen aus, er zückt den Autoschlüssel, verriegelt die Klapperkiste mit einer lässigen Handbewegung und klemmt sich die Sonnenbrille hinter die Ohren. Zum ersten Mal kann ich ihm in die Augen blicken, und sie sehen aus, als hätte der liebe Gott sich bei ihrer Farbe von einer seiner früheren Kreationen inspirieren lassen: dem Smaragdmeer, auf das wir uns schnellen Schrittes zubewegen. Ich schaue mit steigender Vorfreude auf das türkisfarbene Wasser, in dem sich vereinzelte Schaumkronen kräuseln. Es leuchtet im intensiven Kontrast zum milderen Blau des Himmels. Der Horizont erscheint wie eine klar gezeichnete Linie auf einer Leinwand, die ein Bild festhält, das Fernweh in mir weckt – nur um es gleich darauf zu stillen.

Es ist wunderschön hier.

»Oh, sorry, ich will dich nicht hetzen!« Léon geht etwas langsamer, als er bemerkt, dass ich alles in Ruhe auf mich wirken lasse. »Clara beklagt sich auch immer über meinen Turboschritt.«

»Passt schon. Clara ist deine Schwester, richtig?«

»Ab jetzt auch deine Gastschwester.« Wir biegen rechts runter zum hellen, weiten Sandstrand.

»Gerade ist Ebbe«, erklärt Léon. »Bei Flut schwappen die Wellen schon mal über die Stadtmauer bis auf die Fußgängerzone.« Er deutet mit der Hand auf die bunte Häuserfront an der Uferpromenade und weckt meine Neugierde, das Spektakel bald mal selbst zu erleben. Dann bleibt er stehen und zieht eine Badehose aus seinem Rucksack. »Hier, dein Willkommensgeschenk.«

Überrascht nehme ich sie entgegen; sie könnte von der Größe her sogar passen. Léon knöpft sein Leinenhemd auf, lässt die Hosen runter, unter denen er bereits hellblaue Schwimmshorts trägt, und steckt seine Kleidung in den Rucksack. »Deine Sachen passen bei mir auch noch rein. Zieh dich schnell um.«

Der Strand ist eher mäßig besucht und von den nächsten Spaziergängern bin ich weit genug entfernt, um ihnen nicht als unerwünschte Nacktattraktion ins Auge zu springen.

»Na gut. Ich gehe mal ins Wasser und du kommst hinterher, wenn du es gepackt hast. Den Rucksack kannst du hier liegen lassen, da ist nichts zu klauen drin.«

Sobald er sich ein paar Meter entfernt hat, ziehe ich sein Hemd aus der Tasche und nutze es als Sichtschutz für die kritischen Sekunden. Leider funktioniert es nur so halb, ist mir aber auch irgendwie egal. Meine einzige Zuschauerin ist die Sonne, die direkt über mir steht und mir mit ihren hitzigen Blicken beinahe ein Loch in die Haut brennt. Ich renne aufs Meer zu und stoppe erst, als das kühle Wasser mir bis zur Brust reicht. Léon bewegt sich in meine Richtung.

»Da hast du deine Dusche. Spart uns den Umweg nach Hause.«

Es riecht nach frischem Salzwasser und erdigem Seetang. Ein intensiver Geruch, den ich in Kombination mit den leuchtenden Farben und den plätschernden Wassergeräuschen eher mit Sommerurlaub verbinde.

Es wird wohl noch ein paar Tage brauchen, bis ich begriffen habe, dass die französische Küste nicht mehr nur ein Ferienort ist, sondern mein neues Zuhause. Ich schließe die Augen und tauche spontan unter. In diesen paar Sekunden, in denen der Atlantische Ozean mich von Kopf bis Fuß umgibt, berühre ich die Welt gefühlt zum ersten Mal seit Monaten, statt sie bloß anzusehen und krampfhaft zu überlegen, wie ich meinen Platz in ihr finden soll. Was ich bald studieren und später arbeiten werde und wie ich es schaffe, in ihren unendlichen Weiten nicht den Zuspruch meiner Familie zu verlieren.

* * *

Nach unserem spontanen Bade-Stopp teilen wir uns ein Handtuch aus meinem Koffer. Der Asphalt fühlt sich angenehm heiß und rau unter meinen Füßen an. Wir fahren uns abwechselnd mit dem Handtuch durch das nasse Haar, während ein lauwarmer Windstoß als Outdoor-Föhn dient. Unweit von uns pickt eine Möwe eine einzelne Fritte vom Boden und hebt mit einem kurzen Kreischen über unseren Köpfen ab, als wäre sie genervt, dass wir nur unsere klitschnassen Körper im Angebot haben und keine fettigen Touri-Snacks.

Im Anschluss laufen wir in die Altstadt »Intra-Muros«, in der ein lebendiges Treiben herrscht, das jedoch nicht hektisch wirkt. Sie bietet alles, was man sich von so einem historischen Örtchen verspricht: enge Gassen, Kopfsteinpflaster, Souvenirläden, Bistros, Boutiquen und die Düfte lokaler Leckereien, die in der Luft liegen – von gebratenem Fisch, Rosmarin bis hin zu kochendem Wein und To-go-Naschereien, durch die ich mich in den kommenden Wochen Stück für Stück durchprobieren werde. Wir holen uns herzhafte Crêpes und schlendern beim Essen über den *Place Jean de Châtillon*, ein Plätzchen mit kleinen Grünflächen, Blumenbeeten und umliegenden steinernen Gebäuden, welche große Schatten werfen. Besonders schön ist die alte Kathedrale, die wir beim Überqueren des Platzes erblicken können.

»Obwohl das deine ersten Stunden hier sind, gibst du mir gar keine Touri-Vibes«, meint Léon irgendwann und setzt einen Fuß auf die Stufe einer Steintreppe.

»Danke! Wie verhält sich denn ein Touri?«

»Wie ein Fremdkörper. Das ist so eine Ausstrahlung, für die man gar nichts kann. Sogar bei Leuten ohne Trinkflaschen und

Handyfotos kann ich dir sagen, wer einer ist und wer nicht. Bei dir hätten meine Touri-Antennen versagt.«

Geschmeichelt lächle ich. »Trotz T-Shirt und Haarfarbe?«

»Ja. Die Stadt findet, dass du ihr stehst. Also empfängt sie dich mit offenen Armen und reduziert den Kontrast zwischen euch.«

»Die Stadt hat also eine Seele?«

Mein Gastbruder macht eine überzogen geschockte Miene und schwenkt anpreisend den Arm über den Platz. »Wenn das hier seelenlos ist, dann …«, sagt er und legt mir die freie Hand auf die Schulter, »… bist du es auch, Émilien.«

»Du kannst mich Milly nennen.«

»Mach ich. Aber ich bleibe Léon.«

* * *

Das Haus der Familie Leroy befindet sich in einem ruhigen Wohnblock, rund vier Kilometer von der Küste entfernt. Ich bin auf meinem Zimmer im ersten Stock, in dem es nach warmem Holz und Glasreiniger riecht, und packe zwei ausgedruckte Fotos aus, die ich auf dem Schreibtisch platziere. Das erste ist von mir und Daniele, wie er im Garten den Arm um mich legt. Ich bin neun und er in meinem jetzigen Alter. Zum ersten Mal fällt mir auf, dass er darauf gestresst wirkt, und wenn ich daran denke, dass er zu diesem Zeitpunkt damit beschäftigt war, fürs Abi zu büffeln, nur um danach nahtlos im nächsten Lernloch zu versinken, ist das auch kein Wunder. Dafür hat er jetzt als Arzt immerhin ein sicheres Gehalt, ein hohes Ansehen und einen Sinn in seinem Leben, den keiner anzweifeln kann. Nicht einmal er selbst.

Wäre ich fies, könnte ich sagen: Er hat es sich leicht gemacht. Wäre Daniele fies, könnte er sagen: Ich habe es mir leicht gemacht. Mit meiner Rumeierei aka Sinnsuche. Meiner Flucht nach Saint-Malo alias Auslandserfahrung.

Das zweite Bild ist ein Familienfoto von Mama, Papa, Daniele und mir. Auch wenn wir nicht die *fantastic four* sind, sind wir ja immer noch *four*. Eine Familie. Bis zum geplanten Wiedersehen an Weihnachten werde ich sie sicherlich vermissen.

Plötzlich steht Léon in der Zimmertür.»Und, gefällt es dir?«

Ich lasse meinen Blick über den Holzboden schweifen, die marineblauen Fensterrahmen und die weiße Raufasertapete.»Ja, ihr habt ein schönes Haus.«

»Ist ein Erbstück meiner Oma väterlicherseits.«

»Wo ist euer Vater?«

»Er hat vor über zehn Jahren neu geheiratet. Das Haus hat er uns überlassen. Wir müssen dringend mal renovieren.« Seine Stimme klingt plötzlich monotoner, als hätte er die letzten Sätze irgendwo abgelesen.

»Was ist das?«, frage ich mit Blick auf das gerahmte Foto, das er in den Händen hält.

Léon läuft weiter ins Zimmer und befestigt es an zwei eingehämmerten Nägeln über dem E-Klavier.

»Wenn es in Ordnung ist, würde ich das hängen lassen«, sagt er.»Meine Mutter hat es runtergenommen. Aber in ein paar Wochen kommt Clara zu Besuch und freut sich bestimmt, dass sie ihr Plätzchen über dem Piano behalten durfte.«

»Wieso hat eure Mutter es abgehängt? Meinetwegen?«

»Auch.« Er rückt das Foto mit liebevoller Präzision zurecht. Die junge Frau darauf ist also seine Schwester.

»Meine Mama versucht auf ihre eigene Art, sich von Clara zu lösen. Manchmal schießt sie dabei übers Ziel hinaus.«

Ich setze mich auf das breite Einzelbett und widerstehe der Versuchung, mich auf dem Rücken langzumachen.»Kenne ich ein bisschen von meinem Vater, dieses Ganz-oder-gar-nicht-Ding.«

Léon stößt ein bestätigendes Seufzen aus. Ich bin zwar etwas neugierig, habe aber nicht das Gefühl, dass es mir zusteht, weitere Fragen zu stellen. Familiensachen sind kompliziert. Und manche Familien sind auch im Eimer, aber natürlich nicht alle im selben – jede steckt in ihrem eigenen Eimer. Das hat Tolstoi schon gesagt. Hätte ich auch sagen können.

»Ich bin echt stolz auf sie«, sagt Léon, den Blick noch immer auf das Bild gerichtet. »Das könnte ich nicht, was sie da alles mit ihrem Musikstudium auf die Beine stellt. Der Leistungsdruck, die Konkurrenz, die regelmäßigen Konzerte. Und neben alldem die Leidenschaft nicht zu verlieren.«

Dann wendet er sich wieder mir zu, öffnet seinen zweiten Hemdknopf und schlägt einen munteren Ton an. »Meine Mutter kommt in einer Stunde von der Arbeit, dann gibt's noch mal was Warmes zu essen.«

»Und was?«, rutscht mir raus.

Kurz lacht er auf. »Du siehst viel zu schlaksig aus für diese gierige Rückfrage.«

»Manchmal könnte ich drei, vier Pizzen am Tag essen.«

»Kenne ich, das Problem. Keine Ahnung, was sie kocht, aber es wird dir schmecken. Ich setze mich jetzt in den Garten und lese eine Runde.« Er spaziert zur Tür hinaus und ruft aus dem Flur halblaut hinterher: »Komm einfach runter, wenn du Bock hast.«

* * *

Ich räume meine Kleidung in den Schrank, platziere Parfüm, Deo und Haarwachs auf meinem Nachttisch. Dann ziehe ich spontan den Deckel des ausgestöpselten E-Klaviers ab und stecke den Stecker ein. Ein kleines Klicken ertönt. Als hätte ich es aus dem Koma geholt, oder wie Daniele sagen würde: es extubiert. Ich setze mich auf den Rundhocker und stelle mir vor, wie meine Gastschwester hier geübt hat. Auf dem gerahmten Bild hat Clara die

Arme verschränkt und trägt einen schwarzen Rollkragenpullover. Sie schaut zur Seite in die Kamera und deutet ein Lächeln an, das natürlich und spontan wirkt. Das Foto erweckt den Eindruck, als wäre es bei einem professionellen Shooting entstanden, für eine Bewerbung oder eine Konzertbroschüre vielleicht. Ein gelungener Zwischendurch-Schnappschuss, den man nirgendwo hinschicken kann, obwohl er der schönste von allen geworden ist. Ihre Augenfarbe, ein kräftiges, leuchtendes Braun, ist fast identisch mit der Farbe ihres nackenlangen Haars, das sich nur durch einen leichten Rotstich abhebt. Ich denke über Léons Worte nach: Clara scheint ihren eigenen Weg zu gehen und dafür auch Spannungen mit ihrer Mutter in Kauf zu nehmen – das macht sie auf Anhieb sympathisch. Aber da ist noch etwas anderes, ein Hauch von Unbehagen, das der Anblick ihres Fotos weckt. Als würde sie sich nicht ganz wohlfühlen in ihrer Haut. Ich stelle mir vor, was sie zu mir sagen würde: *Hey, Milly, na? Jetzt hast du also meinen Platz eingenommen und lebst mit meinem Bruder und meiner Mutter im Häuschen meines Vaters. Ich wünsche dir viel Spaß dabei. Nur weil ich Saint-Malo verlassen habe, heißt es nicht, dass es kein toller Ort für ein Auslandsjahr ist. Tu mir nur zwei Gefallen: Klimpere nicht amateurhaft auf den Tasten herum, man spielt nicht* mit *dem Klavier, sondern* auf *dem Klavier. Und: Hol mich bald aus diesem starren Rahmen heraus. Bitte.*

Während sie hier auf- und abgehängt wird wie ein Andenken, das Léon zu trösten und seine Mutter zu schmerzen scheint, mache ich mich sorglos in ihrem Zimmer breit und profitiere von ihrer Abwesenheit, die eine spürbare Lücke hinterlassen hat. Das fühlt sich seltsam an. Wo bin ich hier reingeplatzt? Und warum kann ich nicht aufhören, in ihr seitlich gedrehtes, blasses Gesicht zu schauen, in ihre großen, vollen Augen, die mich anstarren und auffordern und abchecken? Sie wirkt so lebendig und auf eine Art und Weise schön, die fast schon beunruhigend ist. Als müsse man sich davor in Acht nehmen, ihr zu verfallen, ehe man verstanden hat, wer genau sie ist. Je länger ich sie ansehe, desto mehr versuche ich, zu verstehen, wie sie sich in diesem Zimmer wohl gefühlt hat und ob das Studium in Paris eine Chance oder eine Flucht war. Und dann, aus dem Nichts, stelle ich mir vor, wie es wäre, sie zu küssen.

Ich stöpsle hastig das Klavier aus, gehe zum Fenster und reiße es weit auf. Frage mich, wo dieser Gedanke jetzt plötzlich herkam, und versuche, ihn wieder beiseitezuschieben.

Mein Blick fällt auf Léon, der im Garten an einem Glastisch sitzt und gerade eine Buchseite umblättert. Kurz blickt er zu mir auf, womöglich hat er mich gehört. Gut, dass er von da unten nicht mitbekommt, was mir grade alles durch den Kopf gegangen ist. Er würde mit Sicherheit bereuen, dass er das Bild seiner Schwester in mein Zimmer gehängt hat. Ich drehe mich noch einmal zu Clara um. Aus ein paar Metern Entfernung wirkt sie schon etwas weniger einnehmend.

Noch bevor ich ihr begegnet bin, ahne ich, dass sie eines dieser Mädels ist, von denen man besser ein bisschen Abstand halten sollte.

Und mit »man« meine ich mich.

Emilian *Milly* fucking Meyer.

KAPITEL 5

Clara

Elf ungelesene Nachrichten im *Lonely-Hearts-Club*-Chat.

> **LUDOVIC**
> Hey, hey, unser erster Termin für ein Treffen steht fest! Ich würde einen Tisch reservieren, also tragt euch bitte bis spätestens morgen endgültig ein.

> **FABIEN**
> Ich bin dabei! Sorry, ich wusste vorher nicht, ob es hinhaut.

> **AMÉLIE**
> Hey, Leute, ich bin raus. Mir geht's leider gar nicht gut im Moment. Mein Chef ist angefressen, weil ich mich wieder krankgemeldet habe.

KIRA

Hey, hatte Dr. Dupont bei deiner Entlassung nicht gesagt, dass du noch ein paar Wochen mit der Arbeit warten sollst? Um den ganzen Papierkram zu regeln und Therapeuten abzutelefonieren?

AMÉLIE

Ja, ich sollte erst mal in Ruhe schauen, wie es daheim so läuft. Aber ich dachte, ich packe es schon früher, und bin gleich wieder ins Büro. Tausend Mails und Telefonate, ich habe das Gefühl, dass mein Kopf platzt. Und bis morgen Nachmittag brauche ich eine neue Krankmeldung, aber mein Hausarzt ist im Sommerurlaub.

KIRA
Oh no ...

AMÉLIE

Würde am liebsten einfach eine Schlafmaske aufziehen und drei Tage durchpennen.

FABIEN

Dein Hausarzt hat doch sicher eine Vertretung, die dich krankschreiben kann?

AMÉLIE

Danke euch! @Fabien: Ja, aber ich fühle mich irgendwie schlecht, die ganze Sache wieder von vorn zu erzählen und dann noch drum zu bitten, mich aus dem Verkehr zu ziehen.

FABIEN
Dann nimm doch ein paar Unterlagen mit, damit er das selber schnell überfliegen kann.

KIRA
Sehe ich wie Fabien!

LUDOVIC
Viel Erfolg, Amélie. Vielleicht hast du ja trotzdem Lust vorbeizuschauen und uns zu erzählen, wie alles gelaufen ist!

AMÉLIE
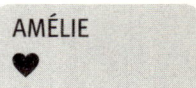

Auch, wenn ich mich nicht immer am Gruppenchat beteilige, tut es gut, einfach mitzulesen. Dass die anderen so offen von ihren Problemen erzählen und sich gegenseitig unterstützen, weckt ein wohltuendes Gemeinschaftsgefühl, das unaufdringlich im Hintergrund bleibt.

Der Zug hält in Rennes. Von hier ist es nur noch eine Station bis nach Saint-Malo. Auf die bekannten Straßen und Gesichter freue ich mich, ebenso auf die kleinen Läden, die es gibt, seit ich ein Kind bin, und die auch dann mit einer beruhigenden Kontinuität weiterexistieren, wenn ich in Paris keinen einzigen Gedanken an sie verliere. Ich freue mich auf den Geruch unseres Gartens, den Mama und Léon in Schuss halten. Wenn es nach einem heißen Tag am Abend geregnet hat, dringt sein intensiver Geruch bei offenem Fenster bis in mein Zimmer und versichert meiner Nase, dass sich die grüne Spielfläche meiner Kindheit immer wieder erneuert. Ganz gleich, wie oft sie mit dem Rasenmäher malträtiert, von Dürrephasen bedroht oder von Partygästen plattgetreten wird. Der Garten, der bleibt. Anders als die Beziehung meiner Eltern und der regelmäßige Kontakt zu Papa. Oder die Freundschaft zu Céline, die durch das Drama mit ihrer Schwester Alexandra unter die Räder geraten ist. Bis vor zwei Jahren waren wir alle gemeinsam am Lycée. Auch damals war ich manchmal bedrückt oder erschöpft oder habe mich unverstanden gefühlt. Aber aus »manchmal« wurde kein »oft«. Aus »manchmal« wurde auch kein wochenlanges »immer«. Das »manchmal« war keine Bedrohung. Die Schuljahre waren nicht immer nur rosig, aber sie hatten einen Vorteil, den ich als Teenie noch nicht zu schätzen wusste: Es gab Menschen, die ich Woche für Woche zu sehen, zu hören und zu fühlen bekam. Nicht alle waren Freunde, aber alle waren Teil eines vertrauten Alltags und irgendwie dachte ich, es würde ewig so weitergehen. Ich dachte, das Leben würde einem auch künftig eine konstante Crew an die Seite stellen. Eine Kerngruppe mit gleichbleibenden Gesichtern, die Teil eines Geborgenheitsgefühls werden. *La vie* würde einen schon nicht hängen lassen.

Jetzt erst merke ich, dass sich solche Dinge nicht einfach von selbst ergeben. Dass es nicht genügt, an der Uni abzuliefern, Followeranfragen anzunehmen, seine Wohnung sauber zu halten und zu glauben, man werde schon irgendwie glücklich.

Eine Nachricht von Léon trudelt auf meinem Handy ein.

LÉON
Hey, Clara, die ersten Gäste sind schon da. Wo bleibst du?

CLARA
Wie viele kommen?

LÉON
Die halbe Oberstufe.

CLARA
Bin gleich am Bahnhof.

LÉON
Saint-Malo?

CLARA
Ne, Saint-Tropez 😬

LÉON
Nimmst du den Bus hierhin?

CLARA
Ich dachte, mein *petit frère* holt mich ab?

LÉON
Dein *petit frère* hat zufällig eine *grande fête* am Laufen.

CLARA
Ach schade.

LÉON
Warum hast du nicht früher Bescheid gegeben?

Weil ich mich nicht aufdrängen wollte und heimlich gehofft hatte, dass er die Verbindungen checkt. Weil ich mich von der Fantasie täuschen ließ, er würde mich am Bahnhof überraschen.

CLARA
Sorry, ich habe auf der ganzen Fahrt meinen neuen

Remix gehört und nachgedacht, ob er zu überladen ist. Ich komme einfach zu Fuß.

LÉON
Jetzt habe ich ein schlechtes Gewissen.

CLARA
Du kannst es später gern bereinigen.

LÉON
Womit? (Ich bereue die Fragen bereits.)

CLARA
Erstens: Du lässt mich nicht mit Mama allein in einem Raum. Zweitens: Sobald Mama fragt, ob ich einen Freund habe, wechselst du das Thema. Drittens: Wenn sie mich bittet, ihr was vorzuspielen, sagst du, dass du Kopfweh hast und lärmempfindlich bist.

LÉON
Ist das deine Version von Auge um Auge? Ich erlaube mir einen Fehltritt und muss dafür dreimal so viel bezahlen?

CLARA
Sieht wohl so aus. Bis gleich. Bisous.

Der Bahnhof ist in Sicht. Ein leichtes Ruckeln fährt durch meinen Körper, als der Zug langsamer wird und schließlich zum Stehen kommt.

Bienvenue à Saint-Malo.

KAPITEL 6

Milly

»So«, sagt Madame Leroy beim Anziehen ihrer Schuhe. »Ich lasse euch jetzt mal allein.« Sie hat Léon versprochen, die nächsten Stunden im leer stehenden Haus der Nachbarn zu verbringen, die ihr in Ferienzeiten den Schlüssel zum Pflanzengießen und Postentleeren überlassen. »Damit ich den Altersschnitt der Party nicht in die Höhe jage«, fügt sie mit einem charmanten Lächeln hinzu.

»Du übernachtest drüben, oder?«, fragt Léon, die Miene leicht angespannt.

»Kann ich nicht versprechen«, antwortet seine Mutter in einem strengen Ton, den sie durch ein verschwörerisches Zwinkern in meine Richtung entschärft.

»Schade, dass ich Clara heute verpasse«, sind ihre letzten Worte. »Aber dann sehen wir uns morgen alle beim Frühstück.«

Die Tür fällt ins Schloss, Léon atmet hörbar erleichtert auf und legt mir den Arm um die Schulter. »Wie sagten unsere italienischen Nachbarn einst? *Ludi incipiant.*«

Mögen die Spiele beginnen.

Er läuft ins Wohnzimmer, dreht die Musik lauter und räumt die letzten Wasser-, Wein- und Bierflaschen in den Kühlschrank. Bis jetzt macht meine Gastmutter einen ganz netten Eindruck. Sie arbeitet vormittags im Büro eines Bauunternehmens und lässt sich von uns bei der Haus- und Gartenarbeit helfen. Nur beim Kochen darf ihr niemand reinpfuschen. Zurzeit kann ich mir noch gar nicht vorstellen, wie es wäre, eine enttäuschte oder erboste Madame Leroy zu erleben. Es klingelt, die ersten Gäste stehen an der Tür. Ich lasse gefühlt zehn, fünfzehn Leute herein und komme kaum hinterher, mich jedem direkt vorzustellen. Léon fragt nach den Getränkewünschen und bittet eindringlich darum, nur das Bad im Erdgeschoss zu nutzen, da seine Mutter ihn sonst zu Stopfleber verarbeiten würde. Die meisten sind aus seiner Stufe, ein paar auch aus dem Jahrgang drunter. Irgendwer dreht die Musik lauter. Irgendwer schaltet eine E-Zigarette mit Mintgeruch an. Irgendwer verdrängt den Mint- mit seinem Schweißgeruch. Und irgendwer berührt mich am Oberarm, nachdem ich die Küche betreten habe. »Bonjour, du musst Émilien sein, der Gastschüler.« Eine Blondine in Shorts und bauchfreiem Top mustert mich von oben bis unten, während sie lässig ihr Haar zu einem Zopf zusammenbindet.

»Emilian, genau. Hi.«

»Ich bin Céline, eine Freundin von Léon. Und das ist meine Schwester Alexandra.« Sie zeigt auf eine zweite Blondine, die ein schwarz-weiß-gestreiftes, langes T-Shirt trägt, das wohl eine Art Kleid sein soll, dazu eine strandige Strohtasche um die Schulter, aus der sie ihr rosegoldenes Handy fischt. Sie sind hübsch, alle beide.

»Geh doch schon mal raus in den Garten«, sagt die erste Blondine zu ihrer Schwester. »Ich bringe uns Getränke.«

»Klar.« Alexandra tippt einhändig etwas in ihr Handy und steckt es rasch wieder ein. »Kommst du mit, Émilien?«

»Gern«, antworte ich, positiv überrascht über die freundliche Offenheit der Laplace-Schülerinnen. »Nennt mich ruhig Milly.« Sie wirft ihrer Schwester einen kurzen Blick zu. »Bringst du Milly auch was mit?« Dann dreht sie sich wieder zu mir: »Was möchtest du trinken?«

»Ich nehme dasselbe wie du.«

»Am liebsten was Punschmäßiges«, ruft Alexandra etwas lauter gegen den zunehmenden Lärm in der Küche an, woraufhin Céline bestätigend den Daumen hebt. Auch ich versuche, Léon per Handzeichen mitzuteilen, dass ich mich den Mädels anschließe, aber er hat gerade anderes zu tun, als nonverbale Signale aus meiner Richtung zu erkennen.

Gemeinsam mit Alexandra überquere ich das Wohnzimmer. Durch die offene Terassentür laufen wir in den Garten, den Léon und ich mit Sitzkissen, Liegestühlen und einer großen Picknickdecke hergerichtet haben. Den Glastisch haben wir unter den Pavillon geschoben und direkt daneben den Grill aufgestellt. Die Musik schallt in angenehmer Lautstärke aus dem Inneren des Hauses und breitet sich im Outdoor-Bereich aus, wo die Gäste sich allmählich verteilen. Alexandra lässt sich mittig in ein Sitzkissen fallen und legt die Strohtasche auf ihren Bauch. Ich ziehe einen freien Liegestuhl heran und mache mich neben ihr lang.

»Dann sehen wir uns bald ja öfter, wenn du nach den Ferien ans Laplace kommst.«

»Bist du auch in Léons und meiner Stufe?«

»Eins drunter – ich mache erst nächstes Jahr Abi. Aber meine Schwester ist bei euch.«

Céline taucht mit zwei rötlich gefüllten Gläsern auf, in denen Orangenscheiben und Glaswürfel schwimmen. »Hier.« Sie reicht uns die Drinks. »Ich hole mir noch ein Bier und ein paar Nüsse, sonst verhungere ich«, sagt sie und steuert gleich wieder das Haus an. Ich beobachte, wie Léon sie an der Terrassentür abfängt und ihr etwas ins Ohr sagt. Sie antwortet mit Blick in unserer Richtung und wirft mir dabei ein unschuldiges Lächeln zu, ehe sie mit Léon nach drinnen verschwindet.

»Gefällt es dir in Saint-Malo?«, fragt Alexandra.

Ich nehme einen Schluck von dem bittersüßen Punsch. »Sehr sogar.«

»Pass auf, dass du dir keinen Sonnenbrand holst. Bei dem guten Wetter, das wir gerade haben, kann es am Strand gefährlich werden.«

»Danke, das ist lieb. Ich muss da echt besser drauf achten, vor allem, wenn ich mit Léon baden gehe.«

»Nimm dir bloß kein Beispiel an ihm, der cremt sich fast nie ein.«

Woher weiß sie das?

Alexandra setzt sich auf, beugt sich leicht zu mir vor, sodass ihr schulterlanges blondes Haar nach vorne fällt, dabei lässt sie ihren Blick über mein Gesicht gleiten. »Vielleicht können meine Schwester und ich dir in den nächsten Tagen mal die Stadt zeigen.«

Ich blicke kurz in mein Glas, nehme die absaufende Orangenscheibe ins Visier und stelle fest, dass Alexandra ziemlich engagiert wirkt, ohne mich richtig zu kennen. Das ist schmeichel- und rätselhaft zugleich. »Klar, gern.«

»Nächste Woche nach der Schule irgendwann?«

Flirtet sie etwa mit mir? Weil ich der Neue aus dem Ausland bin? Der Gastbruder von Léon, der scheinbar beliebt genug ist, um die halbe Stufe zur Primetime am letzten Ferien-Freitag zusammenzutrommeln.

»Wieso nicht?«, antworte ich. »Vielleicht haben Léon und Clara ja Lust, mitzukommen.«

Sie guckt überrascht. »Clara?«

Negativ überrascht, wie das leichte Augenrollen verrät.

»Ja, wieso nicht?«

»Puh … Okay, wenn du meinst.« Alexandra stöhnt entnervt und lässt sich rücklings ins Kissen fallen.

Irritiert runzle ich die Stirn.

»Ist etwas mit Clara?«

»Nein, es ist nur … Ach, sie ist halt die Schwester von Léon.« Ich scheine wohl kurz davor zu stehen, unfruchtbares Läster-Land zu betreten. Das wäre eindeutig der Zeitpunkt, das Thema zu wechseln, aber meine Neugierde stellt dem Anstand ein Beinchen.

»War sie nicht auch auf eurer Schule?«

Alexandra trinkt von ihrem Glas. »Doch. Sie studiert jetzt in Paris, mit einem Stipendium.«

»Und ihr beide wart keine Freunde?« Der Anstand fliegt so richtig aufs Maul.

»Nein, nicht wirklich. Aber Clara war bekannt. Man hat sie immer Klavier spielen hören. Auf Schulfeiern, Hochzeiten, Stadtfesten.«

Abwartendes Schweigen.

»Ach …« Sichtlich unbehaglich windet sich Alexandra, als wolle sie das Thema vermeiden. »Clara … ist halt Clara. Ganz anders als Léon.«

Der Anstand säuselt noch vom Boden, dass ich der Familie Leroy mit jeder weiteren Nachfrage in den Rücken fallen würde.

»Anders im positiven oder negativen Sinne?«

Sie setzt sich wieder auf, zeichnet mit ihrem Finger ein Minus-Zeichen in die Luft und blickt sich um, als würde sie nach jemandem Ausschau halten. Dann winkt sie zwei Typen zu uns herüber, stellt mich ihnen vor. Es ist offensichtlich, dass sie dem Thema »Clara« ein Ende setzen will, und sie verwickelt die Jungs in ein Gespräch, dem ich nur halb folgen kann: Zu sehr bin ich in Gedanken damit beschäftigt, über die möglichen Gründe für ihre Antipathie gegenüber Clara zu grübeln. Gelegentlich schaut Alex mich dabei an, lächelnd oder fragend, während ich nicke, mit den Schultern zucke, den Kopf abwägend neige, ohne richtig bei der Sache zu sein.

»Ich muss mal kurz auf Toilette«, sage ich schließlich und verlasse die Garten-Szenerie.

Beim Reingehen schlägt mir eine Geruchswolke aus Erdnüssen, verschütteten Mischgetränken und leicht angebranntem Knoblauchbrot aus der Küche entgegen. Im Flur lehnen zwei Typen mit Bierflaschen an der Wand und unterhalten sich über Fußball, wenn meine Ohren mich nicht täuschen. Auf der Treppe haben sich ein paar Mädels für ein Selfie zusammengekuschelt und posieren dabei so diszipliniert, als hätte jemand den Einfrierknopf gedrückt. Aus den Boxen hallt lautstark *Houdini*, der große Comeback-Song von Eminem. Der Typ ist schon über fünfzig, nur wenig jünger als mein Vater, und tatsächlich gibt es auch die eine Songzeile, die beide miteinander verbindet:

Sometimes I wonder what the old me'd say
If he could see the way shit is today

Ich schlängle mich an den Selfie-Mädels vorbei und steige hoch in den ersten Stock. Trotz der lauten Musik kommt mir das Knarzen des Holzbodens im Flur verräterisch laut vor. Die Zimmertür meines Gastbruders steht weit offen. Meine hingegen ist geschlossen, was ich ein wenig seltsam finde, hatte ich sie doch gar nicht zugemacht. Ich greife nach der Klinke und halte kurz inne, bevor ich sie runterdrücke. Mein Herz schlägt plötzlich schneller und kräftiger, als würde es Alarm schlagen. Daniele hat mich mal durch sein Stethoskop hören lassen: Ein Herzschlag ist gar kein homogener Schlag, sondern ein zweiteiliges Geräusch. Ein dumpfer, tiefer Ton, auf den ein kürzerer, höherer folgt. So ein da-dim, da-dim, da-dim. Gerade kommt es mir vor, als wäre das »da« auf meiner Seite der Tür und das »dim« bereits auf der anderen im Zimmer, sodass ich eine leise Vorahnung bekomme, was mich darin erwartet. Wer sich darin verbirgt. Das ist faktisch nicht möglich, aber Fakten sind nicht die alleinigen Federführer im Leben.

Die Musik hallt in den Flur hoch: *Abra-abracadabra.*

Ich öffne die Tür.

Im selben Moment springt jemand von meinem Bett auf und verschränkt abwehrend die Arme. Ich erkenne das Tattoo auf ihrem Oberarm – die Notenzeile. Wir haben uns am Tag meiner Ankunft kurz am Bahnhof in Paris gesehen. Daher kam sie mir auf dem gerahmten Foto auch etwas bekannt vor.

Abra-abracadabra.

»Hallo«, sage ich wenig eloquent.

Sie rührt sich nicht von der Stelle. »Wer bist du?«

Wer bin ich?

What's my name, what's my name?, singt Eminem.

Eminem. Emi. Emilian.

»Emilian Meyer.« Den Nachnamen hätte ich mir sparen können. »Und wer bist du?«, frage ich, was so viel heißen soll wie: Nein, ich habe mich nicht in dein Bild verguckt. Nein, ich habe Alexandra nicht über dich ausgequetscht. Nein, ich bin nicht hier hoch, in der leisen Hoffnung, du könntest inzwischen angekommen sein und mir auf dem Weg ins Bad in die Arme laufen.

»Ah, der Abiturient aus Deutschland«, stellt sie fest.

Ich nicke und versuche dabei zu verbergen, wie ertappt ich mich fühle.

Sie lässt ihren Blick durch das Zimmer schweifen, die Arme noch immer verschränkt. »Ich habe vor dir hier gewohnt.«

Die Worte rutschen mir aus dem Mund, als hätte sich auf meiner Zunge Glatteis gebildet: »Ich möchte dir das Zimmer nicht wegnehmen.« Doch darauf folgt nur Schweigen. »Ich kann auch im kleinen Gästezimmer schlafen, solange du hier bist. Und du nimmst meins.« Oops, Glatteis-Unfall. »Also deins. Ist ja dein Zimmer, genau.«

Sie lächelt entspannt und löst die Arme. Vermutlich, weil ihr klar wird, dass ich nicht bedrohlich, sondern bescheuert bin. »Alles easy.«

Dann geht sie in ihren hohen Sandalen einen Schritt auf mich zu. Sie trägt ein schwarzes, trägerloses Kleid, das ihr bis zu den Knien reicht. Es zeigt wenig von ihren Brüsten, betont dafür aber ihre glatten Schultern und das sanft geschwungene Schlüsselbein. Lippen und Fingernägel tragen denselben Rotton und die dunkel geschminkten Augen lassen das Braun ihrer Iris noch stärker leuchten als auf dem Foto. Ihre Haare, die knapp über die Schultern fallen, hat sie hinter die Ohren geklemmt, an denen rubinrote Steine hängen.

Ich habe den Eindruck, dass sie mich dabei beobachtet, wie ich sie beobachte. Und dass es ihr vielleicht ein bisschen gefällt. Sie kommt noch einen Schritt näher. »Willkommen in der Familie.« Ihr Blick hält an meinem fest, ohne einen Hinweis darauf zu geben, was sie jetzt von mir erwartet. Meine Haut heizt sich auf, als würde meine Körpertemperatur sekündlich ansteigen. Wie ein Faszinationsfieber, das plötzlich die Fantasie in mir weckt, wie es wäre, die glatte, unverhüllte Haut ihrer rechten Schulter zu berühren, mit meinen Fingern die eintätowierten Notenköpfe in den parallel verlaufenden Linien zu streifen und sie dann einfach zu küssen, kurz und intensiv. Dieses Verlangen ist so stark, dass ich meinen Körper anspannen muss, damit er sich nicht unwillkürlich in ihre Richtung neigt. Vielleicht meinen die Leute das, wenn sie von einer »magnetischen Anziehung« oder einer

»starken Chemie« sprechen: einen beängstigenden und zugleich berauschenden Kontrollverlust.

»Danke«, antworte ich gefasst. »Dein Bruder hat mich bestens in Empfang genommen.«

Sie lächelt aufrichtig. »Léon ist der Beste.«

»Ist er.«

»Sei nett zu ihm.«

»Das bin ich, keine Sorge.«

Plötzlich streckt Clara die Hand nach meinem Kopf aus. Ich zucke unwillkürlich zurück. »Was ist das für eine Farbe?« Sie berührt unbeirrt mein Haar. »Aschiges Blond? Braunbeige?«

Ich kann die Orchideen in ihrem Parfüm riechen. Das weckt vertraute Erinnerungen und gleichzeitig die Sehnsucht nach mehr von diesem Duft auf ihrer Haut und ihrem Kleid. »Dein Bruder ist auch schon auf meiner Haarfarbe herumgeritten. Keine Ahnung, ich betreibe keinen Friseursalon.«

Sie nimmt schmunzelnd die Hand wieder runter. »Ich muss jetzt weiter. Ich habe ihm versprochen, Musik aufzulegen.«

Sie läuft an mir vorbei aus dem Zimmer. Ich höre noch, wie sie im Flur »Geht gleich los« sagt und das Nächste, was ich mitbekomme, ist, dass Léon unerwartet im Türrahmen steht. Die Momente finden abgetrennt voneinander statt. Wie Bilder, die in grellen, intensiven Farben aufblitzen. Bildsequenz Clara. Bildsequenz Haare. Bildsequenz Abgang. Bildsequenz Léon.

»Cool, dann habt ihr euch kennengelernt.«

Yes. Cool.

»Kommst du mit runter?«

Yes. Runter.

»Milly?«

Yes. Milly. Shady. *Abracadabra.*

Er legt mir den Arm um die Schultern und zieht mich halb aus dem Zimmer. »Clara haut einen um, ich weiß. Komm jetzt.«

Auf dem Weg nach unten fragt er noch:»Was wollte Alex von dir?«

Alexandra. Das perfekte Ablenkungsmanöver.

»Ach«, beginne ich, während wir die Küche betreten, die jetzt merklich leerer ist – die Party scheint sich auf den Wohnzimmer- und Gartenbereich verlagert zu haben.»Sie will mich nächste Woche treffen und mir die Stadt noch mal zeigen. Mit Céline.«

Fantastisch. Soll er gar nicht erst auf die Idee kommen, ich könne ein Auge auf seine Schwester geworfen haben.

Léon lehnt sich an die Kücheninsel und verschränkt die Arme.

»Okay. Mit uns zusammen?«

»Das hat sie jetzt nicht explizit gesagt«, überspiele ich mein leichtes Unwohlsein,»aber ich nehme an, dass alle mitkönnen.«

Warum wirkt er auf einmal so ernst? Weiß er, dass Alex ein Problem mit seiner Schwester hat?

Im selben Moment taucht Alexandra in der Tür zur Küche auf, den Blick aufs Handy gerichtet, und tritt langsamen Schrittes ein. Ich stelle mich neben sie und grüße mit einem lockeren »Hey, na?«, wobei ich sie leicht am Rücken berühre. Dann werfe ich einen kurzen Blick zu Léon. Sein Gesicht bleibt ernst und das leichte Misstrauen in seinen Augen verstärkt meinen Verdacht, dass etwas an Alexandras Anwesenheit ihn stören könnte. Aber warum hat er sie dann eingeladen? Aus Höflichkeit? Weil sie die Schwester von der anderen Blonden ist?

»Hey, da bist du ja.« Sie steckt ihr Handy in die Tasche und strahlt mich an.»Ich wollte schon eine Vermisstenanzeige aufgeben.«

»Nicht mehr nötig, ich bin hier.«

»Ich habe mich eher gefragt, wo meinen Getränkenachschub abgeblieben ist«, witzelt sie.

»Ah, oui!«

»Machst du mir einen Lillet?«

»Klar«, versichere ich locker, drehe mich um und google die Rezeptur für einen Lillet, während ich den Kühlschrank in Zeitlupe öffne. Lillet Blanc. Wildberry-Limonade. Brombeeren, Himbeeren, Minze. Müsste machbar sein. Léon steht plötzlich neben mir, greift an mir vorbei nach einer Flasche Wasser und merkt trocken an:»Mach den Kühlschrank bitte zu.« Ich halte ihn an.»Habt ihr Brombeeren?«

»Wieso, willst du dir eine Frühstücksbowl machen?«

»Nein, einen Lillet für Alexandra.«

Das ist das erste Mal seit meiner Ankunft, dass er entnervt das Gesicht verzieht und einfach abrauscht, ohne meine Frage zu beantworten. Alexandra blickt ihm kurz hinterher und sieht mich dann mit einem ahnungslosen Schulterzucken an.

»Gehen auch zwei Fruchtbier?«, frage ich.

»Na klar, passt.«

Ich öffne die Flaschen mit einem Feuerzeug, das auf der Küchenplatte liegt.

»Salute«, spricht Alex aus.»Auf dich.«

»Auf euch und Saint-Malo.«

Sie nähert sich mit dem Mund meinem Ohr.»Léon verhält sich manchmal etwas komisch, wenn Clara in der Nähe ist.«

»So ist das halt in Familien«, äußere ich diesmal klar solidarisch.»Mein Bruder und mein Vater haben im Doppelpack auch etwas Verrücktes.«

Abrupt stoppt die Musik. Die Konversationen der anderen bilden ein lautes, gleichmäßiges Rauschen. Die Luft ist warm und schwül und über meiner Haut liegt gefühlt ein Feuchtigkeitsfilm aus dem Schweiß-Mix aller Gäste.

Die Musik setzt wieder ein. Alexandra hebt den Finger.»Das ist sie. *Winterwind.*«

Ich nehme einen Schluck von meinem kalten Bier.»Clara?«

»Ja, so heißt sie auf *Insta*. Sie produziert elektronische Musik unter dem Namen.«

»Und? Läuft's?«

Alex zuckt mit den Schultern. »Sie nutzt als Grundlage alte Stücke, Klassik und so. Scheint eine Menge Leute zu begeistern. Ganz neu erfindet sie das Rad aber nicht.«

Schon wieder so ein Seitenhieb, langsam wird es nervig.

»Wer tut das schon?«, verteidige ich Clara.

Wir schweigen einen Moment und lauschen dem Song, der aus dem Wohnzimmer hallt. Durch den Bass und die elektronischen Elemente ist er einerseits clubmäßig, hat andererseits aber auch eine geheimnisvolle Tiefe. Die Melodie kommt mir bekannt vor, sie ist erhaben und etwas düster. Der Mix baut nach und nach Spannung auf.

»Komm mit«, sagt Alexandra. »Wir gehen rüber.« Sie nimmt mich an die Hand und führt mich ins gedimmte Wohnzimmer. Clara trägt Kopfhörer und steht hinter einem provisorischen DJ-Pult. Darauf stehen ihr Laptop und eine Art Keyboard mit schwarz-weißen Tasten, Drehreglern und anderem Schnickschnack. Sie spielt darauf Sachen ein, die scheinbar live am Laptop bearbeitet werden und sich mit der abgespielten Musik mischen. Klingt schon professionell. Jetzt hebt sie den Kopf. Ihr Blick trifft zielsicher auf meinen, nur ist es kein spielerischer Blick, der Grenzen testet, sondern ein netter, harmloser, vielleicht sogar willkommen heißender. Anders als eben, im ersten Stock, als ihre Augen mich auf reizvolle Weise forderten. Ich würde mir gern weismachen, dass mir das nichts ausmacht. Dass ich mir sogar wünsche, die Spannung unserer ersten Begegnung möge sich im Gewusel der Gäste, in den Tiefen halb geleerter Gläser, im Sound und Bass der Anlage einfach auflösen.

Nur war ich leider noch nie so gut darin, mich selbst zu verkohlen. Die Wahrheit ist, dass die erste Begegnung mit Clara ordentlich geknallt hat – und das Piepen in meinen Ohren wird mich heute Nacht sicher um den Schlaf bringen.

KAPITEL 7

Clara

»Geschafft.« Ich lege die Kopfhörer ab, lasse einen Chartmix laufen und gehe in den Garten, wo es angenehm frisch ist.

»Clara!« Léon kommt schnellen Schrittes auf mich zu und legt den Arm um meine Schulter. »Der Remix von der *Siebten Sinfonie* ist ja der absolute Hammer.«

»Ehrlich?«, frage ich in der Sorge, dass er nur nett sein will, und in der Hoffnung, dass er glaubhaft von meinem neuen Stück überzeugt ist.

»Ja, total. Ich schicke dir das Video gleich.« Er zückt sein Handy, scrollt durch seine Galerie. »Aber vorher pack ich dir noch einen Filter drauf, lieber Partylichter oder Retrovibes?«, fragt er mit einer süßen Begeisterung, als würden wir mein Video in einem professionellen Studio für die anstehende Weltpremiere schneiden.

»Vielleicht Partylichter«, antworte ich mit einem warmen Lächeln.

Er stellt den Filter ein und hält mir das Handy hin. Auf den ersten Blick wirke ich darin weder abgehoben noch übermotiviert. Das ist beruhigend.

»Du siehst gut aus«, lobt Léon.

»Das muss ich mir gleich noch mal in Ruhe ansehen«, sage ich, während ich in meine kleine Umhängetasche greife und eine gedrehte Zigarette herausziehe, die Léon mir rasch aus der Hand zieht.

»Ey!«, protestiere ich empört.

»Clara, bitte.«

»Bitte was?«

Er nimmt mich in den Arm, drückt mich fest an sich, sagt: »Bitte. Bitte. Bitte.« Mein Bruder ist angetrunken. Ich stoße ihn sanft von mir. »Bitte was? Bitte schwör dem Nikotin ab? Bitte zieh dir die Dopamin-Kicks aus Schoko und Schwimmen? Bitte sei die besonnene Bio-Schwester von nebenan? Habe ich alles schon probiert. Klappt nicht.«

Er behält die Kippe zwischen seinen Fingern und setzt einen Blick auf, den niemand so gut beherrscht wie er: eine überzeugende Mischung aus streng und flehend. Ich reiße ihm die Zigarette aus der Hand und zerteile sie entnervt in der Mitte. Er lächelt zufrieden.

»Du bist mein DJ-Deus, weißt du das?«

»Einen aufsässigen Anbeter wie dich kann keiner gebrauchen«, antworte ich im Weggehen und steuere den Pavillon an, um das Büfett auszuchecken. Vor mir liegen kalte Fleischreste: Hühnchen, Würstchen, Steaks. Daneben eine Schüssel mit weißen Bohnen, Zwiebeln und Tomaten. Sie haben ihre besten Stunden schon hinter sich und schwimmen in einer wässrigen Essigsuppe. Und dann gibt es da noch die rechteckige Schüssel mit dem Tiramisu-Schlachtfeld. Beim Anblick der Auswahl vergeht mir der Appetit deutlich schneller als meine Lust auf die abgeluchste Zigarette.

Auf meinem Handy ploppt das Video auf, das Léon von mir aufgenommen hat. Am Gartenrand finde ich einen ruhigen Fleck, drehe der Party den Rücken zu, mit dem Gesicht zum Holzzaun, stecke mir Kopfhörer ein und starte die Aufnahme. Die Soundqualität ist ganz passabel und der Effekt macht was her. Spontan entscheide ich, dreißig Sekunden davon als Story hochzuladen.

> WINTERWIND
> SAINT-MALO
> Video by @Léon_le_roi
> Wir haben für das kommende Schuljahr spontan einen deutschen Gastschüler aufgenommen. Seine Heimat liegt ganz in der Nähe von Beethovens Geburtsort. Da musste ich Klassik-König Ludwig natürlich ins Spiel bringen. Wollt ihr die volle Version?
> → bitte, yes!
> → nein, nicht gelungen ...

Ein wenig hoffe ich ja, dass Milly davon Wind bekommt, dass ich ihn, wenn auch anonym, in meiner Story erwähnt habe. Ich muss Léon mal beiläufig fragen, ob er überhaupt Insta hat. Die Vorstellung, dass wir näher in Kontakt treten könnten, reizt mich.

»Bonjour, Clara. Wie geht's?«

Auf einmal steht Céline vor mir. Wie immer strahlend schön mit ihrem langen, blond gelockten Haar.

»Bonjour!« Ich nehme die Kopfhörer raus. Wir herzen uns kurz, aber kräftig. »Alles gut, und bei dir?«

»Auch.«

»Soll ich uns zwei Sitzkissen organisieren?«, frage ich.

»Ach, nein, das passt schon.«

Sie lächelt. Ich lächle zurück. Sie schaut unbeholfen durch die Gegend. Ich checke mein Handy. Die Distanz, die sich in den letzten Monaten zwischen uns geschoben hat, ist nicht so leicht zu überspielen, wie ich gedacht hatte. Geschweige denn zu überbrücken.

»Seit wann seid ihr denn aus dem Urlaub zurück?«, frage ich schließlich. »Mein Bruder hat erzählt, ihr wart in England.« »Seit gestern. Gerade rechtzeitig, um alle wiederzusehen. Und wo warst du in deinen Semesterferien? Bist du verreist?«

Ich war in meiner Vierzig-Quadratmeter-Wohnung. Zwischendurch auch für zehn Tage in einer Psycho-Klinik. Manchmal auch in einer Übe-Zelle an der Uni. Diese Party hier ist quasi mein Ferien-Highlight. Und vertraute Gesichter wie deins lassen eine wohlige Wärme aufkommen, die kein Pariser Sommer ersetzen kann. Du fehlst mir als Freundin.

Diese Gedanken behalte ich für mich. Mit meinem ganzen Chaos würde ich mich zwischen ihr und den unbeschwerten Gästen nur fehl am Platz fühlen würde.

»Ja, genau, ich war ein bisschen unterwegs«, antworte ich. »Leute besuchen, Uni-Zeug erledigen, Klavier üben. Das Übliche.«

»Du hast bestimmt richtig viel um die Ohren«, sagt Céline.

»Kann man so sagen.«

»Wahnsinn, dass du jetzt an dieser krassen Hochschule bist.«

»Danke, Céline.«

Ob sie Lust hätte, am Wochenende schwimmen zu gehen? Einen Film anzusehen? Gemeinsam etwas zu kochen oder eine neue Bar auszuprobieren?

»Was machst du die Tage?«, frage ich etwas nervös.

»Morgen kommen meine Großeltern zu Besuch.«

»Und am Sonntag?«

Sie schaut verlegen zur Seite. »Mal sehen. Ich muss mal Alexandra fragen, was geplant ist.«

Céline spricht den Namen ihrer Schwester wie ein Loyalitätsbekenntnis aus.

»Klar, klar.« Ich versuche, nicht enttäuscht zu klingen. Nicht enttäuscht zu gucken. Nicht enttäuscht zu *sein*. Und das gelingt am besten, indem ich mich von meinen Gefühlen abschneide. Oder die Gefühle von mir abschneide. Keine Ahnung, wie rum genau das passiert, aber ohne Geschnibbel kein Drüberstehen. Jemand krallt sich Céline von hinten. »Hey, Cici, komm jetzt. Wir spielen eine Runde Beerpong.«

Beerpong. Für mich eher Kopfpeng. Ich treffe kein Glas und mag kein Bier. Und in Warteschlangen werde ich nervös.

»Ja, ja, komme«, sagt sie und lächelt mir zum Abschied etwas trauriger zu als zur Begrüßung. »War schön, dich wiederzusehen.« Und weg ist sie.

Nach allem, was zwischen Alex und mir vorgefallen ist, habe ich natürlich geahnt, dass auch meine Freundschaft mit Céline davon Schaden tragen würde. Aber was man ahnt und was man hofft, sind zwei Paar Schuhe, in unterschiedlichen Größen, Farben und Styles.

Die Kurzfassung: Alexandra und Léon waren ein paar Monate lang ein Paar. Und sie waren extrem süß zusammen. Nicht bonbonsüß, sondern Cola-Light-Süß. So eine Sweetness, die nicht für jedermann etwas ist. Als sie mich gemeinsam in Paris besucht haben, war das aber leider der Anfang vom Ende – woran ich nicht ganz unschuldig bin. Auch jetzt noch habe ich ein schlechtes Gewissen, vor allem, da ich Alex und Léon heute Abend auf so engem Raum wiedersehe. Die unausgesprochenen Dinge zwischen ihnen liegen förmlich in der Luft. Ihre Geschichte war nie wirklich abgeschlossen, sie wurde einfach mittendrin unterbrochen. Und wenn ich nicht gewesen wäre, wären sie mit Sicherheit noch zusammen.

Plötzlich steht mein Bruder vor mir, mit geleertem Glas in der Hand, und reißt mich aus meinen Gedanken. Ich sehe ihm sofort an, dass er nicht mehr nur angeheitert, sondern besoffen ist. »Alex schmeißt sich an Milly ran«, nuschelt er. »Und er lässt sich drauf ein.«

»Unser süßer Gastbruder? So was macht der?«

»Du findest ihn süß?« Er lächelt, ohne es so zu meinen. »Na toll. Alex scheinbar auch.« Die Distanz zu Alex scheint ihn zu schmerzen und das schmerzt wiederum mich.

»Zeig mal«, fordere ich ihn mit einem Armtätscheln auf. Léon dreht meinen Oberkörper ein Stück nach links. »Da! Guck doch.«

Sie stehen dicht beieinander. Alexandra quatscht ihm die Ohren voll und berührt ihn dabei immer wieder am Arm. Émilien nickt, ohne selbst viel beizutragen, und wirkt weder auf den ersten noch auf den zweiten Blick besonders engagiert. Das Bild von ihm, wie er mich ungeniert angestarrt hat, während ich im Wohnzimmer aufgelegt habe, dringt in meinen Kopf. Meine Musik schien ihn zu interessieren, vielleicht auch ich. Unser Kennenlernen hatte diese eigensinnige Mischung aus Schwere und Leichtigkeit. Zum einen war da mein besetztes Zimmer, was eine gewisse Grundspannung zwischen uns schuf. Zum anderen war da aber auch eine spürbare Neugier, die wir füreinander zu haben scheinen. Warum habe ich ihn einfach so am Haar berührt? Vielleicht weil in seinem freundlichen Gesicht so ein reifer Ernst aufblitzte. Oder weil das Testen seiner Reaktion mir wie eine spannende Abwechslung schien, neben dem ganzen Klavierüben, den Erinnerungen an die Klinik und dem Bewusstsein für die ungelösten Probleme zwischen Léon, Alex, Céline und mir.

Ich beobachte ihn und Alex weiter. Sie fummelt schon wieder an ihm herum. Sollte sie nur einen Schritt weiter gehen, werde ich mich dazustellen und ihr ins Ohr flüstern, dass es verdammt daneben ist, sich an den Gastbruder ihres Ex ranzuschmeißen, während dieser im eigenen Haus dabei zusieht.

»Bereust du die Trennung manchmal?«, frage ich meinen Bruder ohne Umschweife.

Er schüttelt energisch den Kopf. »Nee. Echt nicht.« Er scheint zu hoffen, dass ich ihm das zwischen dem ganzen Partykrach und Menschentrubel ungeprüft abkaufe. Dabei kennt er mich besser. »Tut mir leid, wie das Ganze gelaufen ist. Wenn ich könnte, würde ich die Zeit zurückdrehen. Euch meine Wohnung in Paris als kostenloses Airbnb überlassen und mit den anderen Obdachlosen unter der *Pont Neuf* schlafen.«

»Das klingt traurig.«

»Traurig ist auch, dass deine Ex dich mit deinem Gastbruder eifersüchtig machen will.«

»Kann sein, dass sie das ursprünglich wollte«, sagt Léon, ohne die beiden aus den Augen zu lassen, »aber Milly ist ein cooler Typ und als Eifersuchtsobjekt unterfordert. Ähm, ne, unterbewertet, meine ich. Unterbewertet! Und das wird sie auch noch merken, dass er zu mehr taugt. Und dann …«

»Nichts und dann«, sage ich entschlossen. »Milly steht nicht auf sie.«

Er legt den Arm um meine Schulter, drückt seine Schläfe an meinen Kopf. »Woher willst du das wissen?«

Ich weiß es nicht. Ich hoffe es aber – für meinen Bruder, klar, aber auch für Milly. Wäre doch bitter für ihn, gleich im ersten Monat in Frankreich in so ein kompliziertes Dreiecksdrama zu geraten.

Vielleicht hoffe ich es auch zu zwei, drei Prozent für mich selbst, da es sich unerwartet nett anfühlt, dass da wer Neues aufgetaucht ist – mag er auch meinen Raum besetzen. Einer, der ein anderes Land, ein anderes Leben mitbringt und sowohl bodenständig als auch risikofreudig wirkt. Und sollte ich mir das gerade nur ein bisschen einbilden – mir das Ganze schön- und spannend reden – dann ist das halt so. Dann tut das halt gut.

»Ich weiß es einfach«, sage ich, um meinen Bruder zu beruhigen und gleichzeitig meine Worte ins Universum zu schicken, damit sie gehört werden und wieder zurückhallen.

KAPITEL 8

Milly

Es ist drei Uhr morgens. Der harte Kern aus acht, neun Leuten sitzt bei leiser Musik und gedimmten Lichterketten im Wohnzimmer. Léon kommt noch immer nicht aus seiner Gastgeberrolle raus, sorgt für Getränkenachschub und hält einschlafende Unterhaltungen am Laufen, obwohl er selbst einen sitzen hat. Als Clara verschwindet, um sich bettfertig zu machen, laufe ich in die Küche und schicke Daniele ein Foto von geleerten Spirituosenflaschen, benutzten Gläsern und Kippenresten auf Papptellern.

> **MILLY**
> Steiler Start!

Er antwortet binnen Sekunden.

> **DANIELE**
> Bin in der Klinik, gerad ist aber Ruhe. Was treibt ihr da?

MILLY
Wir haben Spaß.

DANIELE
Bitte verhüten.

MILLY
Ich blockiere dich gleich.

DANIELE
Besser, du blockierst mich statt den Weg in eine unbeschwerte Zukunft.

MILLY
Unbeschwert?

DANIELE
Ohne Teenie-Vaterschaft. Ohne Tripper.

MILLY
Hast du nicht gesagt, ich solle endlich mal eine Runde schwimmen gehen?

DANIELE
Ja, mit einer festen Freundin, dachte ich. Hier in Deutschland. Du hast aber noch nie, oder?

MILLY
Doch.

DANIELE
???

MILLY
Selber ???

DANIELE
Das Mädel aus deiner Stufe? Diese Anna?

MILLY
Yep.

DANIELE
Warum hast du mir nichts davon erzählt?

MILLY
Weil du kein Sextagebuch bist?

Plötzlich steht Clara vor mir. »Mit wem schreibst du da?« Sie hat das schwarze Kleid ausgezogen und ist in eine Leggins und ein eng anliegendes T-Shirt geschlüpft. Ohne den roten Lippenstift und die dunkel geschminkten Augen sieht sie jünger aus. Ich schlucke meine aufkeimende Nervosität herunter wie einen dicken Kaugummi, der später noch Probleme im Bauch bereiten könnte.

»Mit meinem Bruder.«

Sie öffnet den Kühlschrank und nimmt eine Flasche Wasser heraus. »Du hast also auch ein Bruderherz?«

Bruderherz, das klingt ziemlich eng. Auch wenn ich Daniele wirklich liebhabe, wäre es mir etwas peinlich, ihn so zu nennen.

»Genau. Er hat gerade Nachtdienst.«

»Ah, stimmt. Léon hat erzählt, dass ihr lauter Ärzte seid.«

»Er und mein Vater.«

»Willst du auch einer werden?«

»Nein. Medizin ist nichts für mich.«

Sie stellt die Flasche auf der Kücheninsel ab. »Das findet dein Vater bestimmt nicht so prickelnd«, sagt sie, als würde ihr der kleine Finger meiner Familie genügen, um ihr gleich komplett aus der Hand zu lesen und all ihre Lebenslinien zu deuten. Das ist irgendwie süß, dass sie mich damit beeindrucken will, auch, wenn sie dabei etwas altklug, vielleicht sogar ein wenig selbstüberschätzend wirkt.

Ich zucke mit den Schultern. »Kann schon sein, aber da muss er mit leben.«

Sie läuft um die Insel herum und nähert sich mir langsam. »Dir ist das also völlig egal. Aber dann ist es dir doch nicht egal. Und auf der witzlosen Strecke zwischen *völlig* und *doch nicht* egal willst du kein Leben führen. Also musstest du nach Frankreich abhauen. In den Arm meiner freiheitsversprechenden Familie.« Nach dem letzten Satz muss sie schnauben. »Klingt lustig, dass wir quasi deine Rettung sind.« Sie hält kurz inne, als wäre sie unsicher, ob sie mit ihrer Direktheit einen Fehler begehen könnte, und fügt leiser hinzu: »Fragt sich nur, wer dann meine ist.«

Wenn ich alles, was ich in diesem Haus bislang gehört und gesehen habe, zusammenfüge, dann scheint es, als würde Clara einen Kampf führen: Sie will unabhängig sein, sich aber dennoch akzeptiert fühlen, dazugehören. Ich kenne diesen Kampf von daheim, nur wirkt sie irgendwie verletzter als ich. Als hätte sie bereits den einen oder anderen Rückschlag verkraften und sich wieder aufrappeln müssen. Aber gut, sie ist auch älter, ist bereits ganz ausgezogen, studiert in einer anderen Stadt. Sie ist da schon weiter.

»Brauchst du denn eine Rettung?«, beziehe ich mich auf ihre Aussage.

Ihr schelmisches Grinsen weicht einem traurigen Lächeln. »Braucht nicht jeder irgendwann mal eine Rettung?«

»So klingst du jedenfalls nicht. Weder wenn du sprichst noch wenn du Musik auflegst.«

Ich sehe in ihr frisch gereinigtes Gesicht, in ihre Augen, die ohne den schwarzen Kajal aussehen, als würden sie das Licht der Welt gerade zum ersten Mal erblicken.

»Ich kann dich zwar nicht gleich retten«, spricht der mutige Restalkohol aus mir, »aber zuhören und sinnvolle Kommentare anbieten, das schaffe ich ganz gut. Vor allem, wenn ich die richtige Motivation habe.«

Wie es scheint, bin ich dabei, die gastgeschwisterliche Linie zu übertreten, ohne zu wissen, was mich auf der anderen Seite erwartet. Vermutlich strenge Grenzkontrolleure, die mich mit einer saftigen Strafe wieder zurückschicken. Mir ist schon klar, dass ich es hier ein bisschen zu weit treibe, aber Clara weckt meine Abenteuerlust, während die neue Umgebung meine Hemmungen senkt.

Sie fixiert mich mit ihren Augen, als würde sie ihre Beute festmachen, bevor sie zum Angriff übergeht. »Und die richtige Motivation wäre was?«

Erneut schafft sie es, dass sich mein Körper allein durch ihren Anblick und ihre Worte fiebrig anfühlt, und jetzt kommt auch noch ein flattrig-flauer Magen dazu. Ist das eigentlich ein Warnzeichen, wenn man gleich zu Beginn das Gefühl bekommt, eine Person würde einen »krank« machen?

»Nicht *was*, sondern *wer*«, flüstere ich so halb, da ich nicht sicher bin, wie voll und gefestigt meine Stimme gerade klingen würde.

Die Dominanz schwindet aus ihren Augen und weicht einem warmen Blick, was wohl bedeutet, dass ihr meine indirekte Direktheit gefällt.

»Du hast da noch etwas Schminke unter dem rechten Auge«, sage ich. »Soll ich …?«

Sie wackelt nahezu unmerklich mit dem Kopf, deutet ein Nicken an, das keins sein muss, und setzt mich damit dem Risiko einer Fehldeutung aus. Vielleicht will sie ja genau das: dass ich etwas für sie riskiere. Das könnte zu ihr passen. Lange kenne ich sie zwar noch nicht, aber ihr Foto, unsere kurze erste Begegnung auf ihrem Zimmer, ihr Musikauftritt – und jetzt dieses merkwürdige Küchenkino hier. All das reicht schon, um mir ein erstes Bild von ihr zu machen.

Einen Moment zögere ich, unsicher, ob ich das wirklich tun soll: vom Spiel mit den Worten tatsächlich in den Ernst der Taten überzugehen. Aber wenn ich möchte, dass sie mich ernst nimmt und am besten noch vergisst, dass ich so alt bin wie ihr kleiner Bruder, sollte ich aufhören, den Moment zu zerdenken.

Entschlossen trete ich einen Schritt näher und streiche mit dem Daumen über ihre Wange, ohne dieses winzig kleine, dunkle Etwas dadurch beseitigen zu können. Dann berühre ich ihr Gesicht so flüchtig mit meinen restlichen Fingern, dass sie kaum sicher sein kann, ob ich das mit Absicht getan habe. Ob ich es *überhaupt* getan habe.

Clara schaut überrascht, vielleicht sogar ein wenig schockiert. Ihre Augen sind etwas geweitet, sodass sie noch größer wirken als sonst, der Mund leicht geöffnet. Gilt ihr Schock meiner Dreistigkeit, sie einfach zu berühren, oder dem Gefallen, das sie dabei empfindet?

Ich möchte etwas Nettes zu ihr sagen, immerhin hat sie von Rettung gesprochen. Vielleicht fühlt sie sich ein wenig verloren, auch wenn sie kaum den Eindruck erweckt.

»Als du dieses Stück aufgelegt hast …«, beginne ich. »Das ist von Beethoven, richtig?«

Sie tritt einen Schritt zurück, lehnt sich an die Kücheninsel und nickt bejahend.

»Ich finde, es klang …«

»Ja?«

»Das klang, als könnte man darauf tanzen, es aber ebenso gut nachts auf dem Rücken liegend am Strand hören. Und dabei in einen Himmel sehen, den man bestaunen, aber nie besitzen kann.«

Ihre Mundwinkel heben sich vorsichtig.

»Es ist interessant, dass du diese beiden gegensätzlichen Wirkungen da reinpacken konntest. Das stelle ich mir schwer vor. Es sei denn vermutlich, man hat Talent.«

»Talent ist nicht alles«, spricht sie leise und ich weiß nicht, ob ich mir das einbilde, aber in ihren Augen bildet sich ein feuchter Glanz. Liegt das daran, dass sie müde ist, oder hat das Gespräch über Rettungen und Musik sie vielleicht berührt? Die sanfte Andeutung ihrer Lippen verwandelt sich in ein breites, künstliches Lächeln, das in einem unpassenden Kontrast zu ihren feucht glänzenden Augen steht, und dann sagt sie: »So, ich pack's mal für heute!«, was mich unerwartet trifft. Es fühlt sich an, als würde sie sich nach der Annäherung, mag sie auch spielerisch gewesen sein, wieder distanzieren.

»Ich winke den anderen noch mal zu und gehe dann schlafen.« Sie bewegt sich ein paar Schritt von der Kücheninsel fort, bleibt dann kurz stehen und dreht sich noch einmal nach mir um. »Was du über das Stück gesagt hast – tanzend oder nachts auf dem Rücken, mit dem Blick zu einem Himmel, den man bestaunen, aber nie besitzen kann …« Wow. Sie hat sich jedes Detail gemerkt. »Das war wunderschön.«

»Gute Nacht, Clara«, ist alles, was mir noch einfällt.

»Gute Nacht, Milly. Darf ich dich Milly nennen?«, fragt sie mit einer abschließenden Sanftheit, die ich nicht erwartet hatte.

Die Enttäuschung schwindet, in meiner Brust breitet sich ein Gefühl der Vorfreude aus, sie weiter kennenzulernen.

»Darfst du«, antworte ich und beschließe, kein weiteres Wort zu verlieren, das diesen tiefen Moment unnötig verflachen könnte.

KAPITEL 9

Clara

Auf dem Weg nach oben kann ich meine Tränen nicht mehr zurückhalten. Ich habe unterschätzt, wie aufwühlend es sein würde, nach den fordernden Uniwochen und dem Klinikaufenthalt, von dem kaum jemand wusste, wieder hier zu sein: in Saint-Malo, wo schöne und schmerzvolle Erinnerungen miteinander Tango tanzen und erwarten, dass ich mitziehe, ohne mich aus dem Takt bringen zu lassen.

Die gescheiterte Wiederannäherung mit Céline. Léons bestehende Gefühle für Alex. Mein Kram, der jetzt auf dem Dachboden liegt, inklusive der Erinnerungsstücke an Papa. Und gleichzeitig die beruhigende Nähe zu meinem Bruder, vor dem ich mich nicht verstellen muss. Der vertraute Duft des Meeres, der in der Luft liegt. Die Kindheitsjahre, deren Spuren in den Hauswänden stecken.

Millys Worte klingen in meinen Ohren nach: der Himmel, den man bestaunen, aber nie besitzen kann, das hat er aus meinem Remix herausgehört. Aus mir herausgelesen. Das ist stark von ihm.

Es gibt ihn sicherlich, diesen Himmel der Hoffnung, der in Sichtweite ist und doch unerreichbar scheint. Zumindest, solange sich nichts an meiner Situation ändert. Nur Hoffnung zu haben, kann doch nicht reichen, oder? Man muss schon etwas dafür tun, damit sie sich auch erfüllt, oder?

Ich laufe ins Gästezimmer, dimme das Hauptlicht und schalte die Nachtlampe an, bevor ich mich unter die Decke lege. Noch immer füllen meine Augen sich mit Tränen, dabei habe ich seit Wochen nicht geweint, und das, obwohl ich in letzter Zeit deutlich einsamer war als heute Abend. Die gemischten Eindrücke der letzten Stunden haben sich durch die Mauer gebohrt, die ich schon in der Klinik hochgezogen und seither nicht mehr abgebaut hatte. Und gefühlt hat Milly ihr mit seinen treffenden Worten den letzten Schlag versetzt.

Nicht, dass ich den Klinikabbruch noch bereue. Reue ist so ein furchtbares Gefühl, das ein paar miese Untergefühle mitbringt: Schuld, Scham, ein schlechtes Gewissen. Es wäre also besser, jetzt alles richtig zu machen – mich zusammenzureißen, zu funktionieren. Mir den einen oder anderen aufbauenden Flirt zu gönnen und ausreichend viel Klavier zu üben, damit ich mir später nicht vorwerfen muss, sehenden Auges vor die Hunde gegangen zu sein.

Aber jetzt stecke ich mir erst mal ein Paar Oropax in die Ohren, damit die restlichen Geräusche und Gespräche der Party dumpfer werden, bevor sie in ein, zwei Stunden endgültig verstummen. Um das morgige Wiedersehen mit meiner Mutter gut über die Bühne zu bringen, brauche ich jetzt dringend etwas Schlaf.

KAPITEL 10

Milly

Als ich am nächsten Morgen die Augen öffne, ist es kurz nach zehn. Daniele hat in der Nacht noch mal geschrieben. Zudem zeigt Instagram an, dass Alexandra meinem Profil folgt. Im Wohnzimmer treffe ich auf Madame Leroy, die mit einer Tasse Kaffee und einem Buch in der Hand allein am Esstisch sitzt und an einer Iqos zieht. So ein Hybrid-Ding, bei der die Zigarette in einem Gestell steckt.

»Guten Morgen. Ich wusste gar nicht, dass Sie rauchen.« Ich setze mich zu ihr an den Tisch und sie schenkt mir ein Glas Orangensaft ein.

»In der Küche sind auch noch Croissants«, sagt sie mit einem Lächeln.

»Lieben Dank.«

»Ich habe vor ein paar Jahren aufgehört«, kommt sie auf meinen Kommentar zu sprechen. »Aber manchmal erlaube ich mir noch diese Dinger, angeblich sind sie ja weniger schädlich.«

Ich blicke um mich. »Wo ist denn Clara, hat sie schon gefrühstückt?«

Madame Leroy starrt mich wortlos an, während der Dampf ihr Gesicht vernebelt.

»Und Léon«, schiebe ich rasch hinterher. »Wo sind die beiden?«

»Er bringt sie gerade zum Bahnhof.«

»Oh, warum das denn?«

Sie blättert eine Seite um, zieht erneut an der Iqos. »Weil sie fahren wollte.«

»Hat sie sich im Gästezimmer unwohl gefühlt?«

»Wieso sollte sie?«, antwortet sie in sachlichem Ton. »Das hier ist ihr Zuhause. Aber sie hat viel zu tun. Das Semester steht in den Startlöchern.«

»Hat sie etwas gegessen?«

Sie schlägt ihr Buch zu und mustert mich intensiv. »Hast du dich in sie verguckt?«

Die Frage trifft mich so hart, als hätte Madame Leroy sie mir nicht einfach gestellt, sondern an den Kopf geknallt. Und da ich äußerst schlecht im Lügen bin, bleibt mir nichts anderes übrig, als den Rand zu halten und das Gefühl grenzenlosen Ertapptseins wortlos zu ertragen.

Meine Gastmutter lächelt gnädig. »Ist nicht weiter schlimm. Ich kenne meine Tochter gut. Ich weiß, wie viele Jungs sich in sie verknallen. Aber das geht vorbei.«

Was geht vorbei. Mein Interesse? Das Interesse der anderen? Wie viele sind es denn? Hier, in Saint-Malo oder in Paris?

Sie steht auf, rückt ihren Stuhl an den Tisch. »Du kommst gut zurecht so weit weg von zu Hause, sprichst fließend Französisch. Ein schlauer, selbstständiger Junge bist du.« Kurz wartet sie ab. »Du möchtest deine Zeit sicher gut nutzen und sie nicht in den Sand setzen für Dinge, auf die du weder ein Anrecht noch eine Chance hast.«

Wow. Madame Leroy weiß, wie man eine Drohung mit einer Beleidigung verknüpft und dabei auch noch vornehm klingt. Aber gut, ich möchte ihre Worte nicht auf die Goldwaage legen. Léon hat ja schon angedeutet, dass sie beim Thema Clara gern mal übers Ziel hinausschießt.

Sie zückt das Handy aus ihrer weit geschnittenen Stoffhose und wischt mit dem Finger über den Bildschirm. »Meine Tochter hat mir gerade geschrieben«, sagt sie unglaubwürdig heiter. »Sie sitzt jetzt im Zug. Schön, schön.« Dann läuft sie mit dem Buch und ihrer Iqos in der Hand in den Garten.

Unsicher, was ich von dem Gespräch halten soll, bleibe ich noch eine Weile sitzen. Nachdem ich mein Glas ausgetrunken und abgeräumt habe, gehe ich hoch ins Bad, putze mir die Zähne und ziehe meinen Kulturbeutel aus dem Spiegelschrank. Jemand muss den Reißverschluss zugezogen haben. Ich mache ihn auf und entdecke einen Zettel darin. Ich weiß, von wem er ist, noch bevor ich ihn auseinanderfalte.

Wünsche dir einen guten Schulstart am Laplace.

Ich mache mich wieder auf den Weg nach Paris, um mich auf die Uni vorzubereiten. Meine Mama hat sich eine Menge Programm für heute überlegt, wie ich am Morgen erfahren habe – aber ihr werdet auch zu dritt eine gute Zeit haben :)

Komme bald wieder und erfülle meine Pflichten als große Gastschwester.

PS: Lauf nicht weg bis dahin.

Bisous

Sie hat mir den Gastbruder-Stempel aufgedrückt, was weder zu ihrem handschriftlichen Zettel noch zu dem Versteck in meinem Beutel passt. Ich zücke mein Handy, rufe ihren *Insta*-Account auf, *winterwind*, drücke auf Folgen und hinterlasse ihr eine Nachricht.

MILLY
Hey, Schwesterherz, danke für die Retro-Botschaft, komme mir vor wie in einem Neunziger-Film. Viel Erfolg beim Semesterstart. PS: Du bist weggelaufen, nicht ich.

TEIL 2

RISING

KAPITEL 11

Clara

Die schallgedämpfte Übe-Zelle der Uni ist ziemlich klein und der Flügel darin ziemlich teuer. Hier drinnen fühle ich mich immer ein bisschen wie in einem XXL-Safe.

Ich stehe am mehrfachverglasten Fenster mit Blick auf den Unicampus und überlege, was ich mir vom Herbst wünsche. Will ich, dass er sich wie ein Schwächling aufführt und zulässt, dass die Spätsommertemperaturen weiter den Ton angeben? Oder will ich, dass er sich endlich durchsetzt, damit ich mir in Mantel und Stiefeln Automaten-Kakaos an der Uni ziehen kann?

Ich weiß es nicht. Offensichtlich ist sich der Herbst da gerade nicht einmal selbst ganz sicher. Draußen sind es etwas über zwanzig Grad bei strahlend blauem Himmel, aber die Blätter verfärben sich bereits. Ein bisschen hiervon, ein bisschen davon. Würde ich mich genauso wenig an vorgegebene Zeiten und Strukturen halten, würde ich hier an der Musikhochschule nicht weit kommen.

Als es an der Tür klopft, drehe ich mich vom Fenster weg und mache auf.

Vor mir steht eine Studentin aus meinem Semester, mit der ich wenig am Hut habe. »Wie lange übst du noch?« Ihr Ton ist eine Mischung aus höflich und fordernd.

»Ich habe für vier Stunden reserviert«, antworte ich.

Sie blickt kurz um sich und sagt dann leiser: »Du spielst doch gar nicht.«

»Der Raum ist schalldicht. Woher willst du das wissen?«

»Ich habe dich von draußen gesehen. Du standst die ganze Zeit am Fenster. Ich hingegen könnte die Übungszeit gut gebrauchen.«

Ich schlage ihr ohne ein weiteres Wort die Tür vor der Nase zu. Dabei kann ich sie zugegebenermaßen ein wenig verstehen. Im letzten Jahr war ich selbst eine von den Fleißigen, die keine Zeit verschwendet hat, durchs Fensterglas zu starren, sondern nur Augen und Ohren für die Holztasten hatte. Da waren meine Energiereserven noch deutlich größer.

Ich setze mich an den Flügel und fahre fort mit der *c-Moll-Etüde* von Chopin. Die *Ocean-Etüde*, die meine Mutter sich für das Weihnachtsfest gewünscht hat. Seit das Semester wieder begonnen hat, bekomme ich jede Woche den regulären Einzelunterricht bei Professor Martinez.

»Man muss die drängende Energie hören, das wilde Auf und Ab der Wellen«, hat er gesagt. »Den permanenten Wechsel zwischen crescendo und diminuendo. Natürlich, ohne dass es zu konstruiert klingt.« Er setzte sich ans Klavier und spielte ein paar Takte vor, die sofort auf den Punkt waren. »Du musst musikalisch davon erzählen, wie die Wellen dich unaufhörlich einholen, dich hochreißen und wieder runterziehen, ohne dass du dabei die Kontrolle verlierst. Dem Publikum soll beim Zuhören die Luft wegbleiben, nicht dir.«

Mein Handy vibriert auf dem Beistellstuhl. Eine Nachricht von Léon. Ich lade sein Foto, es zeigt Milly, Céline und ein paar andere in der Schulaula beim Rumräumen von Requisiten.

Bildunterschrift: Madame Chevalier zwingt den Literaturkurs, ein Theaterstück zu inszenieren, soll wohl in die Abinote fließen. Darf sie das?

Darunter folgt eins nur von Milly, wie er mit einem Skelett auf einem Rollstativ Händchen hält. Bildunterschrift: Milly hat endlich jemanden kennengelernt, der zu ihm passt.

Ich muss beim Anblick der Bilder lächeln und nehme prompt eine Sprachnachricht auf.

> **CLARA**
> Was führt ihr da auf? Spielt das in der Unterwelt?

> **LÉON UND MILLY**
> 🎤 Nein, *Der eingebildete Kranke*. Molière, was sonst? [Und dann ertönt plötzlich Millys Stimme] Und wie die Ironie des Schicksals es so will, wurde mir die Rolle des Arztes Dr. Purgon zugeteilt. Besser Fake-Doc als gar kein Doc. [Wieder Léon] Ich weiß nicht, wie ich zu der Ehre gekommen bin, aber Madame Chevalier sieht in mir die Hauptrolle. Ich spiele also den Hypochonder, der Medicus Milly aus der gierigen Hand frisst.

Ich herze die Audio der Jungs und entscheide spontan, die nächsten Tage in Saint-Malo zu verbringen. Als ich den Raum verlasse, sitzt die Kommilitonin einen knappen Meter von der Tür entfernt auf dem Boden, mit dem Rücken an die Wand gelehnt.

»Hey«, sage ich.

Sie zuckt kurz zusammen, fragt dann vorsichtig, aber entschlossen: »Bist du jetzt –?«

»Ja, ja, bin ich.«

Sie springt auf, rauscht in die Zelle und schließt die Tür hinter sich. Ich bin nicht sicher, ob es ihr Prof war oder ein anderer, der mir kürzlich im Flur so einen dummen Spruch gedrückt hat: dass ich ja von Glück sprechen könne, dass Beethoven bei seinem Tod komplett taub war. Er hätte sich sonst im Grab umgedreht bei dem, was ich aus seiner *Siebten Sinfonie* gemacht habe.

Dass der greise Oldschool-Prof mir eben mal so im Vorbeigehen eine Beleidigung im Namen Beethovens reingedrückt hat, hat mich nicht so sehr überrascht wie die Tatsache, dass er meinen *Instagram*-Content kannte. Das Reel, das ich nach dem Story-Teaser von der Party in voller Länge hochgeladen habe, wurde mittlerweile von einem Musik-Influencer geteilt, der mir mit seinen 200.000 Abonnenten einen netten Reichweite-Schub verschafft hat. Mittlerweile sind wir im Gespräch über eine mögliche Kooperation. Einerseits freue ich mich über diese einmalige Chance. Andererseits frage ich mich, wo ich das noch unterbringen soll.

Auf dem Weg nach draußen treffe ich Roman an. »Clara, hey.«

Ich bleibe kurz stehen.

»Bist du schon fertig?«, möchte er wissen. »Ich dachte, du übst noch und wir treffen uns später zum Mittagessen.«

»Ich habe gerade beschlossen, nach Hause zu fahren.«

»Aha?«

»Ja, ich dachte, die *Ocean* lässt sich besser am Ozean üben als an der Seine. In vier Tagen ist meine nächste Einzelstunde, bis dahin bin ich wieder zurück.«

Roman begleitet mich aus dem Gebäude. »Läuft es denn gut?«, fragt er. »Du hast mir noch gar nichts vorgespielt.«

»Ich bin noch nicht so weit.«

Wir umarmen uns zum Abschied. »Dann lass uns aber nächste Woche was essen«, sagt er.

»Mit deiner Freundin?«

Er bläst die Backen auf, lässt geräuschvoll die Luft durch die Lippen entweichen. »Wenn sie in der Nähe ist, dann ja.«

»Das klingt aber nicht mehr so euphorisch. Wird es doch etwas langweilig zu zweit auf Wolke sieben?«

»Nein«, entgegnet er. »Aber ohne dich wird es das.«

Romans treue Seele kommt nach wochenlanger Abwesenheit endlich wieder zum Vorschein. Das ist erfreulich, aber auch mit Vorsicht zu genießen. Zumindest, solange die beiden noch ein Paar sind.

»Dann hättest du mich nicht aus unserer Bro-Bubble kicken sollen.«

Er schüttelt abschließend den Kopf. »Du bist kein Bro-Material. Und genau das ist ihr Problem.«

* * *

Ich radle in meine Wohnung, packe ein paar Kleidungsstücke und meinen Laptop ein. Das MIDI-Keyboard stecke ich in die dazugehörige Transporttasche.

Im weitgehend leeren Mittagszug mache ich mich auf zwei Plätzen breit und öffne den *Insta*-Chat mit Milly. Seit er meinen Zettel in seinem Kulturbeutel entdeckt hat, hatten wir ab und an Kontakt. Ich klicke seinen Account an, betrachte sein Profilfoto. Vom Typ her sieht er Roman ähnlich, charakterlich sind die beiden grundverschieden. Roman führt nicht nur sein Geigenspiel mit höchster Präzision aus, sondern auch jede andere Bewegung im Alltag. Wie er geht, isst, spricht, umarmt. Als gäbe es für alles eine Anweisung. Als hätte er für alles ein Limit. Manchmal beneide ich Roman darum, auch wenn diese permanente Selbstkontrolle sicher nervig werden kann. Milly scheint mir da anders zu sein. Er entscheidet spontan über seinen nächsten Move. Und das, ohne seine Entspanntheit zu verlieren oder übers Ziel hinauszuschießen. Er ist einer, der den Moment händeln kann, ohne sich von ihm überrollen zu lassen. Das wirkt selbstbewusst und anziehend. Hätte ich ihn irgendwo auf einer Party oder bei einem Konzert kennengelernt, wäre mir vermutlich nicht einmal aufgefallen, dass zwei Jahre zwischen uns liegen. Dennoch kann und wird mit Milly nicht mehr drin sein als ein lockeres Geschäker am Rande, wenn überhaupt. Ein kleiner Side-Kick, um sich wach zu halten und bei Laune zu bleiben. Und mehr wird Milly wohl auch nicht suchen. Er ist hier, um Abitur zu machen und nebenbei sein Jahr an der Küste zu genießen. Und nicht, um seine Energie in die Gastschwester aus Paris zu stecken, die den Kopf zwischen Studium, *Insta* und dem inneren Auf und Ab nur knapp über Wasser hält.

Ungefähr auf der Mitte der Strecke öffne ich WhatsApp und werfe einen Blick in die stummgeschaltete *Lonely-Hearts-Club*-Gruppe. Ich überfliege die ungelesenen Nachrichten. Klicke in der aktuellen Teilnehmerumfrage für das nächste Treffen auf »nicht dabei« und schreibe spontan etwas hinein.

CLARA
Hey zusammen, bei mir hat das neue Semester begonnen. Neben Musiktheorie heißt das eine Menge Klavierspielen. Vor allem das Üben ist eine einsame Angelegenheit und an das lange Sitzen muss ich mich erst wieder gewöhnen. Aber das wird schon. Gerade fahre ich spontan nach Hause ans Meer. Wünsche allen eine gute Woche.

FABIEN
Hey, Clara, vielleicht kannst du mit dem Klavier ja langsam starten, bis die Spielkondition sich wieder verbessert? Oder eine lange Session auf zwei Tageshälften verteilen?

CLARA
Ja, das wäre eine Idee. Müsste ich mal mit den Raumplanern besprechen.

KIRA
Hey, Clara, schön von dir zu lesen! Du hast aber kein schlechtes Gewissen, weil es nicht direkt rundläuft?

CLARA
Ein bisschen schon. Es ist etwas, das mir eigentlich Spaß macht und mir leichter fallen sollte. Außerdem bewerben sich an meiner Uni deutlich mehr Menschen, als es Plätze gibt.

KIRA
Aber du hast den Platz bekommen (und das Stipendium!) und das nicht ohne Grund. Das war dein Verdienst! Und niemand erwartet, dass zu 24/7 ablieferst.

Ein paar Gruppenmitglieder haben derweil meine erste Nachricht geherzt.

LUDOVIC
Hey liebe Clara, ich wünsche dir eine gute Zeit daheim, schick gern mal ein Foto! Vielleicht kannst du beim Üben nach jeder halben oder vollen Stunde eine Runde spazieren gehen? Für mich sind Walkingpausen richtige Wach- und Stimmungsmacher.

AMÉLIE
@Clara, schön, dass du dich meldest! Denk daran, dich nach einer langen Übungseinheit zu belohnen.

> Serie gucken, Kochen, Telefonat mit einer Freundin, etwas, das dir guttut. Und damit meine ich nicht für neunzig Minuten auf den Crosstrainer zu springen, ohne dass du Bock drauf hast, weil es ja »so gesund für Körper und Geist ist«. Dann lieber Gummibärchen und Gossip.

Ich herze ihre Nachrichten, schreibe noch »Danke für die Tipps, Foto folgt!« und schließe den Chat.

Dass die *Ocean-Etüde* wunderschön ist, ändert nichts daran, dass es sau-anstrengend wird, sie neben meinem ganzen anderen Kram bis Mitte Dezember zu beherrschen. Natürlich könnte ich meiner Mutter die Bitte einfach ausschlagen. Aber wenn ich daran denke, wie sie jahrelang ihr letztes Geld dafür zusammengekratzt hat, um Léon und mir den Klavierunterricht zu ermöglichen, bringe ich es einfach nicht übers Herz. Ihre Freundinnen rieten ihr dazu, meinen Vater um mehr Unterstützung zu bitten. Aber meine Mutter war zu stolz, um sich vor ihm und seiner neuen Frau als bedürftige Ex zu präsentieren. »Es hat nicht hingehauen mit einem Trauschein«, sagte sie. »Da brauch ich jetzt auch keine Geldscheine von ihm.« Ein Satz, der mir in Erinnerung geblieben ist. Als Kind versteht man solche Dinge nicht. Man kriegt sie mit, nimmt sie hin, geht zu dem Unterricht, den Mama organisiert hat, nörgelt ein bisschen herum. Erst heute kann ich mir vorstellen, wie schwierig es gewesen sein muss, ihre Würde zu bewahren und zugleich unsere Existenz zu sichern.

Ich muss daran denken, wie Dr. Morel bei einem unserer Gespräche in seiner Praxis mal sagte: »Ich habe den Eindruck, dass Sie Ihre Wünsche, Erwartungen und Sorgen häufig runterschlucken. Und da Ihre Mitmenschen keine Gedanken lesen können, können sie auch nicht darauf eingehen.«

Ich starrte ihn nur an, fühlte mich erwischt.

»Und das hat natürlich zur Folge, dass Sie sich enttäuscht fühlen. Dass Sie annehmen, nicht gesehen, gebraucht oder wertgeschätzt zu werden. Diese negativen Annahmen lösen negative Emotionen aus, die sich unter Umständen immer weiter aufheizen. Und irgendwann spucken diese Feuer. Die Flammen können jemanden treffen, der Ihnen nahesteht. Letztlich treffen sie aber auch Sie selbst.«

Ich weiß noch, dass ich damals gelacht habe, obwohl mir zum Heulen zumute war, und herunterspielend sagte: »Ich bin also ein Depri-Dragon.«

»Madame Leroy …«, mahnte Morel schon fast väterlich.

»Okay, dann im Ernst: Was soll ich jetzt tun?«

»Üben Sie, sich authentisch mitzuteilen. Je häufiger Sie das tun und dabei feststellen, dass es keine negativen Konsequenzen gibt – sondern es ganz im Gegenteil entlastend wirkt –, desto niedriger wird die Hemmschwelle fürs nächste Mal.«

Ich seufzte überfordert.

»Sie sind so mutig mit Ihrer Musik«, sagte er. »Warum nicht mit Ihren Mitmenschen?«

Mit der Musik ist das anders, dachte ich. Bei ihr habe ich keine Angst, ein Nein zu kassieren. Ihr bin ich niemals zu viel. Alles, was ich ihr gebe, bekomme ich zurück: sei es beim Üben, beim Mixen, beim Rumkomponieren, beim Auftritt. Und sogar, wenn ich mal nichts zu geben habe, kann ich mir problemlos reinziehen, was sie schon mit anderen Künstlern auf die Beine gestellt hat, ohne mich dabei ausgeschlossen zu fühlen.

»Und anstatt anderen gleich mangelndes Verständnis zu unterstellen«, fuhr Morel fort, »könnten Sie versuchen, Ruhe zu bewahren, die Lage zu überprüfen und im Zweifel auch mal ein paar Rückfragen zu stellen oder Ihre Sicht der Dinge vorwurfsfrei zu schildern.«

Ich nickte mit leicht aufgerissenen Augen. Sonst noch was? »Außerdem könnten Sie sich ruhig öfter mit anderen austauschen, wenn Sie sich mit einer Situation unwohl oder verunsichert fühlen. Mit Ihrem Bruder oder Leuten aus der Uni zum Beispiel.«

»Meinen Kommilitonen?«

Morel nahm seine schlaue Brille ab. »Warum nicht? Vielleicht haben die Ähnliches zu berichten von Problemen im Kontakthalten mit Freunden aus der Heimat. Oder vom Balanceakt zwischen dem intensiven Studium und der wohltuenden Freizeit. Ihr Bruder wiederum könnte Ihnen neue Perspektiven bezüglich Ihrer Mutter eröffnen. Isolieren Sie sich nicht mit Ihren Gedanken!« Er machte sich eine Notiz in der Patientenkartei. »Der Trick ist, ernst zu nehmen, was in Ihrem Kopf und Ihrem Herzen geschieht, und dabei trotzdem gelassen zu bleiben. Es sich anzusehen, zu bequatschen, aber auch mal beiseitezulegen.«

»Aha. Klingt ja alles total einfach.«

»Das ist Übung, Clara. Nicht so zynisch. Schon gar nicht mit neunzehn, dafür haben Sie später noch genug Zeit.«

»Ich bin zwanzig.«

Zwanzig, wiederholte ich in Gedanken, *Time of my life*, und bemerkte wieder diese Traurigkeit, die sich irgendwo in mir drinnen verbarg. Sie schien zu weit weg, um sie richtig zu greifen. Und war doch zu groß, um sie einfach zu ignorieren.

* * *

Daheim öffnet mir meine Mutter die Tür und schaut mich irritiert, aber freudig an. »Mein Schatz, das ist aber eine Überraschung.« Wir umarmen uns kurz.

»Hallo, Mama.« Ich trete ein, sie zieht die Tür hinter mir zu. Ihr Blick fällt auf den Keyboard-Rucksack.

»Du hast ja richtig Gepäck dabei.«

»Ich würde in den nächsten Tagen gern ein bisschen hier üben.«

»Sind die Räume in der Uni überbelegt?«

Steilvorlage, perfekt. »Ja, genau.«

»Reicht dir denn dein E-Klavier?«

»Klar, ich habe sogar einen Prof, der am liebsten auf seinem elektronischen Yamaha übt. Für vier Tage passt das schon.«

Sie guckt irritiert. »Vier Tage?« Wir stehen mitten im Flur, keiner von uns beiden geht einen Schritt hinein. Die Tasche um meine Schultern fühlt sich wie ein Schutzpanzer an, mag er auch über dem Rücken hängen, statt vor der Brust.

»Das ist keine gute Idee«, platzt es schließlich aus ihr heraus. »Émilien wohnt doch jetzt in dem Zimmer.«

Ich laufe auf die Treppe zu. »Ich will da ja auch nicht schlafen, nur ein bisschen üben. Das wird er schon verkraften.«

Es ist gar nicht so einfach, Small Talk mit jemandem zu führen, der einen in manchen Punkten fast schon besser kennt als man sich selbst. Aber das Festhalten an dieser Oberflächlichkeit ist für mich gerade der einzige Weg, um nicht den tieferen, unangenehmen Gefühlen nachzugeben, die sich verstärken, sobald wir uns näherkommen. Gefühle, die auch Dr. Dupont und die anderen Therapeuten in der Klinik aus mir herauskitzeln wollten. Nicht, um mir wehzutun, sondern um mir zu helfen, mit ihnen umzugehen, das habe ich schon verstanden. Aber ich konnte es nicht und ich kann es auch jetzt nicht. Weder hinter den sicheren, professionellen Gemäuern der Klinik noch in den vertrauten, heimischen vier Wänden, in denen ich mich innerlich oft unsicher fühle. So wie jetzt, wenn ich nicht weiß, wie ich mit meiner eigenen Mutter richtig sprechen und umgehen soll, obwohl ich sie doch liebe. Das tue ich, ehrlich.

Sie folgt mir in den ersten Stock. Ich betrete mein altes Zimmer, lege den Rucksack ab und krame die Chopin-Noten heraus. Noch immer ist es ungewohnt, dass meine Bücher aus den Regalfächern und die beiden Familenfotos vom Nachttisch verschwunden sind. Sogar die Pinnwand mit den Komponisten-Postkarten aus Warschau, Wien und Bonn hat meine Mutter abgehängt.

»Gut, dann beziehe ich dir im Gästezimmer das Bett«, sagt sie im Türrahmen.

Ich ziehe den Klavierdeckel ab und stelle den Hocker auf der richtigen Höhe ein. »Das wäre sehr lieb, danke.«

»Möchtest du dann Bad und Dusche auf meiner Etage nutzen? Ich lege dir Handtücher bereit. Dann lauft ihr euch zu dritt nicht ständig in die Arme.«

»Blödsinn, das passt schon.«

»Sicher?«

»Ja, sicher. Oder möchtest du Jungs und Mädels trennen? Wie in einer religiösen Einrichtung?«

Sie tritt ein und stellt sich vor Millys gemachtes Bett. »Ich biete dir mein Bad an und ehe ich mich versehe, werde ich auf eine Stufe mit einer Nonne gestellt.« Dabei klingt sie, als würde sie einen Witz auf meine Kosten reißen.

Ich setze mich mit den Noten ans Klavier, während sich eine innere Anspannung in mir aufbaut.

Langsam tritt meine Mutter von hinten an mich heran und schaut mir über die Schulter auf meine Hände. »Ich freue mich wirklich sehr, dass du die *Ocean* spielst«, sagt sie. »Aber bist du sicher, dass hier der richtige Ort ist, um sich auf so ein anspruchsvolles Stück zu konzentrieren?«

»Was ist denn genau das Problem?«, fragt ich mit kontrollierter Ruhe.

Sie versucht einen lockeren Ton anzuschlagen: »Hier zwischen den Freunden deines Bruders, die ein und aus gehen und zusammen fürs Abi lernen, gibt es doch viel zu viel Ablenkung. Du bist mitten im Semester. Sind deine Kommilitonen da nicht die sinnvollere Gesellschaft?«

Ich versuche, ihre Worte einfach an mir abprallen zu lassen. Aber auch die abgeprallten Worte fallen ja irgendwie runter und bringen den Boden, auf dem meine Füße stehen, ins Wanken.

»Mal sehen, wie es läuft«, sage ich. »Zur Not kann ich ja einfach fahren.«

Sie berührt meine Schulter mit ihrer kühlen Hand, die deutlich rauer ist, als man beim Anblick ihrer zarten Gestalt mit dem jung gebliebenen Gesicht vermuten würde. »Du weißt, dass ich sehr stolz auf dich bin, ja?« Ich antworte nicht. »Du bist eine wunderbare Tochter. Wenn ich dich spielen höre, verstummt der Rest der Welt.« Ein Satz, den sie schon so häufig gesagt hat, dass ich mich langsam frage, ob sie ihn als Tattoo unter der Notenzeile auf meinem Arm sehen will.

»Wieso ist das etwas Gutes, wenn der Rest der Welt verstummt?«, frage ich sie zum ersten Mal.

Meine Mutter entfernt sich wieder. »Weil sie nicht annähernd so viel Schönes zu erzählen hat, wie du das an der Tastatur tust.«

Bevor sie das Zimmer verlässt, mustert sie mich von Kopf bis Fuß: mein schwarzes Top, meine Jeansshorts, die braunen Ledersandalen. »Du musst mehr essen«, merkt sie an. »Sonst wirst du dich im Herbst bei jedem Windstoß erkälten.« Dann schließt sie die Tür hinter sich.

* * *

Ich lege die Hände auf die Tastatur, den rechten Fuß aufs Pedal. Die innere Anspannung ist stärker geworden. Der Drang, sie schnellstmöglich loszuwerden, dominiert meine Gedanken. Ich denke daran, was Dr. Dupont bei unserem letzten Kliniktermin gesagt hat: »Je besser Sie Ihre Emotionen und deren Entstehung verstehen, desto leichter können Sie mit ihnen in Kontakt treten, sie beeinflussen und regulieren.«

Ich kneife die Augen zusammen, strenge mich an, herauszufinden, was in mir passiert. Da ist definitiv Wut. Aber auch ein Gefühl von Ohnmacht.

Der ohnmächtige Teil sagt: *Rühr dich nicht von der Stelle. Fühle nichts. Verlange nichts. Denk am besten nichts, bis dieser Moment sich von selbst aufgelöst hat. So gehst du das geringste Risiko ein.* Die Wut widerspricht: *Hau mit beiden Händen auf die Tastatur ein. Lauf runter und frag deine Mutter, ob sie nicht mal selbst Klavierunterricht nehmen will, statt dir Stücke aufzuhalsen und deine Übungslocations zu bestimmen.* Es ist, als würden die Ohnmacht und die Wut miteinander streiten. Beide wollen mir ihre Message verklickern, ihren Kopf durchsetzen. Und je heftiger sie streiten, desto größer wird meine Anspannung.

Ich atme tief durch und mache weiter mit der Etüde. Anfangs kriege ich es nicht hin, die Arpeggien in dynamische Wellen zu verwandeln. Entweder bleibe ich beim Spielen zu flach oder ich tauche zu tief in die düstere Meereswelt ein. Bei der Feindosierung hakt es mal wieder. Also übe ich langsamer. So langsam, als würden die Wellen in Zeitlupe auf- und absteigen. Und tatsächlich fühle ich mich nach fünf, sechs ruhigeren, aber pointierten Durchgängen entspannter. Mehr bei mir selbst. Die Musik ist auf meiner Seite. Ich bin diejenige, die sich über Jahre eine Beziehung zu ihr aufgebaut hat, nicht meine Mutter. Und Dr. Dupont hat auch irgendwie recht: Dinge zu verstehen, ist der erste Schritt, etwas Kontrolle zurückzuerlangen.

Plötzlich spüre ich da noch etwas anderes als Wut und Anspannung. Eine zarte Stimme, die flüstert: *Sag deiner Mutter, dass du hier bist, weil du dich allein fühlst und dein Zuhause vermisst. Vielleicht sogar, dass du mit dem Gedanken spielst, den Kontakt zu Papa wieder zu vertiefen, und dir wünschen würdest, ihr gegenüber deshalb kein schlechtes Gewissen zu haben.* Nach dem Üben packe ich den Laptop und das MIDI-Keyboard aus und breite alles auf meinem Tisch aus. Ich fotografiere das Equipment ab und lade es als Story hoch.

WINTERWIND
Bei der Umfrage für das nächste Stück haben die meisten für den Sommer von Vivaldi gestimmt (3. Satz, Presto). Ich experimentiere mal etwas herum und schaue, was dabei rauskommt ♥

Dann setze ich die Ankündigung in die Tat um und versuche, die bedrohliche Energie des Sommersturms in eine Electro-Trance-Version zu transportieren – Windböen, Donnerschläge, Blitze und ein peitschender Regen. Mit pulsierenden Beats und scharfen, hellen Melodien, welche die schnellen Geigenläufe ersetzen. Als ich die Kopfhörer wieder absetze, ist es kurz vor sechs. Aus dem Garten dringt Lärm durch das gekippte Fenster. Ich blicke raus. Die Jungs sind von der Schule zurück, vermutlich schon vor einer Stunde. Gemeinsam mit Alexandra und Céline. Die Schwestern tragen bunte Wasserpistolen in den Händen, während Milly und Léon mit dem Gartenschlauch hantieren. Sie lachen und rufen sich scherzhafte Drohungen zu. Ich fokussiere Milly. Er trägt eine Badehose mit einem kurzärmligen Hemd drüber. Sein warmes, strahlendes Lachen kann es locker mit der goldenen Abendsonne aufnehmen. Ich denke daran, wie er mich angesehen hat, als er mir in diesem Raum gegenüberstand, während unten die Party tobte: als wäre ich ein Museumsstück oder so was in der Art. Fragt sich nur, ob aus einer Galerie schöner Kunstwerke oder einem Kuriositätenkabinett.

»Clara!« Mein Bruder hat mich entdeckt. »Komm runter!«, ruft er.

Milly hebt den Arm und winkt mit einer natürlichen Herzlichkeit. Mein Herz springt mir kurz in die Kehle und schnürt mir für einen Moment die Luft ab. Dann rutscht es ein paar Etagen tiefer und hüpft schließlich wieder zurück in seine Ausgangsposition. Was auch immer das zu bedeuten hat.

Selbstverständlich weiß ich, was es zu bedeuten hat.

Es darf nicht bedeuten, was es zu bedeuten vorgibt.

Mein Bruder verschwindet aus meinem Sichtfeld. Milly schaut noch mal kurz auf, sagt aber nichts. Alex und Céline nutzen seine Unaufmerksamkeit, um ihn zu attackieren, worauf er sich mit dem Schlauch verteidigt. Bei ihrem Anblick fühle ich mich ausgeschlossen. Als wäre ich der unerwünschte Endsommer-Sturm, den man zwar gern als Tonaufnahme hört, sich aber nicht ins Haus holen will.

Ich schließe das Fenster, schlüpfe aus meinen Sandalen, springe kurz in mein altes Bett. Ziehe mir die Decke über den Kopf. Wenig später klopft es an meiner Tür. Sie geht auf, jemand tritt ein. Das muss mein Bruder sein; ich erkenne ihn an seinem Atem, seinen Schritten, seiner Aura. Aus irgendeinem Grund bewegt er sich nicht von der Stelle, scheint also mitten im Raum zu stehen, was mir ein wenig seltsam vorkommt. Ich schlage die Decke beiseite. Ehe ich losschreien kann, attackiert er mich mit einer vollgeladenen Wasserpistole. Ich springe auf, versuche ihm die Pistole zu entreißen – vergeblich. Also laufe ich runter, gefolgt von Léon, der einfach wild weiterschießt. Barfuß im Garten angelangt, habe ich schon ordentlich etwas abbekommen. Ich reiße Milly den Schlauch aus der Hand. Er reagiert rasch, dreht ihn noch stärker für mich auf.

»Elender Verräter«, ruft Léon in seine Richtung. Am Ende stehen mein Bruder und ich uns grinsend und keuchend gegenüber.

»Schön, dass du da bist«, sagt er und schließt mich in die Arme. Ich drücke ihn ebenfalls, frage dann in die restliche Runde: »Will noch jemand?«

»Ja, ich«, sagt Milly. »Ich war zwar schon wieder gut trocken, aber was soll's.«

Das Herz spielt sein Spiel wieder von vorn. Zu hoch. Dann zu tief. Dann wieder in Position.

So lebendig habe ich mich seit Wochen nicht mehr gefühlt.

KAPITEL 12

Milly

Ich hatte nicht damit gerechnet, dass Clara heute hier aufkreuzt. Es ist schön, ihr und Léon dabei zuzusehen, wie innig sie sich umarmen. Ihre Beziehung erinnert mich an meine mit Daniele: Man gehört einer verschworenen Einheit an, bildet eine Art Opposition und handelt mit den elterlichen Machthabern Deals und Kompromisse aus. Sie wirken, als könnte es bei ihnen ähnlich sein.

Ich nutze die Chance, Clara ebenfalls zu umarmen. Obwohl sie kalt und klamm ist, wünschte ich, wir könnten einfach in dieser Pose verharren, so belebend und zugleich beruhigend fühlt sich das Zusammendrücken unserer Oberkörper an. Es ist seltsam, denn diese innige Umarmung befriedigt ein Bedürfnis nach Nähe, das ich, bevor ich sie traf, nie so bewusst wahrgenommen habe. Es gibt genug Mädels, die ich mal gedrückt habe, und mit meiner Ex lief natürlich deutlich mehr. Es war schön, aber es fühlte sich nicht an, als würden sie auf die Bitte eingehen, die

Herz, Seele und Körper gemeinsam stellten. Eine, die weder ich noch sie hören konnten. Clara erfüllt sie mir mit der Art, wie sie mich umarmt, und deckt damit auch die Bitte nach dieser besonderen Berührung auf. Ich schließe kurz die Augen, vergesse, wo ich bin und wer sie ist, und stelle mir vor, dass alles möglich wäre.

»Das reicht jetzt!«, höre ich Léons Stimme, der mir direkt gegenübersteht und uns spielerisch, aber bestimmt auseinanderreißt. Kurz darauf kreuzt Madame Leroy auf. Sie lässt einen erbosten Kommentar über die Wasserpfütze im Flur fallen, woraufhin wir etwas betreten zu Boden sehen. »Ich hole euch ein paar trockene Sachen vom Dachboden, damit ihr euch nicht erkältet«, sagt sie in versöhnlicherem Ton.

Léon und ich bedienen uns einfach am Wäscheständer, der auf der steinernen Bodenfläche steht. Danach legen wir uns zu zweit auf die Picknickdecke, um die letzten warmen Strahlen der Abendsonne einzufangen.

»Was ist zwischen Alex und Clara?«, frage ich.

»Was soll zwischen ihnen sein?«, tut er meine Frage mit einer Gelassenheit ab, die ich ihm nicht ganz abkaufe.

»Sie wirken so distanziert zueinander. Mögen sie sich nicht?«

Er nimmt seine Brille ab und schließt die Augen. »Sie hatten mal Stress«, sagt er. »Aber darüber müssen sie allmählich hinwegkommen. Wir sind keine zwölf mehr.«

»Hattest du etwas damit zu tun?«

»Ja, aber das ist Vergangenheit und ich habe keine Lust, mich ewig an ihr aufzureiben. Wir kennen Céline und Alexandra seit dem Kindergarten.«

»Eine lange Zeit.«

»Zu lang, um den Kontakt wegen dummer Spielereien zu verlieren.«

Dumme Spielereien. Wer hat mit wem gespielt? Alex mit Clara? Léon mit Alex? Bin ich auf Léons Party etwa unwissentlich zum Spieler Nummer vier geworden?

»Magst du Alex?«, fragt er ziemlich direkt.

»Ja«, sage ich. »Sie ist cool.«

Er dreht mir den Kopf zu. »Glaubst du, sie mag dich auch?« »Wir leiten uns auf *Insta* ab und zu mal ein Video weiter oder schreiben kurz. Aber in die Stadt haben wir es immer noch nicht geschafft.«

»Hatte sie denn noch mal gefragt?« Seine Stimme klingt, als würde er eine Mischung aus Polizeiverhör und Klatschinterview führen.

»Ja«, sage ich. »Hatte sie. Aber ...«

»Aber?«

»Es hat zeitlich einfach nicht hingehauen.«

»Milly, was quatschst du eigentlich ewig und drei Tage um den heißen Brei herum? Jetzt sag doch mal, was da Sache ist.«

»Nichts, ehrlich. Alex ist nicht mein Fall.«

»Und wer ist dein Fall?«

Ich antworte nicht. Überlegend kneift Léon die Augen zusammen.

»Gibt's da etwa jemanden?«, fragt er mit einem erleichterten Grinsen, das ich nicht ganz einordnen kann. »Wen aus der Schule? Aus der Nachbarschaft?«

Ich atme tief durch. »Ja, gibt es«, antworte ich zu meiner eigenen Überraschung. Ich habe mich nicht für die Wahrheit entschieden, sie sich aber scheinbar für mich.

Er fasst mir an die Schulter und schüttelt mich sanft. »Wer zum Geier hat es dir angetan?«

Angetan ist das richtige Wort. Die Verknalltheit für Clara fühlt sich an, als würden sie und ich mir gemeinsam etwas damit antun. Neben meiner Begeisterung fühle ich jedes Mal auch einen Stich, wenn ich mir die Reels in ihrem Account anhöre, ihre Vita auf der Homepage der Musikhochschule durchlese oder am Lycée Laplace an Bildercollagen von Ehemaligen vorbeilaufe, in denen sie bei Schulkonzerten zu sehen ist. Ein Stich mit der schmerzlichen Message: »Mit Clara wird nie etwas laufen.«

Erstens: Madame Leroy hat mir durch die Blume (und zwar eine unangenehm intensiv duftende) gesagt, dass ich die Finger von ihrer Tochter lassen soll.

Zweitens: Léon würde mich nicht mehr als eine Art Bruderersatz betrachten, sondern als importierten Lustmolch, der keine paar Monate damit warten konnte, bevor er sich über seine Schwester hermacht.

Drittens: Woher soll ich überhaupt wissen, dass Clara in Paris nichts anderes am Laufen hat, vielleicht sogar in einer ernsten Beziehung steckt? Das schreibt sie sich ja nicht auf die Stirn, und ein Anrecht auf solche Infos habe ich auch nicht. Aber irgendwas ist da, und das geht sicher nicht nur von mir aus. Ein Funke zwischen uns, der nach ein paar weiteren Begegnungen – vor allem, wenn sie freundschaftlich verlaufen – verblassen könnte oder aber stärker wird, je mehr ich von ihr erfahre, je häufiger ich sie sehe, je länger wir miteinander sprechen. Je öfter ich sie auf die Art und Weise umarme wie vorhin.

»Na, ihr zwei Turteltauben.« Ich schrecke innerlich auf. Clara steht plötzlich neben der Picknickdecke und schaut von oben auf uns runter. »Ist da noch Platz?«

Léon rappelt sich hoch, ich bleibe liegen. »Ich wollte eh mal rüber zu Alexandra«, sagt er.

Ich hebe den Kopf ein Stück, blicke um mich und stelle fest, dass alle umgezogen und zurückgekehrt sind. Alex hat es sich auf einer Liege gemütlich gemacht, mit geschlossenen Augen, die Arme hinter dem Kopf verschränkt, und scheint die unaufdringliche Sonne einzufangen, während ihre Schwester am Gartentisch sitzt und auf ihrem Handy rumtippt. Léon läuft zu Alex rüber und zieht einen Stuhl an ihre Liege ran. Sie unterbricht ihr kurzes Halbschläfchen und setzt sich ein bisschen auf. Er beginnt eine Unterhaltung mit ihr und lächelt dabei mit einem schüchternen Charme, den ich gar nicht von ihm kenne.

»Steht er etwa auf sie?«, frage ich, während ich Platz machend zur Seite rücke.

Clara lässt sich neben mir auf den Rücken fallen. »Auch schon gemerkt?«

»Oh, krass.«

Wir schweigen einen Moment, während sich unsere Arme so sanft berühren, dass ich mich frage, ob sie meine Haut ebenfalls an ihrer spüren kann. Da aber weder sie noch ich diesen Moment gefährden wollen, scheint es, als würden wir die Nähe im stillen Einverständnis zulassen. Richtig genießen kann ich sie trotzdem nicht, da sich mein gesamter Körper unwillkürlich anspannt.

Sie dreht mir den Kopf zu. »Und, wie gefällt es dir so bei uns?« Dabei starrt sie mir so intensiv und direkt in die Augen, dass ich meine Nerven auf etwas anderes lenken muss, um sie nicht zu verlieren: wie den nassen Grasgeruch in der Luft oder die lauwarme Sonne auf meiner Haut.

»Ich finde es toll bei euch. Dein Bruder und ich verbringen viel Zeit im Garten, solange das Wetter noch mitspielt. Deine Mutter betreibt eine Menge Aufwand, um ihn in Schuss zu halten, das gelingt ihr wirklich super.«

»Und hast du dich gut in meinem Zimmer eingelebt?«

»Ja, dein Klavier leistet mir nette Gesellschaft.« Ich muss die Gelegenheit ergreifen, etwas Grauzoniges zu sagen, etwas Flirtiges, das noch im Gastbruderrahmen sein könnte. »Und das Foto seiner Besitzerin ebenso.«

»Das freut mich.« Okay, das war also nicht zu viel. Jetzt reicht es aber auch. Clara wirkt wie niemand, den man mit Komplimenten überschütten sollte, davon kriegt sie bestimmt ohnehin genug. So Tag-und-Nacht-genug. »Ich war überrascht, dass es da noch hing. Ich dachte, meine Mutter würde es abnehmen.«

»Warum sollte sie?«, frage ich mit einer Selbstverständlichkeit, die sie davor schützen soll, die Wahrheit zu erfahren: dass Léon es eigenhändig wieder aufhängen musste.

»Ich dachte, sie wolle vielleicht ein Zeichen setzen. So was wie: weggegangen, Platz vergangen.«

»Aber sie will doch, dass du Musik in Paris studierst, oder?«

»Sie will eine Menge«, sagt Clara, »aber nicht alles davon passt zusammen.« Dann springt sie unerwartet auf. »Komm, wir gehen kurz hoch auf mein Zimmer, bevor es Essen gibt.«

»Auf unser Zimmer.«

»Jaja, unser Zimmer.«

Wir schauen beide zu Léon und Alex, die ziemlich eng beieinandersitzen. Léon scheint hierbei die Überzeugungsarbeit zu leisten, während Alex sich zurücklehnt und zuhört.

»Ich hätte nicht gedacht, dass dein Bruder so um ihre Aufmerksamkeit kämpfen würde«, gestehe ich beim Aufschieben der Fenstertür.

»Muss er, wenn er die Trennung wieder rückgängig machen will.«

Wir überqueren das Wohnzimmer, steuern die Flurtreppe an. Obwohl ihre Aussage einiges erklären könnte, fühle ich mich von ihr eher überrollt als erhellt. Warum hat Léon mit keinem Wort darüber gesprochen?

»Sie waren zusammen?«

»Ja.«

»Und er hat sich getrennt?«

»Yes.«

»Warum?«

Sie bleibt auf ihrer Stufe stehen, sodass ich mit meinem Oberkörper kurz an ihren Rücken stoße. Ich weiche zurück, bevor sie sich umdreht und mit einem aufgesetzten Lächeln sagt:»Meinetwegen.« Dann zuckt sie betont beiläufig mit den Schultern und läuft weiter; ich ihr hinterher.

Mir ist aufgefallen, dass sie sich etwas unnatürlich verhält, sobald sie sich unsicher fühlt. Was darauf schließen lässt, dass das Thema ihr zu schaffen macht. Das weckt mein Bedürfnis, sie erneut zu umarmen und ihr meine Nähe anzubieten, vielleicht sogar ein Gespräch, in dem sie sich nicht zurücknehmen muss. Das kenne ich so nicht von mir, dieses spezifische Verlangen, jemanden zu trösten, der nicht darum bittet – jemanden wie sie. Das ist seltsam schön.

»Ich bin mit dran schuld, dass sie nicht mehr zusammen sind«, fügt sie beim Treppensteigen hinzu.

Vielleicht hat Léon mir deshalb nichts erzählt: weil er vermeiden wollte, dass seine Schwester in einem ungünstigen Licht dasteht. Ich schlucke meine Neugierde vorerst herunter und stelle keine weiteren Fragen.

* * *

Im Zimmer setzt sie sich ans Klavier und zieht den Deckel ab. Ich schiebe den Schreibtischstuhl ein Stück in den Raum und setze mich mit gut einem halben Meter Abstand neben sie.

»Weißt du, wie dankbar ich euren Komponisten bin?«, fragt sie.

»Unseren?«

»Ja, den deutschen. Bach, Beethoven, Schumann, Mendelssohn ...«

»Mendelssohn ... Ich glaube, da war ich mal in Leipzig an irgendeinem Denkmal.«

»Ja, genau.« Sie dreht den Kopf zur Tastatur. »Weißt du, wie ich jede Übe-Session beginne?«

Ich betrachte ihre sanften, langgliedrigen Finger und fühle mich dabei, als würde ich sehenden Auges in einen Bann gezogen, aus dem ich, ohne mir selbst ein Teil abzuhacken, nicht wieder rauskommen werde. »Mit Bach, Beethoven, Schumann oder Mendelssohn?« Puh. Alle zusammenbekommen.

»Schön wär's. Mit Moll-Tonleitern und gebrochenen Akkorden. Für die Technik.«

Ich grinse sie an. »Leiter und gebrochen klingt schmerzhaft.«

Jetzt grinst sie ebenfalls. »Du hast keinen Plan von Musik, oder?«

»Ich höre sie gern.«

»Na, immerhin.«

»Würdest du mir diese Technik-Sachen mal zeigen?«

Sie rückt den Klavierstuhl zurecht und legt ihre Hände auf die Tastatur. »Klar. Such dir eine Note aus.«

»Wie?«

»Einen Buchstaben.«

»F.« So viel weiß ich gerade noch.

»Dann f-Moll. Tonleiter und gebrochene Akkorde.«

Sie legt los und ab dem ersten Ton, den sie anspielt, fühle ich mich unsichtbar. Da gibt es nur noch sie und diese Tonleiter und jetzt … ah, jetzt verstehe ich, die gebrochenen Akkorde. Der Klang des Klaviers ist warm und zugleich klar, fast schon scharf – vermutlich ein Merkmal ihrer Spielqualität. Obwohl sie nur von Technikübungen sprach, wirkt es, als würde Clara hier ein richtiges Konzert geben. Sie macht das mit Passion und Präzision, das bemerke ich sogar als Laie. Außerdem fühlt sich das Zimmer so an, als wäre es jetzt erst durch ihr Klavierspiel zum Leben erwacht, und als hätte ich es davor im Koma-Zustand bewohnt, ohne davon zu wissen.

Sie beendet die Übung, sieht mich an und legt den Kopf dabei ein bisschen schief. »Warum schaust du so seltsam?«

Weil ich eifersüchtig bin auf die Verbindung, die du mit deinem Klavier hast und mit diesem Zimmer aufbaust. Weil du Instrumente

bespielen und Räume beleben kannst. Weil du die Gabe besitzt, deine
eigene Welt zu erschaffen und ein Traumschloss aus Tönen zu bauen.
Weil ich dich dafür bewundere.

»Ich schaue angetan.«

Sie steht auf und zieht den Deckel wieder zu.»Merci.«
Ich erhebe mich ebenfalls und im nächsten Moment stehen wir
uns direkt gegenüber. Der Funke zwischen uns ist wieder aktiv –
der, der sich auf der Party angedeutet hat, sich beim nächtlichen
Abschied in der Küche verstärkte und mich während der klitschnassen Umarmung vorhin fast verraten hätte.

Ich strecke meine Hand nach ihr aus, ohne zu wissen, ob sie ihr
Haar, ihre Wange oder bloß ihre Schulter berühren wird – doch
ehe ich es herausfinden kann, fängt Clara sie ab und starrt mich
dabei mit geweiteten Augen an, als hätte ich sie völlig überrumpelt.

»Okay«, sage ich anstelle von »Sorry« und schlucke jegliche
Unsicherheit herunter, bevor ich in ihren bitteren Geschmack
komme. Wenn ich mich jetzt entschuldige, ist die Idee von einem
»Wir« ein Fehler, noch bevor wir sie in die Realität umsetzen
konnten.

Will ich denn wirklich, dass wir das tun? Wäre das überhaupt
möglich?

Sie lässt mich los, zögerlich stecke ich die Hand in meine Hosentasche.

»Lass uns runtergehen«, schlage ich vor. »Die anderen warten
sicher.« Dann drehe ich mich um, marschiere zur Tür raus und
bin sicher, dass sie mir währenddessen ein Loch in den Rücken
starrt.

Trotz der Mini-Abfuhr überkommt mich auf dem Weg nach
unten ein kurzes, aber intensives Glücksgefühl, wie ein Dopa-
mindolch, der sich in mein Herz rammt. Ich realisiere, dass es
kein Zufall war, keine gastgeschwisterliche Nettigkeit, dass Clara

mir ihre Übungen vorgespielt hat. Sie wollte mir etwas von sich zeigen, eine andere Seite, die für sie bedeutsam ist: die klassische, disziplinierte Musikstudentin, die sich von der electroaffinen, locker-verspielte Party-Clara unterscheidet. Ihr scheint etwas daran zu liegen, dass ich sie weiter kennenlerne. In der Breite, in der Tiefe.

Das muss etwas bedeuten – auch, wenn sie es sich vielleicht selbst noch nicht ganz eingestehen kann.

KAPITEL 13

Clara

Während die anderen noch in Ruhe zu Ende essen, verabschiede ich mich zum Üben nach oben und spiele mit aufgezogenen Kopfhörern energisch drauflos. Die Minuten und Stunden fliegen nur so dahin und gleiten wie Möwen im Aufwind über der *Ocean-Etüde*. Gegen elf ziehe ich eine Schlabberhose und ein enges Top an und gehe zum Zähneputzen ins Bad. Nachdem ich die Wattepads mit Gesichtsreiniger angefeuchtet habe, blicke ich nachdenklich in den Spiegel. Vielleicht sollte ich vor dem Abschminken kurz im Gästezimmer vorbeischauen, in dem Milly sich mir zuliebe für die nächsten paar Tage eingerichtet hat. Ich könnte ihm noch mal einen Zimmertausch anbieten und ein paar Takte mit ihm quatschen. Um herauszufinden, ob ich mir das nur einbilde, dass da eine Brücke der Sympathie entsteht, die von meiner Welt in seine führt. Zwei Welten, die völlig unterschiedlich sind, was mich aber unerwarteterweise anzieht. Die alteingesessenen Saint-Malo-Jungs und die ehrgeizig-feingeistigen Musikstudenten in Paris kenne ich gefühlt in- und auswendig. Aber Milly ist irgendwie anders. Ich lasse die Schminke drauf und verlasse das Bad.

Da ich Sorge habe, Léon könne durch mein Klopfen geweckt werden, kratze ich mit meinen kurz geschnittenen Klavierschüler-Nägeln über das Holz der Tür. Es dauert nicht lange, bis sich im Zimmer etwas regt und rührt. Milly macht auf, ich halte mir sofort den ausgestreckten Zeigefinger vor den Mund. Er lässt mich rein und wirkt eher erfreut als überrascht. Auf dem Bett liegt ein aufgeschlagenes Buch, das Nachtlicht ist angeknipst. Leise schließt er die Tür hinter mir. Ich blicke mich kurz in dem kahlen, unpersönlich eingerichteten Miniraum um und lehne mich mit der Hüfte an den Holztisch.

»Ich schlafe hier«, verkünde ich bestimmt, was mich selbst überrascht. »Du gehst wieder rüber.«

Milly winkt mit einem gut gemeinten Augenrollen ab und setzt sich in seinem weißem T-Shirt und den dunkelblauen Boxershorts auf sein Bett. Es ist mir etwas unangenehm, ihn so zu sehen. Nicht, dass mir sein Anblick missfällt, im Gegenteil. Er sieht süß aus in seinem Schlaf-Outfit. Aber es fühlt sich an, als wäre ich in ein intimes Revier eingedrungen, ohne ihn vorher um Erlaubnis zu bitten. Hoffentlich findet er das nicht aufdringlich.

»Was habt ihr noch so gemacht?«, frage ich.

»Wir haben einen Film zusammen geschaut. Céline und Alex sind gegen zehn gegangen, aber sie wollten dich nicht beim Üben stören.«

Und dann streckt er die Hand nach mir aus, ohne sich dabei allzu weit nach vorn zu beugen. So ein gelassenes »Nimm sie, wenn du magst. Ich würde mich freuen – aber wenn nicht, dann nicht«. Ich ergreife sie, lasse mich von ihm sanft auf sein ordentlich gemachtes Bett ziehen und setze mich neben ihn. Kurz meidet er meinen Blick, vielleicht hat die Geste ihn doch mehr Überwindung gekostet, als er zeigen will.

Erst, nachdem er meine Hand losgelassen hat, sieht er mich wieder an, lächelt verzückt, aber nicht verloren und lehnt mit dem Rücken an die Wand. Er strahlt mit jedem Millimeter seines Milly-Daseins aus, dass er sich so schnell nicht verrennen würde. Wie jemand, der sich die Dinge in Ruhe ansehen kann, ohne sie entweder ganz sein zu lassen oder zu überstürzen. Der den Mut hat, sich ein Stück weit treiben zu lassen, da er darauf vertraut, dass er zur Not wieder zurückrudern könnte. Bewundernswert, dass er das so hinbekommt. Ich für meinen Teil möchte wissen, was passiert, *bevor* es passiert. Will diejenige sein, die bestimmt, *ob* und *wie* es passiert.

Milly wirkt zwar interessiert an mir – aber auch, als hätte er seine eigene Art, die Dinge anzugehen.

»Cool, dass du noch mal gekommen bist, um mir eine Gute Nacht zu wünschen«, sagt er.

Bin ich das? Wollte ich das?

»Ja, genau. Dann gute Nacht.«

Wir rühren uns nicht von der Stelle.

»Gute Nacht«, erwidert er.

Und jetzt? Ich habe meinen Teil schon getan und bin gegangen. Wenn er mit mir nichts weiter vorhat, warum hat er mich dann überhaupt aufs Bett gezogen? Damit ich noch mal am eigenen Leib spüren kann, dass er mir zuliebe auf dieser miserablen Matratze schläft? Oder ist das die Revanche dafür, dass ich vorhin nach der Klaviersession seine Hand abgewehrt habe?

Ich wage einen Versuch, den Abschied etwas aufzuschieben, ohne dabei zu bedürftig zu wirken: »Meine Mutter lässt mich übrigens richtig spüren, wie daneben sie es findet, dass du jetzt hier schläfst und ich drüben.«

Milly fährt sich lässig durchs Haar, noch immer mit dem Rücken an die Wand gelehnt. »Das könnte aber weniger mit mir zu tun haben als mit euch beiden, nehme ich an?«

»Ja, das stimmt. Es kommt gelegentlich mal zu Spannungen zwischen uns.« Ich habe den Impuls, ihm mehr davon zu erzählen, was untypisch ist, da ich ungern über Dinge spreche, die ich weder ganz verstehen noch richtig händeln kann. Dennoch möchte ich mich Milly anvertrauen, seinen verständnisvollen Blick auf mir fühlen, vielleicht sogar eine trostvolle Berührung abstauben.

»Weißt du das von Léon?«, frage ich sanft und rücke dabei vorsichtig ein Stück näher.

»Genau! Aber dass deine Mutter auch mal anders werden kann, habe ich selbst schon erlebt«, verrät er und weitet ehrfürchtig die Augen – jedoch nicht, ohne seinen Ausdruck durch ein Lächeln aufzulockern.

»Wie jetzt?«

»Sie hat mir eine ziemlich direkte Frage gestellt.«

Was meinte sie zu Milly? Und worüber? Weiß mein Bruder davon?

»Es ging dabei um dich«, gesteht er.

Ich nicke. Das ist das Einzige, was ich zustande bekomme. Ein Erzähl-weiter-Nicken. Sprechen kann ich gerade nicht.

»Sie hat gefragt, ob ich mich in dich verguckt habe.«

Um Gottes willen. Bitte nicht. Alles, nur nicht so was. Bitte. Wie macht sie das? Wie findet sie die einzig neue verletzliche Stelle an mir – nämlich mein steigendes Interesse an Milly – und legt genau da ihren Finger rein? Wie ist das möglich? Das tut weh. Nicht nur, weil sie hinter meinem Rücken so intime Fragen stellt, sondern auch, weil sie Milly damit in eine fiese Lage bringt, in der er sich peinlich berührt, beobachtet, vielleicht sogar eingeschüchtert fühlt.

»Es tut mir leid«, würge ich raus.

»Ach, alles gut. Ich habe das nur so halb ernst genommen«, sagt er schnaubend und verschränkt dabei die Arme. Das beruhigt mich. Andererseits wirkt es, als hätte er sich durch die Frage meiner Mutter nicht im Geringsten ertappt gefühlt – und das fühlt sich enttäuschend an. *Zu* enttäuschend. *Viel zu* enttäuschend. In meiner Brust tut sich eine kleine Schlucht auf, in die angenehme Gefühle wie Freude, Neugierde und Verbundenheit hineinfallen, sodass das Gefühl von Ablehnung die Überhand gewinnen. Dr. Dupont hat in der Klinik dazu geraten, mir Gegenstände im Raum anzusehen, sie zu zählen, zu benennen und ihre Farben durchzugehen, wenn ich merke, dass meine Innenwelt zu stark und bedrohlich wirkt. Ganz so schlimm ist es noch nicht. Dennoch blicke ich gezielt an die Wand gegenüber, auf den gerahmten *Soleil-Levant*-Kunstdruck von Claude Monet, um meinen Fokus von der Enttäuschung und der Schlucht in der Brust fortzulenken. Er zeigt Boote und Schiffe beim Sonnenaufgang im Hafen der Normandie, dort, wo mein Vater lebt. Es ist das einzige Bild in diesem Zimmer.

»Und was hast du darauf erwidert?«, frage ich und wende den Blick vom Gemälde ab.

Er wartet einen Moment, bevor er »Gar nichts« ausspuckt und dabei mit den Schultern zuckt.

»Alles klar«, antworte ich und stehe dabei ruckartig auf. Auch wenn Milly es nicht böse meint, verdirbt mir sein locker-flockiger Umgang mit der Frage, ob da mehr zwischen uns sein könnte, die Lust, weiter mit ihm abzuhängen.

»So, ich geh mal wieder rüber.«

Er steht mit mir auf und nimmt überraschend meine Hand, als könnte er bemerkt haben, was los ist, und als wolle er mir ein zärtliches Friedensangebot machen. Vielleicht ist er genauso unsicher wie ich, wie weit er sich vorwagen soll. Kann. *Darf.* Vielleicht nimmt er das Ganze hier weniger entspannt, als er vorgibt.

»Schlaf gut«, erwidert er ernster. »Ich übernachte hier, solange du willst. Deine Musik hat Vorrang.«

Er kann unmöglich wissen, wie viel Sicherheit es mir gibt, meinen vertrauten Platz in diesem Haus zu behalten und die achtundachtzig Tasten in meiner Nähe zu haben. Aber spüren könnte er es. Ich sollte mich von seiner entspannten Art nicht über sein tiefes Einfühlungsvermögen hinwegtäuschen lassen.

»Danke.« Wir bleiben stehen, Hand in Hand. Er dreht mir seinen Oberkörper ganz leicht zu. Vorsichtig lege ich meinen Kopf an seine Schulter, seine Arme umschließen mich. Es scheint, als würden wir dasselbe wollen, und das macht es leichter, es auch zuzulassen. Das fühlt sich mutig an und zugleich verletzlich. Aber auch geborgen. Zum Glück kriege ich es hin, die verschiedenen Gefühle zusammenzuhalten, ohne dass sie auseinanderdriften und Unruhe stiften. An seiner Schulter scheint das leichter möglich zu sein. Ich spüre, wie er mir über den Rücken streicht, kurz auch übers Haar. Zielsicher und doch unaufdringlich. Wusste er schon immer, wie man jemanden wie mich berührt? Fast zeitgleich lösen wir die Umarmung auf und trennen uns, ohne einen weiteren Blick auszutauschen. Vielleicht bin ich nicht die Einzige, die dem anderen nicht zu viel sein will. Vielleicht achtet auch er darauf, dass er nicht zu schnell zu viel von sich zeigt.

Bonne nuit.

KAPITEL 14

Milly

Heute ist Sonntag, Claras letzter Tag bei uns, bevor sie morgen zurück nach Paris fährt. Seit ihrem Besuch im Gästezimmer in der Nacht auf Freitag hat sich zwischen uns kein ungestörter Moment mehr ergeben. Tagsüber zieht sie sich zum Klavierüben zurück, während Léon und ich den Abi-Stoff pauken oder Freunde treffen. Gestern kam sie mit zu Alexandra und Céline, ein paar Leute aus unserer Stufe waren auch dabei. Als Alex und Léon sich zu später Stunde plötzlich an den Händen hielten, tauschten Clara und ich einen langen Blick aus, den ich noch immer nicht deuten kann. War das ein *It's-happening*-Blick? Oder wollte sie mir damit sagen, dass sie sich zwischen uns etwas Ähnliches vorstellen könnte?

In dieser Nacht lag ich lange wach, in Gedanken bei der Frage, ob ich mich zu Clara rüberschleichen sollte. Aber die Vorstellung, dass Léon oder Madame Leroy mich dabei erwischen könnten – oder schlimmer noch: dass Clara mir die Tür nur einen

Spalt öffnet und mich ansieht wie einen Sekten-Guru, der ihr etwas andrehen will –, war unangenehm genug, um es bleiben zu lassen. Obwohl wir uns im selben Haus aufhalten, vermisse ich sie irgendwie. Ich möchte eine Fortsetzung ihres Klaviervorspiels, ihres Nachtbesuchs. Wie sicher ich war, dass sich die Gelegenheiten wiederholen würden, und wie ernüchternd es sich nun anfühlt, dass die Zeit uns schon fast davongerannt ist.

* * *

Am späten Nachmittag nutzen Léon und ich die Rückkehr der Sonne und setzen uns in den Garten – er mit Mathe- und ich mit Französischbüchern, während Clara im ersten Stock Klavier übt. Durch die geschlossene Fensterscheibe hört man den dumpfen Nachhall ihres Spiels, das sich ebenso nah und zugleich fern anfühlt wie sie selbst. Ich nehme meinen Mut zusammen, mein Handy zur Hand und schicke ihr eine *Insta*-Nachricht – die erste, seit sie wieder hier ist. Sollte sie mich abblitzen lassen, habe ich es wenigstens probiert.

> **MILLY**
> Was hältst du von einer kleinen Pause? Ein Snack in der Küche?

Das Klavierspiel stoppt abrupt. Sofort lege ich das Handy beiseite und atme tief durch. Versuche, wegen eines gemeinsamen Happens am Klapptisch in der Küche nicht die Nerven zu verlieren, als hätte ich Clara in ein französisches Sternerestaurant eingeladen.

> **WINTERWIND**
> Ich habe eine andere Idee. Hol mich in meinem/ deinem Zimmer ab, ich will dir etwas zeigen.

»Ich muss mal eben was aus meinem Zimmer holen«, flunkere ich Léon an, der in seine Unterlagen versunken ist. Er nickt, ohne mich anzusehen.

»Alles klar.«

Beim Aufstehen weiß ich nicht, was mich nervöser macht: die Tatsache, dass ich ihn anlüge oder dass ich mich auf dem Weg zu einem Geheimtreff mit Clara aufmache, das die Gastgeschwister-Grenze ein weiteres Mal verschieben könnte.

Vor ihrer Tür mischt sich das Klopfen meiner Faust mit dem Pochen meines Herzens, das in meinen Ohren dröhnt, als hätten seine beiden Hälften sich getrennt, den heimischen Brustkorb verlassen und sich in meinen Ohrmuscheln einquartiert.

Clara öffnet die Tür, lächelt angespannt, aber freudig und führt mich dann in den zweiten Stock, vorbei am Schlaf- und Badezimmer von Madame Leroy, bis zur Dachluke hinten durch. Das Pochen in meinen Ohren wird allmählich leiser. Wir öffnen die Klappe und steigen über eine wackelige Leiter auf den Dachboden. Dort stehen eine Menge Kisten, eine Stehlampe, eine Couch und ein alter Holztisch. Durch ein rechteckiges Fenster fällt scharf abgegrenztes Licht auf die Holzdielen. Clara zieht eine der Kisten hervor und kramt darin herum. Ihre Beine sind lang und recht zart, das eng anliegende Top über der Jeans betont ihre Oberweite, die ich nicht länger als einen Moment ansehe – aus Angst, mein Blick könnte für immer an ihr hängen bleiben. Ich setze mich auf die Couch. Sie kommt neben mich, mit einer CD und einem Fotoalbum in der Hand.

»Da ist mein Vater drauf zu hören.« Sie zeigt auf das CD-Cover, auf dem eine Küstenlandschaft abgebildet ist, darüber der Name *Nicolas Nantes*. Anschließend öffnet sie behutsam das Fotoalbum, in dem Bilder von ihr, Léon, Madame Leroy und einem Mann zu sehen sind – vermutlich ihr Vater. Fotos am Strand. In Paris. In den Bergen. Im Garten. Am Klavier.

Sie legt das Album auf meinem Schoß ab. »Guck ruhig weiter.«
Beim Herumblättern stelle ich fest, dass Madame Leroy mit
zunehmendem Alter der Geschwister kaum noch auf den Bildern
auftaucht. Ob sie und Léon wollen würden, dass Clara mir
diesen privaten Einblick in die Entstehung der Familienwunden
gewährt, die – wenn ich an Léons distanzierten Ton denke, als
er über seinen Vater sprach – vielleicht getrocknet, aber längst
nicht verheilt sind? Mich jedenfalls berührt es, dass sie das tut.
Sie scheint mir zu vertrauen.

Währenddessen hat Clara aus irgendeiner Ecke einen tragbaren
Retro-Player gezaubert.

»Er ist Pianist«, sagt sie beim Einlegen der Disc. »In der Normandie
ist er recht bekannt. Seine Frau leitet dort ein kleines
Konzerthaus.«

Wir sitzen dicht nebeneinander, im Hintergrund ertönt Orchestermusik.

»Gibt er viele Konzerte?«, frage ich.

»Viele kleinere. Er ist unglaublich gut und hat in seiner Region
eine treue Fangemeinde. Aber für den großen Durchbruch reicht
Qualität nicht immer aus.«

»Vielleicht sollte er auch mal einen *Insta*-Account starten«,
scherze ich. Sie nimmt plötzlich meine Hand und schließt ihre
Augen. Ich würde die Freude über ihre Berührung gern voll und
ganz zulassen, aber etwas hält mich zurück. Vielleicht ist es die
spürbare Anspannung in ihrem Körper oder der Eindruck, dass
sie meine Hand nicht einfach nur hält, sondern sich an ihr *festhält*.
Was geht in ihr vor? Als das Klavier zum ersten Mal einsetzt,
sagt sie: »Das ist er« und drückt noch ein Stückchen fester zu. Ich
weiß nicht ganz, was ich davon halten soll, dass dieser gemeinsame
Moment, den ich mir vor ihrer Abreise erhofft hatte, im
Beisein ihres Vaters stattfindet. Das ist eigenartig, irgendwie aber
auch schön und gleichzeitig deep. So wie sie.

»Wie oft siehst du ihn?«, frage ich nach einer Weile.

Sie lässt die Augen geschlossen. »Ein paarmal im Jahr.« Ihr Atem wird flacher und zugleich schneller. Sie lauscht der Musik nicht mehr, sondern taucht in ihr ein. Geht in ihr unter. Sieht aus, als würde sie im Spiel ihres Vaters ertrinken.

»Alles dreht sich im Grunde darum, gut genug zu spielen«, behauptet sie mit brüchiger Stimme.

Ich streiche mit meinem Daumen über ihren Handrücken.

»Clara …«

Ihr Kinn zittert ganz leicht.

»Clara«, sage ich etwas lauter, aber sie reagiert noch immer nicht, also lege ich einfach den Arm um ihren aufgeregten Körper.

»Manchmal finde ich die Musik so schön«, verrät sie, »dass ich mich am liebsten darin auflösen würde.«

»Aber das ist doch eher ein Grund, sich *nicht* aufzulösen, um noch mehr von ihr zu hören!«

Sie löst sich aus meinem Arm und sieht mich an. Ihre Augen sehen aus, als hätte sie geweint, ohne dabei Tränen zu vergießen oder Spuren zu hinterlassen.

»Manchmal ist es so schwer auszuhalten«, gesteht sie.

»Was?« Ihre Worte beunruhigen mich.

Sie zögert einen Moment und schaut jetzt beinahe flehend.

»Wenn etwas so schön ist.«

»Und warum ist das schwer auszuhalten?«

»Weil es wieder aufhören könnte, schön zu sein«, sagt sie. »Und wenn das passiert, wird es plötzlich totenstill und man verliert den Boden unter den Füßen. Man hört und sieht nichts mehr … fällt aber.«

Ich habe schlagartig Angst, sie zu verlieren, ohne dass sie je zu mir gehörte.

Wie macht sie das? Sie schafft es, mir näherzukommen und

mich dabei gleichzeitig auf Abstand zu halten. Mir Hoffnung auf mehr zu machen und im selben Atemzug Zweifel zu säen, ob sie dazu überhaupt imstande wäre. Sie erreicht, dass mein Verlangen nach ihr wächst – zusammen mit der Sorge, mich an dieser ganzen Situation mit ihr zu verletzen. Vor allem, da es sich nicht so anfühlt, als würde sie mir irgendeine Sicherheit geben. Aber vielleicht kann sie diese ja nicht einmal sich selbst geben.

Ich streiche mit der Hand über ihr weiches, volles Haar, klemme es hinter ihr Ohr und gebe meinem Verlangen nach, sie auf die Wange zu küssen. Sie rührt sich nicht, als ich den Kopf vorneige und ihre warme Haut mit meinem Mund berühre, aber ihre Atemgeräusche werden lauter und das rhythmische Heben und Senken ihres Brustkorbs sichtbarer. Als sie schließlich ihren Kopf dreht und mich ansieht, kämpft in ihrem Blick die Angst, sich weiter hinzugeben, gegen die Lust, sich blindlings fallen zu lassen. Ich warte ab, bis sie mir signalisiert, dass der nächste Schritt nicht nur in Ordnung wäre, sondern gewünscht. Sie nähert sich ein Stück und schließt ihre Augen. Ich lasse meine offen, ich muss alles sehen, ich darf nichts davon vergessen. Und dann küssen wir uns auf eine Weise, wie ich es mir seit dem Anblick ihres gerahmten Bildes in meinem Zimmer vorgestellt habe: Unsere Lippen sind liebevoll und unsere Zungen zart zueinander, aber die Energie, die zwischen ihnen entfacht, ist so dicht und geladen, dass sie einen kleinen Schock auslöst, der durch meinen und vielleicht ja auch ihren Körper fährt.

Als sie mich mit der Hand ein gutes Stück über dem Knie berührt, zuckt mein gesamtes Bein. Ein Reflex, der mich stärker erschreckt als Clara, denn sie führt ihre Hand langsam, aber entschlossen weiter in Richtung Innenschenkel. Worauf will sie hinaus? Wie weit möchte sie gehen? Weiß sie sicher, was sie da tut? Ihre wandernde Hand irritiert mich, da sie nicht zu der Clara passt, die zwischen stolzer Zurückhaltung und verspielter Annäherung hin- und herschwankt. Es ergibt keinen Sinn, dass sie nach dem, was sie mir gerade von sich erzählt und gezeigt hat, plötzlich so vorprescht.

»Warte«, sage ich und greife vorsichtig nach ihrem Handgelenk.

Sie zieht den Kopf zurück, öffnet die Augen und guckt, als hätte ich sie mitten aus dem Schlaf gerissen, aus einem Traum. »Was denn?«

Ich will ehrlich mit ihr sein, auch wenn jeder Moment mit ihr so zerbrechlich scheint wie eine kristallklare Welt aus Glas, die einerseits grenzenlose Offenheit verspricht – und doch so fragil ist, dass man sie mit keiner Spitze belasten möchte.

»Du hast nichts falsch gemacht.«

»Na, scheinbar ja schon.« Sie klingt unsicher. Gedämpft.

»Das hat sich gut angefühlt«, beruhige ich sie. »Aber wenn wir jetzt zwischen Tür und Angel Dinge tun, für die ich lieber Zeit und ein wenig Privatsphäre mit dir hätte, dann werde ich das bereuen.«

Weil mir niemand diese vielen, kleinen ersten Male mit Clara zurückgeben wird. Ich greife ihre Schulter, nähere mich ihr. »Küss mich weiter.« Es ist ungewohnt, Worte wie diese so sanft und ruhig auszusprechen, aber sie lösen ein unerwartet starkes Gefühl von Verletzlichkeit aus, das ich für sie jedoch gern in Kauf nehme.

Sie weicht zurück und lässt mich auflaufen. Der Trotz lässt sie jünger wirken und das offensichtliche Beleidigtsein fast noch schöner, da es ihre stolze Schale aufweicht. Dann greift sie nach dem Handy neben ihr, entsperrt den Code, deutet an aufzustehen – tut es jedoch nicht. »Komm, wir gehen wieder runter«, sagt sie schließlich. Ich zögere nicht lang und schließe sie einfach in meine Arme, auf die Gefahr hin, dass sie mich wegstößt. Was nicht geschieht. »Danke, dass du mir das alles gezeigt hast. Mir ist bewusst, wie viel Vertrauen du mir damit entgegengebracht hast.« Sie stößt ein sanftes Seufzen aus, während sie den Kopf auf meine Schulter legt und in meinem Arm verweilt. Ein Seufzen, das nach einer liebevollen Beschwerde klingt: *Warum habe ich dich gern gewonnen?* Wir stehen auf. Clara streicht sich durchs Haar, zupft ihr Top zurecht. Unperfekt sieht sie aus und das ist perfekt.

»Soll ich dir helfen?«, frage ich, während sie die CD aus dem tragbaren Player zieht und ihn zur Seite räumt.

»Alles gut, bin fast fertig.« Sie packt das Fotoalbum zurück in die Kiste. Das Sonnenlicht hat sich rötlich verfärbt. Die Luft, die durch das Dachbodenfenster strömt, riecht nach der lauwarmen Frische des Abendanbruchs. Der Gedanke, dass sie morgen fährt, ist so schmerzlich, dass ich ihn nur durch einen Selfmade-Hoffnungsschimmer ertragen kann. »Kann ich später bei dir vorbeischauen?«, frage ich, bevor wir wieder durch die Klappe runtersteigen.

»Das wäre schön.« Sie sieht mich an, mit einem Blick, der nicht schlingt, sondern gibt. Auch wenn man es ihr nicht gleich anmerkt, wenn sie unnahbar ihr Ding am Klavier durchzieht, am Esstisch mit Madame Leroy eine Schutzmauer hochzieht – oder eine ernst gemeinte Annäherung hinter einem spielerischen Angriff tarnt, fühle ich es jetzt klar und deutlich: Sie ist voller Wärme.

* * *

Clara verschwindet wieder auf unserem geteilten Zimmer; ich laufe runter in den Garten und setze mich zurück an den Tisch, wo Léon und die Lernsachen auf mich warten.

»Wo warst du?«, fragt er, ohne von seinen Unterlagen aufzublicken.

Ich werfe den Kopf in den Nacken, lasse mir die letzten Sonnenstrahlen aufs Gesicht fallen – und entscheide mich dazu, die Lüge mit der Wahrheit zu kaschieren: »Auf dem Dachboden.«

»Aha? Und weiter?« Der Tonfall in seiner Stimme ist nicht

skeptisch, nur verwundert. Er schöpft keinen Verdacht.

»Auf dem Weg ins Gästezimmer habe ich deine Schwester getroffen. Sie wollte mir zeigen, wohin man sich zurückziehen kann, wenn –«

»Wenn die Leroys dir so heftig auf den Zeiger gehen, dass du es auf zwei Etagen nicht mehr mit ihnen aushältst?«

Ich nicke mit einem halb ehrlichen Lächeln. »Genau.« Es ist schwerer als gedacht, die Balance zwischen Lüge und Wahrheit zu halten, um mein Gewissen zumindest in Teilen zu entlasten.

Léon lässt das Buch auf den Tisch fallen und nimmt seine Sonnenbrille mit den Sehstärkegläsern ab. »Ich nerve dich also?«, fragt er in einer bedrohlich-spielerischen Art, die auch seine Schwester beherrscht.

»Nein«, rufe ich beinahe aus. »Nein, das tust du nicht.«

»Na also.« Sein Blick bleibt an mir hängen. »Aber auf den Dachboden würde ich an deiner Stelle trotzdem nicht gehen.«

»Warum nicht?«

Herzhafter Essensgeruch dringt durch das Küchenfenster in den Garten, womöglich brät Madame Leroy gerade Zwiebeln an. Das tut sie oft um diese Uhrzeit; es lässt ein wohliges Gefühl von Alltag und Normalität aufkommen, das ich gerade gut gebrauchen kann – auch, wenn es etwas trügerisch sein mag.

»Da liegt eine Menge Zeug von meinem Vater rum«, sagt Léon. »Meine Mutter meidet den Dachboden und meine Schwester mag es eigentlich nicht, wenn jemand außer uns dreien ihn betritt. Jetzt, da meine Mama ihre ganzen privaten Sachen nach oben geräumt hat, vermutlich noch weniger.«

»Oh, okay.« Nein, nicht okay. Meine Geschichte ergibt natürlich wenig Sinn für Léon, solange er nichts von unserer Annäherung weiß. Im rationalen Abwägen und Rumrechnen ist er gut, er liebt Mathe – weshalb ihm zumindest unterbewusst auffallen dürfte, dass hier eine entscheidende Info, eine Variable fehlt, um aufzulösen, was Clara und ich gemeinsam dort oben verloren haben.

»Und was ist mit dir?« Die Frage dient nicht zur Ablenkung, sie interessiert mich tatsächlich. »Gehst du gern auf den Dachboden?«

Er zuckt mit den Schultern. »Ich bin da ein Mix aus Mama und Clara. Es macht mich weder fertig, noch berührt es mich.« Er spricht die Worte mit einer Distanz aus, die sich nicht zwischen ihn und mich schiebt, sondern zwischen ihn und sich selbst.

KAPITEL 15

Clara

Um kurz vor Mitternacht, als ich die Kopfhörer bereits abgelegt habe und nur noch ein paar Stellen im Notentext markiere, ertönt ein leises Klopfen. Milly tritt ein, in blauen Boxershorts und einem weißen Schlafshirt. Die Haare unfrisiert, das Gesicht braun gebrannt von den letzten Tagen in der Gartensonne. Er schließt leise die Tür hinter sich. »Störe ich?«

Ich gehe auf ihn zu und knipse das Deckenlicht aus, sodass nur noch die Klemmleuchte am Notenständer brennt. Wir tauschen einen kurzen Blick, vermutlich schaue ich genauso verlegen wie er. Dann küssen wir uns, ohne ein weiteres Wort zu wechseln. Ich bemühe mich, leise zu bleiben, aber die intensive Spannung bauscht sich zu einem drängenden Gefühl auf, das durch kurze, unkontrollierte Laute aus mir herausbricht. Er schmeckt nach Zahnpasta und riecht nach leicht parfümiertem Duschgel. Da das ganze Haus bereits schläft, fühlt sich jeder Atemzug, jedes Geräusch und jedes Knarren so an, als würden Megafone in meinem Zimmer hängen. Wir bewegen uns gemeinsam auf das Bett zu, legen uns behutsam auf die Matratze. Ich ziehe mein Top aus und fühle das straffe, kühle Laken an meinem warmen Rücken. Milly zieht sich sein Schlafshirt über den Kopf und wirft es in einer lässigen Bewegung auf den Schreibtischstuhl. Unter dem Sichtschutz der Decke befreie ich mich aus der engen Jeans, die irgendwo am Fußende landet. Es beruhigt mich, dass weder Raum (Léon schläft quasi nebenan) noch Zeit (es ist mitten in der Nacht im mucksmäuschenstillen Haus) ihn daran hindern können, der Anziehung zwischen uns nachzugeben – anders als auf dem Dachboden, als seine Selbstkontrolle sich kurz wie eine Ablehnung anfühlte. Er schlägt die Decke beiseite, wir drücken und küssen, packen und winden uns, wobei uns ein wenig zu egal ist, dass das Bett knarrt oder die Nachttischlampe fast zu Boden kracht.

Dann überrascht Milly mich:»Möchtest du den BH abnehmen? Ich hätte dich gern noch näher bei mir.« Seine Frage ist so klar und direkt, dass sie mich gefühlt ein Stück weiter auszieht, noch bevor ich seiner Bitte nachgekommen bin. Ich greife hinter mich, öffne den Verschluss und umarme ihn so rasch, dass ihm keine Zeit bleibt, mich genauer zu betrachten. Gerade fehlt mir noch der Mut, mich so ungeschützt seinen Augen auszusetzen – mögen sie auch lieb und sanft auf jeden Zentimeter meines Körpers blicken. Zu meiner Beruhigung unternimmt er keinen Versuch, die Umarmung zu lösen, sondern streicht mit der Hand über meine Haare und riecht so vorsichtig an meinem Nacken, dass mich das leichte Streifen seiner Nasenspitze ein wenig kitzelt. An den Brüsten spüre ich seine wohlriechende Haut deutlich intensiver. Sie wirkt wärmer und weniger eben. Als würde ich ihre Poren fühlen und all die blutgefüllten Gefäße, die sie durchziehen. Die Berührung unserer Oberkörper fühlt sich beinahe etwas bedrohlich an. Als hätte ich nicht nur meinen BH fallen lassen, sondern meine Waffen. Als hätte er jetzt freien Zugang zu allem, was sich hinter meinem Brustbein verbirgt. Je länger wir so auf dem Bett verweilen und er mich mal küsst, mal enger an sich drückt oder einfach nur mit der Hand durch mein Haar fährt, desto sicherer fühle ich mich in seinem Arm. Und desto stärker wächst meine Lust, ihm selber mehr von mir zu zeigen. Ich löse meinen Griff, bewege mich ein Stück zurück. Es schmerzt fast schon, mich so schutzlos zu zeigen und gleichzeitig die existenzielle Sehnsucht zu spüren, von ihm angenommen, für schön befunden zu werden. Aber auch sein Blick verrät, dass er das Gefühl hat, die Kontrolle abzugeben – nur dass er dabei noch so charmant lächeln kann, statt wie ein verschrecktes Reh zu gucken, das nachts auf der Straße von den Scheinwerfern eines rasenden Autos geblendet wird.

Milly schüttelt den Kopf mit einem zurückhaltenden Lächeln, das dennoch einnehmend ist. »Zu schön, um wahr zu sein.«

* * *

Später liegen wir in Schlafsachen auf dem Rücken, ohne dass mehr zwischen uns gelaufen ist, was sich jedoch genau richtig anfühlt. Ich drehe den Kopf und beobachte im spärlichen Licht der Klavierleuchte, wie sein Brustkorb sich gleichmäßig hebt und senkt. Wie ein Fisch, dessen Kiemendeckel sich beim Atmen rhythmisch nach innen und außen bewegen. Einer, der keine Angst vor einem gefährlichen Sog im Meer hat, da er weiß, wie man gegen die starke Strömung anschwimmt oder sich geschickt darin bewegt.

»Hattest du schon mal einen Freund?«, fragt er in die Stille hinein.

Ich antworte nicht.

»Hattest du denn eine Freundin?«, frage ich stattdessen.

»Ja, einmal. So halb.«

»Wie heißt sie?«

»Anna. Sie ist in meiner Stufe. *War* in meiner Stufe.«

»Habt ihr miteinander …?«

»Geschlafen?« Pause. »Ja. Aber wir waren nicht sehr lange zusammen.«

»Okay.« Ich will mir Anna nicht vorstellen. Will mir Milly mit Anna nicht vorstellen. Schon gar nicht Milly mit Anna im Bett. Dennoch blitzen genau diese drei Bilder nacheinander in meinem Kopf auf, grell und verschwommen.

»Ist das gut?«, fragt er etwas unsicher.

»Geht so«, antworte ich.

»Wieso? Ein bisschen Erfahrung schadet doch nicht?«

Ich streichle mit der Hand durch sein Haar. »Vielleicht will ich ja die Einzige sein«, sage ich halb im Scherz.

Er dreht sich zur Seite und lächelt mit einem sanften Kopfschütteln, als hätte ich nichts zu befürchten. »Bist du.«

»Ab jetzt.«

»Ich kann meine Vergangenheit nicht ungeschehen machen«, sagt er. »Und das will ich auch gar nicht. Jeder Schritt hat mich letztlich hierhin geführt. Ich liebe es in Saint-Malo und bei deiner Familie.«

»Ja, das ist schon okay. Ich will ohnehin nicht mit dir schlafen, das ist ein furchtbares Wort.«

Ich lege mich wieder auf den Rücken, mit dem Gesicht zur Decke. »Ich möchte mit dir …«

»Wach sein?«, schlägt er vor.

»Nein, das ist ja völlig witzlos.«

»Hm. Träumen?«

»Zu kitschig. Und zu weit weg von der Wirklichkeit.«

Er rückt näher an mich heran. »Dann schlag was vor.«

»Die Mitte zwischen wach sein und träumen«, sage ich. »Klarträumen.«

»Was ist das denn? Gibt es das Wort?«

»Ja. Man träumt, aber das Bewusstsein weiß, dass man es tut, und kann den Inhalt sogar steuern.«

»Ah, du meinst diese Träume, in denen man einen Geldkoffer findet oder mit der verstorbenen Oma einkaufen geht. Und währenddessen schon genau weiß, dass man gleich im Bett aufwacht.«

»Ja. Man entflieht einerseits der Wirklichkeit«, erkläre ich, »hat aber trotzdem noch die Kontrolle über das, was im Traum geschieht. Man genießt den Zustand, lässt sich von ihm aber nicht verarschen.«

Er legt den Arm um meinen Oberkörper, küsst meine Schulter. »Eine Frage hätte ich da aber noch«, murmelt er müde.

»Ja?«

»Wer kontrolliert den Traum? Du oder ich? Oder wir beide? Geht das überhaupt?«

Ich küsse ihn auf den Mund. »Ich natürlich.«

»Aha.«

»Gute Nacht, Milly.«

»Gute Nacht. Weck mich auf, wenn etwas ist.«

»Was sollte sein?«

Er schließt die Augen. »Weiß nicht. Egal, was.«

Sein Griff lockert sich bereits nach wenigen Minuten. Er ist eingeschlafen.

Ich bin noch ein, zwei Stunden wach, ohne dass die Zeit zu langsam vergeht oder das stille Liegen neben Milly mir zu öde wird. Im Gegenteil: Ich würde am liebsten jede Minute dieser Nacht einfangen, in Sand verwandeln und in eine Uhr mit zwei Glaskolben stecken. So könnte ich sie in einsamen Momenten umdrehen und von vorn ablaufen lassen, ohne dass mir auch nur ein einziges Korn entwischt.

* * *

Als ich am nächsten Morgen die Augen öffne, bricht helles, warmes Licht durch die Vorhänge. Kurz vergesse ich, dass wir bereits Oktober haben, ich im Haus meiner Mutter bin und Milly gestern Nacht in meinem Bett geschlafen hat. Oder besser gesagt: ich in seinem. Vage kann ich mich daran erinnern, wie er in den frühen Morgenstunden, es muss noch dunkel gewesen sein, nach einem sanften Abschiedsdrücker hinausgeschlichen ist.

Ich stehe auf, suche nach meinem Handy und finde es auf dem E-Klavier. Wir haben neun Uhr. In sieben Stunden muss ich in Paris sein, für den Einzelunterricht bei meinem Prof. Ich klicke Millys *Insta*-Nachricht auf dem Display an:

> **MILLY**
> Guten Morgen,
> danke für die schöne Nacht. Ich wollte
> dich heute Morgen nicht wecken. Léon hat
> nichts mitbekommen. Er glaubt, ich hätte im
> Gästezimmerzimmer geschlafen. Trotzdem war
> das riskant (was ich nicht bereue).

> **WINTERWIND**
> Guten Morgen, Gangster unter den Gastschülern
> ☺ Romeo der Risiken 😜 Ich habe eine Challenge
> für dich: Finde meine Handynummer heraus,
> dann müssen wir nicht über Instagram schreiben.

Ich blicke mich im Zimmer um. Rufe mir ins Gedächtnis, wie Milly gegen Mitternacht plötzlich in meiner Tür stand. Wie wir uns ausgezogen haben, uns nah waren. Wie wir zusammengekuschelt eingeschlafen sind – er deutlich früher als ich.

Dann packe ich meine Reinigungspad aus dem Rucksack, beseitige vor dem Wandspiegel die letzten Kajal- und Wimperntuschereste. Schaue mit einem beseelten Lächeln in die Augen einer Clara, die sich auf die nächsten Begegnungen mit Milly freut. Auf unseren ersten Spaziergang durch die Altstadt. Die erste Unterhaltung am Meer. Den ersten Kinobesuch, Serienmarathon, Filmeabend. Die erste Herbstwaffel, den ersten Adventssonntag. Das erste Silvester.

Die kühlen und dunklen Jahreszeiten, denen ich in diesem Jahr mit großer Sorge entgegengeblickt habe, sind jetzt voller warmer Vorstellungen und leuchtender Pläne.

> **MILLY**
> So viele tolle Spitznamen. Sicher, dass du in der Musik dein volles kreatives Potenzial entfalten kannst? Willst du nicht lieber in die Werbewelt? Okay, das war beleidigend. Sorry! Aber let's clarify this (hehe): Ich habe deine Nummer bereits, wollte aber warten, bis du sie mir selber anbietest.

> **WINTERWIND**
> German Gentleman! Schreib mir.

Ich nehme mein Handy mit ins Bad, lege es in den Hochschrank und springe unter die Dusche. Gerade, als ich mir ordentlich Shampoo aufs Haar geklatscht habe, höre ich ein lautstarkes Vibrieren. Ich trockne eine Hand ab und entsperre den Handybildschirm, ohne die Duschkabine zu verlassen.

> **MILLY**
> Schönes Profilfoto!

Es zeigt mich am Klavier, in Kleid und Stöckelschuhen bei einer

Kulturveranstaltung in Lille. Ich klicke seins an: Ein Gruppenfoto mit einem jungen Mann und drei Mädels, irgendwo in den Bergen. Im Hintergrund die Aussicht auf ein grünes Tal mit einem Fluss. Das ist vermutlich sein Bruder, der Arzt, von dem er auf der Party erzählt hat. Aber die anderen sind definitiv nicht seine Schwestern. Mir wird etwas mulmig. Wie vor einer Prüfung, für die man nicht gelernt hat und in die man sich dennoch reinsetzt. Und so war es auch mit Milly, nicht wahr? Ich war viel zu unvorbereitet, wusste zu wenig über ihn – nicht einmal sein verdammtes Profilfoto kannte ich, bevor ich ihm so viel von mir gezeigt und gegeben habe.

> **MILLY**
> Auf meinem siehst du meine Sporttruppe. Treffen uns alle vierzehn Tage (wenn ich im Land bin). Komm gut in den Tag rein :)

Als hätte er über zwei Kilometer Luftlinie meine Gedanken gehört. Ich bin unschlüssig, ob ich seine Klarstellung aufmerksam oder verdächtig finden soll und nehme ihn auf dem Profilfoto genauer unter die Lupe. Milly ist ein geselliger Typ mit einem zufriedenen Lächeln auf den Lippen. Einer, der gut aussieht und das auch weiß, ohne sich viel drauf einzubilden. Der aktiv und doch von einer angenehmen Ruhe umgeben ist. Was Milly wohl denken würde, wenn er wüsste, dass ich in der Klinik war? Dass ich mich manchmal so unwohl in meiner Haut fühle, dass ich sie mir am liebsten abziehen würde? Dass ich mir gerne mal Filme schiebe, die kein Happy End haben? Es öfter weder mit noch ohne Menschen sonderlich gut aushalte?

Das würde ihn bestimmt überfordern. Es überfordert ja sogar mich selbst.

Ich dusche fertig, binde mir ein Handtuch um, frisiere kurz

mein nasses Haar und schicke Milly spontan ein Selfie von den
Schultern aufwärts: Dir auch einen schönen Tag.

Seine Antwort folgt prompt.

> **MILLY**
> **Viel zu hübsch für mich.**

Dazu hat er mir den Link zu einem Lied mitgeschickt: *Butter-
fly* – von Crazy Town.
Ich gehe in mein Zimmer und lasse den Song laut über die
Boxen laufen, während ich mich anziehe.

> Come my lady, come-come my lady
> Your're my butterfly, sugar baby

Wenn ich an Milly denke, fliegen nicht nur *butterflies* in meinem Bauch, deren Flügel mit Glücksgefühlen beladen sind, die
wie Wasser aus einem Versorgungsflugzeug abgeworfen werden,
um ausgedörrtes Land zu tränken. Da gibt es auch Bienen: Sie
schwirren und summen umher und produzieren honigsüße Gefühle. Gleichzeitig tragen sie Stachel, mit denen sie mir jederzeit
Schmerzen zufügen könnten.

> I don't deserve you, unless it's some kind of hidden message
> To show me life is precious.

KAPITEL 16

Milly

»Handy weg«, ermahnt mich Mathieu mit halb strenger Stimme. »Es sei denn, es ist etwas Dringendes.«

»Ist es«, sage ich beim Schließen des Chats, und das ist noch nicht einmal gelogen. Nach der gestrigen Nacht ist mein Bedürfnis, mit Clara Kontakt zu halten, so stark wie Hunger kurz vor der Unterzuckerung oder Harndrang kurz vorm Platzen der Blase. Etwas, das nicht warten kann und auch nicht warten *darf*.

Wir befinden uns mit dem achtköpfigen Literaturkurs in der Aula. Ein paar sitzen mit herunterbaumelnden Beinen auf dem vorderen Bühnenrand und ein paar, wie Céline und ich, auf den Klappstühlen in der ersten Reihe. Mathieu, ein junger Student, der selbst mal Schüler am Lycée Laplace war, absolviert hier ein Pflichtpraktikum für sein Lehramtsstudium. Ein engagierter Kerl mit einer ernsten Ausstrahlung, die ihn älter wirken lässt als Anfang zwanzig.

»Wie können wir das Stück *Der eingebildete Kranke* in einen modernen Kontext setzen?«, fragt er mit dem Skript in der Hand.

Céline meldet sich zu Wort:»Die Hauptfigur Argan könnte als Hypochonder der Moderne dargestellt werden. Einer, der ständig alles googelt, Ärzte abklappert und das Gesundheitssystem damit belastet.«

»Ein Privatversicherter«, ergänzt Léon von der Bühne.»Er nutzt die Zweiklassengesellschaft der Krankenkassen und verschafft sich durch seinen Wohlstand überall Termine und Zusatzbehandlungen.«

Mathieu zeigt in meine Richtung:»Wir haben ja auch noch den Leibarzt, der von den Ängsten des Hypochonders profitiert. Emilian, wie stellst du dir deine Rolle vor?«

Ich überlege einen Moment.»Wie wäre es, wenn ich eine Art KI-Arzt bin? Ich könnte eine geschlechtsneutrale Figur mit monotoner Stimme spielen. Argan nennt mir seine Symptome und ich spucke unzählige Möglichkeiten aus, um welche Erkrankungen es sich handeln könnte. Nach jedem Kontakt mit mir geht es ihm eher schlechter als besser.«

Léon springt runter, klatscht die Hände zusammen.»Top! Das finde ich super!«

»Ich auch«, stimmt Céline zu. Die anderen scheinen ebenfalls überzeugt.

* * *

In der Mittagspause sitze ich mit Céline an einem Fenstertisch in der Cafeteria. Léon hat sich ein belegtes Baguette besorgt und verbringt die Pause draußen mit Alexandra.

»Die beiden turteln ja wieder ganz schön rum«, sagt Céline mit Blick auf den Schulhof.

Ich schaue ebenfalls raus. Sie sitzen auf einer Bank in unserem Sichtfeld. Léon hat den Arm um ihre Schulter gelegt, Alex beißt von seinem Baguette ab. Ob Clara und ich uns auch mal so entspannt in der Öffentlichkeit zeigen werden, Arm in Arm als festes Paar? Ich schiebe mir einen Löffel Reis mit Pilzsoße in den Mund und verschlucke mich ordentlich, als ich Céline sagen höre: »Ich frage mich, ob Mathieu mittlerweile über Clara hinweg ist.«

Ich versuche, das Aufhusten möglichst zu unterdrücken, was nur dazu führt, dass es stärker wird. Céline schenkt mir ein Glas Wasser ein und hält es mir hin. Ich trinke, noch immer hustend, und tupfe mir danach den Mund mit einer Serviette ab. »Sorry.«

»Alles wieder gut?«

»Klar. Was ist mit diesem Mathieu?«

Sie winkt ab. »Ach, nichts weiter. Die waren mal ein Paar und als Clara sich getrennt hat, hatte er ziemlich daran zu knabbern.« Sie schiebt ihr Hauptgericht beiseite und macht sich über den Nachtisch her. »Er war ihr total verfallen. Ich bin sicher, er hätte ihr sogar einen teuren Flügel geschenkt, um sie zu überzeugen. Was ich an Clara aber cool finde: Sie macht sich nichts aus dem ganzen Geld.«

Ich schlucke. »Wie, was für Geld? Das von Mathieu?«

»Ja, seine Familie gehört zu den Ultrareichen in Saint-Malo.«

Ich blicke auf meinen halb aufgegessenen Teller, daneben die Salatbeilage und ein Schokopudding. Der Hunger ist mir schlagartig vergangen. Mein Bauch ist auf einmal voll mit einem Emotions-Mix, der keinen Raum mehr für die Kantinen-Köstlichkeiten lässt. Eine Mischung aus leichter Wut, mäßiger Unruhe und starker Unsicherheit. Der Körper scheint dieses fiese Gemisch rasch zersetzen zu wollen, denn mein Stoffwechsel fährt spürbar hoch. Mir wird heiß und ich fühle, wie diverse Gefäße schnell und kräftig in mir pochen. Ist das etwa Eifersucht? So fühlt sie sich also an, wenn ein Mädel und ihr Ex im Spiel sind. Scheiße fühlt sich das an.

Mathieu ist vom Typ her ganz anders als ich. Deutlich breiter und trainierter, mit kurz geschnittenen Haaren, Dreitagebart und einer auffallend teuren Uhr am Handgelenk. So ein Typ, den man sich in einem Männermagazin vorstellen könnte.

Da taucht er plötzlich in meinem Sichtfeld auf. Er steht mit seinem Tablett neben der Essensausgabe und blickt sich suchend um. Céline bemerkt ihn ebenfalls, hebt den Arm und deutet auf den freien Platz zu ihrer Rechten. Er lächelt dankbar.

»So, ich setz mich mal dazu«, sagt Mathieu. »Das Lehrerzimmer platzt aus allen Nähten.«

»Na klar.« Célines Tonfall ist einladend. »Bist ja quasi noch einer von uns.«

Mit dem Messer schneidet Mathieu ein Stück von seinem mageren Putenfleisch ab. Anstelle von Kohlenhydraten hat er dazu einen Haufen Brokkoli auf dem Teller. Klar, die Muskeln wachsen sicher nicht an den Bäumen, schon gar nicht von Reis mit Pilzsoße.

Wenn sie Mister Perfect zum Teufel gejagt hat, was macht sie dann mit Little Milly? Ihn zum Mond schießen? Und lässt Clara noch mehr Kerle, von denen ich nichts weiß, irgendwo in der Hölle schmoren oder im All ersticken? Okay, das ist unfair. Clara kann nichts dafür, dass ich hier mit ihrem Ex zusammensitze und mir seinen gesunden Gewinner-Lifestyle reinziehen muss.

»Emilian«, richtet er sich an mich, »du sprichst wahnsinnig gut Französisch. *Fast* akzentfrei.«

Und er ist *fast* sympathisch.

»Danke.«

»Solltest du Fragen haben oder etwas brauchen, gib ruhig Bescheid.«

Ich versenke meinen Löffel im Schokopudding. »Wie zum Beispiel … was?«

Kurz wirkt er irritiert. »Egal, was. Fragen zum Schulsystem, Infomaterial zum Abitur oder Saint-Malo im Allgemeinen.«

Ich schiebe mir den gesüßten Haufen in den Mund und lächle so künstlich, als müsse ich nach einer verlorenen Wette einen Löffel Scheiße essen, ohne mir etwas anmerken zu lassen. »Das ist nett, danke. Aber Léon und Clara sind eine super Hilfe.« Ein schmerzlicher Ausdruck huscht über sein Gesicht.

»Milly, wir müssen los«, drängt Céline mit Blick auf ihr Handy. »Der Mathetest.«

»Oh, stimmt!« Ich räume alles auf meinem Tablett zusammen und stehe auf.

»Sorry, Mathieu«, entschuldigt sich Céline.

»Alles gut, wir sehen uns nächste Woche in der Aula«, antwortet er und sagt mit einem bedröppelten Lächeln in meine Richtung: »Freut mich, dass du dich in deiner Gastfamilie so wohlfühlst.«

Auf dem Weg zum Abräumwagen schießen mir zwei Fragen in den Sinn: Haben er und Clara miteinander geschlafen? Und: Besteht die Möglichkeit, dass die beiden eines Tages wieder zusammenkommen, so wie Léon und Alexandra?

Während ich mir den Kopf zerbreche, laufen wir in den ersten Stock und treffen meinen Gastbruder vor dem Kursraum an.

»Kommt«, ruft er. »Ich habe auf euch gewartet.«

Céline setzt sich nach vorn, Léon und ich nehmen in der Reihe hinter ihr Platz. Der Mathelehrer teilt den angekündigten Test aus. Artig legen wir die Blätter mit der bedruckten Seite nach unten und warten auf das Startsignal.

»Was guckst du denn so verbissen?«, flüstert Léon mir im Geraschel zu.

Obwohl das Zeitfenster für diese Unterhaltung absurd kurz ist, nutze ich die Chance, ihn beiläufig über Mathieu und Clara auszuquetschen. »Céline hat gesagt, Mathieu war der feste Freund deiner Schwester«, flüstere ich. »Hat mich nur etwas irritiert. Haben sie gut zusammengepasst?«

Er rollt halb gelangweilt mit den Augen und macht mit der Hand eine wegwerfende Bewegung über die Schulter. »Ist vorbei.«

»So, umdrehen«, sagt der Mathelehrer und als ich oben auf dem Blatt meinen Namen eintrage, hoffe ich, dass nicht *ich* eines Tages in einer laschen Handgeste über Léons Schulter fliege.

* * *

Léon hat darauf bestanden, den Samstag mit einem brüderlichen Ausflug zu beginnen.

»Nicht, dass du Daniele später die Ohren vollheulst, dass ein Gastbruder ja nicht im Ansatz an einen leiblichen herankommt«, scherzt er, als wir unsere Fahrräder entlang der Straße festschließen, die parallel zum Strand verläuft.

»In Deutschland würde man jetzt darauf antworten: Man kann Äpfel und Birnen nicht miteinander vergleichen.«

Léon nimmt die Brille ab und säubert die Gläser mit dem Zipfel seines beigen Leinenhemds. »Wieso nicht?« Der raue Atlantikwind riecht bei gut siebzehn Grad frisch und salzig. »Äpfel sind rund, säuerlich und knackig. Birnen sind weicher, süßer und … nicht rund. Was genau daran ist jetzt nicht vergleichbar?«

Ich zucke lächelnd mit den Schultern.

Da seine Schwester dieses Wochenende ebenfalls in Saint-Malo verbringt, sind sowohl er als auch ich bestens gelaunt. Selbst wenn Clara und Madame Leroy nicht das einfachste Verhältnis haben, ist nicht zu übersehen, wie sehr Léon es genießt, wenn seine ganze Familie – abgesehen vom abwesenden Pianisten-Papa – unter einem Dach vereint ist. Sie ist mittags angekommen, hat kurz mit uns gequatscht und sich dann gleich zum Üben in ihr Zimmer verkrochen.

Léon setzt seine Brille wieder auf und packt mich am Arm. »Komm, wir müssen los, solange Ebbe ist.«

Er möchte mir das *Fort National* zeigen, für das er zwei Tickets besorgt hat: Eine Festung aus dem 17. Jahrhundert, die sich auf einer felsigen Insel befindet. Bei niedrigem Wasserstand kann man sie zu Fuß erreichen. Wir laufen über einen steinigen Weg, der mitten durchs Meer führt, mit der schrumpfenden Altstadt im Rücken. Léon geht vor mir.

»Machst du das hier oft?«, frage ich.

»Was?«, ruft er gegen den Wind und das Rauschen der Wellen an. »Ach so! Ob ich das oft mache? Geht so. Glaub, das ist das zweite Mal.«

»Nett, dass du mit mir das volle Touri-Programm durchziehst. Wenn du mal in Deutschland bist, steigen wir die Domtreppen hoch.«

»Nein, danke«, brüllt er schnaubend in die Weite vor uns. »Zeig mir lieber einen dieser berüchtigten Clubs in Berlin.«

»Wäre das nicht mehr was für Clara?«, rutscht es mir raus.

Seine letzten Worte, bevor wir das Ziel erreichen: »Zum Auflegen, ja. Nicht zum Feiern.«

Die Festung ist von dicken, hohen Mauern umgeben, welche für ihr Alter und die rauen Meeresbedingungen erstaunlich gut erhalten wirken. Zudem ist sie mit Kanonen ausgestattet, was an die militärische Bedeutung dieses Sightseeing-Highlights erinnert: Von hier aus wurden feindliche Angriffe abgewehrt. Der Innenhof ist weitläufig und hat einen flachen Boden. Ich nehme an, er wurde modernisiert, was der historischen Atmosphäre jedoch nichts anhaben kann. Neben dem Personal befinden sich noch einige Besucher auf der Festung. Einige schlendern durch den Innenhof, fotografieren die Kanonen oder lesen sich in Ruhe die Informationstafel durch, welche die Geschichte der Anlage erklärt.

»Komm, wir setzen uns auf die Mauer«, schlägt Léon vor und sucht uns eine passende Stelle. »Sieh dir doch nur diese Aussicht auf die Stadt an.«

»Und auf das Meer«, erwidere ich mit Blick in die andere Richtung. Mir ist völlig klar, dass ich diesen postkartenträchtigen Ausblick auch mit eintausend Fotos nicht gebührend einfangen werde – mit dem intensiven Salzwassergeruch, den leise brandenden Wellen, der milden Oktobersonne. Daher bemühe ich mich, die Bilder vor allem mit meinem Bewusstsein zu schießen.

Er wirft den Kopf nach hinten, sein braunes Haar schimmert im Sonnenlicht. »Und gutes Wetter haben wir auch noch. Was will man mehr?«

Ich zücke mein Handy, klicke den Chat mit Clara an und schicke ihr rasch zwei Fotos von beiden Perspektiven.

»Komm, wir machen eins zusammen«, fordert Léon mich auf, nimmt mir ohne Vorwarnung das Handy aus der Hand und fotografiert uns Kopf an Kopf mit Saint-Malo im Hintergrund. Ich kriege es gerade rechtzeitig zurück, um Claras Antwort abzufangen.

> **CLARA**
> Das Fort National 🖤 Bleibt aber nicht zu lang, bei Flut steckt ihr sonst stundenlang dort fest. Freu mich aufs Kino später mit euch!

Ich herze ihre Nachricht und rufe spontan Daniele per Videocall an, um ihm diese Jahrhunderte alte Verteidigungsanlage live zu präsentieren. Mein Bruder war ein ziemlicher Geschichtsfreak, bevor er sich komplett der Medizin verschrieben hat. Doch er hebt nicht ab, mein Handy klingelt nur fröhlich vor sich hin.

»Geht er nicht ran?«, fragt Léon.

»Nein«, sage ich. »Heute bist du wohl der einzige Bruder.«

* * *

Zurück auf dem Festland möchte ich mich mit einer Einladung in ein Restaurant revanchieren, das ich im Netz entdeckt habe.

»Romantisch«, bemerkt Léon, als wir uns auf die Terrasse mit Meerblick setzen. »Muss neu sein, der Laden. Könnte ich mal mit Alex ausprobieren.«

Aus dem Inneren des Restaurants strömt ein rauchiger Grillgeruch, während am Nachbartisch ein Topf Muscheln serviert wird. Salziger Dampf vermischt sich mit der Würze des Fleischs.

»Soso.« Ich überfliege die lederne Getränkekarte. »Du bist heiß drauf, Daniele im Bruderwettbewerb auszustechen, gibst mir aber keine Chance, es mit Alexandra aufzunehmen?«

Mein Gastbruder schüttelt selbstsicher den Kopf. »Das ist was anderes. Oder, wie ihr sagen würdet: Man sollte nicht Orangen mit Melonen vergleichen.«

»Äpfel mit Birnen.«

»Jaja.«

Das Handy vibriert in meiner Hosentasche.

»Ah, mein Bruder«, sage ich beim Abheben.

»Hey, Milly, was gibt's?«, fragt Daniele. »Alles gut?«

»Klar. Ich wollte dir etwas zeigen, das wir eben besichtigt haben.«

»Kannst du mir ein Foto schicken?«

»Klar.«

»Du hast also eine gute Zeit?«

»Ja, alles bestens und bei dir?«

»Ja, sorry, ich bin ein wenig im Stress. Ich muss bis heute Abend ein Paper an meinen Chef schicken.«

»Hast du morgen wenigstens frei?«

»Nein, Dienst.«

»Dann hast du ja schon wieder kein Wochenende.«

»Ja, ist halt gerade viel los. Sorry, Kleiner, wir reden Montag noch mal, ja? Da bin ich erreichbar.«

»Falls du nicht schläfst.«

»Ja, falls ich nicht schlafe. Ehrlich gesagt hoffe ich, dass ich schlafe. Aber wir sprechen auf jeden Fall, versprochen!«

»Gut, viel Erfolg heute.«

»Schreib mir jederzeit, wenn was ist, ja?«

»Alles klar, ciao.«

Eine frische Brise streift über meine Haut. Ich lege das Handy auf dem Tisch ab und ziehe mir die Übergangsjacke zu. Seit er seine Stelle in der Kardiologie angetreten hat, ist er im Alltag kaum noch greifbar. Wenn ich ihn ernsthaft bräuchte, wäre er sofort zur Stelle, das weiß ich – aber diese dringlichen Momente können unmöglich das neue Fundament unserer Beziehung bilden, das lasse ich nicht zu.

Léon bestellt uns zwei Bier. »Kriegen wir noch warmes Brot mit Oliven und Salzbutter dazu?«

»Natürlich«, antwortet die Kellnerin und entfernt sich von unserem Tisch. Mein Gastbruder lächelt zufrieden.

»Alles okay?«, fragt er. »War was am Telefon?«

»Ach, mein Bruder geht im Stress unter. Manchmal wirkt er ganz verändert durch die Arbeit. Momentan ist er auf Intensivstation.«

»Tote und Kranke und Nachtdienste, kein Wunder«, sagt er. »Zu dir würde so was überhaupt nicht passen.«

Ich blicke tief in seine meerblauen Augen, als würde sich an ihrem Grund die Antwort auf die Frage aller Fragen verbergen.

»Und was passt zu mir?«

Er lehnt sich in seinem Stuhl zurück, verschränkt die Arme. Seine Haare sind ausnahmsweise mal unfrisiert und flattern im abgekühlten Wind. »Du beobachtest gut«, beginnt er. »Und stellst viele Fragen, ohne dass man das richtig mitbekommt. Ganz subtil, oft nicht mal als Frage formuliert. Ehe man sich versieht, hast du eine Menge Informationen gesammelt, über alles und jeden.«

Léon sieht mich aus einer neutralen Perspektive, die man von der eigenen Familie nicht erwarten kann. Zugleich führen wir eine Freundschaft auf Augenhöhe – etwas, das es zwischen mir und meinem neun Jahre älteren Bruder niemals geben könnte. Diese Balance aus Nähe und Distanz macht seine Einschätzung unfassbar kostbar.

Die Kellnerin bringt uns zwei Kelchgläser mit Bier, dazu einen Brotkorb mit dem Schnickschnack, den Léon dazu bestellt hat. Er bedankt sich mit einem flüchtigen Blick in ihre Richtung und nimmt mich rasch wieder ins Visier.

»Ich würde sagen, du solltest mit Menschen arbeiten. Ein Job, in dem es darum geht, etwas über sie herauszufinden und damit Dinge auf den Weg zu bringen. Journalist. Therapeut ...« Er grinst schelmisch. »Immobilienmakler.«

»Oder Sektenfanführer«, ergänze ich.

»Heiratsschwindler würde auch gehen.«

Ich erhebe mein Glas. »Auf den besten Gastbruder der Welt.«

»Auf meinen einzigen Bruder.«

»Was ist mit dir?«, frage ich nach unserem ersten Schluck.

Léon bestreicht ein Stück Brot mit Butter, beißt ab und kaut schulterzuckend.

»Ich bin nicht so mutig wie Clara. Herauszufinden, wofür ich brenne, und alles auf eine Karte zu setzen, ist nicht meins. Im Übrigen bin ich auch nicht so begabt wie sie.«

»In Mathe und Physik bist du doch der beste«, sage ich mit dem herben Biergeschmack auf meiner Zunge. »Céline hat erzählt, dass du in der Computer-AG mehr drauf hast als euer Lehrer.«

»Ja. Darauf wird es hinauslaufen.« Er schiebt sich eine Olive in den Mund. »Softwareentwicklung, KI, IT-Sicherheit ... So etwas. Ich werde wohl tatsächlich den Weg des geringsten Widerstandes einschlagen, Informatik studieren und eine Menge Geld verdienen.«

»Jetzt sprich doch nicht so. Dein *lowest-effort*-Weg ist für viele andere undenkbar, weil ihnen das Zeug dazu fehlt.«

»Früher wollte ich eine Ausbildung als Zeitungsredakteur machen und später mal ein eigenes Computermagazin rausbringen. Eine spannend aufgezogene Fachzeitschrift, mit der alle etwas anfangen können.«

»Aber?« Ich greife jetzt ebenfalls nach einem Stück Brot.

»Aber ich trenne meine Träume von der Realität. So fühle ich mich sicherer.«

»Können Träume nicht in die Realität eindringen?«

»Wenn man wie Clara ist, dann ja.«

Ich drehe den Kopf zum Meer, blicke auf das *Fort National*, das plötzlich auf einer unzugänglichen Insel zu liegen scheint. Auch das Bild von Léon und mir beim Selfie-Schießen auf der Festungsmauer wird viel zu schnell Teil einer fernen Erinnerung.

»Milly«, sagt Léon. Ich kann nicht aufhören, auf das Wasser zu starren und in einer Ferne zu versinken, die gerade noch so nah war. In einer Erinnerung zu schwelgen, die eben erst geschaffen wurde.

»Émilien!«, höre ich ihn rufen, kann den Blick aber nicht abwenden, den Kopf nicht bewegen. Der Horizont hält meine Augen als Geiseln.

»Clara ruft an!«

Ich schrecke auf und stoße dabei mein Knie an der Tischplatte.

»Was?«, frage ich und gehe augenblicklich ran, während ich unter dem Tisch mit einer Hand über mein schmerzendes Bein reibe. »Hallo?«

»Ja? Hallo? Alles gut bei dir? Ich habe mich gewundert, wo du bleibst.«

»Hey, ja, ich bin noch mit Léon etwas trinken.«

»Oh, ist er gerade bei dir?«

»Genau, genau, dein Bruder ist hier. Wir sind spätestens um viertel vor sieben vor dem Kino.«

»Alles klar, puh, sag ihm einfach, ich … wollte fragen, ob ich noch eine Nacht in deinem Zimmer bleiben kann. Zum Üben.«

»Ja, natürlich kannst du nach dem Kino noch bei mir üben. Ich schlafe wieder im Gästezimmer. Natürlich. Gut. Tschüss, Clara. Tschüss.«

Léon trinkt von seinem Bier, ohne mich aus den Augen zu lassen. »Warum ruft meine Schwester dich an und nicht mich? Ich wusste gar nicht, dass ihr so eng in Kontakt steht.«

»Ach so, nein, tun wir auch nicht. Wir wollten uns nur abstimmen wegen ihrer Spielzeiten. Damit ich weiß, wann sie mein Zimmer braucht.«

Ich greife nach meinem Glas und spüle die Lüge mit einem großen Schluck Bier runter.

Sein Gesicht entspannt sich, er glaubt mir anscheinend. Ich fühle mich aber nur kurz erleichtert und dann plötzlich schwer.

Das schlechte Gewissen hat wohl zugenommen.

KAPITEL 17

Clara

Im Kino sitze ich in Türnähe im äußeren Reihenbereich, neben mir Milly, dann Léon und die Schwestern. Im Film, den die Mädels ausgesucht haben, geht es ums Fremdgehen. Zwei befreundete Nachbarn, die eine verheiratet, der andere in einer Beziehung, haben eine Affäre. Eigentlich eine abgelutschte Story: das Versteckspiel, das schlechte Gewissen, der Kick zwischendurch, die Gefühle, die im Spiel sind, und das Spiel, aus dem bitterer Ernst wird. Aber die Erzählperspektive ist spannend. Sie springt zwischen allen vier Protagonisten, Betrügern und Betrogenen, hin und her. Ich bemerke Millys bohrenden Blick von der Seite und drehe ihm den Kopf zu. Das Leinwandlicht flackert über sein ernstes Gesicht. Ich beuge mich zu ihm. »Was ist los?«

Er zieht den Kopf zurück und lächelt ein bisschen gruselig. »Nichts.« Dann schaut er wieder auf die Leinwand, die ein hektisch-verregnetes Paris zeigt.

Ich versuche, die Situation aufzulockern. »Du musst mich auch mal dort besuchen«, sage ich unbeabsichtigt laut, sodass Léon kurz zur Seite blickt. Milly nickt, den Blick starr nach vorn gerichtet. Er verschränkt die Arme, rutscht tiefer in den Sitz und wirkt dabei steif und unnahbar. Fast, als wolle er sich abschotten. Was ist hier los? Was hat mein Bruder auf dem *Fort National* mit ihm gemacht? Ihm die Seele ausgetrieben und sie dem Seewind überlassen, damit dieser sie forttragen kann?

Oder hat Milly es sich anders überlegt und findet mich doch nicht mehr so toll, nachdem der erste Rausch des Kennenlernens abgeflaut ist? Fragt er sich jetzt, wie er aus der Nummer wieder rauskommen kann, ohne mich zu verletzen? Ein unangenehmes Kribbeln fährt durch meine Finger und setzt sich in meinen Lippen fest. Ich stelle mir vor, wie ich Tabakrauch inhaliere – tief auf Lunge –, ihn dann mit einem sanften, lang gezogenen Geräusch ausatme, bis sich meine Anspannung löst. Das ist das erste Mal seit meiner Ankunft vor zwei Tagen, dass ich ernsthaft das Verlangen nach einer Zigarette verspüre. Ich kann hier unmöglich noch eine Stunde im Dunkeln neben Milly sitzen, während er sich wie die Eisprinzessin vom Dienst aufführt, und dabei so tun, als könnte ich mich auf den Film konzentrieren, dessen kreuz und quer verliebten Protagonisten es auch nicht gerade besser machen. Ich stehe auf und bemerke, wie Milly fragend zu mir aufblickt. Doch ich halte meinen Kopf stur nach vorn gerichtet und verlasse den Saal.

Vor dem Kino ist ein bisschen was los: Ein kleines, spanischsprachiges Trüppchen hält sich dort auf. Dann noch ein Kerl und ein Mädel, die nach einem zusammengewürfelten Online-Date aussehen, und ein alter Mann, der etwas desorientiert wirkt. Es hat deutlich abgekühlt. Ein frischer Windstoß peitscht mir ins Gesicht, als wolle er sagen: »Komm klar! Ist doch nichts passiert!« Ich ziehe an meiner Kippe. Die Kombi aus Wind und Rauch, aus einem eisigen Gesicht und einer brennenden Lunge hat etwas Beruhigendes. Mein Blick fällt auf Milly, der plötzlich nur wenige Meter von mir entfernt steht. Ich mache die Zigarette aus, stecke mir rasch ein kleines Minzbonbon in den Mund und trete zu ihm.

»Hey!«

Er schaut mich an, als würde er entweder eine Hiobsbotschaft erwarten oder mir eine überbringen. »Na?«

»Na?«

»Ist dir nicht kalt in der Jeansjacke?«

»Doch«, sage ich.

Er breitet die Arme aus, zieht mich an seine Brust. Ich umklammere seinen Oberkörper und spüre, wie seine Hand über mein Haar streicht. In meiner Kehle löst sich ein Knoten aus Kummer, in meiner Brust ein Knoten aus Angst und in meinem Bauch einer aus Unsicherheit. Ich könnte heulen, so groß ist die Erleichterung, die mich durchströmt. So gut fühlt sich die Gewissheit an, dass sein Verhalten im Kino nichts Ernsteres zu bedeuten hatte – aber das wäre ziemlich übertrieben, wenn nicht sogar etwas irre, und würde Milly nur abschrecken.

»Kommst du wieder rein?«, fragt er, ohne mich loszulassen.

»Ja, gleich. War es schön auf dem *Fort National*?«

»Total! Léon gibt sich richtig Mühe, mir alles hier zu zeigen.«

Wir lösen uns aus der Umarmung.

»Aber es fällt mir zunehmend schwerer, ihn anzulügen«, gesteht er. »Meinst du, wir können irgendwann damit aufhören?«

Irgendwann. In einer Zukunft, in der es seiner Ansicht nach also ein *Wir* geben wird. Dann hat er wohl nicht vor, mich als Mädel Nr. 2 direkt unter dieser Anna auf eine Liebes-Longlist zu setzen, die noch ein Weilchen wachsen muss, bevor er sich auf eine Siegerin festlegt.

Ich schlucke das Bonbon runter und küsse Milly auf den Mund, kurz darauf zieht er den Kopf zurück. »Ist denn alles okay zwischen uns?«

Ich zucke nur mit den Schultern. Er nimmt mich an die Hand, führt mich ein paar Meter vom Eingang weg, wo es trotz Laternenmast deutlich dunkler ist.

Ich denke an meinen Hausarzt Dr. Morel und wozu er mir geraten hat: Man sollte mitteilen, was einen belastet, statt alles runterzuschlucken. Und wenn nicht jetzt, da Milly von einer Zukunft spricht, von seinem Wunsch nach einem *Wir* ohne Versteckspiel – wann dann?

»Du warst etwas seltsam«, erkläre ich.

»Im Kino, meinst du?«

»Ja, aber auch schon davor, und heute haben wir kaum geschrieben.« Milly streicht mit dem Daumen über meinen Handrücken. »Gestern Nacht bist du gar nicht mehr rübergekommen. Ich weiß, dass das riskant ist, in einem Bett zu schlafen, aber ich dachte …«

»Was dachtest du?«

Nicht, dass du das Ganze schon bereust, dachte ich.

Ich antworte nicht.

»Komm, erzähl schon, ich beiße nicht«, sagt er. »Es sei denn, du willst, dass ich das tue.«

»Dann tu es.«

»Was?«

»Beiß mich.«

»Jetzt?«, fragt er leicht irritiert.

»Ja.«

Nach kurzem Zögern packt Milly mein Gesicht und beißt mich sanft in die Nase.

Lachend wehre ich mich, bevor wir uns richtig küssen.

»Irgendwie müssen wir noch mal zurück in diesen Saal«, stellt er fest und wechselt überraschend das Thema – als müsse er das schnell loswerden, bevor wir wieder reingehen.«Ich habe heute deinen Ex kennengelernt.«

Mathieu. Der hat mir gerade noch gefehlt mit seinem Praktikum am Laplace.

»Du meinst Mathieu?«

»Genau.«

»Ach ja, Léon hatte kurz erwähnt, dass er euch bei der Molière-Sache begleitet.«

Er zuckt mit den Schultern, sagt mit einer ungewohnten Kälte, die fast herablassend klingt:»Und wenn schon. Ich wollte es nur fairerweise erwähnen. Nicht mehr und nicht weniger.«

Dann hebt er halbherzig die Mundwinkel, kann seinen entnervten Gesichtsausdruck aber nicht weglächeln.

Millys Eifersucht ist weder zu überhören noch zu übersehen: Sie steckt in seinem Tonfall, in seinen mimischen Muskeln, seiner Körperspannung. Das gefällt mir. Ich will mehr davon. Mehr von diesen unkontrollierten Regungen, diesen subtilen, irrationalen Entgleisungen. Mehr von diesen emotionalen Geständnissen.

»Oh, mein Gott. Émilien!«

»Ja?«

»Du bist ja gar kein Chilly Milly Vanilly.«

»Hä?«

Ich grinse breit.»Du bist eifersüchtig, die ganze Zeit schon.«

Milly stößt mich spielerisch von sich.»Nein.«

Erfreut werfe ich den Arm um seinen Hals, versuche, ihn wieder zu küssen. Er dreht den Kopf weg, behauptet, er habe jetzt keine Lust, nur um wenige Momente später über mich herzufallen – doppelt und dreifach so wild wie davor. Mit der einen Hand an meinem Gesicht und der anderen an meiner seitlichen Brust, während ich mit dem Rücken am Laternenmast lehne.

* * *

Zurück im Kino hake ich unauffällig meinen kleinen Finger in seinen ein. Er streicht mit dem Daumen über meinen Handrücken und hört damit nicht auf, bis der Film geendet hat.

Als wir später noch alle gemeinsam essen gehen, erhalte ich von Milly überraschend eine WhatsApp-Nachricht, während er mir am Sechsertisch schräg gegenübersitzt.

> **MILLY**
> Das ist das erste Mal in meinem Leben, dass ich verstehe, was es heißt, mit dem Feuer zu spielen: Die Begeisterung für das Knistern und Flackern der Flammen ist stärker als die Furcht vor einer Verbrennung.

> **CLARA**
> Du wirst es sicher schon mal gehört haben: Je tiefer die Verbrennung, desto geringer der Schmerz.

Ein paar Minuten später schicke ich noch eine hinterher.

> **CLARA**
> Manche sind das Spiel und seine Gefahren wert. Du zum Beispiel. Weil du etwas Besonderes bist.

> **MILLY**
> Sagt der besonderste Mensch, der mir je begegnet ist.

Eine Anmerkung, die zu schön ist, um wahr zu sein. Zu kostbar, um sie Milly einfach so abzukaufen. Sagt und denkt er all diese Dinge, weil er Gefühle für mich hat und alles durch die *Be-my-baby*-Brille sieht?

Oder ist es genau umgekehrt: dass die Nähe zwischen uns seine Sinne schärft und ihn Dinge erkennen lässt, die anderen an mir nicht auffällt? Ob Milly irgendwann erkennen wird, dass ich aus diversen Teilen bestehe, die nicht unbedingt zusammenpassen? Ich bin Clara in der Übe-Zelle, aber auch *winterwind* auf *Instagram*. Ich bin Saint-Malo und Paris, die *Ocean-Etüde* und die *Revolutions-Etüde*. Émiliens Gastschwester und Millys ... Freundin? Ich bin Patientin und Stipendiatin. Die Tochter meiner Mutter und meines Vaters, obwohl die beiden keine gemeinsamen Eltern mehr sein wollen. Ich bin umgeben von Menschen und Möglichkeiten – und fühle mich dennoch oft einsam.

Und heute kann ich mir das mal eingestehen, ohne dass es mir Angst einjagt.

KAPITEL 18

Milly

Mit Clara in Paris zu sein, fühlt sich an, als wäre man in einem französischen Schulbuch gelandet. Alles wirkt bunt und unkompliziert. Als gäbe es keine langen Warteschlangen, keine überfüllten Straßen, keine hohen Preise, keinen Lärm oder chaotischen Verkehr. Wir laufen an diesem Wochenende Hand in Hand durch die engen, gepflasterten Gassen von Montmartre, vorbei an den künstlerischen Straßenecken, über breite Boulevards und kleine Marktplätze. Paris hat von allem zu viel und doch wüsste ich nicht, was davon es abgeben sollte. Clara zeigt mir ihre Musikhochschule, die auch samstags ihre Tore geöffnet hat, und führt mich in den Kammermusiksaal.

»Hier finden Semesterkonzerte und Wettbewerbe statt.« Sie deutet auf die gebogen angeordneten Stuhlreihen und die Bühne, auf der ein riesiger Flügel steht. »Aber auch Prüfungen.«

Sie erklärt, dass der Klang sich regelmäßig im Raum verteilt, ohne Echos und Verzerrungen, sodass auch kleinste Feinheiten und leise Töne richtig zum Ausdruck kommen. Im Anschluss warten wir draußen vor dem Eingang auf ihren Kommilitonen Roman, der wohl ganz in der Nähe wohnt.

»Er wollte mir ohnehin noch ein paar Kopien mitbringen«, sagt Clara. »Das kombinieren wir jetzt mit einem kleinen Kennenlernen. Nur ein halbes Stündchen, nichts Wildes.« Wir gehen in das Stammcafé der Hochschulstudenten, das voll ist mit alten Schallplatten, Notenblättern und Bildern, die an bunt gestrichenen Wänden hängen. Die antiken Rundtische sehen teuer aus, der Teppichboden charmant billig. Es überrascht mich, wie nervös ich werde, als Roman durch die Tür stolziert. Sofort versuche ich, den Gedanken zu verbannen, neben Clara keine gute Figur zu machen und von ihrem Lieblingskommilitonen – später vielleicht auch von ihr – als »unzureichend« beurteilt zu werden. Sie stellt mich ihm vor, um mich in ihr Leben einzubinden, nicht um mich auszuschließen.

Ich bestelle einen Kakao, die beiden entscheiden sich für Schwarztee. Roman stellt mir ein paar interessierte Fragen zum deutsch-französischen Abi und meiner Heimatstadt, was ganz nett ist. Ich bin jedoch ein wenig angespannt, da ich nicht einschätzen kann, als was ich hier präsentiert werde: ihr Gastbruder? Ihr Nix-Halbes-nix-Ganzes-Ding? Ihr Freund? Hinzu kommt, dass die beiden, sobald sie über klassische Musik reden, gefühlt die Sprache wechseln. Und mir ist völlig klar, dass ich mich noch so intensiv einlesen, mir noch so viele Playlists anhören und Konzerte besuchen kann: Die Welt, in die Clara und Roman schon in frühen Jahren eingetreten sind, wird für mich nie ganz zugänglich sein. Ich mag es mit Ach und Krach durch das Haupttor schaffen, aber ganz sicher nicht durch die verschlossenen Innentüren, hinter denen sich alles um perfekte Anschläge und technische Brillanz dreht.

Als wir zahlen wollen, sagt Roman, die Runde gehe auf ihn.

Clara widerspricht, sie zücken beide ihre Portemonnaies. Währenddessen stehe ich auf und lege einfach zehn Euro auf den Tresen.

»So, erledigt.«

»Danke«, sagt Roman.

Clara nimmt meine Hand, küsst mich auf die Wange. »Danke, Milly.«

Erleichterung breitet sich in meiner Brust aus. Als Roman realisiert, dass wir mehr als nur Gastgeschwister sind, lächelt er so betont freundlich, dass der Verdacht in mir wächst, er könne an Clara interessiert sein – wäre da nicht seine Partnerin, die er nur beiläufig erwähnt hat. Oder die Friendzone, in die Clara ihn durch kumpelhafte Anreden steckt.

Vor dem Café knöpft er seinen dunkelgrauen Mantel zu und umarmt sie zwei, drei Sekündchen zu lang. Mich verabschiedet er mit einem kräftigen Händedruck und einem respektvollen Kopfneigen.

»Wie findest du ihn?«, fragt sie, als wir uns auf den Weg zum nächsten Punkt auf ihrer Liste machen.

»Nett«, sage ich. »Er wirkt ein wenig, als würde er aus einer anderen Zeit stammen.«

»Das ist typisch für Studenten von der Musikhochschule.«

* * *

Wir stehen vor dem Grab von Chopin auf dem Père-Lachaise-Friedhof. Es liegt, geschützt hinter einem niedrigen Eisengitter, auf einem Podest und ist mit Blumen und Notenblättern geschmückt. Der Himmel ist bewölkt, die Temperaturen angenehm mild für einen Novembertag. Die wiederkehrenden Windstöße tragen einen frischen Duft, der im Zusammenspiel mit der lauwarmen Luft eher an einen anbrechenden Frühling erinnert als an den tiefsten Herbst.

Clara erzählt, dass Chopins Herz getrennt von seinem restlichen Körper in der Heilig-Kreuz-Kirche in Warschau liegt.

»Fliegst du mit mir mal dahin?«, fragt sie.

»Klar«, antworte ich. »Ich habe noch nie ein vom Körper getrenntes Herz ... besucht? Besichtigt?«

Ein paar andere Friedhofsbesucher nähern sich dem Grab. Clara legt den Zeigefinger auf ihren Mund und deutet mir an, leiser zu sprechen. Plötzlich herrscht eine ehrfürchtige Stille. Die drei Besucher schließen die Augen, als würden sie beten. Einer von ihnen, ein älterer Herr, legt eine weiße Rose ab.

»Dass sein Herz in Polen begraben werden soll, war Chopins letzte Bitte an seine Schwester«, erklärt Clara, als die drei weitergezogen sind. »Und die schmuggelte es über die russische Grenze bis nach Polen.«

»Was jetzt? Das Herz?«

»Ja, in einem Gefäß mit Alkohol. Er war mit seiner Heimat so tief verbunden.« Sie schaut mich an. Ihre Augen füllen sich mit Tränen. »Er musste Polen wegen der politischen Lage verlassen. In Paris wurde er gefeiert, da hatte er auch Liebesbeziehungen und Freunde. Aber er hat sich dennoch furchtbar einsam gefühlt.«

»Hört man das in seiner Musik?«

Sie nickt und lächelt dabei, aber ihre Augen sind noch immer ganz feucht.

»Magst du sie deshalb so gern?«

»Auch deshalb, ja.« Sie schaut wieder runter zum Grab. »So viele Walzer, Etüden, Balladen, Nocturnes, Mazurken ... Alle in nur einem Menschen. So viele verschiedene Melodien und Geschichten. Wie ist das möglich?«

Ein weiterer Windstoß fährt durch den Friedhof und lässt die verfärbten Blätter der hohen Baumkronen in die Stille hineinrascheln. Ich hebe den Kopf, blicke mich noch einmal um. Erst jetzt fällt mir auf, dass es bereits zu dämmern beginnt. Eine Erinnerung daran, dass wir vom Frühling noch weit entfernt sind. Ich nehme ihre Hand. Sie drückt sie ganz fest. So fest, dass es fast wehtut. Ich sehe sie an und muss mir eingestehen, dass ich nicht fühlen kann, was sie fühlt. Diese Verbindung zur Musik und zu den Emotionen ihres Komponisten. Aber ich bewundere Clara dafür. Ich beneide sie sogar ein bisschen um ihre Fähigkeit, in eine andere Welt einzutauchen und vor dem Alltag zu fliehen. Aber dafür braucht es auch Mut und Stärke, denn mit jeder Welt, die man betritt, setzt man sich auch ihren Problemen und Belastungen aus. Keine Welt ist frei davon.

* * *

Nachdem wir uns daheim aufgewärmt und etwas gegessen haben, geht es am Abend bei windstillen neun, zehn Grad zum Seineufer. Clara besteht darauf, dass wir auf dem Weg dorthin zwei kleine Sektflaschen im Supermarkt kaufen. Wir setzen uns direkt ans Wasser auf die flache Steinmauer, die durch die Uferlaternen gut beleuchtet ist, mit Blick auf das *Musée d'Orsay*.

»Siehst du die Brücke direkt beim *Musée*?«, erkundigt sie sich.

»Ja, die *Pont Royal*.«

Mit einer belohnenden Geste streicht sie mir über die Wange. »Du kennst dich aus.«

»Ich bin an einem deutsch-französischen Gymnasium. So was verlangen unsere Lehrer im Schlaf.«

Wir schweigen ein wenig. Ich atme den Flusswassergeruch ein, lausche dem Rauschen und Plätschern der Seine, beobachte vorbeifahrende Schiffe. Aus der Ferne hört man Stadtgeräusche, Menschen und Autos, Musik – eine Samstagnacht im vorwinterlichen Paris. Ich nehme den goldglitzernden Eiffelturm ins Visier, der weiter flussabwärts liegt.

»Schaust du auf den Eiffelturm?«, fragt Clara.

»Ja«, sage ich, ohne ihn aus den Augen zu lassen.

»Und was denkst du?«

»Dass er nicht das Schönste an Paris ist.«

»Sondern?«

Du bist das Schönste, posaune ich in Gedanken heraus. *Du! Du! Du!*

»Oh Gott«, sagt sie. »Jetzt sag bitte nicht, dass ich das bin.« Ich schmunzle in mich hinein. »So weit kommts noch. Dass ich hier kitschige Sprüche am Seine-Ufer klopfe.« Ich nehme ihre Hand und küsse sie. So etwas habe ich noch nie gemacht: jemandes Hand zu küssen. Es fühlt sich sogar vertrauter an, als einen Mund zu küssen.

Sie zieht die beiden Sektflaschen aus ihrer Ledertasche. »Komm, wir stoßen jetzt an.«

Ich nehme meine entgegen und schraube den Deckel ab.

»Auf ...«, beginnt sie überlegend.

»Auf unseren Trip nach Warschau.« Unsere Flaschen stoßen klirrend aneinander.

Ich lächle sie an, während der süßliche Alkohol auf meiner Zunge prickelt. Sie lächelt etwas verlegen zurück. Es gefällt mir, sie auch mal verlegen zu sehen.

»Stört es dich, wenn ich eine Zigarette anmache?«

»Ja«, sage ich ehrlich. »Bleib einfach bei mir, ohne hinter dem Qualm zu verschwinden.«

Clara rückt auf dem Stein ein Stück näher und packt mein Gesicht. »Bist du etwa eifersüchtig auf das Nikotin? Weil ich es dringender brauche als dich?«

»Ich denke nicht, dass du das tust«, behaupte ich todernst.

Wir starren uns im Halbdunkeln direkt in die Augen. Ich kriege nicht genau mit, wer wen zuerst küsst, aber als ich das nächste Mal auf die Uhr blicke, ist es kurz nach zehn. Zwei Stunden, ausgelöscht. Einfach verknutscht.

»Léon hat geschrieben«, bemerkt sie mit Blick auf ihr Handy. »Er fragt, ob ich mit dir im Museum war.«

»Oje …«

»Was glaubt er noch mal, wo du schläfst?«

»Bei einer alten Studienfreundin meiner Mutter.«

Jetzt spricht sie es aus: »Oje …«

»Apropos Léon«, sage ich. »Ich habe von euch nie richtig erfahren, was damals zwischen ihm, Alex und dir passiert ist. Warum die beiden sich getrennt haben und was du damit zu tun hattest.« Sie greift nach ihrer Sektflasche, trinkt ein paar Schlucke hintereinander.

»Na schön«, sagt sie. »Ich verrate es dir. Passt auch ganz gut, da die ganze Geschichte in Paris stattgefunden hat.«

Ich nehme ihre freie Hand, wärme ihre kalten Finger mit meinem Atem. Eine vertraute, fast schon pärchenhafte Geste, bei der sie kurz ihre Augen schließt. Sie stellt den Sekt beiseite und rückt näher, damit ich den Arm um sie legen kann.

»Als die beiden bei mir zu Besuch waren, wollte Alex Léons volle Aufmerksamkeit, während er darauf pochte, dass wir alles zu dritt unternahmen«, beginnt sie zu erzählen. »Die Museumsbesuche. Den Trip nach Versailles. Das Schaufenster-Hopping über die Champs-Élysées. Und dazu sagte ich natürlich nicht Nein.«

»›Wenn deine Schwester dabei ist, gibt es sie, und dann dich, und dann euch, und dann mich‹, hörte ich Alexandra morgens im Bad flüstern, woraufhin Léon sie noch mit Küssen und Kitzeleien zu beschwichtigen versuchte. Auf der Uniparty, die wir mit Roman besucht haben, ist die Sache völlig eskaliert. Ich hatte mit den Jungs auf der Tanzfläche einen Riesenspaß, während Alexandra müde und beleidigt auf der Ledercouch am Handy hing. Ich gebe zu, dass es nicht gerade feinfühlig war, ein Dreier-Selfie mit Léon und Roman zu posten, die beiden dick mit Herzchen zu markieren und Alex mit keinem Wort zu erwähnen. Ich beobachtete noch, wie sie von ihrem Handy aufblickte, mir einen Todesblick zuwarf und aus dem Veranstaltungssaal lief. Natürlich mit einem Schlenker über die Tanzfläche, damit Léon davon Wind bekam und ihr folgen konnte.«

Ich unterbreche Clara:»Das war schon etwas …«

»Scheiße von mir, ja.«

Als uns ein kalter Windzug übers Gesicht fährt, reibe ich mit meinen Händen über ihre Schultern und Oberarme, küsse sie sanft auf die Schläfe.

»Ich folgte Alex und Léon vor die Tür, wo sie meinem Bruder gerade die *Insta*-Story präsentierte«, fährt sie fort.»Deine Schwester schließt mich den ganzen Abend schon aus‹, beschwerte sie sich, ›und du merkst es noch nicht mal.‹ Mein Bruder sah sich das Foto an, fragte irritiert in meine Richtung: ›Clara, was ist hier los?‹ Mittlerweile stand auch Roman vor der Tür und legte schützend den Arm um meinen frierenden Körper.«

Bei diesem Kommentar drücke ich Clara reflexartig fester an mich, vermutlich zu fest – und gebe mir Mühe, die Sequenz, wie Roman sich um sie gekümmert hat, nicht in Zeitlupe ablaufen zu lassen.

»›Alex ist doch diejenige, die mich von Anfang an wie das fünfte Rad am Wagen behandelt hat‹, verteidigte ich mich. ›Für sie bin ich nur ein unnötiger Strich auf eurer Liebeslandschaft. Wenn sie könnte, würde sie mich sofort ausradieren.‹

Léon sagte, das sei Blödsinn. Dass niemand mich ausradieren wolle.

Dass mein Bruder mich beruhigte, empörte Alex nur noch mehr. Sie konnte nicht mehr an sich halten und schoss in meine Richtung: ›Léon wollte nett zu dir sein, weil er Angst hat, dass du hier einsam und allein verrottest und irgendwas Dummes anstellst. Dachtest du, er erzählt mir nichts über dich? Und glaubst du allen Ernstes, er hat Bock darauf, deinen Betreuer zu spielen, statt mit mir eine geile Zeit in Paris zu verbringen?‹ Ich wollte etwas Schlagfertiges erwidern. Aber alles, was ich noch auf die Reihe bekam, war, mich aus Romans Arm zu befreien und die Straße runterzulaufen. Obwohl ich knapp bekleidet war, machte mir weder der eisige Wind etwas aus noch der Sprühregen. Alle Nerven und Sinne waren damit beschäftigt, den Schmerz über Alexandras Worte zu verarbeiten. Irgendwann bog ich nach rechts in eine dunkle Gasse, die etwas Bedrohliches hatte, und schlug mit den Händen gegen die aneinandergedrängten Wände. Ich fühlte mich wie eine Gefangene: In der Gasse. In meinem Körper. In der Dreier-Kombi mit Alex und Léon. In meiner eigenen Person, die sich allmählich von der Pianistin mit dem spannenden Künstler-Knacks in die Loser-Leroy verwandelte, die allein in Paris zunehmend die Nerven verlor.«

»Clara«, unterbreche ich sie, versuche ihren Oberkörper in meine Richtung zu drehen, damit ich sie ansehen kann. Aber sie hebt abwehrend die Hand, den Blick starr auf das gegenüberliegende Seine-Ufer gerichtet. Gibt mir zu verstehen, dass mein gut gemeintes Mitgefühl in dieser ohnehin schon emotionsgeladenen Geschichte gerade keinen Platz hat.

»Da meine Wohnung im Studentenviertel lag, schaffte ich es zu Fuß nach Hause. Ich legte mich ins Bett und schaltete Netflix ein. Wenn Worte derart wehtun, dachte ich, dann, weil sie entweder eine schmerzliche Wahrheit oder eine unfaire Lüge enthalten. Was Alexandra mir in ihrer Eifersucht an den Kopf geworfen hatte, war vielleicht herzlos. Aber es war nicht komplett ohne Hand und Fuß.«

Sie atmet tief durch, ihre Stimme wird einen Hauch dünner. »Gegen fünf Uhr morgens öffnete Léon die Wohnungstür mit dem Zweitschlüssel. Auf dem Fernseher lief gerade ein animierter Kinderfilm, die knalligen Farben und warmherzigen Charaktere hatten eine beruhigende Wirkung. Er knipste die Stehlampe an, zog seine Jacke aus. ›Alexandra fährt zurück nach Saint-Malo‹, sagte er. ›Wir haben Schluss gemacht.‹«

Ein bedauernder Seufzer entwischt mir. Auch Clara hält kurz inne.

»Ich war mit einem Schlag hellwach«, erzählt sie zu Ende, »und versprach ihm, die Dinge wieder in Ordnung zu bringen. Er schüttelte den Kopf, sagte, das sei nicht meine Schuld. ›Es passt einfach nicht‹, waren seine Worte.«

Ich setzte mich auf, schlug die Decke beiseite, noch immer geschminkt und im Partydress. ›Ich passe nicht in eure Beziehung. Das war eine miserable Idee, mich zusammen zu besuchen.‹

Léon setzte sich auf meine Bettkante und verriet, dass Alex' Mutter bereits auf dem Weg sei, um sie abzuholen.

›Léon, bitte‹, flehte ich. ›Das ist doch Quatsch. Wir rufen sie jetzt gemeinsam an und ich entschuldige mich.‹

Er drehte mir den Kopf zu. ›Sie versteht das alles nicht. Wie das ist mit Mama. Euren Problemen. Und dass wir von Papa so wenig hatten. Wie auch? Bei ihr läuft alles ganz anders.‹

Das war das erste Mal, dass mein Bruder auf die Art über unsere Vergangenheit sprach.«

Und das erste Mal, dass Clara es mit mir tat.

»Manchmal hatte ich mich schon gefragt, ob wir in derselben Familie aufgewachsen waren − so unbeschwert ging er darüber hinweg, dass unsere Eltern es ordentlich miteinander versaut hatten.

›Wir sind keine schlechte Familie‹, sagte ich. ›Eine kaputte, ja. Aber auch kaputte Dinge können ja noch aus gutem Material sein. Nur funktionieren sie halt nicht mehr.‹ Jetzt, da Léon auch noch damit anfing, dass alles am Arsch war, hatte ich plötzlich den Drang, die Leroys zu verteidigen.

Er nahm seine Brille ab und stützte den Kopf in die Hand.

Gab mit ersticktem Atem zu, dass er derjenige war, der Schluss gemacht hatte. Ich umarmte ihn, so fest ich konnte und er heulte so lautlos, dass ich es nur bemerkte, weil sein Körper alle paar Sekunden in meinem Arm zitterte. Ich streichelte ihm über den Rücken. Sagte ›Alles wird gut, versprochen‹, obwohl ich nicht in der Position war, so was zu versprechen. Und ›Ich bin immer für dich da‹, obwohl ich das nicht mal für mich selbst sein konnte. Und ›Ich hab dich lieb‹, was der absoluten Wahrheit entsprach und sich niemals ändern würde. Komme, was wolle.«

Sie schweigt. Ich schweige mit. Wir bleiben noch ein paar Minuten sitzen, ohne etwas anderem zu lauschen als dem Plätschern des tiefschwarz schimmernden Wassers und den fernen Stimmen von Passanten, deren Worte und Satzbruchstücke im Vorbeigehen kurz an Lautstärke zunehmen. Am liebsten würde ich in die Vergangenheit reisen, um Clara an gefühlt jeder Stelle dieser Geschichte fest zu umarmen und ihr zu sagen, dass ich sie liebhabe und ihr meinen Schutz anbieten möchte – mag dieser auch aus nicht viel mehr bestehen als Ohren, die zuhören, und Armen, die wärmen können. Und Léon … Er lässt sich so gut wie nie anmerken, dass er es auch nicht immer leicht hat. Als hätte er für sich die trügerische Taktik entdeckt, seine eigenen Gefühle klein zu halten, damit sie ihn ja nicht daran hindern, seinen Alltag durchzuziehen, sein Abi – und der Rolle des Sohnes und Bruders gerecht zu werden. Nur für die Rolle als Alexandras Partner hat es wohl nicht gereicht.

Ich steige von der Mauer und greife nach ihrer Hand. »Komm. Lass uns heimgehen, bevor du dich erkältest.«

* * *

In ihrer Wohnung springe ich kurz unter die Dusche, putze mir die Zähne und verlasse das Bad in Schlafshirt und Boxern. Clara liegt bereits im Bett, im Hintergrund läuft leise Radio. Sie hat eine warm leuchtende Nachttischlampe und die bunte Lichter-kette um ihr Bücherregal angeknipst.

»Na endlich«, flüstert sie, als ich zu ihr unter die Decke steige und feststelle, dass sie nichts weiter als Unterwäsche trägt. Sie schlingt sofort ihre Arme um meinen Hals und schiebt ein Knie zwischen meine Beine. Wir küssen uns, ich öffne vorsichtig ihren BH. Als ich mein T-Shirt ausziehen will, sagt sie: »Lass es an. Weiß steht dir so unfassbar gut.«

Ich weiß nicht, ob sie sich eine Stoffschicht zwischen uns wünscht oder tatsächlich auf den T-Shirt-Look abfährt, und im Grunde spielt es auch keine Rolle, da ich ihr hier und jetzt ohne-hin nichts ausschlagen könnte.

Sie klettert über mich, fasst in mein handtuchtrockenes Haar. »Ich mag deine Haare«, sagt sie, presst ihren Körper an meinen und bewegt sich ganz leicht vor und zurück. Ich möchte sie fra-gen, wie weit ich gehen darf, gehen *soll*. Aber ehe ich dazu kom-me, flüstert sie bereits in mein Ohr: »Soll ich?«

Ich nicke vorsichtig, rücke mein Kopfkissen zurecht und frage mit der letzten Lockerheit, die ich noch zusammenkratzen kann: »Hast du ein Kondom?«

Sie lächelt verlegen und deutet mit dem Kopf auf den Nacht-schrank. Ich ziehe eine verschlossene Packung heraus, öffne sie in der Hoffnung, dass mein Herz mir nicht gleich aus dem Hals raus-schießt und irgendwo in Polen landet, neben dem von Chopin.

»Hast du denn schon mal …?«, frage ich beim Aufreißen der Folie, die ich einfach zu Boden fallen lasse.

»Ja, mit einem. Aber er hatte davor auch noch nie. Das war unser erstes Mal.«

Mathieu. Bombe. Er ist so ziemlich der Letzte, an den ich jetzt denken sollte. Selbst verschuldeter Stimmungskiller. Warum fra-ge ich sie auch über andere aus? *Safety first*, okay. Aber das war eindeutig *Neugierde first*.

Zu meiner Überraschung fängt Clara meine Unsicherheit sofort ab. »Vergiss ihn«, sagt sie mit einem verträumten Lächeln. »Das war in einem anderen Leben.«

Sie küsst mich auf den Mund und auf die Wangen, küsst meine Augen, meine Stirn. Clara fühlt sich warm und zart an und doch ein wenig dominant. Ich spüre, wie viel Liebe sie in sich trägt und wie sehr sie sich danach sehnt, sie mit jemandem zu teilen. Und dass dieser Jemand tatsächlich ich sein soll, lässt das Bild von Mathieu dann doch schneller verblassen als die abgefallenen, trockenen Herbstblätter, die wir heute unter unseren Füßen zerstampft haben.

»Okay«, sage ich. »Wenn du bereit bist …«

»Ja.«

Ich streiche über ihre schönen, braunen Haare und spüre dabei, wie sie mich mit der Hand berührt. Und dann passiert es einfach. Ich bin *in* ihr und *mit* ihr und *unter* ihr. Die ganze Zeit sieht sie mich an und das ist so schön und zugleich intensiv, dass es beinahe wehtut.

Will sie, dass das so ist?

»Du bist so still«, sagt sie nach ein paar Minuten.

»Ja.«

»Kannst du mich hören lassen, wenn du …«

»Ja.« Pause. »Clara?«

»Ja?«

»Ich …«

Wir hören kurz auf.

»Ja?« Man sieht ihr an, wie mühsam sie versucht, die Erwartungen in ihrem Gesicht zu unterdrücken. Ich schließe die Augen. Wenn ich das jetzt ausspreche und sie dabei auch noch ansehe, dann werde ich vermutlich implodieren. Und so sollte das Ganze ja wohl nicht enden.

»Ich bin so richtig … Ja, ich bin wohl so richtig verliebt in dich.« Ich öffne wieder die Augen. Ich kann nicht glauben, dass ich hier bin und dass es jemanden wie sie überhaupt gibt.

Sie lächelt sichtlich gerührt, beugt sich über mich, küsst mich mit ihrem Mund, ihrer Zunge, ihrem Körper, ihrem Leben. Und dann passiert es einfach, als wäre es das Normalste und zugleich Außergewöhnlichste der Welt.

Ein kalter Luftzug lässt mich aufschrecken. Es ist mitten in der Nacht, aber irgendwo brennt Licht. Ich blicke an eine hohe Decke. Mein Herz rast. Wo bin ich? Ich setze mich auf, sehe eine angeknipste Tischlampe, einen Laptop und Kopfhörer. Es riecht nach Zigarettenqualm. Dann höre ich eine Klospülung, als Nächstes einen Wasserhahn. Mein Blick fällt auf ein Klavier.

Bei Clara bin ich, in Paris.

Wir waren an der Seine, haben was getrunken. Wir haben miteinander geschlafen. Wo ist sie jetzt?

Mir ist ein wenig übel. Der Sekt war das Letzte, was ich zu mir genommen habe.

Eine Tür fällt zu. Jemand verlässt das Bad.

»Hey«, sagt Clara aus der Ferne, nähert sich dem Bett, setzt sich an die Kante. Ich strecke meine Hand nach ihr aus.

»Hey.«

»Habe ich dich geweckt? Ich konnte nicht schlafen und hatte eine super Idee für einen neuen Remix.«

»Wie spät ist es?«

»Drei oder halb vier. Sorry, aber das muss jetzt raus, solange es da ist.«

Ich schaue irritiert.

»Morgen gehen wir frühstücken«, sagt sie. »Und dann bringe ich dich zum Bahnhof. Beziehungsweise heute. Ist ja schon Sonntag.«

Warum spricht sie jetzt vom Abschied?

»Ich … Hast du etwas zu essen?«

Sie springt auf, kramt einen Müsliriegel aus ihrer Schreibtischschublade und reißt ihn gleich für mich auf.

»Danke«, sage ich, beiße ab und schlucke, ohne richtig zu kauen. »Legst du dich kurz zu mir?«

»Wäre es in Ordnung, wenn wir das in ein paar Stunden nachholen?« Sie dreht den Kopf zu ihrem Equipment. »Ich bin gerade richtig gut drin.«

Ich sage »Okay«, ohne auch nur drei Prozent davon zu meinen.

»Ist dir kalt?«, fragt sie. »Sorry, ich wollte nicht, dass der Qualm dich stört, darum habe ich das Fenster weit offen gelassen.«

»Wie viel hast du geraucht?«

»Vergessen wir das.« Sie beugt sich über mich, küsst mich auf den Mund und fährt kurz mit der Hand unter mein T-Shirt. Ich fühle mich nicht ganz wohl mit dieser hastigen Zwischendurch-Nähe, sehe aber eine Chance, die Distanz zwischen uns aufzulösen, und greife nach ihrem Gesicht.

»So, stopp. Später geht's weiter.« Dann setzt sie sich zurück an ihren Schreibtisch und zieht ihre Kopfhörer auf. Sie arbeitet am Laptop, spielt zwischendurch auch am E-Klavier und ist dabei so konzentriert und zugleich getrieben, dass sie gar nicht merkt, wie ich sie beobachte. Irgendwann drehe ich mich zur Wand und ziehe mir die Decke über den Kopf. Ich fühle mich links liegen gelassen. Rechts liegen gelassen. Oben, unten und diagonal liegen gelassen. Dabei wusste ich, worauf ich mich mit Clara einlasse. Dass sie nicht irgendein Nullachtfünfzehn-Mädel ist, das alles stehen und liegen lässt, um mit mir tagelang auf Wolke sieben zu schweben. Wie auch? Auf Wolke sieben wäre sie viel zu weit entfernt von allem, wofür sie leibt und lebt und manchmal auch leidet. Aber heute Nacht hätte ich sie gern neben mir gehabt, und ich lasse mir weder von ihr noch sonst wem einreden, dass es bedürftig oder klettig ist, so zu fühlen.

»Gute Nacht«, sage ich leise vor mich hin, schließe die Augen und denke an meinen Alltag in Deutschland. Zum ersten Mal, seit ich hier bin, vermisse ich mein Zuhause, meine Freunde, die Schule und die Sporttreffen. Ich stelle mir vor, wie Daniele in mein Zimmer kommt, ohne anzuklopfen, sich aufs Bett legt und fragt, was so abgeht. Wie er an der Art, wie ich »Nichts« sage, merkt, dass etwas im Busch ist, und er anfängt, mich zu löchern, was mir tierisch auf die Nerven geht. Wie er irgendwann den wunden Punkt trifft und als guter Arzt und noch besserer Bruder dafür sorgt, dass er sich nicht entzündet.

KAPITEL 19

Clara

Sonntagmittag stehen wir gemeinsam am Gleis. Milly sieht müde und abgeschlagen aus. Als würde er etwas ausbrüten.

»Geht es dir gut?«, frage ich gegen den Lärm von Rollkoffern, Bahnhofdurchsagen und einfahrenden Zügen an.

Er nickt mit einem höflichen Lächeln. Ein formeller mimischer Akt, den ich eher von Roman erwarten würde als von ihm.

»In fünf Minuten kommt der Zug«, sagt er.

Wir halten nicht Händchen. Stehen nicht Arm in Arm am Gleis. Verzichten darauf, die letzten Momente vor der Abfahrt in die Länge zu küssen. Am Morgen wollte Milly lieber mit mir im Bett bleiben, statt frühstücken zu gehen. Ich habe uns von unten Croissants geholt und mich zu ihm gelegt. Er behauptete, ich wirke seltsam, und ich erwiderte, dass es nicht schön sei, so etwas nach der ersten gemeinsamen Nacht zu hören. Daraufhin sagte er, ich würde die Tatsachen verdrehen und dass *er* doch derjenige sei, der die Nacht allein im Bett verbracht habe.

»Erst gibst du mir dein Go für die Arbeit am Remix, nur um mir später einen Strick draus zu drehen?«, warf ich ihm an den Kopf. Er entschuldigte sich. Und ich sagte, dass es schon okay sei, obwohl mir durchaus klar war, dass auch ich mich hätte entschuldigen können. Vielleicht sogar *müssen*. Vielleicht sogar nur ich und nicht wir beide, geschweige denn er allein.

Wir aßen die Croissants, kuschelten ein wenig. Aber die Nähe und Vertrautheit von Samstag schien so weit weg, als hätten wir in einem anderen Jahr an der Seine gesessen, uns heiter unterhalten und stundenlang geküsst.

* * *

Ich nehme seine Hand. Er lächelt mit dem Mund, nicht mit den Augen.

»Hast du deinen Remix schon hochgeladen?«, fragt er.

»Nein, das mache ich in Ruhe nächste Woche. Ich muss mich auch mal wieder an die Unistücke setzen.«

Warum habe ich die Nacht nicht in seinem Arm verbracht?

»Milly …«

Warum habe ich seine Luft mit zwölf Zigaretten innerhalb von sechs Stunden verpestet?

»Milly?«

Warum habe ich ihm morgens die Schuld für die angespannte Stimmung in die Schuhe geschoben? Es ist sicher nicht leicht, in Schuhen zu laufen, in denen eine ungerechtfertigte Schuld steckt.

»Milly!«, rufe ich.

»Was denn, Clara?«

Ich habe ihm noch nicht gesagt, dass ich auch in ihn verliebt bin. Das könnte ich jetzt tun. So was sollte man zwar nicht als Joker missbrauchen, aber wahr ist es ja …

»Ich …«

Er guckt abwartend.

»Ich bin auch …«

Erwartungsvoll.

»Ich wollte eigentlich sagen, dass ich …«

Geduldig.

»Oh, Mann, das ist gerade alles so hektisch und wuselig hier …«

Enttäuscht.

Millys Zug fährt am Gleis ein. Er hebt seinen Rucksack vom Boden. »Mach's gut, Clara.« Zum Abschied küsst er mich auf den Mund, ohne Zunge. »Dann sehen wir uns im Dezember« sind seine letzten Worte, bevor er einsteigt.

»Wir telefonieren«, rufe ich hinterher.

In meiner Brust wächst plötzlich ein breiter Stamm aus Angst, der Äste mit weiteren, spezifischeren Ängsten trägt.

Ich habe Angst, ihn zu verlieren, und gleichzeitig Angst, mich in einer Beziehung mit ihm selbst zu verlieren. Keinen guten Remix mehr zu produzieren und nicht mehr zu den hochgelobten Unistipendiatinnen gehören. Ich habe Angst, dass die harte Arbeit der letzten Jahre einen Bach namens Belanglosigkeit runtergeht. Dass am Ende niemand mehr glaubt, ich sei etwas Besonderes. Nicht einmal er.

Die Türen schließen sich.

Ich habe Angst davor, dass er gleich weg sein wird. Mich ein bisschen vergisst. Aus den Augen, aus den Sinnen. Aus dem Herzen. Angst, dass er sich bald schon für eine Mitschülerin interessiert. Eine, die Jeans mit weißen Schuhen und bauchfreien Tops trägt und in ihrer Freizeit Volleyball spielt.

Der Zug fährt ab und nimmt meinen Milly mit. Zu mir nach Hause und doch fort von mir.

* * *

Auf dem Heimweg fängt es an zu regnen. Es ist frischer als gestern und windiger. Die Tropfen sind dick und kalt und laufen mir über die Ohren und in den Nacken, sodass sich mir die Haare am ganzen Körper aufstellen. In der Wohnung ziehe ich die nasse Kleidung aus und lege mich in mein Bett, in dem heute Morgen noch Milly lag. Ich rieche an seinem Kissen, am Bezug. An der Decke, die ich mir bis über die Nase ziehe. Die letzte Nacht liegt keine vierundzwanzig Stunden zurück. Und doch ist jetzt alles ganz anders.

Ich werde dieses Bett wohl heute nicht mehr verlassen.

KAPITEL 20

Milly

Léon hat gefragt, ob er mich vom Bahnhof abholen soll. Ich habe ihm noch nicht geantwortet. Auch die WhatsApp-Nachricht von Daniele habe ich bislang ignoriert. Er will wissen, wie mein Wochenende in Paris war und wann ich zurück an die Küste fahre. Im überfüllten Abteil schwirren mir zwischen raschelnden Papiertüten, erschöpften Kleinkindern und einem überengagierten Schaffner, der alle paar Minuten die neu Hinzugestiegenen kontrolliert, etliche Fragen durch den Kopf: Ging es körperlich vielleicht zu schnell zwischen Clara und mir – gerade weil sie so verletzlich ist und ein starkes Bedürfnis hat, sich selbst zu schützen? Hat sie sich etwa dazu gedrängt gefühlt, diesen Schutz übereilt runterzufahren? Dachte sie, dass ich das von ihr erwarte? Oder ist es doch etwas ganz anderes und sie findet mich zu jung und nimmt das Ganze gar nicht so ernst wie ich? War das für sie vielleicht von Anfang an eher so ein Zwischendurch-Abenteuer?

Der Zug hält am frühen Nachmittag in Saint-Malo. Und

schon beim ersten Schritt ins Freie riecht es gleich wieder nach dem frisch-mineraligen Meereswind, der mich auch am Tag meiner Ankunft aus Deutschland empfangen hat. Nur dass es jetzt im November deutlich kühler und grauer ist. Ich kann unmöglich schon zu Léon und Madame Leroy zurück, mich neben sie auf die Couch setzen und ihnen bei einem Stück Sonntagskuchen von Straßen und Vierteln und Gemäuern erzählen, die ich mit Clara erkundet habe.

Ich laufe mit meinem Rucksack zum Meer runter und stelle mich auf eine Treppenstufe an einem der Zugänge zur Strandpromenade, wo ich gut geschützt bin vor dem Spektakel der Flut. Die Wellen schlagen mit voller Kraft gegen die Mauern und spritzen über den Rand hinaus auf die Promenade. Er riecht, rauscht und klingt nach einer unzähmbaren Weite, die beeindruckend und zugleich gefährlich ist. Ich zücke mein Handy und sehe nach, ob Clara geschrieben hat. Nein, nichts. Ich öffne meine Bildergalerie und schaue das erste und einzige Selfie an, das wir miteinander gemacht haben – nicht vor dem *Eiffelturm*, dem *Louvre*, dem *Arc de Triomphe* oder was man so erwarten würde, sondern am Campus ihrer Musikhochschule, auf ihrer Lieblingsbank neben einer Skulptur, die verschiedene Komponistengesichter zeigt. Die Sonne hat geschienen und die Bank war frei, also haben wir uns auf Claras Wunsch hingesetzt, Arm in Arm, und in die Kamera gelächelt. Beim Anblick unserer strahlenden Gesichter hellt mein Herz sich jedoch nicht auf. Vielmehr fühlt es sich so schwer an, als wäre es mit den Steinen der Komponisten-Skulptur beladen.

Ich schreibe meinem Bruder zurück:

MILLY
Hey Daniele, Paris war ganz gut. Können wir vielleicht telefonieren?

Dann verlasse ich die Treppenstufe, laufe in die Innenstadt und setze mich in das nächstgelegene Altstadt-Café, das offen hat, ganz nach drinnen an den letzten Wandtisch. Da Daniele mir noch nicht geantwortet hat, schicke ich eine weitere Nachricht hinterher:

> **MILLY**
> Kannst du mir bitte antworten? Ich weiß, dass du deine Papers und deine Notdienste hast, aber langsam nervt es, dass ich dir hinterherlaufen muss.

Mir ist bewusst, dass mein Ton ziemlich scharf ist, aber in diesem Moment kann ich nicht anders, als meinen Gefühlen freien Lauf zu lassen, zumindest meinem Bruder gegenüber.

»Möchten Sie etwas trinken?«, fragt eine nette Dame mit Block und Bleistift in der Hand.

»Einen Schwarztee, bitte.«

»Sehr gern.« Sie verschwindet wieder hinter die Theke.

Mein Handy vibriert. Daniele. Ich gehe ran. »Hey.«

»Hey, Brüderchen, was sind das denn für Terrornachrichten?«

»Hey«, wiederhole ich.

»Ja, hey.«

Ich spüre einen unangenehmen Kloß in meinem Hals. »Wie geht's?«, sage ich mit dünner Stimme.

»Milly? Alles okay?«

»Geht so. Warum bist du nie erreichbar?«

Seine Stimme wird sanfter: »Bin ich doch. Nur auf der Arbeit ist es halt schwer. Im Moment muss ich viele Dienste übernehmen, zwei Kolleginnen sind schwanger.«

»Und irgendwelche wildfremden Patienten über achtzig sind dir wichtiger als ich?«

»Also, erstens sind die nicht alle über achtzig und zweitens: Nein, Milly, so ein Bullshit. Du weißt, wie wichtig du mir bist.«

Es ist schon länger her, seit er so was in der Art zu mir gesagt hat, vermutlich war das letzte Mal am Tag meiner Abreise. Gerade brauche ich seine Aufmerksamkeit. Seine Zuneigung. Seine Versicherung.

»Daniele ...«

»Ja?«

Die Kellnerin bringt meinen Schwarztee, dazu einen Keks und Zucker.

»Merci, Madame.«

»Wo bist du?«, fragt mein Bruder.

»In einem Café. Ich bin vorhin in Saint-Malo angekommen.«

»Ist Léon bei dir? Ihr habt zusammen deine Gastschwester besucht, richtig?«

Ja, das ist die Lüge, die ich ihm erzählt habe. Logischerweise unterscheidet sie sich von der, die ich Léon und Madame Leroy über Mamas Studienfreundin aufgetischt habe.

»Ich habe Clara allein besucht«, gestehe ich leiser.

»Wollte Léon nicht mit? War es gut?«

Ich übergehe seine erste Frage, da ich gerade weiß Gott nicht in der Lage bin, weiterzulügen.

»Ja, es war größtenteils schön. Ich mag Clara gern«, sage ich vorsichtig. »In manchen Momenten fand ich es aber schwierig mit ihr.«

»Studiert sie nicht Klavier? So kreative Menschen, Kunst, Musik und der ganze Kram – die sind oft etwas speziell. Aber gut, wer im Glashaus sitzt ... Meine Kollegen würde ich jetzt auch nicht alle als unauffällig bezeichnen.«

Ich nehme einen Schluck heißen Tee. Mit jedem Satz, den ich mit meinem Bruder wechsle, löst der Kloß in meinem Hals sich etwas mehr.

»Daniele ...«

»Ja?«

»Findest du mich auch schwierig?«

Er überlegt einen Moment. »Du bist genau richtig. So, wie du bist.«

»Glaubst du, ich könnte auch für eine andere Person genau der Richtige sein? So der Jackpot?«

»Jedes Mädel, das dich in seinem Leben hat, kann sich glücklich schätzen. Du bist schlau, siehst gut aus, kannst dich gut in die Köpfe anderer hineinversetzen, hast aber auch deinen eigenen.«

Ich atme tief durch. »Danke.«

»Wieso, gibt es da wen?«

»Vielleicht.«

Er drückt mir bei dem Thema ausnahmsweise mal keinen blöden Spruch rein, gibt mir keinen belehrenden Rat. »Dann drücke ich dir die Daumen, dass alles so wird, wie du dir das vorstellst.«

»Danke, das ist sehr nett von dir.«

Schweigen.

»Geht es dir denn gut?«, frage ich. »Ich wollte nicht nur von mir sprechen.«

»Ach was, alles wie immer. Hier ändert sich nicht viel.«

»Gut, ich geh dann jetzt auch mal zurück zur Gastfamilie. Dir einen schönen Sonntag.«

»Dir auch, Milly.«

Ich lege auf, öffne den Chat mit Clara und schreibe ihr eine Nachricht.

> **MILLY**
> Ich bin gut angekommen und denke noch an all die Dinge, die wir gemeinsam unternommen haben. Durch deine Augen konnte ich Paris auf eine neue und besondere Weise erleben. Ich bin schon gespannt, den Track zu hören, an dem du nachts gearbeitet hast. Ich umarme dich fest, dein Milly

* * *

Als Clara am Abend noch immer nicht geantwortet hat, gehe ich
auf mein Zimmer, schließe die Tür hinter mir ab und rufe sie an.
Es klingelt sechs- oder siebenmal, bis sie ans Handy geht: »Hey,
Milly, alles gut?«

»Hey. Hast du meine Nachricht nicht gesehen? Ist alles in Ordnung?«

»Ja«, sagt sie. »Ja, ich … habe geschlafen.«

Schweigen.

»War eine kurze Nacht«, spricht sie weiter. »Ich bin total durch.«

Ich weiß nicht, ob ich traurig oder sauer sein soll, besorgt oder
enttäuscht. Ich bin alles und nichts.

»Kann ich dich morgen zurückrufen?«, spricht sie weiter.

Ich versuche, die Fassung zu bewahren. »Ich bin morgen bis
nachmittags in der Schule. Danach habe ich mit Léon und Céline
Lerngruppe.«

»Dann übermorgen.«

Mir fehlen die Worte.

»Gute Nacht, Milly.«

Wir legen auf. Es ist fast neunzehn Uhr. Ich gehe rüber zu
Léon. Er sitzt an seinem Schreibtisch und macht noch Schul-
aufgaben.

»Hey, Milly. Gleich gibt's Essen. Wollen wir danach was gucken? True Crime?«

Ich nicke wortlos. Er springt auf, legt mir den Arm um die
Schulter. »Na, schon Lust auf Mamas Gänseleber mit Äpfeln und
Zwiebeln?«

Mir wird schlagartig übel. Ich mache ein, zwei Laute, die nach
einem Würgen klingen.

»Milly?« Léon nimmt den Arm runter und sieht mich an. Heiße Tränen schießen mir in die Augen.

»Fuck, musst du kotzen?« Er zieht den Papiermülleimer unter seinem Schreibtisch hervor. Ich gehe in die Knie, bücke mich über den Eimer, aber alles, was rauskommt, sind Tränen. Sie brennen so stark in meinen Augen, als wären sie das säuerliche Erbrochene meiner Seele.

Ich hebe den Kopf, atme schwer ein und aus. Léon kniet sich mit etwas Abstand neben mich, schaut irritiert in den Eimer, dann in meine Augen, die mit Sicherheit gerötet sind. »Hast du auf etwas allergisch reagiert?«

Ich nicke, dankbar über seinen Erklärungsversuch, kann aber nicht verhindern, dass die Tränen mir weiter aus den Augen strömen.

»Tut mir leid«, sage ich mit erstickter Stimme. »So ein Scheiß.«

Léon scheint bestürzt darüber, mich so plötzlich weinen zu sehen, fängt sich aber schnell.

»Quatsch, alles gut«, versichert er näher rückend. »Ich habe selbst keine Allergien, aber so was ist bestimmt total erschreckend. Geht's wieder?«

Nein. Tut's nicht. Ich bin ein Lügner. Ich habe dein Vertrauen missbraucht. Ich habe mit deiner Schwester geschlafen. Und das war das Schönste, was ich je erlebt habe, aber seither ist alles beschissen und ich kann mit niemandem darüber reden.

Und das geschieht mir im Grunde auch recht.

»Ja«, sage ich, während meine Augen sich unaufhörlich mit Tränen füllen.

»Milly, Alter.« Léon nimmt mich einfach in den Arm. Und ich lasse es zu und fühle mich ihm nah, fühle mich geborgen, fast, als wären wir wirklich Brüder.

Zugleich fühle ich mich schrecklich schuldig, dass ich seinen Trost annehme, ohne ihn wissen zu lassen, wofür ich ihn brauche.

TEIL 3

CRASH

KAPITEL 21

Milly

Erster Advent. Madame Leroy hat zwei Nachbarinnen zum Kränzebasteln und Abendessen eingeladen. Es gibt Lachs und Kartoffeln. Ich habe die Vorspeise zubereitet, einen Rucola-Salat mit Birnen und Fetakäse. Léon wollte gefüllte Bratäpfel zum Nachtisch machen. Da es noch gut zwei Stunden hin sind bis zum Dinner, bin ich erst mal ins Fitnessstudio abgerauscht und stehe jetzt seit einer ganzen Weile auf dem Laufband, während ich die zweite Folge eines Geschichtspodcasts höre, den Céline mir zur Abi-Vorbereitung empfohlen hat. Ich stecke die Kopfhörer aus, lege sie auf die Ablagefläche und schalte das Tempo runter auf vier Kilometer pro Stunde. Über die Lautsprecherboxen hallt der übliche Popkram, der auch in deutschen Fitnessstudios läuft: *Lose Control* von Teddy Swims. Wie oft ich diese beiden Worte in den letzten ein, zwei Jahren aus seinem Mund gehört habe, bei sämtlichen Radiosendern, in Bars und Einkaufszentren. Sein Song wäre wohl kaum so erfolgreich geworden, wenn nicht eine Menge Leute bestens nachempfinden könnten, wovon er da singt: der erlebte Kontrollverlust durch die Gefühle für diesen einen speziellen Menschen, der dich in den Himmel schießen und in den Abgrund kicken kann.

So was darf mir mit Clara auf keinen Fall passieren. Ich bin hier, um mein Ding durchzuziehen und nicht, um mich in Dinge *rein*ziehen zu lassen, aus denen ich schwer wieder rauskomme. Ich behaupte ja nicht, dass das zwischen ihr und mir so eine *Lose-Control*-Katastrophe geben muss. Aber Fakt ist, dass ich seit unserem Abschied in Paris vor zwei Wochen mit einem mulmigen Bauchgefühl durch die Gegend laufe und es weder durch Magentees noch Säurehemmer oder selbstberuhigende Gedanken wie »Sobald wir uns gegenüberstehen, kehrt die alte Vertrautheit zurück« wegmedikamentieren kann. Ich lebe quasi mit diesem Unwohlsein, als wäre es ein gebrochener Fuß, mit dem man trotzdem versucht zu laufen, zu lachen, zu lernen.

Nach dem Training springe ich unter die Dusche, ziehe mich um und gehe die paar Kilometer vom Fitnessstudio zu Fuß nach Hause. Auf dem Weg öffne ich den Chat mit Clara. Oberflächliches Geplänkel von beiden Seiten, weder Bad Vibes noch Deep Talk. Keine Nachrichten, die zu lang sind oder zu viele Fragen enthalten. In der Post-Paris-Phase wurde mir relativ schnell klar, dass sie auf jede Form von Druck oder Nachrennerei mit noch stärkerem Rückzug reagieren würde, also habe ich einfach nach ihren Regeln gespielt und ehe ich mich versah, lief ich bei ihr plötzlich im Hintergrund wie ein Virusprogramm oder ein Update, dessen Mitteilungsfenster man auch mal getrost ignoriert oder wegklickt.

MILLY
Hey Clara, was treibst du? Ich habe das Gefühl, dass es zwischen uns gerade ein bisschen distanziert ist, was ich schade finde.

Nein, das ist zu viel. Ich lösche den Entwurf und beginne von vorn:

> **MILLY**
> Hey, na, wie geht's? Bei mir läuft es ganz gut. Ich mache ziemlich viel für die Schule, zusammen mit Céline und Léon. Unsere Abi-Lerngruppe hilft mir richtig.

Nein. Das ist es auch noch nicht.

> **MILLY**
> Hey, na? Wollen wir mal einen festen Termin zum Telefonieren ausmachen? Ich vermisse dich!

Um Gottes willen. Es wird immer schlimmer. Ich sollte es einfach kurz und knapp halten, ohne Schnickschnack.

> **MILLY**
> Hey, ich denke an dich.

Abgeschickt. Ich bin überrascht, wie schnell ihre Antwort folgt:

> **CLARA**
> Hey Milly, ich denke auch an euch. Sorry, dass ich mich im Moment so wenig melde. Im Februar wird mein Solo-Repertoire geprüft und bis dahin muss alles sitzen. Neben dem Klavierunterricht kommt ab nächster Woche auch noch die Kammermusikklasse dazu. Ich bin mit Roman und einem Cellisten für ein Trio eingeteilt, da stehen bald einige Probetermine an. Aber in zwei Wochen bin ich ja zum Weihnachtskonzert daheim ☺ Wie geht's dir so?

Ich bleibe stehen, irgendwo in einer Wohnsiedlung, starre ungläubig auf ihre Nachricht und tippe hastig drauflos:

MILLY

Okay, lass uns doch mal Klartext reden. Ich habe den Eindruck, dass du die Sache mit uns lauwarm und häppchenweise auslaufen lässt. Du kannst ruhig damit aufhören. Ich schlucke die Hiobsbotschaft auch heiß und im Ganzen. Nenn mir vorher aber bitte noch den Grund:
a) Ich bin dir zu jung.
b) Du hattest dir mehr von unserem ersten Mal erhofft.
c) Du hast dich für Mathieu oder Roman entschieden.
d) Du hast andere Gründe für dein Verhalten.

Ich lasse die Antwort im Textfeld stehen, ohne sie abzuschicken und setze mich auf eine niedrige Sitzmauer. Um mich herum sind Einfamilienhäuser, Gärten mit Basketballkörben und gepflegten Blumensträuchern, geparkte Autos, Garagentore. Die bretonische Küstenidylle, eingehüllt in nasskaltes Grau.

Es fängt wieder an, leicht zu nieseln. Ich packe meine Mütze aus der Sporttasche und ziehe sie mir über den Kopf. Der Daumen, mit dem Clara meine »Ich denke an dich«-Nachricht gelikt hat, fühlt sich gerade eher nach einem Mittelfinger an. Ich rufe ihren Insta-Account auf, scrolle durch ihr Profil.

Erst vor ein paar Tagen hat sie den Track hochgeladen, an dem sie in jener Nacht in meiner Anwesenheit gearbeitet hatte. Anders als in ihren vorigen Reels sieht man hier ausschließlich Sequenzen ihre Hände am Klavier, mit dunkelrot lackierten Nägeln und mehreren Ringen an den Fingern. Als Grundlage hat sie ein Klavierstück von Chopin gewählt: Das *Regentropfen-Pré-*

lude. Vielleicht ja, weil wir am Tag zuvor noch gemeinsam auf dem Friedhof an seinem Grab waren und über sein entnommenes Herz gesprochen haben. Ihre Videounterschrift dazu:
winterwind Dank Chopin können wir auch dem Regen etwas Schönes abgewinnen #novembernostalgie.

In den Kommentaren wird sie dafür gelobt, dass sie bei diesem Mal etwas Minimalistischeres und Klavierlastigeres produziert habe, ohne den modernen, elektronischen Charakter dabei zu verlieren. Dass die Verbindung beider Elemente ihr diesmal auf eine ganz feine Art gelungen sei, die einen glatt vergessen lasse, dass es sich um Musikstile verschiedener Jahrhunderte handle.

Ich hatte von dem Stück vorher noch nie etwas gehört. Als ich bei Google lesen musste, dass es wohl zu den bekanntesten und meistgespielten Werken der klassischen Klaviermusik zählt, habe ich mich wie ein richtiger Banause gefühlt.

Ich möchte Clara verstehen und der Antwort auf die Frage näherkommen, warum sie sich in der Nacht, in der wir uns so nah waren, entzogen hat, um sich mit Leib und Seele diesem *Prélude* zu widmen. Warum ausgerechnet diesem Stück? Auf *Spotify* rufe ich das *Regentropfen-Prélude* auf und stecke das Handy in meine Jackentasche, um es vor dem zunehmenden Regen zu schützen. Die Musik beginnt sanft und friedlich, in der hellen Tonart Dur, wenn mich nicht alles täuscht. Vielleicht sollen das die milden Stunden vor dem Zuziehen der Wolkendecke sein. Auch unser Wochenende in Paris hatte gut begonnen. Ich höre weiter, wärme mich an meinen verschränkten Armen und atme den frischen Geruch von nassen Blättern und Gras ein, der sich langsam über den Asphalt legt. Allmählich bahnt sich im Stück ein Stimmungswechsel an. Die Spannung wächst und eine zarte Dunkelheit zieht auf, die sich ihren Raum nimmt und immer kraftvoller wird. Jetzt höre ich auch die Regentropfen im *Prélude*, die laut und deutlich und unaufhaltsam fallen, und bemerke plötzlich, dass sie schon von Beginn an leise anwesend waren – nur dass sie unter den positiven Anfangsklängen kaum zur Geltung kamen.

Die Mütze ziehe ich mir ab, lege den Kopf in den Nacken. Der Regen prasselt auf mein Gesicht. Er ist kalt und gnadenlos und ehrlich.

Ich werde mich erkälten.

Ich möchte mich erkälten.

Ich möchte mit vierzig Grad im Bett liegen und Clara schreiben, dass sie kommen muss. Weil jeder kommen würde.

Aber sie ist nicht jeder und dafür habe ich sie so gern, dass ich mir deshalb gerade selbst ein wenig leidtue.

* * *

Montagabend.

Ich stehe mit Léon hinter dem Bühnenvorhang und beobachte, wie unsere Mitschüler nach und nach in ihren Jacken und Mänteln die Reihen der Aula füllen. Heute ist die Aufführung unserer aufgemotzten Kurzversion von *Der eingebildete Kranke*, exklusiv für die Oberstufenschüler. Im Anschluss gibt es noch ein offenes Publikumsgespräch zur Analyse und Einordnung des Stücks, auch in Hinblick auf das Abitur.

»Da kommt ja richtiges Theater-Feeling auf«, sagt Léon hinter mir. »Fühle mich schon fast wie ein Star an der Comédie-Française.« Er trägt in seiner Hauptrolle als Hypochonder einen gemütlichen Morgenmantel, während ich als KI-Arzt ganz in Schwarz gekleidet bin – eine Anspielung darauf, dass ich kein »Halbgott in Weiß«, sondern eine verunsichernde Maschine ohne menschliche Seele darstelle.

Céline taucht neben uns auf und zückt ihr Handy. »Mathieu hat mich gebeten, ein paar Storys für den Schul-Account zu machen. Kommt, wir fangen gleich mit euch beiden an.«

Wir legen die Arme umeinander, sie knipst ein Foto, dann schießen wir noch ein Dreier-Selfie, bevor wir uns von der Bühne entfernen und zu den anderen in den Requisitenraum gesellen.

Léon zieht eine Flasche Sekt mit Plastikbechern aus seinem Rucksack und drückt zwei davon an uns ab. »Ein auflockerndes Schlückchen muss sein«, sagt er beim Befüllen der Becher.

Das Prickeln auf meiner Zunge erinnert mich für einen Moment an den Sekt, den ich mit Clara am Seine-Ufer getrunken habe, und kurz habe ich Sorge, das Bauchgrummeln könne wieder zunehmen und mir den Abend vermiesen. Aber dieser Geschmacks-Flashback erweist sich als harmlos und kann meine Vorfreude auf die Aufführung und das anschließende Feiern nicht trüben.

Mathieu taucht im Requisitenraum auf und stellt sich neben uns, in Jeans und einem schicken Jackett.

»Ist das etwa Alkohol?«, fragt er.

Wir nicken alle drei, Léon haut noch ein dreistes »Jap« raus und hält ihm seinen Plastikbecher hin. »Bitte sehr, ich habe für dich den Spuckschluck aufgespart.«

»Das ist ja widerwärtig!«

Ich steige mit ein: »Der Spuckschluck enthält kostbare Enzyme, Proteine, Elektrolyte und antimikrobielle Substanzen, die im menschlichen Speichel vorkommen.«

Céline verzieht das Gesicht. »Woher weißt du so was?«

»Als KI-Doc ist es meine Aufgabe, das zu wissen.«

Mathieu blickt sich kurz prüfend um. »Ehrlich gesagt könnte ich tatsächlich einen Schluck gebrauchen. Die Direktorin ist hier.«

Léon schenkt ihm rasch einen Becher ein, den Mathieu mit leicht zitternder Hand seinem Mund zuführt. Ich finde es sympathisch, dass er uns daran teilhaben lässt, wie er ein wenig die Nerven verliert, und richte die ersten richtig netten Worte an ihn, seit wir uns kennen: »Du hast das alles super vorbereitet. Das wird die Direktorin schon merken.«

Er zerdrückt den ausgetrunkenen Becher, als wäre er ein Stressball. »Könnt ihr zur Not mit eingreifen, wenn das Publikumsgespräch zu schleppend verläuft?«

»Klar!«, versichere ich.

Léon stimmt zu. »Logisch, wir kriegen das schon hin.«

Mathieu nickt erleichtert. »Na, dann gebe ich mal der Technik Bescheid, dass sie den Saal abdunkeln. Wir haben auch schon achtzehn Uhr. Licht aus, Spot an.«

Und dann läuft alles so, wie er es sich wohl in seinen tiefsten Theater-Träumen vorgestellt hat: Unsere modernisierte Molière-Version gelingt ohne Patzer, das Publikum lacht, applaudiert und das Nachgespräch wird länger und lebhafter als geplant oder geahnt. Als die glühenden Scheinwerfer *finalement* erlöschen und das Saallicht anspringt, stattet die Direktorin uns sogar einen Besuch im Requisitenraum ab und bedankt sich mit Blumen und Schokolade bei uns.

Während sie und Mathieu im Zweiergespräch versinken, wechseln wir im abgeschirmten Bereich unsere Kleidung, schminken uns ab und trinken weiter aus der angebrochenen Sektflasche. Ich behalte meine schwarze Kleidung einfach an, auch wenn ich darin wie ein depressiver Intellektueller aussehe, der sein spärliches Gehalt auf das Spendenkonto des kleinen Kellertheaters überweist, an dem sein Herz sowie seine Karriere hängen.

Auf dem Weg zum Bus verkündet Mathieu, dass wir die Erlaubnis haben, das Geld aus der freiwilligen Eintrittskasse auf den Kopf zu hauen, und wird dafür mit einem lauten Jubelbeifall gefeiert. Als wir an der Haltestelle stehen, nähert er sich mir, setzt ein warmes, wenn nicht sogar verbündendes Lächeln auf. »Und du passt mir schön auf, dass du dich in deiner Gastfamilie in niemanden verliebst, ja?«

Rasch schaue ich zu Léon, der glücklicherweise in ein Gespräch verwickelt ist, und antworte Mathieu:»Meinst du, in Madame Leroy?«

Er verzieht das Gesicht.»Ah, nicht ganz.«

»Wie kommst du darauf, dass ich Gefahr laufe, das zu tun?«

Der Bus hält, öffnet seine Türen.

»Gefahr …«, raunt Mathieu, bevor wir einsteigen.»Ein interessantes Wort.«

KAPITEL 22

Clara

»Wie spät ist es?«, fragt Roman in meine Richtung.

Ich nehme mein Handy vom Flügel. »Kurz nach acht. Musst du los?«

Wir sitzen seit dem Nachmittag an den Trio-Proben für die Kammermusikklasse. Unser Cellist ist bereits vor einer halben Stunde aufgebrochen.

»Nein, nicht wirklich«, erwidert Roman. »Aber ich glaube, ich bin durch für heute. Wollen wir einfach noch ein bisschen entspannen?«

Ich stehe vom Klavier auf, räume meine Noten zusammen. »Gern. Ich kann mich auch nicht mehr konzentrieren.«

Roman packt seine Geige ein und räumt den Stuhl samt Notenständer an die Wand. »Wollen wir nach nebenan?« Er meint damit das Stammcafé, in dem wir zuletzt vor über zwei Wochen mit Milly saßen. Die Erinnerung daran versetzt mir einen kurzen Stich.

»Lass uns gern einfach hier noch was abhängen.« Ich breite

meinen schwarzen Daunenmantel auf dem sauberen Holzboden aus, setze mich mit dem Rücken an die Wand und lege die Beine übereinander. Der Raum ist beheizt und warm ausgeleuchtet.

»Klar. Ich ziehe uns was aus dem Automaten. Kakao?«

»Bitte.«

Roman verlässt das Zimmer. Ich entsperre mein Handy, öffne den Chat mit Milly. Seit er aus Paris abgereist ist, habe ich einen Sicherheitsabstand zwischen uns geschaffen. Sicherheit für mich, nicht für ihn. Ich wollte, dass er mir nicht zu nah kommt. Mich nicht zu tief berührt. Keine Wunden aufreißt, von deren Existenz er nicht einmal weiß. Ich kann es mir nicht erlauben, zwischen Rührung und Sorge, zwischen Glücksrausch und Schmerz hin und her zu titschen. Ich bin kein belastbarer Flummi, der dem standhalten könnte. Durch die nötige Distanz wollte ich das Ganze so weit runterkochen, dass es berechenbar bleibt. Kontrollierbar. Doch ist diese Art von Kontrolle nicht ansatzweise so befriedigend, wie ich es mir erhofft hatte. Es ist, als würde ich mich durch mein Verhalten nicht nur von Milly distanzieren, sondern auch von mir selbst. Von dem, was ich tatsächlich brauche und fühle und will. Und das gleicht einem erneuten, wenn auch anderen Kontrollverlust. Es scheint keine leichte Lösung zu geben, um Millys Einfluss auf mich und mein Leben zu schwächen und mich gleichzeitig dabei stark zu fühlen. Natürlich schwebt auch noch folgende Frage über mir wie eine graue Wolke, die nicht nur auf mich herabregnet, sondern regelmäßig in mich hineinblitzt: Riskiere ich durch mein Verhalten, ihn ganz zu verlieren?

Roman kehrt zurück, reicht mir meinen Kakaobecher und setzt sich neben mich auf die Daunenjacke.

»Ist noch viel los?«, frage ich.

»Ja, im großen Saal findet gerad der Liederabend statt. Es sind einige gekommen.«

»Ah, stimmt, die Schumann-Werke.«

»Wollen wir uns reinsetzen und zuhören?«, fragt er.

»Lass uns einfach chillen.«

»Gern.«

Ich rufe *Instagram* auf, klicke auf die Story vom Lycée Laplace. *Der eingebildete Kranke.* Ich hätte Milly viel Glück wünschen sollen.

»Ist das nicht dein Freund?«, fragt Roman, der anscheinend mit aufs Display schielt. »Der ganz in Schwarz?«

»Ja, ist er.« Milly sieht gut aus in Schwarz.

»Wie läuft es bei euch?«

»Geht so.« Ich drehe ihm den Kopf zu. »Irgendwie ist mir das ein bisschen zu stressig geworden.«

Roman lächelt dezent. »Der Junge sah aber nicht so aus, als würde er irgendwem Stress machen.«

Ich nehme einen Schluck von meinem Kakao, der trotz seiner wässrig-übersüßen Note mein Lieblingsgetränk an der Hochschule ist. »Ist das jetzt so ein toxischer Männerzusammenhalt?«

»Also, wenn du es toxisch findest, dass ich ehrlich bin, dann ...«

»Dann?«, frage ich etwas lauter.

Er wartet einen Moment ab. »Bist du denn in ihn verliebt?«

Meine Antwort kommt so schnell und unüberlegt wie ein Schutzreflex: »Weiß ich nicht.«

»Aah, das glaube ich dir nicht.«

»Okay, warte«, sage ich beim Öffnen meiner *Spotify*-App. »Ich spiele jetzt irgendeine Playlist im Shuffle-Modus ab und das Lied, das läuft, wird uns eine Antwort auf die Verliebtheits-Frage geben.«

»Ach, dein *Spotify*-Orakel schon wieder.«

Ich lehne meinen Kopf an seine Schulter. »Ist das in Ordnung?«, frage ich.

»Was? Das mit dem Lied?«

»Nein. Dass ich mich bei dir anlehne.«

Seine Stimme wird leiser: »Klar.«

»Ist zwischen dir und der Koreanerin alles okay?«

»Lenk nicht von dir und deinem Deutschen ab. Na los, wirf das Orakel an.«

»Ja, ja.«

Als die ersten Zeilen des abgespielten Songs erklingen, traue ich meinen Ohren kaum:

> I'm not in love
> So don't forget it
> It's just a silly phase I'm going through

»Ha! Ich bin niemandem verfallen!«, rufe ich aus und fühle mich wie eine Millionärin beim Monopoly.

Roman schnaubt leise, wenn nicht sogar ein bisschen traurig.

> I'm not in love, no no

Er stellt seinen Kakao auf dem Boden ab und greift nach meinem Handgelenk. »Du musst jetzt ganz stark sein.«

»Wieso?« Mein Kopf bleibt auf seiner Schulter liegen.

»Sage ich dir gleich. Aber vorher möchte ich noch etwas erfahren: Gibt es etwas, wovor du Angst hast, und zwar immer wieder?«

Darauf antworte ich nicht.

»Du etwa?«, frage ich, während das Lied im Hintergrund mich langsam ein wenig verunsichert. Der Sänger singt zwar immer wieder, dass er *not in love* sei, aber das langsame Tempo und die melancholische Atmosphäre klingen nicht gerade nach jemandem, der davon erzählt, dass er keine Gefühle hat. Ich werfe einen Blick aufs Handy: Der Song ist von 10cc, 1975. Die Playlist heißt *50 Years of Love Songs*. Aha.

»Ja, ich habe Angst, dass ich eines Tages alle Stücke der klassischen Musik kenne und keine neuen mehr kommen«, antwortet Roman. »Ich weiß, man kann sich immer wieder die alten anhören. Aber dieser Tag, an dem ich nie mehr zum ersten Mal ein Werk entdecke aus einer Zeit, in der musikalische Wunder entstanden sind ...«

Ich schlucke.

»Wenn andere vor dem Tod Angst haben, dann habe ich hiervor Angst.«

Mir bleibt die Spucke weg. Ich kenne Roman seit über zwei Jahren und das ist das erste Mal, dass er seine Sensibilität nicht nur durch die Violine, sondern mit offenen Worten zum Ausdruck bringt.

»So, und jetzt zur Schreckensbotschaft bezüglich deines Orakels«, sagt er, noch immer mit seinem Griff um mein Handgelenk. »Der Protagonist in dem Lied ist sogar sehr verliebt, will es aber nicht zugeben. Darum singt er immerzu das Gegenteil. Hör dir mal die anderen Zeilen an, dann merkst du es.«

»O Mann«, seufze ich.

Roman streichelt über meinen Unterarm. »Alles wird gut«, sagt er sanft und klingt dabei, als würde er nicht nur zu mir sprechen, sondern auch zu sich selbst.

Ich schließe die Augen, höre den Song zu Ende.

I'm not in love.

KAPITEL 23

Milly

Wir sind in einer rustikalen Bar mit dunkelgrünen Wänden, hohen Holztischen und warmen Hängeleuchten, die für einen Tag unter der Woche gut gefüllt ist. Mathieu, der mir auf der anderen Seite des Bartischs schräg gegenübersitzt, bestellt einen Longdrink und ein paar Snacks für die Gruppe. Ich sage der Kellnerin, ich wolle dasselbe wie er, woraufhin er den Daumen hebt und mir versichert, ich würde es nicht bereuen.

Nach der ersten Runde auf leerem Magen merke ich bereits, dass ich angetrunken bin und der Alkohol auf angenehme Weise die eine oder andere Sorge wegspült.

Léons Reaktion, sollte er von der Sache zwischen Clara und mir erfahren – wird schon.

Claras Reaktion, sollte sie von der Annäherung zwischen Mathieu und mir erfahren – passt schon.

Meine eigene Reaktion, sollte Mathieu mir gleich eröffnen, dass er noch Interesse an ihr hat – geht schon.

Léon sitzt direkt neben mir und schiebt mir die salzige Snackschale zu. »Iss was«, sagt er. »Du siehst schon gut mitgenommen aus.«

Ich stecke mir ein paar Erdnüsse in den Mund und frage, ob er seiner Schwester die Bilder von der Aufführung schicken werde.

»Die wird sie sicher auf dem Schulaccount sehen. Aber sie hat uns vorhin viel Erfolg gewünscht.«

»Uns? Du meinst dir?«

»Ja, aber damit meint sie ja uns.«

Nein, tut sie nicht.

»Wann kommt sie noch mal zu Besuch?«, spiele ich den Ahnungslosen.

»In zwei Wochen, für das Winterkonzert im *Palais du Grand Large*.«

»Ah ja, stimmt!«

»Wird eine große Sache, mit Politikern, Investoren, Leuten vom Museumsverband, privaten Bauunternehmern. Quasi ein lokales Promi-Event.«

»Wäre es okay, wenn ich Mathieu einlade?« Meine Bereitschaft, auf der Suche nach Antworten ein bisschen mit dem Feuer zu spielen, steigt, während das Glas sich leert. »Ich finde ihn immer sympathischer.«

Er zuckt mit den Schultern. »Wenn du ihn dabeihaben willst? Klar.«

»Wäre das denn für Clara okay? Sind die beiden im Guten auseinandergegangen?«

»Kein Plan«, sagt er, ohne mich anzusehen, und nimmt ein Schluck von seinem Bier.

Der Zusammenhalt der Leroy-Geschwister ist niedlich und nervig zugleich.

Als die Kellnerin die nächsten Bestellungen aufnimmt, steht Céline auf und bindet sich den Schal um den Hals. »So, Leute, ich breche mal auf. Bin total k.o.« Sie winkt einmal in die Runde und bittet uns, ruhig sitzen zu bleiben. Sobald sie zur Tür raus ist, wechselt Mathieu die Tischseite.

»Dann setze ich mich mal neben Emilian«, sagt er und landet binnen Sekunden auf dem Barhocker zu meiner Rechten. Auch Léon kommt links von mir in Wanderstimmung und schnappt sich Mathieus freien Platz gegenüber.

»Na? Wie sieht's aus?«, fragt der Ex meiner ... Ja, meiner was eigentlich? Bald-Freundin? Bald-Ex? Halb-Freundin? Halb-Ex?

»Gut sieht's aus«, sage ich.

Er hebt sein Glas. »Auf uns!«

»Auf die Heilung der Hypochondrie.«

»Du kannst jetzt mit den KI-Antworten aufhören.«

»Nein, im Ernst. Wie ich von meinem Bruder mitbekommen habe, ist das eine ernste Sache mit den Hypochondern, und ziemlich hartnäckig dazu.«

Er nickt bedächtig. »Wenn man noch Liebeskummer hat, obwohl es keine Liebe mehr gibt, ist das auch so was wie Hypochondrie? Ist man dann der eingebildete Liebeskranke?« Er starrt kurz an mir vorbei ins Leere, mit halb offenen Augen und einem schweren Lächeln auf den Lippen.

Wäre ich Léon, würde ich jetzt mit den Schultern zucken und das Thema wechseln. Aber da Clara und mich keine achtzehnjährige Blutsverwandtschaft verbindet, sondern eine Beziehung, die entweder auf dünnem Eis steht, oder unter bereits eingebrochenem Eis zufriert, habe ich jedes Recht der Welt, mir anzuhören, was mein redewilliger Informant über sie zu sagen hat.

Ich beuge mich ein Stück zu ihm vor. »Bist du etwa der eingebildete Liebeskranke? Wegen meiner Gastschwester?«

»Die Sache ist ...« Er sucht nach den richtigen Worten, während das ungute Gefühl in meinem Bauch wieder stärker wird. Ich nehme ein, zwei, drei Schlucke hintereinander, in der Hoffnung, dass der Alkohol meine auflodernde Unruhe unterdrückt. Dabei weiß ich, dass man kein Ethanol ins Feuer kippen sollte.

»Ich habe noch nie so viel für und mit jemandem empfunden. Sie ist etwas Besonderes.« Er hält inne, trinkt sein zweites Glas leer.

»Obwohl ich erst eine Freundin vor ihr hatte, war mir von Anfang an klar, dass ich jemanden wie sie so schnell nicht wiederfinden würde.«

Mathieu hat sich damals also so gefühlt, wie ich mich heute fühle. Bedeutet das, dass ich auf dem Weg bin, sein Nachfolger zu werden? Der Gedanke, ich könne der nächste Trottel unter dem Buchstaben »M« werden, der dachte, mit Clara in den Sonnenuntergang zu reiten, nur um bei Sturm und Gewitter ungeschützt auf einem endlosen Feld aufzuwachen, ist sogar noch schlimmer als die Vorstellung, der einzige Lovefool ihrer Beziehungs-Bio zu sein.

Er plaudert weiter aus dem Nähkästchen: »Madame Leroy ist nicht ganz einfach. Sie meint es im Grunde ja gut mit ihrer Tochter, schwankt aber zu stark zwischen Fürsorge und Forderungen hin und her. Zwischen Lob und Kritik.« Um die Stimmung vermeintlich aufzulockern, klopft er das geleerte Glas zweimal gegen den Tisch. »Clara wollte immer ihr eigenes Ding durchziehen. Aber dann hat sie sich doch wieder den Zuspruch ihrer Mama gewünscht. Komplizierte Kiste.«

Ich ziehe mit und leere meinen zweiten Longdrink. Léon sitzt uns noch immer gegenüber, lacht, erzählt, hört zu und hat nicht die leiseste Ahnung, dass wir uns gerade die Leichen im Leroy-Keller ansehen.

»Hier, schau mal«, sagt Mathieu, während er an seinem Handy rumspielt und mir Bilder zeigt, die binnen Sekunden eine überraschend starke Eifersucht in mir wecken. Clara und Mathieu mit Madame Leroy und Léon im Restaurant. Zu zweit in Bikini und Badehose am Strand. Gemeinsam in Paris – in *unserem* Paris! Sonnige Selfies auf einer Wiese, ein abendlicher Schnappschuss auf einem Riesenrad, dann noch ein vorfreudiges Foto an einem gottverdammten Flughafen. Wie kann es sein, dass sie mit ihm *all in* gegangen ist, während sie bei uns gefühlt die meiste Zeit damit beschäftigt ist, die Spielregeln zu bestimmen und sie wieder zu ändern? Und warum war meine Angst, sie zu verlieren, größer als der Mut, ihr zu sagen, dass die ganze Gastgeschwistersache kein Freifahrtschein dafür ist, mit meinen Gefühlen zu spielen und mich über *ihre* im Unklaren zu lassen?

Ich beuge mich noch ein Stück näher zu Mathieu, dessen Gesicht im gedimmten Barlicht fein und symmetrisch, fast schon statuenhaft wirkt. »Willst du Clara zurück?«

Wie es aussieht, haben meine inneren Grenzkontrolleure, welche die Linie zwischen Gedachtem und Gesagtem bewachen, ihren Posten verlassen.

Er sperrt das Handy und steckt es in die Hosentasche. »Wollen: Ja. Können: Nein.«

»Warum nicht?«

Sein sehnsüchtig in Erinnerungen schwelgender Gesichtsausdruck verfliegt. »Milly …«, sagt er. »Darf ich dich Milly nennen?«

Ich antworte nicht.

»Clara ist nicht nur das Beste, sondern auch das Schlimmste, was mir je passiert ist.«

Mein Puls steigt weiter an, die Eifersucht sinkt dafür ein wenig.

»Sie hat mich kurz vor den Abiturprüfungen hängen lassen. Dabei wusste sie, wie viel für mich auf dem Spiel stand. Ich habe immer davon geträumt, es an eine Grande École zu schaffen. Weißt du, was das ist?«

Eine Eliteuniversität an der Spitze des französischen Bildungssystems. Strenge Auswahlverfahren, harte Programme.

Ich nicke.

»So vier, fünf Wochen, bevor das Abi im Juni losging, hat sie sich zunehmend verändert. Sie war schwer erreichbar, hat bei WhatsApp kurz angebunden reagiert, klang oberflächlich. Auf dem Schulhof hat sie im Vorbeigehen mit mir gequatscht, als wären wir alte Freunde, die sich aus den Augen verloren haben. Alles ohne Erklärung.«

Ich schlucke.

»Dann habe ich sie zur Rede gestellt, aber sie hat nur rumgedruckst. Sie müsse Klavier üben, im Haushalt helfen, habe Schulstress. Letztlich ...« Er blickt zur Seite und atmet tief durch, als wolle er seine Emotionen kontrollieren. »Letztlich hat sie nie richtig Schluss gemacht.«

»Obwohl Schluss war?«

»Ja.« Er nähert seinen Mund meinem linken Ohr. »Und Léon ist ja ein ganz Netter, aber wenn es um seine Schwester geht, kann man ihn auch in die Tonne kloppen. Ich habe ihn etliche Male gefragt, was mit Clara los ist und ob sie sich trennen will. Er ist so neutral geblieben wie die Schweiz. Und war genauso vollgepumpt mit Schwarzgeld. Das von Clara. Die beiden bewahren ihre Geheimnisse, schützen einander. Auch, wenn es krumm wird.«

Er zieht sich wieder zurück, fasst sich mit der Hand an den Kopf.

»Und dann hast du dein Abi versaut?«

»Was heißt versaut? Es wurde insgesamt ein passabler Schnitt, aber ‚passabel‘ reicht für die Grande École nicht und meine Vorbewertungen waren deutlich besser. Natürlich bin *ich* in erster Linie dafür verantwortlich, keine Frage. Aber wochenlang nicht zu wissen, woran man ist, nur um kurz vor den Prüfungen zu realisieren, dass es aus und vorbei ist, und zwar endgültig ... Das ist hart.«

Ich muss hier raus. Und zwar sofort.

»Entschuldige mich bitte.« Ich greife nach meiner Jacke und laufe merklich angetrunken zum Ausgang.

»Alles okay?«, höre ich Léon nach mir rufen.

Ich winke ab. »Alles gut.«

Draußen zücke ich mein Handy, wähle Claras Nummer. Sie geht nicht ran. Ich probiere es erneut. Und noch mal. Und ein drittes Mal.

Jetzt, na endlich.

»Hey, Milly«, sagt sie. »Ich bin gerade zu Hause angekommen, wir hatten noch Trio-Proben. Ich wollte dich heute auch anrufen.«

»Wir haben fast einundzwanzig Uhr. Wann wolltest du denn anrufen?«

Sie schweigt einen Moment. »Ist alles okay?«

»Nein, Clara. Sag mir bitte, wann genau du mich anrufen wolltest. Um zehn? Um elf? Mitternacht? Wann?«

»Gleich. Jetzt gleich. Ich habe ein Lied gehört und musste an dich denken.«

»Oh, schön!« Die Ironie in meiner Stimme hat einen frustrierten Unterton. »Ich habe die ganze Zeit an dich gedacht. Was für ein Lied war es denn?«

»Wie bist du denn drauf? Bist du betrunken?« Ihre Stimme wird dünner.

»Welches Lied? Vielleicht kannst du meine Fragen zur Abwechslung mal beantworten, statt immer Gegenfragen zu stellen.«

Ich bin überrascht, was mir plötzlich alles über die Lippen kommt.

»Das Lied heißt: *I'm not in love.* Es ist von …«

»Bitte verschon mich«, sage ich in scharfem Tonfall und lege auf.

Sie versucht sofort, wieder anzurufen. Dann folgt eine Whats-App-Nachricht.

CLARA
Lass mich doch ausreden! Der Typ in dem Song war
sehr wohl verliebt! Er WAR in love!

Sie ruft erneut an, ich gehe ran.

»Kennst du das Lied?«, fragt sie.

»Nein. Und ich habe auch keine Lust, über Lieder zu kommunizieren. Für dich als Musikerin ist das Leben vielleicht so was wie ein Stück oder ein Spiel. Für Normalsterbliche nicht.«

»Warum sagst du das? Ich bin nicht weniger normalsterblich als du.«

»Ich finde ja schon, dass du dir mehr erlaubst als andere. Oder warum sonst hättest du Mathieus Zukunft an der Grande École gefährdet?«

Ich gehe zu weit, das ist mir bewusst. Aber jetzt bin ich mal an der Reihe, die Grenzen zu verschieben.

Sie wird lauter. »Bitte, was? Er hat sich nie an einer Grande École beworben. Dafür hatte er nicht den Schnitt!«

»Ja, weil *du* dich einfach getrennt hast, und das, ohne mit ihm darüber zu sprechen. Er stand kurz vor dem Abi, genau wie ich. Was zwischen euch gelaufen ist, hat ziemlich starke Parallelen zu dem, was gerade zwischen uns passiert. Weißt du was, Clara? Ich kann das nicht mehr. Und ich will es auch nicht. Seit Paris sind zwei Wochen vergangen. Über vierzehn Tage, in denen ich gegrübelt und gekämpft und beinahe gekotzt habe, weil mir ständig so flau war im Magen – immer darauf bedacht, dich ja nicht unter Druck zu setzen oder zu vergraulen. Es ist zu kompliziert und zu schmerzvoll. Außerdem habe ich kein Bock, Mathieus Nachfolger auf dem Trottel-Thron zu werden. Mir liegt was an meinem Abi. Meiner Zukunft. Meiner Gesundheit.«

Schweigen am anderen Ende der Leitung.

»Das heißt, für dich ist es aus?«, fragt sie vorsichtig.

217

»Das habe ich nicht gesagt. Aber ich weiß nicht mehr weiter.«

»Okay«, sagt sie. »Tut mir leid. Tut mir wirklich, wirklich leid.«

Und dann legt sie einfach auf.

»Hallo?«

Tatsächlich aufgelegt.

Als ich mich zur Seite drehe, steht Mathieu hinter mir und starrt mich mit einem Gesicht an, das eher mitfühlend als überrascht aussieht. Ich gehe direkt auf ihn zu. »Kein Wort zu niemandem über Clara und mich. Bitte.«

»Versprochen«, sagt er, ohne sich von der Stelle zu rühren.

Ich zücke einen Zwanzigeuroschein aus meinem Portemonnaie. »Kannst du für mich zahlen?«

»Das geht doch auf die Theaterkasse.«

»Stimmt. Dann bin ich jetzt weg. Sagst du Léon, dass …«

Er nähert seine Hand meiner Schulter, hält sich mit einer Berührung aber zurück. »Mir fällt schon was ein.«

»Danke.«

Ich mache mich auf den Weg, laufe ein paar Meter vor, da ruft Mathieu mir durch die Dunkelheit hinterher: »Hey, Milly!«

Ich bleibe stehen, ohne mich noch einmal umzudrehen. »Was?«

»Vielleicht ist es bei euch ja anders.«

Dass er mir aufrichtig das Beste wünscht, obwohl er selbst noch immer darunter zu leiden hat, macht die Sache nur schlimmer. Denn das bedeutet, dass Clara keinen Mistkerl verletzt hat, sondern einen fairen Typen.

* * *

Daheim setze ich mich auf mein Bett und versuche zur Ruhe zu kommen. Jede Faser meines Körpers ist hellwach. Jedes Organ pumpt und brummt und filtert hochaktiv vor sich hin. Ich stehe wieder auf, laufe in meinem Zimmer herum, in *ihrem* Zimmer, und nehme das Bild von der Wand, das Madame Leroy in weiser

Voraussicht bereits vor Monaten entfernt hatte. Vielleicht wusste sie ja lange vor mir, dass man Clara und mich voneinander fernhalten sollte.

Léon ruft an. Da muss ich ran. Nicht, dass Mathieu beim nächsten Longdrink die Nerven verloren und alles ausgeplaudert hat.

»Milly? Bist du schon weg?«

»Ja, genau.«

»Ohne uns Tschüss zu sagen?«

Der vorwurfsvolle Tonfall der scheinheiligen Schweiz geht mir gewaltig auf die Nerven. »Ja, oder muss ich dafür schriftlich um deine Erlaubnis bitten?«

»Woow, Milly, das Theater ist vorbei, wir sind runter von der Bühne, chill mal. Komm zurück, dann trinken wir noch einen.«

»Keine Lust, gute Nacht.«

Ich lege auf. Kurz darauf schickt Léon mir eine trockene Nachricht:

> **LÉON**
> Ich übernachte später bei Alex. Denk dran, dass wir morgen erst zur dritten Stunde haben.

Ja, weil wir am Stück mitgewirkt haben, schon klar. In der Bar hatte er noch groß vorgeschlagen, den freien Morgen für ein gemeinsames Katerfrühstück zu nutzen.

> **MILLY**
> Mach, was du willst. Liegt wohl in der Familie. Bonne nuit.

> **LÉON**
> Du pöbelst ja ganz schön rum nach ein paar Drinks. Ich weiß gerade nicht, ob mich das abfuckt oder amü-

siert. Jetzt leg dich am besten hin, bevor du noch mehr Dinge raushaust, die dir morgen leidtun.

LÉON
Und meld dich, wenn was ist.

KAPITEL 24

Clara

»Einmal die Tickets, bitte.«

Ich zücke mein Handy, zeige der Schaffnerin den Barcode auf meinem Bildschirm und wähle im Anschluss die Nummer von Céline. Zum Glück geht sie binnen Sekunden ran.

»Clara, ist alles in Ordnung?«

»Hey, hattet ihr eine gute Aufführung?«

»Ja, danke. Dein Bruder und die anderen feiern noch ein bisschen. Ich liege schon halb im Bett. Aber du rufst mich doch nicht an, um nach der Aufführung zu fragen?«

Ich verstehe ihre Verwirrung. Wir haben seit Monaten nicht miteinander telefoniert. Aber ich musste sie anrufen, es drängt. *Alles* drängt – sowohl von innen als auch von außen.

»Céline, ich weiß, dass es zwischen uns in der letzten Zeit distanziert war. Aber ich könnte gerade wirklich eine Freundin gebrauchen.« Ich halte kurz inne, da meine Stimme vor den nächsten Worten zu versagen droht. »Eine wie dich. Meinst du, das ginge?«

Das lange Schweigen am anderen Ende der Leitung fühlt sich an, als würde sie den Countdown zu einem niederschmetternden »Nein« runterzählen.

»Ja«, widerspricht sie meiner sorgenvollen Annahme. »Ich bin da. Sag mir, was los ist.«

Ich atme auf und spüre, wie sich in diesem ersten, kurzen Moment der Erleichterung ein Teil der Last von meinen Schultern auf ihre überträgt. Zutiefst dankbar laufe ich in die erste Klasse, die so gut wie leer ist, und erzähle ihr im Stehen die ganze Geschichte mit Milly: Das Knistern auf der Party. Der erste Kuss auf dem Dachboden. Das Wochenende in Paris. Unser erstes Mal und wie ich mich danach verhalten habe. Der traurige Abschied am Bahnhof, die gestörte Kommunikation der letzten zwei Wochen. Mein Anteil daran. Mein Hauptanteil. Ich erzähle ihr von der Klinik, dem Therapieabbruch und den provisorischen Terminen bei meinem Hausarzt. Von meinen Problemen, die sich in den letzten zwei Jahren zugespitzt haben. Davon, dass ich Léon seit Wochen und Monaten anlüge und Milly von Mathieu heute Abend erfahren hat, wie sehr ich ihn damals verletzt habe.

»Ich komme in gut einer Stunde an«, schließe ich ab. »Kann ich Milly bei dir treffen?« Alexandra und Céline bewohnen im Haus ihrer Eltern eine eigene Etage. Niemand würde aufstehen und irgendwelche Fragen stellen, anders als bei uns. Allein der Gedanke, meine Mutter könne mitbekommen, was hier vor sich geht, hat in meinem Kopf *World-War-III*-Dimensionen.

»Du meinst, heute noch?«

»Wenn das geht …«, antworte ich, kehre wieder zurück an meinen Platz und werfe mir den Mantel wie eine Decke über.

»Alles klar. Schick mir bitte deine Ankunftszeit, ich hole dich mit dem Auto vom Bahnhof ab.«

»Das musst du nicht, ich nehme ein Rad.«

»Blödsinn. Es ist schon spät. Und, Clara …«

»Ja?«

»Das ist ganz schön viel, was du mir gerade erzählt hast. Jetzt ist vermutlich auch der falsche Moment, um auf alles einzugehen, aber es tut mir unglaublich leid, dass es dir in letzter Zeit nicht gut ging. Ich wünschte, wir hätten damals über alles geredet und eine andere Lösung gefunden, als auf Abstand zu gehen.«

»Danke«, flüstere ich berührt.

»Das mit Milly und dir hatte ich übrigens schon geahnt. Léon wäre das unter anderen Umständen sicherlich auch aufgefallen. Aber er war so abgelenkt vom zweiten Versuch mit meiner Schwester, dass er euren ersten glatt übersehen hat.«

»Erster Versuch?« Das Bemühen, die Angst in meiner Stimme zu unterdrücken, bleibt erfolglos. »Wieso Versuch? Du glaubst, dass wir die Kurve nicht mehr kriegen?«

Sie seufzt in den Hörer, ohne zu antworten. Mein Herz krampft sich zusammen und bleibt gefühlt kurz stehen. Eine Art Vollbremsung, die der TGV wohl nur durchziehen würde, wenn Menschen auf den Schienen stünden. Habe ich meine Beziehung mit Milly vor den Zug geworfen?

»Das musst du jetzt herausfinden«, sagt sie schließlich. »Ich kann mir euch beide gut als Paar vorstellen. Aber nach allem, was du gerade erzählt hast … ist es vielleicht nicht unbedingt der richtige Zeitpunkt.«

Ich schätze sie für ihre Ehrlichkeit. Auch, wenn ein paar sanfte Mutmach-Worte leichter zu schlucken wären. Aber was nützt mir das leichte Schlucken von Flunkereien und falschen Hoffnungen, wenn sie nichts Gutes bewirken? Wenn sie meiner Seele keine echten Nährstoffe liefern und quasi unverdaut wieder ausgeschieden werden?

Es ist Zeit, der Realität ins Auge zu sehen – und Verantwortung für sie zu übernehmen.

Fuck.

* * *

Eine Stunde später holt Céline mich vom Bahnhof ab. Es ist kurz vor Mitternacht. Noch nie habe ich mich bei jemandem auf einer Fahrtstrecke von unter zehn Minuten über zehnmal bedankt.

»Wenn du noch einmal Danke sagst, dann wird es auch das Letzte sein, was du jemals gesagt haben wirst.«

»Du drohst mir, mich kaltzumachen, weil ich zu dankbar bin?«

»Nein, ich drohe nur, dich auf Ewigkeiten zum Schweigen zu bringen.« Sie bremst an einer roten Ampel, dreht mir im Dunkeln den Kopf zu. »Zum Beispiel, indem ich dir Details über deinen Bruder stecke, die dir für immer die Sprache verschlagen werden.«

»Okay. Stopp. Stopp, stopp, stopp.«

»Die Wände zwischen Alex' und meinem Zimmer sind ziemlich hellhörig.« Sie reizt es aus. »Wusstest du, dass dein Bruder gern …«

»Mein Bruder hat kein Sexleben. Er ist asexuell.«

»Nope, ist er nicht.«

Ich halte mir die Ohren zu. »Stopp. Stopp. Stopp.«

»O Mann, aus *Danke* ist nun *Stopp* geworden«, witzelt sie und fährt weiter.

Ich fühle mich mit Céline schnell wieder so vertraut wie vor dem Bruch. »Solange er nicht wie Mathieu …« Ich fange an zu lachen. »Wie Mathieu …« Lachen. »Wie Mathieu zweihundert Duftkerzen anzündet und einen Migräneanfall auslöst.« Ich lache lauter, wenn nicht sogar hysterisch. »Und sie sich mit Schmerzmitteln abschießen muss, neben ihm einschläft und er … mit seinen Duftkerzen die ganze Nacht allein verbringt. Er und Lavendel. Er und Vanille. Er und Sandelholz.«

Céline versucht vergeblich, ihr Lachen zu unterdrücken. »Sandelholz?«

»Ja.«

Mein Lachen hat etwas von einem verkleideten Schreien.

»Oweia, der gute Mathieu«, sagt Céline schnaubend. »Hat von allem zu viel angeboten, wenn es um dich ging.«

* * *

Als wir uns dem Haus ihrer Eltern nähern, reiße ich mich wieder zusammen. »Ich muss Milly noch schreiben, dass er herkommen soll.«

»Habe ich vor dem Losfahren. Er weiß Bescheid.«

Sie parkt vor der Einfahrt und schaltet den Motor aus.

»Danke, dass du das für mich tust, Céline. Ich werde dir das sicher nie vergessen.«

Das Innenlicht springt an und lässt ein Lächeln mit besorgtem Beigeschmack auf ihren Lippen erkennen. »Viel Glück gleich.«

Wir steigen aus, laufen um das Haus herum. Hören zwei männliche Stimmen, die am Haupteingang miteinander quatschen.

Léon und Milly.

Mein Bruder ruft überrascht nach mir: »Clara?«

Er läuft die Haustreppe runter, bleibt direkt vor meiner Nase stehen. Keine Umarmung, nur Verwunderung. »Was machst du hier?«

Jetzt wird alles auffliegen. Jetzt ist Game over. Ich dachte immer, Game over würde bedeuten, dass das Spiel aus ist. Aber eigentlich ist es noch schlimmer. Es bedeutet, sehenden Auges dabei zuzusehen, wie alles ineinander zusammenkracht, ohne sich durch einen letzten Spielzug noch retten zu können.

Milly bleibt oben an der Tür stehen. Der Ausdruck in seinem Gesicht lässt sich nur schwer erkennen.

»Hey«, sage ich und gebe die Frage an meinen Bruder zurück: »Was machst *du* hier?«

»Ich wollte zu Alex, wir sind verabredet. Dann bin ich unten auf Milly gestoßen. Und nun auf dich. Was ist hier los?« Seine Stimme ist ernst und fordernd.

Ich schlinge die Arme um meinen Oberkörper. »Mir ist kalt.« Léon übergeht meinen Kommentar. »Clara, was ist hier los?« Er ahnt etwas. Ich höre und sehe es ihm an. Er ahnt, dass er vielleicht betrogen wurde.

Céline eilt mir zur Hilfe. »So, wir gehen erst mal alle rein«, sagt sie, legt die Hand auf meinen Rücken und führt mich zum Haus. Mein Bruder folgt uns.

»Soll ich besser gehen?«, fragt Milly, als wir alle gemeinsam an der Tür stehen, während Céline den Schlüssel rauskramt.

»Du kommst schön mit«, antwortet sie beim Aufschließen. »Ich mache uns allen einen Tee. Aber bitte seid im Treppenhaus leise.«

Wir laufen hoch bis in die Wohnetage der Schwestern im dritten Stock. Während die anderen Jacken und Schuhe ausziehen, flüstert Céline mir ins Ohr: »Wie machen wir es? Möchtest du erst mit Milly oder deinem Bruder reden?«

»Léon«, antworte ich und spüre im selben Moment, wie die Angst in mir wächst, sein Vertrauen zu verlieren. *Ihn* ein Stück zu verlieren. Und mit ihm auch ein Stück von mir selbst. *Noch eins.* Jenes, das sich sicher und geborgen fühlte mit einem Bruder wie ihm, der nie einen Anruf ignoriert oder eine Nachricht übersieht oder auf die Idee kommt, mich monatelang anzulügen.

Céline und Alex verschwinden mit Milly in die Küche. Noch immer haben wir keinen Blick ausgetauscht. Léon und ich gehen in Célines Zimmer. Ich schließe die Tür hinter mir und setze mich auf ihr Bett. Léon bleibt mitten im Raum stehen, zuckt fragend mit den Schultern. Nun, da er mich mit ungewohnt distanzierter Miene ansieht, merke ich, dass ich sein warmes Lächeln und seine solidarischen Blicke in den letzten Monaten, womöglich Jahren, für viel zu selbstverständlich hielt.

»Ich habe dir etwas verschwiegen, das ich dir von Beginn an hätte erzählen sollen«, beginne ich.

»Was?«, fragt er knapp. Kühl.

»Letztes Mal, als ich hier war, im Oktober, da sind Milly und ich uns nähergekommen.«

Er verschränkt die Arme. Weitet die Augen. Ich glaube, einen Funken Wut in ihnen aufblitzen zu sehen.

»Und jetzt?«, fragt er nach einer längeren Stille.

»Ich habe Gefühle für Milly entwickelt.« Ich hätte nicht gedacht, dass ich das ausgerechnet vor meinem Bruder zum ersten Mal laut zugebe.

Er rührt sich nicht von der Stelle. »Also, ihr hattet was miteinander.«

»Ja.«

Léon fasst sich mit der Hand an die Schläfe, schließt die Augen, als wäre ihm das ziemlich unangenehm, da er im Grunde genauso wenige Details aus meinem Liebesleben wissen will wie ich aus seinem.

»Und seit wann?« Er wird unerwartet lauter. »Lief das die ganze Zeit, während ich wie ein ahnungsloser Idiot im Zimmer nebenan war? Fandet ihr das aufregend?« Dabei wird Léon nie laut. Es tut mir weh, dass ich ihn so weit getrieben habe. Dass er meinetwegen Fragen stellen muss, auf die es nur beschissene Antworten gibt. Was soll ich sagen? *Sorry, aber was du fühlen oder denken könntest, war für uns eher zweitrangig.*

»Hallo? Clara?«

Schweigen.

»Sei doch wenigstens *jetzt* ehrlich.«

»Hast du nach der Aufführung auch zu viel getrunken?«, frage ich abwehrend. »Keine gute Grundlage für so ein Gespräch.«

»Verdammt, Clara, es geht hier nicht um mich und wie viel ich getrunken habe, sondern um dich! Was stimmt denn nicht mit dir?«

Seine Worte sind kaum zu ertragen. Binnen Sekunden erfüllen sie mich mit einem Schmerz, der mich von innen auseinanderdehnt und damit droht, nicht aufzuhören, ehe meine Haut Risse bekommt und aufspringt. Er muss sich auflösen, und zwar schnell. Entweder der Schmerz oder ich.

Ich stehe auf, stelle mich vor meinen Bruder. »Was mit mir nicht stimmt?«, schieße ich zurück. »Was mit mir nicht stimmt, fragst du? Du weißt doch, dass ich in einer Scheißklinik war. Willst du mich laut sagen hören, dass ich einen Knall habe? Dass ich von uns beiden die mit den verkorksten Genen bin?« Ich packe ihn an den Schultern, schüttle ihn einmal vor und zurück. »Dass du dein happy Nullachtfünfzehn-Leben hast, während ich immer wieder auf die Fresse fliege, weil ich scheinbar so gestört bin, dass ich mir ständig selbst ein Bein stellen muss?«

Dann lasse ich von ihm ab. Ich weiß nicht, wohin der Schmerz entschwunden ist, aber an seine Stelle ist Erschöpfung gerückt. Ich fühle mich schlagartig ausgelaugt. Alles scheint mir zu hell und übermäßig scharf und laut, selbst mein eigenes Atemgeräusch. Ich könnte mich sofort schlafen legen.

Mein Bruder schaut mich mit Entsetzen an, dann mit einer Traurigkeit, die so tief geht, dass ich wegsehen muss, um mich ihrem Sog zu entziehen. Und dann beginnt er einfach zu weinen. Jetzt weiß ich, wo mein Schmerz hin ist: zu Léon. Es ist das zweite Mal in diesem Jahr, dass ich ihn so erlebe. Zuletzt im März, als er sich von Alex in Paris getrennt hat. Da war ich auch für seine Tränen verantwortlich.

Ich bin der schlimmste Mensch der Welt.

Er verdeckt sein Gesicht mit der Hand. Ich höre, wie er um Fassung ringt. Wie er die Tränen unter Kontrolle zu bringen versucht. »Es ist schon okay. Es ist … schon … okay.« Er legt seine Arme um mich, fährt mir über den Rücken. »Es tut mir leid, dass du dich so fühlst«, sagt er.

Ich lasse die Nähe zu, kann sie aber nicht erwidern. Mein Bruder hat mir schon oft in seinem Leben Mitgefühl geschenkt. Aber Mitleid, das ist mir neu. Mitleid hat man auch mit Fremden. Mit Opfern von Naturkatastrophen oder Verbrechen, von denen man im Radio hört. Mit Familien, die ein Kind verloren haben. Durch sein Mitleid spüre ich eine Distanz, die mir eine ganz neue Art von Angst bereitet. Als hätte ich nicht nur ein kleines Stück von ihm verloren, sondern gleich ein großes.

Er lässt von mir ab, schaut mich mit einem leidenden Gesichtsausdruck an. »Ich hätte dir raten sollen, die Therapie fortzusetzen. Ich hätte drauf bestehen müssen. Ich war der Einzige, der davon wusste. Es war meine Verantwortung.« Dann umarmt er mich erneut. Drückt mich so fest und innig, als befürchte er, dass all die Liebe, die er mir zu geben hat, binnen Sekunden von einem schwarzen Loch gefressen würde. Als müsse er daher schnell für Nachschub sorgen, damit zumindest etwas davon bei mir hängen bleibt. Er löst sich wieder, guckt erwartungsvoll. Ich verziehe keine Miene, obwohl ich merke, wie schwer es ihm fällt, meine fehlende Reaktion zu ertragen. Aber ich kann nicht anders. Ich kann jetzt nicht für ihn da sein. Ihn auffangen, so wie er mich auffängt.

Sag ich doch: Ich bin der schlimmste Mensch der Welt.

»Ich muss mit Milly sprechen. Deshalb bin ich hier.«

Seine Augen füllen sich wieder mit Tränen. Er sagt leise »Okay« und versucht zu lächeln. Was ihm nicht gelingt. Sein Lächeln wirkt, als würde er über eine offene Wunde ein Papiertuch legen, das sich umgehend mit Blut vollzieht. Sein Lächeln ist vollgesogen mit Tränen.

Er verlässt den Raum. Ich höre durch den offenen Türspalt, wie er mit Alexandra auf ihr Zimmer verschwindet, und begebe mich in die Küche.

*   *   *

Milly sitzt mit übereinandergeschlagenen Beinen am Küchentisch und starrt aus dem Fenster, das in eine stockdustere Nacht führt. Die Küchenuhr zeigt kurz nach eins.

Es ist schön, ihn zu sehen.

Es tut weh, ihn zu sehen.

Bevor er den Kopf zu mir dreht, seine Haltung ändert, seine Gesichtszüge und Gedanken, versuche ich das Bild von ihm zu verinnerlichen. Milly, wie er dasitzt und geduldig auf mich wartet, mitten in der Nacht. Ich weiß nicht, womit ich das verdient habe. Weiß er das selbst überhaupt?

»Clara …« Er hat mich bemerkt, steht auf. »Es ist gut, dich zu sehen.« Der Alkohol ist aus seiner Stimme verschwunden. »Ich habe ein schlechtes Gewissen, dass ich dich am Telefon so hart angegangen bin, dass du gleich hergefahren bist.«

Ich lehne mich mit dem Rücken an den Kühlschrank. »Das musst du nicht. Ich habe alles verdient, was du zu mir gesagt hast. Jedes Wort. Ehrlich.«

Er kommt einen Schritt näher. Wir schauen uns schweigend an. Sein Blick will viel mehr, als ich zu geben habe. *Können wir nicht einfach weitermachen?*, fragt er mit seinen Augen. *Dort, wo wir nach Paris aufgehört haben? Können wir nicht so tun, als wären die letzten Wochen ein Ausrutscher gewesen?*

Aber das war kein Ausrutscher. Das war ich. Das *bin* ich.

»Milly …« Ich möchte mit ihm jung sein. Ich möchte mit ihm alt werden. Ich möchte lernen, besser zu vertrauen. Tiefer zu lieben. Länger zu bleiben. Aber es scheint so schwer, das alles aufzubauen und auszuhalten und zu schützen. Vor anderen und vor mir selbst.

»Ich war nie verliebt in Mathieu«, sage ich schließlich. »Er war ein guter Kerl und ich dachte, dass ich mir so jemanden aussuchen sollte, wenn ich es richtig machen will. Ich dachte, ich würde eine gute Entscheidung treffen. Für alle.«

Er nickt übereifrig.

»Vielleicht gibt es in deinen Augen Ähnlichkeiten. Aber die Wahrheit ist, dass sich das zwischen dir und mir in einem anderen Universum abgespielt hat.«

Das ist meine Liebeserklärung an ihn. Die erste und einzige, zu der ich in der Lage bin.

»Ich weiß, wie stark du bist, obwohl so viel Druck auf dir lastet«, entgegnet er. »Hattest du den Eindruck, dass unsere Gefühle füreinander dich verletzlich machen? Glaubst du, Verletzlichkeit wäre Schwäche?« Milly ist der intelligenteste und einfühlsamste Junge, vielleicht sogar Mensch, der mir je begegnet ist. Womit er sich leider auch ins eigene Bein schießt. Durch seine Fähigkeit, mich zu durchschauen, stellt er auch eine Gefahr dar. Als würde ich mit offenen Karten mit ihm spielen und als könne *er* darüber bestimmen, ob er mich gewinnen oder verlieren lässt.

Ich zucke mit den Schultern. »Ich weiß nicht, was mit mir los war. Es tut mir sehr leid.« Ich entschuldige mich, statt mich zu öffnen, was – und das weiß sicher auch Milly – zwei grundlegend verschiedene Dinge sind.

Er blickt kurz zur Seite, um seinen enttäuschten Ausdruck zu verbergen. Dann breitet er die Arme vorsichtig aus, ich trete ein Stück vor und lasse mich von ihm umarmen. Ich kann deutlich spüren, dass er die Distanz zwischen uns keine Sekunde länger ertragen hätte. Anders als bei Léon erwidere ich die Nähe und drücke ihn ebenfalls fest und innig. Im gleichen Atemzug halte ich jedoch die Luft an, damit ich seinen Duft nicht zu tief inhaliere und presse meine Lippen zusammen, um ihn nicht unkontrolliert zu küssen. Gefühlt bringe ich sogar mein Herz dazu, kurz stehen zu bleiben, damit es nicht für Milly schlägt.

Denn wenn ich all das zulasse und spüre, wird auch der Schmerz wiederkehren, den ich kurzfristig bei Léon abladen konnte. Ich weiß nicht, wie genau das abläuft: ob er aus der Ferne wie ein

Bumerang zurückgeflogen kommt oder ob er einfach von Neuem wächst, weil er ja noch tief in mir verwurzelt ist.

Alles, was ich gerade weiß: Weniger ist mehr.

Weniger Offenheit. *Mehr* Sicherheit.

Weniger Gefühle. *Mehr* Kontrolle.

Weniger Milly. *Mehr* Clara.

Wir lösen uns aus der Umarmung.

»Ich schlafe bei Céline im Zimmer«, sage ich. »Und Léon bei Alex. Die Mädels haben sicher nichts dagegen, wenn du dich auf die ausziehbare Couch haust.«

Er kneift die Augen zusammen, versucht, sein Gähnen zu unterdrücken. »Ich glaube, mein eigenes Bett wäre mir jetzt am liebsten. Nicht, dass ich hier noch schnarche oder kotze oder weiß der Geier was.«

»Alles klar.« Ich begleite ihn zur Tür, wir umarmen uns ein letztes Mal. Er lächelt abgeschlagen. Auch ich fühle mich müde und schwer nach dem Streit mit meinem Bruder.

»Möchtest du noch etwas loswerden?«, fragt er mit einer letzten, leisen Hoffnung, die im Nachklang einen Hauch Verzweiflung offenbart.

Ja, möchte ich: Beim Gedanken, du könntest bald checken, dass es einfach zu anstrengend ist, mich zu lieben, und anfangen, dich umzusehen und mit einem anderen Mädchen zusammenkommen und ihr all das schenken, was gerade vor mir steht, würde ich am liebsten sterben.

»Nein«, sage ich. »Ich denke, das war es für heute.«

KAPITEL 25

Milly

Beim Verlassen des Hauses bin ich sowohl müde als auch aufgekratzt und vor allem deutlich weniger erleichtert, als ich mir nach
dem Gespräch mit Clara erhofft hatte. Während ich die Straße
runterlaufe, höre ich plötzlich Léons Stimme. »Émilien«, ruft er.
»Bleib stehen. Émilien.«

Es ist das erste Mal seit dem Tag meiner Ankunft, dass er mich
wieder Émilien nennt, was wiederum ein wenig nach Abschied
klingt. Von ihm als meinen Gastbruder, meinen Fast-Bruder. Als
meinen besten Freund, den ich hier gefunden habe und über die
Ländergrenzen hinweg behalten wollte. Aber das habe ich wohl
in den Sand gesetzt. In den Sandstrand von Saint-Malo.

Ich halte an und ziehe den Kragen meiner Daunenjacke zu.
Léon holt mich ein, nur in einem Kapuzenpulli bekleidet.

»Bitte lass uns morgen reden«, sage ich in flehendem Ton. »Ich
bin komplett fertig. Die Aufführung, die Drinks, die Situation
mit deiner Schwester.«

»Situation?«, sagt er recht laut. »*Situation*?«

Okay, er ist wohl nicht in der Stimmung, bis morgen zu warten und einfach über die Sache hinwegsehen wird er auch nicht. Immerhin habe ich ihn wochenlang auf einem wackeligen Lügengerüst stehen lassen, das heute in sich zusammengestürzt ist. Da kann ich jetzt kaum verlangen, dass er den Trümmerhaufen einfach ignoriert, eine Nacht drüber schläft und sich morgen mit mir an den Wiederaufbau eines Fundaments macht, das sowohl unsere Freundschaft als auch meine Fehler tragen soll.

»Was ist mit dir und Clara? Habt ihr euch ineinander verliebt oder was?«

Ich antworte nicht.

»Meine Schwester hätte mir so etwas früher nie verheimlicht. Hast du sie bequatscht?«

»Wir wollten es dir bald sagen. Es tut mir leid, Léon. Du bist ein toller Gastbruder und ich ein miserabler. Wenn du mir die Gelegenheit dazu gibst, dann würde ich es gern wiedergutmachen.«

»Als du in Paris warst …«, beginnt er. »Hast du da bei meiner Schwester übernachtet?«

Mist. Das ist jetzt Mist.

»Ja, ich war bei Clara.«

»Also hast du mir eiskalt ins Gesicht gelogen.«

Seine leuchtend blauen Augen sind plötzlich so dunkel, als hätte sich das Smaragdmeer darin ins Schwarze Meer verwandelt. »Aber, hey, was soll's, Hauptsache, einer hier hatte seinen Spaß!«, schiebt er giftig hinterher.

Warum nur einer? Was zum Teufel will er hier andeuten?

»Ich kann das jetzt nicht, ehrlich. Außerdem weiß ich nicht, ob Clara das so toll fände, wenn wir ohne sie über die ganze Sache sprechen.«

Er packt mich am Oberarm. »Ach, jetzt hast du plötzlich ein Gewissen?«

»Es tut mir leid, wenn wir dich verletzt haben, aber …« Ich hebe meine Stimme nun ebenfalls an. »Deine Schwester ist mir wichtig, sehr sogar.«

Er schüttelt den Kopf mit einem verächtlichen Schnauben. »Wenn dem so wäre, hättest du sie in Ruhe gelassen. Weißt du, wie schlecht es ihr …«, sagt er. »Weißt du … wie wenig sie gerade …« Seine Wut scheint so groß, dass er keinen klaren Satz rausbekommt. Léon schließt die Augen, sammelt sich einen Moment und fragt dann äußerst vorwurfsvoll: »Hättest du nicht etwas mehr Rücksicht nehmen können, statt sie in ihrem Zustand noch weiter zu überfordern?«

Welcher Zustand? Wovon redet er? Und wieso bin ich an allem schuld? Seine heftige Reaktion macht mich langsam selbst ein bisschen wütend. Als hätte ich in den letzten Wochen nicht genug unter der Situation gelitten.

»Zu einer Beziehung gehören immer noch zwei Menschen«, wehre ich mich. »Deine Schwester ist erwachsen und hat das genauso gewollt wie ich.« Das Nächste, was ich mitbekomme, ist ein schmerzender Knall auf meine Wange und ich kann nicht einmal sagen, ob es ein Faustschlag oder eine Ohrfeige ist, irgendwie ist es beides in einem, eine *Faustfeige*. Und sie tut weh. Sie tut verdammt noch mal höllisch weh.

Wortlos dreht sich Léon um und geht zurück zum Haus. Ich schaue ihm hinterher, wie er immer kleiner und unschärfer wird, bis seine Konturen mit der Dunkelheit verschwimmen, und fasse mir erst dann an die getroffene Wange, die noch immer so schmerzt, als hätte sich in seinem Schlag nicht nur die Wut auf mich entladen, sondern auch auf seine Schwester.

KAPITEL 26

Clara

Als mein Bruder und ich am nächsten Morgen gegen neun daheim ankommen, ist Milly bereits aus dem Haus. Ich setze mich an den Esszimmertisch, Léon macht sich in der Küche einen Kaffee.

»Wann musst du los zur Schule?«, frage ich, als er sich müde und zerzaust dazusetzt.

»In einer dreiviertel Stunde.«

»Warum ist Milly dann schon los?«

Er blickt zur Seite, zuckt mit den Schultern. »Vielleicht wollte er mir nicht in die Arme laufen.«

Léon wirkt überraschend ruhig in Bezug auf Milly. Er ist zwar ein deutlich besserer Manager in seinem Gefühlsladen, aber wenn er sich verraten oder betrogen fühlt, kann auch er an die Decke gehen.

Plötzlich ertönt die Stimme meiner Mutter. »Clara? Bist du das?« Sie tritt an unseren Tisch heran, casual chic, dezent geschminkt mit frisch frisierten Haaren und einem Blick, der liebevoll und zugleich kritisch ist. »Was machst du hier?«, fragt sie ohne das Begrüßungs-Tamtam vom letzten Mal. Keine Umarmung, kein freudig überraschtes Gesicht. »Das Konzert ist doch erst in zwei Wochen.«

»Ja, aber ich habe euch vermisst.«

Sie lächelt unfreundlich. Das kann nicht jeder: unfreundlich lächeln. Sie schon. Und mittlerweile weiß ich auch, wie sie das macht: Sie zieht ihren Mund in die Breite, als würde sie lediglich einen Gesichtsmuskel trainieren.

Die Spannung in meinem Körper steigt mit jeder Sekunde exponentiell an. Meine Mutter hat noch nicht mal irgendetwas Fieses gesagt oder verbrochen. Dennoch fühle ich mich, als würde sie mich sezieren, mir die Organe entnehmen und mich vor die Aufgabe stellen, ohne Herz und Lunge weiterzuatmen.

Atmen.

Anspannung abatmen. Selbstzweifel wegatmen. Gegen Streitstimmung anatmen.

»Clara? Ist alles in Ordnung?« Sie verschränkt die Arme, schaut auf mich runter – besorgt, zugegebenermaßen.

»Ja«, antworte ich.

Mein Bruder guckt unruhig zwischen uns hin und her.

»Ich weiß, warum du hier bist«, sagt sie. »Es ist wegen Emilian, oder?«

Léon steht auf und räumt seine Tasse weg. Ich halte dem Blick meiner Mutter stand. Ihn zu senken, würde bedeuten, dass mein Floß mitsinkt – das Floß, auf dem ich versuche, ein wenig Stabilität zu bewahren. Nicht nur auf der anspruchsvollen *Ocean-Etüde* von Chopin oder dem wilden Atlantik von Saint-Malo, sondern auch auf dem heimischen Lake Leroy, dessen Pegel von einem Moment auf den nächsten schlagartig steigen und die Dämme überfluten kann.

»Dass etwas zwischen euch läuft, würde doch ein Blinder erkennen«, sagt meine Mutter und beleidigt meinen Bruder damit unwissentlich als *behind blind*.

Ich zucke mit den Schultern und fühle mich etwas kindisch dabei, zu sagen: »Es ist mir egal, was du von mir denkst.«

Denn das ist es mir nicht.

Das war es mir nie.

Das wird es mir niemals sein.

»Du bist die Älteste hier. Deine einzige Aufgabe bestand darin, ihm eine freundliche Gastschwester zu sein, und das noch nicht einmal jeden Tag – nur, wenn du da bist. Die Handvoll Besuche, die paar wenigen Tage. Und nicht, den armen Jungen völlig aus der Bahn zu werfen. Er sah heute Morgen aus wie ein angeschossener Hund. Was, glaubst du, würden seine Eltern von uns denken, wenn sie davon erfahren? Oder die Schule?«

Wenn er ein angeschossener Hund ist, was bin ich dann bitte sehr? Die, die eine Waffe auf ihn gerichtet hat?

Léon ergreift das Wort: »Milly ist achtzehn und in der Lage, seine eigenen Entscheidungen zu treffen. Er ist hier nicht das Opfer. Clara hatte in den letzten Monaten mit einigen Problemen zu –«

»Léon«, sage ich panisch. »Misch dich da nicht ein.« Es gibt keinen schlechteren Zeitpunkt, um auszuplaudern, dass ich in der Klinik war, während meine Mama absolut nichts davon mitbekommen hat.

Er schaut mich kopfschüttelnd an. »Clara, das bringt doch nichts. Das ist doch alles Bullshit. Mama sollte wissen, dass du –«

Ich werde lauter. »Fahr jetzt am besten zur Schule, bitte! Du machst die Dinge nur komplizierter.«

Meine Mutter stimmt mir in diesem Punkt zu: »Ja, Léon, halt dich da raus.«

Als wolle sie gar nicht hören, was er zu sagen hat, da sie ahnt, dass seine Enthüllungen sie nicht gerade als Mutter des Jahres dastehen lassen würden.

Ich stehe auf, laufe hoch auf mein Zimmer. Schließe die Tür hinter mir ab. Die Spannung ist weiter gewachsen und nur noch schwer auszuhalten. Einerseits steht alles unter Strom, andererseits ist alles wie gelähmt. Hinzu kommt, dass hier kaum noch etwas nach mir aussieht, fast gar nichts mehr nach mir riecht – sondern nach Milly. Alles ist voll von Milly. Nicht einmal in meinen eigenen vier Wänden kann ich mich noch abschirmen. Ich will etwas kaputtschlagen und mich gleichzeitig ins Bett verkriechen. Ich will laut schreien und in der Totenstille versinken. Ich will Vorwürfe an ein paar Köpfe knallen, aber auch, dass die Arme, die zu diesen Köpfen gehören, sich um mich legen. Ich will jemand Neues sein und ich will wieder *ich* werden.

Es klopft. »Clara, mach auf.« Mein Bruder. Ich nähere mich der Tür. Halte mein Ohr ans Holz. Lasse seine Schläge bis in mein Trommelfell dringen. Léon liebt mich, das weiß ich. Dennoch hat er keine Ahnung, wie sich das anfühlt, die Nummer eins unserer Mutter zu sein: Die Nummer eins der Golden Hits. Die Nummer eins der Biggest Fails. Es gibt entweder ganz oder gar nicht. Ich bin entweder weiße Ritterin oder schwarzes Schaf.

Er hört mit dem Hämmern gar nicht mehr auf. Die Schläge schmerzen mir im Ohr, als würde er drauf einschlagen. Bam, bam, bam.

Ohne meine Ohren könnte ich nichts. Wäre ich nichts. Ich bin nicht wie Beethoven. Niemand ist wie Beethoven.

Ohne Ohren keine Musik.

KAPITEL 27

Milly

In drei Tagen ist das Weihnachtskonzert. Die winterliche Stimmung durchzieht mittlerweile den ganzen Küstenort. In den Wohnsiedlungen sind Lichterketten um Türen und Fensterrahmen gespannt, in manchen Vorgärten stehen künstliche Schneemänner oder leuchtende Nadelbäume. Auch in der Innenstadt hat Noel seine Zelte aufgeschlagen: hölzerne Buden mit rot-weißen Dächern, Tannengirlanden und dem süßlich-warmen Duft von Zimt, Glühwein und frisch gerösteten Maronen. Im Sommer konnte ich mir gar nicht vorstellen, wie sich dieser bretonische Küstenort in die Adventszeit einfügen würde. Tatsächlich ist es so, dass der salzige Atlantikgeruch nie ganz aus der Luft verschwindet und sich mit den winterlichen Dezemberaromen vermischt, was diese Zeit zu einem Dufterlebnis macht, das ich so noch nicht kannte. An manchen Ständen ist die Dekoration auch betont maritim und besteht aus Muschelkränzen, Holzschiffchen mit winzigen Lichterketten und Meerseifenstücken, die als Geschenke verkauft werden.

Das *Palais du Grand Large*, in dem das Weihnachtskonzert stattfindet, liegt direkt am Wasser. Der moderne Bau ist ein bedeutsamer Ort für internationale Events, Kongresse und Konzerte. An Claras Stelle würde ich jeden verbleibenden Tag bis zum Konzert ein weiteres Stück vor Aufregung sterben und auf dem Weg zur Bühne womöglich meinen letzten Atemzug machen und in der Glut des Lampenfiebers vor aller Augen den Löffel abgeben. Das ist das erste Mal, dass mir bewusst wird, dass es als Musiker ja nicht nur Talent und unzählige Stunden Übung braucht, sondern auch den Mumm, sich dem Publikum zu stellen. Eins, das extra gekommen ist, um sich bereichern und berühren zu lassen von der minutenlangen Performance, hinter der monatelange Arbeit steckt. Je länger ich darüber nachdenke, desto absurder erscheint mir die Vorstellung, für diese kurzen Momente von Applaus und Anerkennung meine gesamte Energie zu opfern. Umso mehr bewundere ich Clara dafür, dass sie das für kein Risiko hält, keine Zeitverschwendung, sondern für die einzig denkbare Art, ihr Leben zu verbringen.

Das ist mutig. *Sie* ist so verdammt mutig.

Clara wird erst am Konzertabend ankommen. Der Kontakt zwischen uns hat sich seit der Aussprache bei Céline und Alex zwar gebessert, aber sie wirkt jetzt anders. Ein wenig, als würde sie ihre Antworten im Chat mit einem KI-Programm schreiben: höflich, mit stets korrekter Kommasetzung und braven Rückfragen. Als würde sie mir eine clara-gleiche E-Puppe vorsetzen, deren Nachrichten mich weder verunsichern noch verletzen sollen. Diese unauthentischen Happy-Hippo-Häppchen sind auch nicht besser als die abgekühlten Antworten, die sie mir davor serviert hat. Warum geht nur das eine oder das andere? Warum kann sie sich nicht einfach so zeigen, wie sie ist, wonach sie sich fühlt, was sie braucht? Ein bisschen hatte sie schon immer Probleme damit, aber so extrem war es noch nie. Das nervte schon mal, aber nie sonderlich lang. Denn Mitgefühl (gut kann es ihr mit diesem Verhalten nicht gehen) und Sehnsucht (Wann haben wir uns das letzte Mal richtig unterhalten, geküsst?) sind stets zur Stelle, um jedes aufkommende negative Gefühl ihr gegenüber rasch abzufangen. Und last but not least gibt es da noch die Ohnmacht, der ich gelegentlich ins Auge blicken muss – denn ändern kann ich nichts an Claras Verhalten.

Wie es wohl zwischen ihr und Léon läuft? Seit der Nacht der Eskalation haben wir kein Wort miteinander gewechselt, nicht mal in den Lern- und Essensgruppen mit den anderen. Seine stärkste Gefühlsregung lag darin, verlegen wegzusehen, als ich ihn dabei erwischte, wie er mir ein Loch in den Rücken starrte. Meinetwegen kann er mir die Meinung geigen, mich zur Sau machen, verbal auf mich eindreschen – aber vorher muss er sich für diese schmerzvolle *Faustfeige* entschuldigen.

Mein Handy vibriert auf dem Mathebuch, versteckt unter ein paar Arbeitsblättern. Zwei Mädels, die mir in der Schulbibliothek am Gruppentisch gegenübersitzen, werfen mir einen bösen Blick zu. Ich entschuldige mich kurz, schalte es auf lautlos und klicke die Nachricht von Daniele an.

> **DANIELE**
> Hey Milly, Glückwunsch zu deinen Prüfungsergebnissen. Mama hat erzählt, dass du gut durch die Vorabi-Phase kommst. Ich bin stolz auf dich. Und bitte gib mir noch Bescheid, um wie viel Uhr ich dich an Heiligabend vom Bahnhof abholen soll.

Ich herze seine Nachricht und hoffe, dass die Situation zwischen Clara und mir sich bis dahin geklärt haben wird – ansonsten könnte es mies werden, in Deutschland sowohl die emotionale als auch die räumliche Distanz zu ertragen. Danach öffne ich *In-*

stagram, gehe auf ihr Profil, klicke ihre dreiteilige Story an: Ein Schnappschuss aus der Übungszelle. Ein Videoausschnitt beim Klavierspielen. Dann ein Link, der zum Weihnachtskonzert in Saint-Malo führt, für das man Karten vorbestellen kann.

Clara zieht ihren Plan durch, ganz gleich, welche Fetzen in der Familie fliegen oder welche Bomben in ihrer Beziehung hochgehen. Manchmal erinnert sie mich ein bisschen an Daniele: die Erstgeborene, die den Ansprüchen des herrischen Hofs gerecht werden will. Die Piano-Prinzessin auf dem Weg zur Klavier-Königin. Nur dass sich Clara nebenher auch noch darum kümmert, ihre eigene Geschichte zu schreiben, ihren eigenen Thron zu besteigen: den ihrer Träume. Das muss anstrengend sein, manche würden schon an einer dieser beiden Aufgaben zerbrechen.

Ich like ihre Storys, stecke das Handy weg und arbeite weiter. Das Lernen lenkt mich tatsächlich ein bisschen von der unklaren Lage mit ihr ab und hilft mir zu verstehen, dass ich zwar nicht die Beziehung zu anderen kontrollieren kann – ganz sicher aber die zu mir und meinem eigenen Leben.

* * *

Der Konzertabend.

Ich stehe vor dem Spiegel und frage mich, ob Clara mein Outfit gefallen wird: schwarze Hose, darüber ein tailliertes Hemd in dunklem Marineblau und schwarze Turnschuhe. Kein Gürtel, nichts Eingestecktes. Sie mag es, wenn Hemden lässig über der Hose sitzen, hat sie mir mal gesagt. Die Haare habe ich mir leicht zur Seite gegelt. Madame Leroy ist schon mittags losgefahren, da sie zu den Hauptorganisatorinnen der Veranstaltung gehört. Wir haben halb sieben, draußen ist es dunkel und frostig. Durch das gekippte Fenster dringt eine trocken-frische Luftbrise in mein Zimmer, auf den Dächern und Straßen liegt eine zarte Schneeschicht. Auch Clara dürfte mittlerweile im *Palais du Grand Large* eingetroffen sein.

Es klopft an meiner Tür.

»Ja?«

»Hey«, sagt Léon und tritt langsam in mein Zimmer. Am Morgen hat er bereits den ersten Schritt in Richtung Versöhnung gewagt, indem er uns zwei Teller mit Rührei, Toast und geschnittenen Tomaten angerichtet hat und dann noch fragte, ob ich einen frisch gepressten O-Saft dazu wolle, woraufhin ich bloß mit »Ja« antwortete und er mit »Okay«.

Er mustert mein Outfit. »Lässig, Monsieur Meyer.«

»Das ist die schlimmste Anrede, die ich je gehört habe.«

»Aber sie entspricht doch den Tatsachen«, erwidert er mit einem triezenden Grinsen.

»Mit einem Namen wie Léon Leroy würde ich auch Scherze auf Kosten eines Monsieur Milly Meyer reißen.«

Er stellt sich neben mich, richtet sich vor dem Spiegel kurz die Haare. In der beigen Stoffhose und dem schwarzen Pulli mit dem Reißverschlusskragen strahlt er mal wieder diese locker-lässige Eleganz aus, mit der er wohl in Kombi mit seinem Namen auf die Welt gekommen ist. Plötzlich wirft er mir im Spiegel einen ernsten Blick zu, den ich abwartend erwidere. Er verschränkt die Arme, lässt sie wieder hängen, weiß offenbar nicht, wohin mit ihnen. Es ist ungewohnt, ihn so unsicher zu erleben.

»Milly …«

Ich habe es vermisst, ihn meinen Spitznamen sagen zu hören. Er seufzt schuldbewusst, fasst sich an sein Brillengestell. Die Entschuldigung liegt ihm auf der Zunge, lässt sich aber nur schwer ausspucken.

»Ich wünschte, ein paar Dinge wären anders gelaufen«, sagt er, noch immer meinen Spiegelblick haltend.

Ich lege den Finger in die Wunde. In seine und in meine. »Welche Dinge?«

Er zückt sein Handy aus der Hosentasche: »Wir müssen in ein paar Minuten los, ich fahre uns.«

Rückzieher!

»Alles klar«, sage ich und schließe das Fenster. Es hat wieder zu schneien begonnen. »Wann hattet ihr das letzte Mal eine weiße Adventszeit hier in Saint-Malo?«

Er stellt sich neben mich, legt die gebogene Hand an die Scheibe und stützt die Stirn dagegen. »Schon lange nicht mehr. Muss an dir liegen.«

Steilvorlage: »Ich bin also verantwortlich für die Eiszeit in eurem Leben?«

»Eher für das Weiß im Dunkeln.«

* * *

Der Konzertsaal mit den hohen, hellen Wänden ist bereits gut gefüllt. Einige der Besucher nippen noch an ihren Sektgläsern, schieben sich nebenan Büfett-Häppchen in den Mund oder schlendern langsam zum Saaleingang.

Die Stühle, die mit ihren roten Samtpolstern sowohl festlich als auch bequem aussehen, sind in leicht gebogenen Reihen aufgestellt. Das warme Licht ist gedimmt und taucht den Raum in einen weihnachtlichen Goldton, der vermutlich beabsichtigt ist. Die Fensterfront öffnet den Blick auf das Meer, das man im Dunkeln nur erahnen kann. Vorne rechts steht ein pompös geschmückter XXL-Weihnachtsbaum.

Die Veranstaltung hat am frühen Nachmittag begonnen, das Konzert ist quasi der Hauptact, um den herum Gespräche geführt, Kontakte geknüpft und Pläne geschmiedet werden.

Clara steht als letzte Musikerin vor der Pause auf dem Programm, mit insgesamt zwei Stücken: der *Ocean-Etüde* und dem

Danse Macabre, dem Totentanz. Das erste kenne ich mittlerweile in- und auswendig, da sie es viele Male in meinem Zimmer geübt hat. Vom zweiten hat Clara mir gar nichts erzählt. Vielleicht entschied sie sich ja erst nach dem Wochenende in Paris für den Totentanz – um ihren Trennungsentschluss auch auf musikalischer Ebene zu festigen und mit ihren Händen über das Grab unserer Geschichte zu tanzen, die kurz war und voller Pointen und ohne richtiges Ende.

Ich werde theatralisch.

Gerade als ich mir in der zweiten Reihe einen Platz suchen möchte, um einen direkten Blick auf die Tastatur des Flügels zu haben, der mittig vor der Fensterfront steht, rückt Clara in mein Blickfeld. Sie trägt ein langes, schwarzes Kleid, das eng anliegt und einen tiefen Beinschlitz hat, dazu Spaghettiträger, ein geschlossenes Dekolleté und einen halb offenen Rückenausschnitt. Ihre Schuhe sind die höchsten und spitzesten, die ich je an ihr gesehen habe. Das kastanienbraune Haar trägt sie offen und etwas gewellt, die Augen sind dunkel geschminkt, die Lippen schimmern rötlich. Sie läuft durch die erste Reihe und legt ihre Noten samt Handtasche auf einen der Stühle, die mit einem »Reserviert«-Schild gekennzeichnet sind. Ich trete einen Schritt von hinten an sie heran, zwischen uns ihr Stuhl.

Sie schreckt kurz auf, hält sich die Brust. »Hey, Milly«, sagt sie und lächelt zurückhaltend.

»Hey, Clara.« Ich hoffe darauf, dass ihre Zurückhaltung jeden Moment in Zuwendung umschlägt – was aber leider nicht passiert.

Es passiert einfach nicht.

Neben ihr steht plötzlich ein Kerl, groß, blond, schwarze Stoffhose, schwarzes Hemd, tailliert und nicht eingesteckt, wie sie es gern mag. Nicht Clara und ich sehen aus, als wären wir im Partnerlook hier, sondern sie und Roman. Ich bekomme es gerade so hin, ihn mit »Hallo« zu grüßen statt mit »Was machst du hier?« Aber Roman scheint die Frage mit seinen spitzen Musikerohren auch in Gedanken gehört zu haben, denn seine Antwortet lautet: »Hey, na, wie geht's? Ich begleite Clara heute bei Saint-Saens.«

»Wobei?«

»Beim *Danse Macabre* von Camille Saint-Saens.«

»Ach so, das Stück ist von Saint-Saens«, sage ich, ohne den Namen je gehört zu haben. »Coole Komponistin.«

»Ein Mann«, sagt Roman lächelnd. »Der Name Camille kann irritieren.«

Kann mich jemand erschießen? *Bitte.*

Clara zu Roman: »In dem Stück begleite ich ja wohl dich und nicht umgekehrt.« Dann wendet sie sich kurz zu mir: »Die Geige spielt die führende Stimme. War eine ziemlich spontane Idee, als Duo aufzutreten. Darum steht Roman auch nicht auf dem Programm.«

Sie spielen das Duo, ich spiele das Solo. Nur dass mein Solo nichts für die Ohren anderer ist. Den Problemen eines Achtzehnjährigen, der nach einem French Flirt die Kurve nicht bekommen hat und glaubte, er könne mit seiner Göttin von Gastschwester etwas Ernstes starten, kann keiner etwas abgewinnen. War das in diesem Leben, als sie mir in Sommerkleidung ihre Tonleitern am Klavier vorspielte? Wir uns auf dem Dachboden zum ersten Mal geküsst haben? Als wir uns zueinander aufs Zimmer schlichen, uns im Kino heimlich an den Händen hielten oder im herbstlichen Paris abends an der Seine saßen und nachts in ihrem Bett – meine Gedanken stoppen. Als würde meine innere Stimme brechen. Ich wage kaum noch daran zu denken, wie nah wir uns in ihrer Studentenwohnung im fünften Stück gewesen sind. Alles schien möglich, als wir miteinander … ineinander … Und wenn ich jetzt daran zurückdenke, scheint es, als wäre es ganz und gar *unmöglich*, jemals dorthin zurückzukehren. Dabei ist das alles, was ich will. Alles und das Einzige.

Nachdem wir uns alle drei gesetzt haben, kreuzt Léon auf, belegt den Platz zu meiner Rechten und berührt seine Schwester von hinten an der Schulter. »Hey, na?«

Sie dreht sich nach ihm um. »Hey.« Ihr Lächeln wirkt bemüht.

Auch Roman dreht den Kopf. »Hallo, Léon.«

»Hey, Roman. Das ist ja cool, bist du extra für das Konzert gekommen?«

»Nicht nur«, antwortet er. »Wir treten gemeinsam auf. Aber vorher genießen wir noch die erste Hälfte.« Dann flüstert Clara ihm etwas zu und deutet dabei auf den Flügel. Er zückt ein Notenblatt und legt es auf seinen Schoß. Sie beugt sich darüber, berührt es mit ihren Fingern.

Léon wirft mir einen mitfühlenden Blick zu. Man muss kein Psychologe sein, um sich auszumalen, wie beschissen sich das anfühlt, die beiden als musikalisches Power-Paar vor mir sitzen zu haben. Aber was bleibt mir anderes übrig, als einfach die Klappe zu halten und zu tun, als wäre alles in Ordnung? Augen zu und durch. Kopf abschalten und durch. Herz ausknipsen und durch.

Fühlt sich natürlich nicht toll an, dieses Ausmachen von Organen und Gefühlen, insbesondere, wenn man genau weiß, dass diese Strategie nicht sonderlich nachhaltig ist, da das Ziehen und Brennen und Grummeln später noch ordentlich reinhauen werden. Aber wie sagte Verlaine, ein Dichter, dessen *Herbstlied* ich für den Französischkurs rauf- und runteranalysieren musste:

> Den Herbst durchzieht das Sehnsuchtslied der Geigen
> und zwingt mein Herz in bangem Schmerz zu schweigen.

Beim Verfassen der Analyse hatte ich mich seinen Zeilen in keiner Weise verbunden gefühlt – und nun ist es, als hätte er sie exklusiv für mich und mein Leben geschrieben. Das ist dann wohl die Kunst der Poesie.

* * *

Die Deckenbeleuchtung geht aus, das Bühnenlicht springt an. Madame Leroy tritt im schicken Hosenanzug ins Rampenlicht und hält eine Rede, in der sie einer Menge Leuten dankt, deren Namen irgendwie alt und wichtig klingen. Als sie die erste Nummer anmoderiert und unter Applaus die Bühne verlässt, nähert sich mein Gastbruder plötzlich und spricht mir ins Ohr: »Tut mir richtig leid, dass ich dir eine geknallt habe, und ich hoffe, dass das nicht zwischen uns steht.« Der Beifall ebbt ab. »Ich möchte, dass alles wieder in Ordnung kommt«.

Ich drehe ihm den Kopf zu, hebe die Mundwinkel, ohne dass meine Augen mitlächeln, und flüstere »Merci«, worauf Léon bedauernd die Brauen zusammenzieht.

»Milly, ich …« Obwohl er sehr leise spricht, höre ich das Flehen in seiner Stimme.

»Später«, unterbreche ich ihn, wende den Kopf wieder ab und bemerke aus dem Augenwinkel, wie Léon noch ein paar Sekunden den Blick auf mich gerichtet hat.

Jetzt weiß er, dass meine Tür ihm offen steht – aber auch, dass er, nachdem er sie mit Füßen getreten hat, mehr als einmal anklopfen muss, bevor ich ihm wieder aufmache.

KAPITEL 28

Clara

Ich sitze am Flügel und lege meine Hände auf die Tastatur. Die Totenstille im abwartenden Saal hat etwas von einem Schalltrauma nach einer Explosion. Zumindest stelle ich es mir so vor. Das Tastenholz fühlt sich kalt an und das dunkle Meer verschlingt hinter der Fensterfassade die Schneeflocken.

Meistens bin ich nervös im Angesicht des ersten Tons, der ersten paar Takte. Wenn man den Anfang versaut, verliert man sein Selbstbewusstsein für die Mitte und findet es womöglich erst gegen Ende wieder. Aber ich werde es nicht versauen. Das nicht. Und wenn es das Letzte ist, was ich hinbekomme, bevor der Boden unter meinen Füßen endgültig wegbricht und mich dem freien Fall überlasst. Es wird passieren, das ahne ich bereits seit Tagen. Die Vorboten sind dieselben wie beim letzten Mal, nur heftiger: Ich fühle permanent Dinge, die einander widersprechen, rutsche von einem Pol zum anderen und schaffe es kaum noch, mich längere Zeit am Stück in der Mitte halten.

Ich bin aufgekratzt oder todeserschöpft.

Ich habe Heißhunger oder keinen Appetit

Ich bin tieftraurig oder brutal gleichgültig.

Ich habe Angst oder bin übermütig.

Ich möchte Kette rauchen und mich volllaufen lassen oder im Bett liegen und an die Wand starren.

Ich möchte lieben oder für immer allein sein.

Nur die Musik hat keinen Gegenspieler: Musik oder Musik oder Musik – bleibt immer Musik.

Wenigstens das. Zum Glück das. Immerhin das.

Bevor ich mit der *Ocean-Etüde* beginne, drehe ich den Kopf zu Milly. Er erwidert meinen Blick, der nur ein, zwei Sekunden lang ist. Ich weiß nicht genau, ob ich mich mit diesem Blick bei ihm entschuldige oder mich von ihm verabschiede. Vielleicht teile ich ihm auch mit, dass ich ihn liebe und meine Angst, von ihm verletzt und verlassen zu werden, so mächtig ist, dass ich schon beim Gedanken daran in eine Starre verfalle. Dass er der einzige Mensch ist, der mich nach der Klinik für ein paar Monate davon ablenken konnte, dass es mir alles andere als gut ging.

Wenn ich mich nicht so vor dir schämen würde, dann wärst du der Letzte, den ich an mich drücken und übers ganze Gesicht küssen wollte, bevor ich endgültig in die Tiefe stürze.

Ich werde fallen, ohne zu wissen, wie lange und wohin und warum überhaupt.

Warum passiert mir das?

Warum bin ich nicht wie mein Bruder?

Ich bin ich. Ich bin Clara. Clara und das Klavier. Ich beginne zu spielen, die *Ocean-Etüde*. Ich spiele, ohne zu ertrinken, wie mein Professor es verlangt hat. Den anderen soll die Luft wegbleiben, nicht mir. Am Klavier bin *ich* die Überlebende.

Technik. Dynamik. Tempo. Alles sitzt. Meine Hände gleiten auf und ab, Welle für Welle, Zeile für Zeile.

Auf über einhundert Stunden Übung ist Verlass.

Das Stück beende ich fehlerfrei. Tosender Applaus.

Ich bleibe sitzen, wechsle die Noten auf dem Ständer. Roman betritt die Bühne und stellt sich schräg vor den Flügel, ich spiele die A-Taste an, er stimmt seine Geige. Im Publikum bleibt es ruhig. Und los geht's mit dem Totentanz. In dem Stück soll der Tod ein Geiger sein, der um Mitternacht auf einem Friedhof erscheint und die Toten durch sein Spiel zum Tanzen auffordert, bis zum Sonnenaufgang. Als es 1875 in Paris uraufgeführt wurde, fanden einige es unheimlich, düster und verstörend. Zu innovativ. Zu gewagt.

Heute gilt es als Meisterwerk der klassischen Musik.

Roman spielt die Hauptstimme, ich begleite ihn. Meine Arbeit liegt vor allem darin, ihm genaustens zuzuhören. Ihm zu folgen. Sein Timing zu verstehen. Ihn zu unterstützen, ohne ihm den Raum für die große Show zu stehlen. Und Roman weiß diesen Raum zu nutzen. Sein Spiel anzuhören, fühlt sich an, als würde der Totengeiger auch mich zum Leben erwecken und mit mir durch die Dunkelheit tanzen.

Kurz vergesse ich den Unterschied zwischen mir und den heiter-geselligen Menschen im Publikum. Zwischen mir und Léon. Ich vergesse, wer lebendig ist und wer nur so tut.

* * *

In der Pause besorge ich mir ein Glas Wein, ziehe mir eine Strickjacke über das Kleid und stelle mich auf den kleinen Balkon im Backstageraum, der zum Meer rausführt. Die eisige Kälte verschlingt den Meeresgeruch.

»Clara«, höre ich jemanden rufen. Ich drehe mich um. Meine Mutter steht im Zimmer. Ich trete wieder ein, schließe die Balkontür hinter mir.

Sie tritt näher. »Warum hast du mir nicht erzählt, dass du den Totentanz nicht als Solo spielst?«

»Ich habe nicht daran gedacht.«

»Roman hat das Stück verschlungen wie ein Seeungeheuer.«

Ich muss kurz auflachen. »Er ist unglaublich gut, oder?«

»Einer der Zeitungsredakteure hat mir gerade ein Foto von euch auf seiner Kamera gezeigt. Es kommt in die Wochenendausgabe.«

»Ist doch schön.« Ich trinke einen Schluck von meinem Wein.

»Er steht eindeutig im Vordergrund. Er ist der Musiker des Abends.«

»Jaa«, sage ich. »Er ist der Geiger, der die Toten tanzen lässt.« Und noch einen Schluck. Meine Mutter versucht, mir das Glas aus der Hand zu nehmen, ich weiche zurück, trinke weiter.

»Du weißt, wie sehr ich mich darauf gefreut habe, dass du heute Abend auftrittst.«

»Und du hast allen Grund, dich weiter zu freuen. Roman hat dem Konzert zusätzlichen Glanz verliehen.«

Sie sieht mich an, als würde sie mich nicht wiedererkennen. Vielleicht sogar, als würde ich ihr Angst machen.

»Heute Abend ist eine einmalige Chance, um mit einer Menge Leute in Kontakt zu treten. Menschen, die Veranstaltungen organisieren und nach interessanten Künstlern Ausschau halten.«

»Roman *ist* ein interessanter Künstler.«

»Und du? Was ist mit dir, Clara?« Ihr Tonfall ist eine Mischung aus besorgt, irritiert und ein bisschen flehend.

»Ja, ich auch. Aber wenn Roman heute Abend der Star der Stunde ist, dann freue ich mich für ihn. Er hat mich heute hergefahren und war in letzter Zeit oft für mich da. Anders als ein paar andere.«

»Meinst du mich damit?«

Ich antworte nicht. Ihr Gesichtsausdruck wirkt verletzt. »Egal, was ich tue: Ich bin ein Monster von Mutter, nicht wahr?« Sie schüttelt den Kopf, schnaubt enttäuscht. »Ich weiß nicht mehr, wie ich mit dir umgehen soll. Ich gebe mein Bestes, ehrlich.«

Ich lächle, obwohl nichts, rein gar nichts von alledem witzig ist.

»Wie denn?«

»Ich unterstütze dich bei der Aufnahmeprüfung in Paris, beim Antrag fürs Stipendium, suche mit dir nach einer Wohnung und kurz nachdem alle Zusagen auf dem Tisch liegen, rufst du plötzlich einen *Instagram*-Account ins Leben, um dich mit Techno und Discomusik zu präsentieren.«

»Nein, das ist Electro Trance auf der Basis von klassischer Musik. Und ich arrangiere sie selber neu.«

Sie macht weiter: »Ich respektiere, dass du dich selten meldest, mich kaum an deinem Leben teilhaben lässt, und versuche, die Stille und die Leere, die du hinterlässt, mit einem Austauschschüler zu füllen, der kurzfristig nach einer Bleibe sucht – und du tauchst plötzlich doppelt so häufig auf wie sonst, willst dein Zimmer zurück und beginnst ein Verhältnis mit ihm.«

Ihre Worte dringen in meinen Kopf. Zischen und knallen und hämmern darin herum. Ich halte mir die Hand an die Schläfe.

Und weiter: »Ich biete dir einen Bühnenplatz bei der bedeutsamsten Veranstaltung des Jahres und du verschenkst ihn quasi an Roman. Und das Witzige an der ganzen Geschichte: Am Ende bin ich auch noch an allem schuld. Wie kann das sein?«

Warum ergibt alles Sinn, was sie sagt? Und warum bedeuten ihre Worte, dass ich *keinen* mehr ergebe?

Meine Zähne beginnen zu klappern. Scheinbar friere ich. Dann beginnen auch meine Arme und Beine zu zittern und meine Augen füllen sich mit dicken Tränen, die so heiß und salzig sind, als könnten sie mir die Augäpfel wegätzen.

Ich muss an meinen Vater denken. Ich vermisse ihn mit einem Schlag so heftig, dass die zitternden Gliedmaßen plötzlich schmerzen, als stünden sie unter dem Druck der angestauten Sehnsucht nach einem Gespräch, einer Umarmung, einem Leben mit ihm. Eins, in dem er nicht als Special Guest auftritt, sondern eine Hauptrolle spielt. Ist das egoistisch, erst dann mit Leib und Seele zu spüren, wie sehr ich ihn brauche, wenn ich dabei bin, alles andere zu verlieren?

Meine Mutter steht nur da und sieht mich an. Die Angst in ihren Augen hat zugenommen. Hat sie Angst um mich? Um meine Zukunft? Um ihre eigene Vergangenheit? Wenn ich es versaue, hat sie all die Jahre, die sie in meinen musikalischen Werdegang investiert hat, rückblickend das Klo runtergespült. All die Klavierlehrer, die sie mit mir abgeklappert hat, bis sie zufrieden war. All die Vorspiele und Wettbewerbe, zu denen wir gefahren sind. All die Stunden, in denen sie neben mir saß und zugehört hat und mir ehrlich sagte, wenn sie nichts fühlte während meines Spiels. Als Kind verstand ich nicht richtig, was sie damit meinte: »Das lässt mich noch nichts fühlen.« Jetzt, da ich selber entweder viel zu viel oder zu wenig oder gar nichts fühle, habe ich eine genaue Vorstellung davon, was sie mir sagen wollte. Irgendwie seltsam. Ich verstehe sie besser und doch sind wir weiter voneinander entfernt denn je.

»Die Pause ist in ein paar Minuten vorbei«, sagt meine Mutter. »Ich werde gleich die nächste Hälfte anmoderieren.«

Warum siehst du nicht, wie schlecht es mir geht?

Sie hebt ratlos die Hände, kommt ein Stück näher, als wolle sie mich berühren, zögert einen Moment und entfernt sich wieder.

»Dann bis später.«

Sobald sie den Raum verlassen hat, zücke ich mein Handy und wähle die Nummer meines Vaters. Zuletzt haben wir vor knapp zwei Monaten telefoniert.

»Clara, na, Töchterlein?«

Ich lehne mit dem Rücken an die Wand. Starre auf den Tisch, auf dem Ablaufpläne, Süßigkeiten und Wasserflaschen stehen. Über ein paar der Stühle hängen Jacken und Schals.

»Hallo, Papa.«

»Hey, wie geht es dir?«

»Gut.«

»Was treibst du gerade? Wie läuft das Studium?«

»Können wir uns sehen?«

»Klar, komm mich besuchen.«

»Wann?«

»Gerne zwischen den Feiertagen. Ich bin ab dem 28. Dezember wieder zu Hause. Du kannst auch über Silvester bleiben. Sprichst du das mit deiner Mutter ab?«

Es geht nicht um sie. Oder um euch. Oder um den Waffenstillstand, den ihr vereinbart habt: Sie behält die Kontrolle über Haus und Kinder, während er sein Ding durchzieht und für seine Freiheit damit bezahlt, dass er jedes Mal um eine Audienz bitten muss, wenn er in unserem Leben mitmischen will. Ein Preis, den Léon und ich seit Jahren mitbezahlen.

»Okay«, sage ich.

»Sprichst du mit ihr und gibst mir dann Bescheid?«

Kann man die Regeln nicht ändern? Kann es nicht um *ihn und mich* gehen statt um *ihn und Mama*? Ihre Beziehung ist doch schon längst vorbei. Ist kalter Kaffee, der beim Verschütten niemandem die Haut verbrüht. Was ist mit mir? Ich bin kein kalter Kaffee. Ich bin hier und ich bin warm und suche nach Wärme. Ist ihm das zu viel? Macht ihm das Angst? Erinnere ich ihn an das, was er verloren hat? Das, was er verbockt zu haben glaubt?

Ich will keine Erinnerung sein. Keine Schuldzuweisung. Kein Versagensbeweis.

Ich bin deine Tochter.

Ich bin ein Teil von dir.

»Alles klar«, antworte ich meinem Vater mit erstickter Stimme.

»Wunderbar.«

»Ich …«

»Ja?«

Ich vermisse dich. Bitte komm nach Saint-Malo, heute Abend noch.
Jetzt. Steig ins Auto, ins Flugzeug, ich weiß es nicht. Es ist dringend.
Warum sieht keiner, dass es dringend ist?
»Okay«, sage ich. Alles zittert. Alles schmerzt. Alles bebt. Alles
liegt in Trümmern. »Okay«, wiederhole ich. »Okay. Dann ist ja
okay.«
»Ja, genau. Okay! Du meldest dich, wenn was ist, ja?«
Tue ich doch. Jetzt. Jetzt ist was. Und ich melde mich.
Warum hört mich niemand?
Er legt auf. Es piept.
Ich bekomme keine Luft mehr. Ich will, dass das aufhört.
Nebenan ertönt Applaus. Die zweite Hälfte beginnt. Jazzmu-
sik. Ein Trio. Nein, ein Quartett. Ein beschwingtes Zusammen-
spiel. Eine lebhafte Melodie. Ich muss an Jazz-Gott Miles Davis
denken. An die Wahrhaftigkeit seiner Worte.

If you sacrifice your art because of some woman, or some man,
or for some color, or for some wealth, you can't be trusted.

Ich habe es versucht. Mir treu zu bleiben. Mich nicht von meinem eigenen Weg abbringen zu lassen, von *some man* namens
Milly. *Some woman* namens Mama. Habe trotz unserer finanzi-
ellen Sorgen nie auch nur eine Sekunde in Erwägung gezogen,
irgendetwas in meinem Leben *for some wealth* zu tun statt aus
Überzeugung.
Aber wo bin ich jetzt gelandet?
Ich gehe zurück auf den Balkon, schließe die Fenstertür hinter
mir. Beuge mich über die Brüstung, atme den Geruch von Gefahr
ein, während das Meer in meinen Ohren tost. Beuge mich noch
ein Stück weiter vor, mit dem Blick in die Tiefe, mit der Nase
zum Wasser.
Ich möchte nicht sterben.

Leben möchte ich aber auch nicht mehr.

Klingt nach einer Sackgasse.

Klingt, als wäre ich gefickt.

»Clara! Was machst du da?« Roman packt mich von hinten und zieht mich in einer ruckartigen Bewegung vom Balkon runter. Mein Ellenbogen schlägt gegen eine Stuhllehne, ausgerechnet auf den Musikantenknochen, ich verliere fast den Halt. Der Ulnarnerv schmerzt höllisch. Er fasst meine Arme und hilft mir, auf den Beinen zu bleiben.

»Das war ziemlich grob«, sage ich und merke, wie mir die Tränen unkontrolliert über die Wange laufen. »Warum hast du mich so grob ... gepackt? Warum?« Mir läuft es aus den Augen, aus der Nase. »Das hat ... wehgetan«, schluchze ich unkontrolliert. »Alles tut weh.«

Er schließt mich in eine Umarmung, streichelt über meinen Hinterkopf. »O Mann, Clara. Alles wird gut, meine Liebe. Alles wird gut.«

»Es tut mir ... leid«, sage ich undeutlich. »Es tut mir so leid. Ich ... will nicht so ... sein. Ich will nicht ... so ... sein.« Roman platziert mich auf einem Stuhl, ohne von mir abzulassen, zieht einen weiteren Stuhl heran und setzt sich dazu. Ich lasse meinen Kopf nach vorn an seine Brust fallen, spüre sein Kinn an meinem Kopf. Seine Hand, wie sie mir wieder über den Rücken streichelt.

»Du hast dich wohl ziemlich überlastet«, sagt er mit einer sanften, tiefen Stimme.

Ich brauche Roman gerade mehr denn je. Vielleicht brauche ich ihn auch zum ersten Mal richtig. *So richtig*, dass jeder andere an seiner Stelle falsch wäre. Roman verlangt weder die Tochter noch die Schwester oder Freundin in mir. Für Roman bin ich einfach Clara. Ich richte mich wieder auf. Wische mir mit dem Handrücken über das klitschnasse Gesicht.

»Können wir zurück nach Paris?«, flüstere ich.

»Natürlich!« Er steht auf und fängt an, unsere Sachen zusammenzupacken, als plötzlich Léon und Milly das Zimmer betreten.

»Clara. Hey, Clara.« Mein Bruder läuft auf mich zu. Ich erhebe mich, suche Romans Nähe und hake mich so halb bei ihm ein. Milly kommt ebenfalls näher und stellt sich neben meinen Bruder. In seinen Augen liegt ein kalter Schmerz.

»Es ist alles in Ordnung«, sagt Roman zu den Jungs. »Wir fahren jetzt nach Paris. Clara geht es nicht gut.«

Léon dreht den Kopf zu Milly, der starr in meine Richtung blickt und schließlich mit gespenstischer Gefasstheit fragt: »Clara, können wir bitte reden? Das wäre mir wichtig.«

Ich beginne wieder zu weinen, senke den Kopf. Roman legt den Arm um mich. »Hey, hey. Wir fahren gleich. Alles ist gut.« Jetzt ist er noch zugewandt. Aber wird er jemals vergessen, wie ich über der Brüstung hing? Roman hat für die Freundschaft mit der begabten Stipendiatin unterschrieben, nicht für die Betreuung der hysterischen Balkon-Braut, die bei Nacht und Nebel nach Paris kutschiert werden muss.

Milly dreht sich um und marschiert ohne ein weiteres Wort zur Tür raus.

Léon tritt näher, greift nach meiner Hand. »Ich mache mir große Sorgen um dich. Ich bin doch dein Bruder.« Er schluckt, sein Blick bohrend und besorgt. »Du weißt, wie wichtig du uns allen bist, oder?«

Roman zieht seinen Arm von mir ab. »Ich warte vor der Tür«, sagt er und verschwindet ebenfalls aus dem Requisitenraum.

»Komm, wir gehen nach Hause«, bittet Léon, ohne mich loszulassen. »Ich bin für dich da.«

Die Wut steigt wieder in mir hoch. Ich schlage seine Hand beiseite. »Wärst du mal ein einziges Mal für mich da gewesen, als ich Streit mit Mama hatte!«

»Vor ein paar Tagen, da …«

»Ja, da wolltest du die Sache mit der Klinik ausplaudern, weil du den Druck nicht mehr ausgehalten hast!«

»Das tut mir leid.«

»Und wann hast du mich jemals dabei unterstützt, ein ernstes Wort mit Papa zu sprechen? Über die Planung unserer Treffen, die Tiefe unserer Beziehung? Allein konnte ich das nicht.«

Die nächsten Worte spreche ich mit bedrohlicher Ruhe und scharfer Präzision aus, als würde ich Kugeln aus einer schallgedämpften Pistole abschießen: »Und wie oft warst du in diesem Jahr bei mir in Paris?«, frage ich und weiß im selben Moment, wie unfair das ist. »Nur ein einziges Mal. Mit Alexandra. Weil sie sich einen Pärchentrip gewünscht hat.«

Er schließt die Augen, atmet ruhig durch. Gibt sich größte Mühe, die Situation nicht aus dem Ruder laufen zu lassen. »Ich habe deinetwegen mit ihr Schluss gemacht«, sagt er mit dünner Stimme.

Jetzt werde ich lauter: »Aah, meinetwegen also.«

»Nein. Dir zuliebe«, korrigiert er.

Die Tränen schießen mir wieder in die Augen. »Alles mir zuliebe, ja? Alles immer nur für mich. Du klingst schon wie Mama. Ihr trefft eure Entscheidungen im Alleingang und verkauft es dann als Riesengefallen für mich. Wie selbstlos ihr alle seid.«

Er schüttelt den Kopf, schnaubt bitterlich enttäuscht. »Weißt du was, Clara? Fahr nach Paris. Mach, was du willst. Milly hast du das Herz ja schon gebrochen. Dann brich halt auch meins. Auf eins mehr oder weniger kommt es nicht mehr an.«

Und weg ist er.

* * *

Ich liege auf dem Beifahrersitz, mit zurückgeschobener Lehne und Romans Mantel, der mir als Decke dient. Er rast so schnell über die spärlich beleuchtete Autobahn, als hätte ich einen

Schlaganfall oder einen Herzinfarkt oder eine Netzhautablösung. Etwas Schlimmes, das mein eigenes, versagendes System mir antut und vor dem er mich durch das Durchdrücken des Gaspedals zu retten versucht.

Im Hintergrund läuft leise Radio. Ein Sender, der tagsüber Klassik spielt und nachts Golden Hits der Musikgeschichte. Audrey Hepburn, *Moon River*.

Den habe ich lange nicht mehr gehört.

Oh, dream maker, you heart breaker

Audrey weiß Bescheid. Sie kennt die Träume und die gebrochenen Herzen. Kenn ich auch. Nur werde ich, anders als sie, keinen Oscar für den besten Song gewinnen. Ich werde überhaupt nichts mehr gewinnen.

Ich zücke mein Handy. Keine Nachrichten, von niemandem. Weder von Milly noch von Léon oder meiner Mutter. Die Enttäuschung aller drei ist so deutlich spürbar, als würde der *Moon River* sie im Dunkeln in unser Auto schwemmen.

»Roman …«

»Ja?«

Ich sehe ihn an. Sein Blick bleibt auf die dunkle Fahrbahn gerichtet.

»Fliegst du über Weihnachten zu deiner Familie?«

»Nein, ich bleibe in Paris. Wir machen ein Weihnachtsessen in der WG. Wieso?«

»Kann ich mit zu euch?«

Er seufzt besorgt. »Natürlich kannst du das. Aber überleg dir das, deine Familie wäre sicher traurig.«

Den nächsten Satz spricht er mit einer Mischung aus liebevoller Strenge und Ratlosigkeit. »Clara, ich bin kein Experte und möchte mir auch nichts anmaßen, aber …«

»Aber?«

»Aber … wäre es nicht gut, wenn du mal mit jemandem sprichst?«

Ich antworte nicht.

»Mit jemand Professionellem.«

Ich antworte noch immer nicht.

Er streckt die Hand nach mir aus, berührt mich an der Schulter. »Meine Mitbewohnerin kommt erst Montag wieder. Du kannst heute bei mir schlafen.«

»Okay, danke.«

»Klar.«

Das Seltsame ist: Einerseits ist man enttäuscht, wenn diejenigen, die einem nahestehen, nicht erkennen, wenn etwas ganz gewaltig nicht stimmt. Und andererseits versucht man genau das zu verhindern und eine »Alles läuft«-Maske aufzusetzen, damit auch die First-Row-Friends nicht checken, dass man sich nur noch mit Ach und Krach auf den Beinen hält.

KAPITEL 29

Milly

Ich sitze bereits seit über einer Stunde allein im Halbdunkeln auf der Couch im Wohnzimmer, das nur von den weihnachtlichen Lichterketten erhellt wird. Die zweite Hälfte der Veranstaltung im *Palais du Grand Large* dürfte mittlerweile durch sein. Madame Leroy wird wohl erst nach Mitternacht zurückkehren, nachdem sie sie all den Leuten, denen sie gedankt hat, auch noch zum Abschied die Hand schüttelt.

Ich habe Hunger, kann mich aber nicht aufraffen, in die Küche zu gehen. Auch Durst verspüre ich, wie mein trockener Mund verrät, aber auch das Verlangen nach einem Glas Sprudelwasser ist nicht groß genug, um meine schweren Glieder in Bewegung zu setzen.

Ich beuge mich vor, strecke den Arm aus, schalte das Retro-Radio an, das auf dem Couchtisch steht, und drehe am Regler, es rauscht und knackt, immer wieder höre ich Musik. Bei *Moon River* lasse ich ihn stehen.

Ich kenne den Song, auch wenn er vermutlich doppelt oder dreimal so alt ist wie ich, und ich habe nie verstanden, was es mit diesem Mondfluss auf sich hatte und wie die einprägsame Melodie es schaffte, einen im richtigen oder eben falschen Moment zu Tränen zu rühren. Bis heute. Bis jetzt. Ich lausche dem Gesang, der traurig und zugleich tröstlich ist, und habe das Gefühl, als würden die schmerzvolle Ablehnung und die stechende Einsamkeit, die ich beim Anblick von Clara und Roman empfand, mit dem *Moon River* davontreiben.

»Milly?« Es ist Léon. Die Haustür schlägt zu. Schritte nähern sich.

»Was sitzt du hier allein im Dunkeln?«, fragt er, als er mich auf der Couch vorfindet. Er zieht seine Jacke aus, legt sie auf die Lehne und lässt sich neben mir fallen. Dann sitzen wir einfach nur da, schweigen und lauschen dem Song.

»Ich möchte dir gern zwei Dinge sagen.« Er dreht mir den Kopf zu, die Arme verschränkt. »Erstens ... geht es Clara schon länger nicht gut. Ich kann dir nichts Näheres dazu erzählen, das habe ich ihr versprochen. Aber du kannst rein gar nichts für das, was heute passiert ist.«

Jetzt, da er mir versichert, dass ich keine Schuld an alledem trage, wird mir zum ersten Mal bewusst, dass ich mich in der Tat schuldig gefühlt hatte.

»Und zweitens?«, frage ich mit schwindender Stimme.

»Und zweitens ...« Léons Stimme wird ebenfalls dünner. Er atmet geräuschvoll ein und aus, als würde er gegen eine schwere Last ankämpfen, die ich noch nie zuvor in seiner Gegenwart bemerkt habe.

»Und zweitens bin ich wirklich froh«, sagt er mit einem tiefen Atemzug, »dass du in unser Leben getreten bist. Mir hat das gefehlt, dass unter diesem Dach neben mir noch ein anderer Mann rumläuft. Oder Junge. Was auch immer. Was weiß ich, was man zu Typen in unserem Alter sagt. Und drittens …«

»Drittens war nicht angekündigt«, sage ich und konzentriere mich darauf, den Kloß in meinem Hals kleinzuschlucken.

»Okay, dann der zweite Teil von Zweitens: Wir werden gemeinsam dieses Abi schaffen und ich sorge dafür, dass du keine einzige Prüfung in den Sand setzt. Das verspreche ich dir.«

»Danke, Léon.«

Seine Arme sind noch immer verschränkt, meine Augen noch immer halb trocken und *Moon River* fließt weiter aus dem Radio durch das bunt angeleuchtete Wohnzimmer und weckt mit seinem melancholischen Zauberschimmer das Bedürfnis in mir, meinen Gefühlen freien Lauf zu lassen.

»Ich muss kurz mal an die frische Luft.« Ich stehe auf, trete raus in den Garten. Die kalte Nachtluft schlägt mir entgegen. Ich ignoriere das Klappern meines Kiefers, öffne meine Notizen-App und beginne, eine Nachricht an Clara zu formulieren. Eine, die ich ihr auf keinen Fall senden kann. Nicht, nachdem ich heute Abend erlebt habe, wie stark sie durch den Wind war. Wie gering ihre Kapazitäten für die Gefühle der anderen schienen. Aber ich muss die Worte loswerden, sie irgendwo reintippen, da ich sonst entweder explodiere und ihr in einem impulsiven Moment doch noch schreibe – oder aber implodiere und völlig in mir zusammenfalle.

Du hast wundervoll gespielt, Clara. Du bist eine tolle Künstlerin. Ich bewundere dich für so viele Dinge. Aber ich möchte gern etwas loswerden. Ich bin nicht sicher, ob du den Kopf hast, es zu hören. Aber ich bin sicher, dass es mein Anrecht ist, es zu sagen: Ich habe dich sehr lieb. Wirklich lieb. Aber um weiter in der Lage zu sein, dich

oder wen anderen in mein Herz zu schließen, muss es
stark und stabil bleiben. Ist doch immerhin ein Muskel.
Gerade ist es ziemlich geschwächt. Und es tut weh.

Du tust mir weh.

Du trennst dich schon seit Wochen von mir. Stück
für Stück. Du kannst jetzt damit aufhören. Ich habe
verstanden, dass es vorbei ist …

Es darf nicht vorbei sein.

Mach's gut, ja? Bis bald vielleicht.

Das schmerz- und zugleich hoffnungsvollste Vielleicht meines Lebens.

TEIL 4

ECHO

KAPITEL 30

Clara

Neun ungelesene Nachrichten im *Lonely-Hearts-Club*-Chat.

> **LUDOVIC**
> Hey Leute, ich bin wieder stationär aufgenommen worden, für vier Wochen. Meine Freundin hat sich getrennt. Das kam natürlich ungünstig mitten in der Prüfungsphase und kurz vor Weihnachten. Trotzdem: Ich dachte, ich wäre gefestigter.

> **KIRA**
> Hey, das hattest du ja schon beim letzten Gruppentreffen angedeutet. Tut mir leid, dass ihr das nicht gemeinsam gepackt habt. Wenn du magst, könnte ich dir meine Perspektive dazu sagen – ich will dir damit aber nicht auf die Nerven gehen.

LUDOVIC
Klar! Ich bitte drum.

KIRA
🎤 Vielleicht musst du dich fragen, ob sie wirklich die richtige Partnerin ist für eine Beziehung, in der psychische Probleme eine Rolle spielen. Ich kenne deine Ex-Freundin nicht, aber ohne Geduld und Verständnis wird es schwierig in instabileren Phasen. Das war ja auch in unserer Gesprächsgruppe oft Thema. Wenn beide bereit sind, offen über alles zu reden, Aufgaben aufzuteilen und sich auch mal Freiraum zu geben, kann man viel erreichen. Aber das ist natürlich herausfordernd, klar.

LUDOVIC
🎤 Hey, danke dir! Ich muss zugeben, dass ich auch Teil des Problems war. Sie wollte mit mir sprechen und hat auch oft gefragt, was mir gerade durch den Kopf geht. Ich habe mich ziemlich abgeschottet und versucht zu funktionieren. Ich hatte die Sorge, dass alles nur schlimmer wird, wenn ich ihr von meinen negativen Gedanken erzähle.

KIRA
🎤 Okay, aber das ist doch ein wichtiger Punkt: Vielleicht passt es dann im Moment beidseitig nicht. Vielleicht hast du einfach nicht die Kapazitäten, um ihre Bedürfnisse zu erfüllen, sie miteinzubeziehen, ihr ein gutes Gefühl zu geben. Auch, wenn du dir das wünschen würdest.

LUDOVIC

🎤 Ja, und meiner Freundin fehlt wiederum die Kraft, das Ganze mit mir auszusitzen. Sie fühlt sich einsam in unserer Beziehung, hat sie gesagt. Und das kann ich sogar verstehen. Ich bin ja nicht mal richtig für mich selbst greifbar, geschweige denn für sie.

AMÉLIE

Hey, Ludo, tut mir leid zu hören! Aber ich stimme Kira zu, dass es bei euch vielleicht im Moment nicht passt. Ich kann deine Freundin da ganz gut verstehen: Ich bin auch jemand, der viele Gespräche und Rückversicherung braucht. Wenn mein Freund sich zurückzieht, wegen Arbeitsstress oder weil er Zeit für sich benötigt, fühle ich mich schnell unsicher und zweifle an mir selbst. Sogar in stabileren Phasen. Manche sind da vielleicht entspannter und können besser mit solchen Schwankungen umgehen.

LUDOVIC

Meine Freundin bzw. Ex-Freundin (klingt furchtbar) ist schon so ein kompletter Zweier-Beziehungsmensch mit Wochenendbesuchen bei ihren Eltern, abends kochen, gemeinsamen Trips – ich kann das zurzeit einfach nicht leisten.

AMÉLIE
Hast du Lust auf einen Videocall später?

LUDOVIC
Klar!

AMÉLIE
Amélie: @Kira: Machst du mit?

KIRA
Ab 21 Uhr wäre ich dabei!

Ich sitze bei Dr. Morel im Wartezimmer und spiele mit dem Gedanken, mich ebenfalls in den Videocall einzuklinken. Ich könnte von mir und Milly erzählen und mir anhören, was die anderen dazu zu sagen haben. Andererseits: Was genau soll ich ihnen bitte schön erzählen?

Wir haben uns endgültig getrennt, waren im Grunde aber nie richtig zusammen.

Oder:

Ich möchte, dass er um mich kämpft, obwohl ich ihn komplett entwaffnet habe.

Oder:

Milly hatte alle Geduld der Welt, aber wie heißt es so schön in James Bond*: Die Welt ist nicht genug.*

Ich lasse meinen Blick durch den Raum schweifen, in dem eine ältere Dame mit Maske sitzt, ein junger Kerl, der schon mehrfach gehustet und geschnieft hat – und ein Mittvierziger, der nach der Blutabnahme den Daumen in die Armbeuge presst und offenbar darauf wartet, noch mal reingerufen zu werden. Tja. Wie es aussieht, bin ich wohl die Gesündeste im Bunde. Und zugleich diejenige, die am wenigsten mit dieser Gesundheit anzufangen weiß. Die, die sich vom Kino und Karussell in ihrem Kopf alles vermiesen lässt. Schade nur, dass ich ausgerechnet meinen Schädel zum Leben brauche. Wäre es ein Zeh oder so, würde ich ihn einfach amputieren lassen. Schnipp, schnapp, Probleme ab. An der Wand im Wartezimmer hängt ein Van-Gogh-Bild: das mit dem blühenden Baumzweig vor einem leuchtend blauen Himmel. Hat der Maler sich das Ohr vielleicht deshalb abgeschnitten, weil er dachte, dass sich in der Ohrmuschel der Wahnsinn versteckt hielt? Hätte ich das auch so durchgezogen wie er?

»Madame Leroy«, ertönt durch die Lautsprechanlage im Wartezimmer.

Ich stehe auf, passiere den Flur, setze mich ins Untersuchungszimmer. Rufe Bilder des holländischen Malers auf, während ich auf den Doktor warte.

»Hallo, Madame Leroy«, sagt Morel beim Hereinkommen. Ich stehe kurz auf und grüße ihn. Wie immer ohne einen Händedruck. Hygienemaßnahme. Er schließt die Tür hinter sich, ich packe das Handy weg. Das ist das erste Mal seit dem Sommer, dass ich hier bin.

»Was haben Sie sich da gerade angeschaut?«, fragt er hinter seinem Tisch, in einem weißen, kurzärmligen Hemd, die übliche Ärztebrille auf der Nase, das Haar bereits deutlich ergraut.

»Nur ein paar Bilder von van Gogh. Na ja, was heißt nur.«

Er faltet die Hände zusammen. Anders als die Klinikärztin Dr. Dupont ist er nicht so der Typ, der ganz flink alles eintippt, was man so von sich gibt.

»Van Gogh? Wegen *Der Mandelblüten* im Wartezimmer?«

»Ah, so heißt das Gemälde.«

»Haben Sie im Netz nach *Der Sternennacht* gesucht? *Die Caféterrasse*? Oder … ging es Ihnen eher um das abgeschnittene Ohr?«

Ertappt verschränke ich die Arme. »Ja, ich wollte mich mal wieder damit trösten, wer sonst noch alles psychische Probleme hatte«, sage ich trocken.

»Kann ich verstehen«, erwidert Morel. »Als meine Frau und ich uns scheiden ließen, habe ich auch recherchiert, welche Größen der Politikgeschichte in ihrer Ehe gescheitert waren.«

Ich ziehe die Brauen zusammen, vermutlich setze ich auch ein Lächeln auf. Hat Dr. Morel mir gerade etwas Privates anvertraut? Steht es so schlecht um mich, dass er sogar eine Grenze überschreitet, damit ich mich nicht von Gott und der Welt abgeschnitten fühle? Das ist süß. Das ist beängstigend. »Im Übrigen kann er nicht sein ganzes Ohr abgeschnitten haben«, lenkt er von seiner Enthüllung ab. »Dann wäre er verblutet. Es wird wohl nur ein Teil gewesen sein.«

»Beruhigend.«

»Also, Madame Leroy. Clara. Ich bin ganz ehrlich zu Ihnen: Sie sehen schlecht aus.«

Ja, das tue ich. Ich bin bleich. Habe Augenringe, rissige Lippen. Bin dünn. Und vermutlich blickt er gerade in ein ziemlich ausdrucksloses Gesicht.

»Ich fühle nicht viel«, gestehe ich. »Und ich bin sehr müde.«

»Was macht Ihr Appetit?«

»Wenig.«

»Was macht der Zigarettenkonsum?«

»Ich bin im Moment wieder bei zehn, zwölf Stück am Tag.«

Jetzt zieht er doch noch die Tastatur heran und tippt mit den beiden Zeigefingern ziemlich laut drauflos.

»Schlaf?«

»Zu viel. Im Moment über zehn Stunden und nachmittags auch noch mal eine Stunde.«

»Soziale Aktivitäten?«

»Kaum.«

»Und die Uni?«

Meine Achillesferse. Ich atme tief durch. Spüre sofort, wie meine starre Fassade kleine Risse bekommt. Wie Gefühle von Traurigkeit und Bedauern durch diese Mikrorisse nach außen zu dringen versuchen.

»Die Uni habe ich seit einer Woche nicht mehr besucht. Aber jetzt hat ohnehin die Weihnachtspause begonnen.«

»Wo verbringen Sie Heiligabend?«

Ich antworte nicht.

»Das ist schon in drei Tagen, haben Sie keine Pläne? Fahren Sie über die Ferien nach Saint-Malo?«

»Nein.«

Abwartendes Schweigen.

»Ich habe daheim ein ziemliches Chaos gestiftet.«

»Clara«, spricht der Doc mich erneut beim Vornamen an. »Es ist Weihnachten. An diesem Abend zählt nicht, was die dreihundertvierundsechzig Tage zuvor passiert ist.«

Ich denke an meinen Bruder. An Milly. An meine Mutter, meinen Vater. An Céline und Roman. Jeden Einzelnen von ihnen habe ich auf eine besondere Art gern. Für jeden von ihnen gibt es in meinem Herzen einen eigens hergerichteten Raum. Und doch fühlen sie sich alle so weit entfernt an. Céline und Roman scheinen so ruhig und reif, dass ich mich daneben wie ein Fehler fühle, der schwarz übermalt wurde, weil niemand einen Tintenkiller zur Hand hatte. Léon und Milly gingen auf Distanz, weil ich ihnen – wie sagte Léon? – das Herz gebrochen habe. Zwischen meinem Vater und mir herrscht seit so vielen Jahren Abstand, dass ich seine Nähe vermutlich gar nicht direkt annehmen könnte. Wie in dieser Geschichte, in der die Menschen in einer Höhle leben, wo sie die Schatten und Dunkelheit für die einzige Realität halten – und später im Sonnenlicht so geblendet sind, dass sie kaum etwas sehen können.

Wenn ich an meine Mama denke, höre ich den strengen Klang ihrer Stimme, mit dem sie mir versichert, ich könne mit meinen flinken Fingern jeden musikalischen Fels erklimmen und alles spielen, was sich auf achtundachtzig Tasten spielen lässt.

Ich sehe aber auch ihre trostvollen Augen, rieche ihre ungekünstelten Umarmungen, in deren Genuss ich immer dann komme, wenn sie mich weder als Pianistin in der Zukunft sieht noch als fleißige Klavierschülerin aus der Vergangenheit, sondern einfach als Clara der Gegenwart: *sie* und *ich*, Mutter und Tochter, hier und jetzt, in Liebe.

Liebt sie mich noch?

Das letzte Mal, dass wir so einen Moment geteilt haben, liegt lange zurück; das war vor meinem Umzug nach Paris. Damals waren die Dinge zwischen uns zwar auch nicht ganz einfach, aber sie hatten noch nicht diese Next-Level-Komplexität erreicht.

»Dr. Morel, ich bin hier, weil ich gern wissen möchte, was in dem Brief steht, den die Klinik Ihnen geschickt hat.«

»Sie meinen den Entlassungsbrief?«

»Ja.«

Er blickt zur Seite, verschränkt die Arme. Sein Gesichtsausdruck verrät, dass er meine Frage äußerst unbequem findet.

»Das, was in diesen Briefen steht, kann für die Patienten im ersten Moment etwas unangenehm wirken. Die behandelnden Psychiater versuchen darin, auf begrenztem Raum möglichst prägnant zu formulieren, welche Probleme sie sehen und weshalb.«

»Genau das möchte ich lesen«, sage ich entschlossen.

Der Doktor seufzt angespannt, greift nach der Maustaste und druckt zwei Seite aus.

»In diesem Teil dürfte das stehen, was Sie interessiert.« Er reicht mir die Seiten über den Tisch. Ich bin überrascht, dass meine Hand beim Greifen der Blätter zu zittern beginnt. Der Gedanke, dass alles, was bei mir falsch läuft, »prägnant« auf zwei Seiten zusammengerafft wurde, lässt mich wohl weniger kalt, als ich dachte. Ich unterdrücke die aufkommende Nervosität. Wie bei einer Klavierprüfung, bei der man vermeiden muss, dass die Hände zu schwitzig werden und unkontrolliert über die Tastatur rutschen.

THERAPIEVERLAUF

Bei Aufnahme zeigte die Patientin depressive Symptome, darun-

277

ter einen reduzierten Antrieb, gedrückte Stimmung mit Phasen der Gefühllosigkeit sowie Einschlaf- und Durchschlafstörungen. Zudem berichtete sie von einer starken Appetitminderung, die mit einer Gewichtsabnahme von fünf Kilogramm in den letzten zwölf Monaten einherging. Sie nannte auch Versagensängste und ein niedriges Selbstwertgefühl. Zu Beginn bestand der Verdacht auf passive Sterbewünsche, der sich jedoch nach näherer Nachfrage nicht bestätigte. Die Patientin äußerte lediglich, dass sie »einfach nur müde« sei und die befreiende Vorstellung habe, »tagelang zu schlafen«. Neben der Diagnose einer mittelgradigen depressiven Episode stellten wir leichtes Untergewicht fest.

Die Patientin berichtete im Laufe des Klinikaufenthalts von wiederkehrenden Gefühlen intensiver Anspannung und Wut. Auch zeigte sich in ihren Ausführungen eine Angst vor Nähe, gepaart mit dem starken Bedürfnis nach Sicherheit und Geborgenheit. Die emotionalen Unsicherheiten in Bindungen könnten unter anderem auf die konfliktbehaftete Beziehung zu den Eltern zurückzuführen sein. Während der Vater seit ihrem achten Lebensjahr größtenteils emotional sowie physisch abwesend war, könnte das Verhalten der Mutter sowohl durch Überbehütung als auch durch Vernachlässigung der Bedürfnisse ihrer Tochter bestimmt gewesen sein – insbesondere in Bezug auf kompromisslose Zuwendung und den Wunsch nach Selbstbestimmung der Patientin. Ihre Beziehung scheint von der gemeinsamen Leidenschaft für die Musik und das Klavierspielen geprägt zu sein, die zugleich eine starke Ressource der Patientin darstellt.

Die künstlerisch-musikalische Form der Expression hilft ihr beim Ausdruck und bei der Regulation von Emotionen. Zudem ist sie sinn- und identitätsstiftend für Frau L. Andererseits scheint diese Leidenschaft mit einer hohen mütterlichen Erwartungshaltung sowie einem ausgeprägten Leistungs- und Bestehensdruck einherzugehen, der die Mutter-Tochter-Beziehung belastet.

Die Beziehung zum Bruder wird als warmherzig und tief beschrieben. Dieser habe laut Frau L. jedoch eine andere Position in der Familie eingenommen. Die Mutter würde ihn »einfach akzeptieren«, ohne hohe Erwartungen an ihn zu stellen oder regelmäßige Konflikte im Zuge von Abgrenzungsversuchen auszulösen. Dies führte bei Frau L. vermutlich zu einer andauernden Wut über die wahrgenommene ungleiche Behandlung. Diese Wut wurde jedoch scham- und schuldbehaftet erlebt und über Jahre unterdrückt, was die Entwicklung einer spannungsfreien Beziehung zwischen den Geschwistern erschwert haben könnte.

Die Patientin zeigt ein tiefes Bedürfnis nach Bestätigung, Akzeptanz und Nähe, das möglicherweise durch die Familiendynamiken erklärbar ist. Die Abwesenheit des Vaters und die ambivalente Beziehung zur Mutter haben vermutlich die Verinnerlichung von emotionaler Sicherheit und Stabilität erschwert. Gleichzeitig fällt es der Patientin schwer, langfristige Nähe und Verbindlichkeit in Beziehungen zuzulassen und aufrechtzuerhalten. Hauptursachen hierfür könnten ein tief verankertes Misstrauen und die Angst vor emotionalen Verletzungen, insbesondere dem Verlassenwerden, sein.

Frau L. verfügt über eine beachtliche Fähigkeit, die Erwartungen und Emotionen ihrer Mitmenschen wahrzunehmen. Auch in Bezug auf ihre eigenen Gefühle und Gedanken ist sie grundsätzlich in der Lage, Zusammenhänge zu erkennen und mit therapeutischer Unterstützung innerpsychische Vorgänge zu reflektieren. Bei einer Zunahme depressiver Symptome wie

Erschöpfung und Gefühllosigkeit fällt ihr dies jedoch deutlich schwerer. Ebenso schränkt sie das intensive Erleben von Wut und Traurigkeit phasenweise darin ein, ihre Grenzen und Bedürfnisse ausreichend wahrzunehmen.

Musik und Kreativität, wie das Klavierspielen oder das Komponieren eigener Stücke, dienen sicherlich auch der Verarbeitung intensiver Emotionen. Sie stellen einen konstruktiven und ressourcenorientierten Umgang der Patientin mit ihren Problemen dar. Diese künstlerische Ausdrucksform kann jedoch nicht immer ausreichen oder gelingen, sodass die Patientin in solchen Momenten auf dysfunktionale Regulationsmechanismen zurückgreifen muss. In unserer Testdiagnostik deuteten sich impulsive und potenziell selbstschädigende Verhaltensweisen an, die als Versuche zum Spannungsabbau bzw. zur Emotionsregulierung interpretiert werden können. Emotional-instabile Tendenzen waren erkennbar, jedoch waren die Kriterien einer emotional-instabilen Persönlichkeitsstörung trotz angedeuteter Akzente nicht erfüllt.

Die therapeutische Beziehung nahm Gestalt an und die Patientin schien sich insbesondere zu Beginn authentisch auf den Klinikaufenthalt einzulassen. Je intensiver wir uns schmerzhaften Themen näherten, desto stärker wuchs ihr Distanzbedürfnis, was von spürbaren inneren Spannungen begleitet wurde. Sie verschloss sich insbesondere vor dem Versuch, gemeinsam ihre Glaubenssätze und Regulationsmechanismen zu beleuchten und ihre Verhaltensmuster aufzudecken. Schließlich kam es zu einem vollständigen emotionalen Rückzug.

Frau L. beendete den stationären Aufenthalt nach zehn Tagen auf eigenen Wunsch und gegen ärztlichen Rat.

Ich lege das Blatt auf Morels Tisch ab, sehe ihn an.

»Wie fühlen Sie sich?«, fragt er mit einer ruhigen, fast schon sanften Stimme.

»Verstanden.« Ich gebe mir Mühe, weder zu weinen noch unangemessen zu lachen. Damit die gelesenen Worte weder fortgeschwemmt noch übertönt werden.

Er nickt mit einem erleichterten Seufzen, doch der besorgte Unterton in seiner Stimme ist nicht zu überhören: »Clara ... Madame Leroy. Was können wir denn jetzt für Sie tun, damit es Ihnen besser geht?«

Ich nehme meinen ganzen Mut zusammen. Jetzt oder nie. Oder nie. Nie, nie, nie. *Ich möchte diesem NIE nicht zum Opfer fallen.*

»Kann ich wieder in die Klinik? Ich weiß, dass ich beim letzten Mal abgebrochen habe. Und es tut mir furchtbar leid, dass Sie extra Ihre Schwägerin für einen Platz kontaktiert hatten. Aber ich verspreche Ihnen, dass ich es diesmal durchziehen werde. Ich habe keine Wahl. Bitte, Dr. Morel.«

Es ist leichter als gedacht, ihn zu überzeugen. »Schon gut, Clara. Ich merke Ihnen deutlich an, dass Sie jetzt so weit sind«, sagt er, steht dann auf und begleitet mich zur Tür. »Das ist nicht zu übersehen.«

Dankbar nicke ich, bin unfähig zu sprechen.

»Ich melde mich bei Ihnen, sobald ich Näheres zu einem stationären Therapieplatz habe«, versichert er.

»Dr. Morel ...« Die Welt verschwimmt vor meinen Augen. Vielleicht bilde ich es mir ein, aber auch in seinen Augen glänzt ein feuchter Film.

»Ist schon okay«, spricht er beruhigend. »Ist schon okay. Das ist alles nicht so leicht. Ich weiß.«

KAPITEL 31

Milly

Heiligabend. Es fühlt sich seltsam an, in meinem eigenen Zimmer aufzuwachen – ohne Claras E-Klavier oder ihr eindringliches Foto an der Wand. Ohne das Fenster, das zum Garten der Familie Leroy führt. Ohne das liebevoll dekorierte Haus, die Gerüche der französischen Küche und die Stimme von Léon, der morgens an meiner Tür klopft, um zu fragen, ob wir es pünktlich zur Schule schaffen.

Daniele hat mich gestern vom Bahnhof abgeholt und mit mir im Haus meiner Eltern übernachtet.

Ich mache mein Bett, springe unter die Dusche, ziehe mir Jogger und Shirt an und gehe runter in die Küche, wo ich lediglich auf den Herrn des Hauses treffe. Es ist zu spät, um wieder umzudrehen, ohne den Eindruck zu erwecken, ich wolle mich vor einem Vater-Sohn-Moment drücken. Also muss ich mich wohl oder übel dazugesellen und die subtile Daueranspannung zwischen uns einfach schlucken, als wäre es mein Heiligmorgen-Frühstück.

Er nimmt mich wahr und steht sofort auf. »Ich habe Eier mit Zwiebeln und Speck gemacht. Croissants habe ich auch in den Backofen geschoben. Zwei reichen dir, oder?«

»Eins reicht mir auch«, antworte ich und drehe mich zur Seite, um das Croissant aus dem ausgeschalteten Backofen zu nehmen. »Ich mach das schon«, sagt er und drängelt sich vor mich, sodass es in der geräumigen Küche unerwartet eng wird. Ich setze mich an den Tisch, seufze leicht genervt. Einerseits freue ich mich, ihn zu sehen, andererseits warte ich innerlich nur darauf, dass er giftige Anmerkungen fallen lässt, warum ich mit meinen Studienwünschen ein Dauergast beim Arbeitsamt, auf der Parkbank oder im Hotel Mama werde.

Er serviert mir das Croissant, setzt sich wieder und schlägt die Fachzeitschrift zu, die er bis eben beim Frühstück gelesen hat.

»Emilian«, beginnt er. »Ich finde es wirklich mutig, dass du jetzt ein halbes Jahr am Stück allein in Frankreich warst und dir da so eigenständig etwas aufgebaut hast.«

Ich öffne das Einmachglas mit der Erdbeermarmelade und klatsche mir einen dicken Löffel auf den warmen, fettigen Blätterteig.

»Danke.« Irgendwie schaffe ich es nicht, seine Wertschätzung einfach stehen lassen, ohne ihn ein bisschen zu provozieren. »Ich denke darüber nach, in Frankreich zu studieren.«

Mit zusammengepressten Lippen umgreift er seine Kaffeetasse. Ich warte nur darauf, dass er in seine vorwurfsvolle Skepsis zurückfällt. Als wäre ich gar nicht bereit für die Möglichkeit, dass er über die Dinge zwischen uns nachgedacht hat und sie vielleicht anders angehen will.

»Ich weiß, dass du dir was anderes vorgestellt hast«, stichle ich. Papa nickt. »Ja, da hast du recht. Ich habe mir etwas anderes vorgestellt.« Pause. »Du wirst uns hier ganz schön fehlen, wenn du ganz ins Ausland ziehst. Die letzten sechs Monate war es ungewohnt still im Haus.«

O Mann. Er meint es ernst. Nicht nur, dass er sich die belehrenden Kommentare spart – er zeigt auch noch Emotionen und will mir glaubhaft entgegenkommen. Das tut weh, weil er mit dieser sanfteren Seite viel verletzlicher wirkt. Wenn er nicht unzufrieden ist mit dem, was ich tue, habe ich keinen Grund mehr, einen Groll gegen ihn zu hegen. Einen, der mich davon ablenkt, wie sehr ich ihn in den letzten ein, zwei Jahren vermisst habe. Wie häufig auch ich dazu beigetragen habe, dass wir eine ziemlich beschissene Beziehung hatten. Zuletzt war es fast schon so normal wie das Atmen, mich ständig über ihn aufzuregen. Indem ich ihm innerlich unterstellte, die Chancen mit mir nicht nutzen zu wollen, fiel es mir leichter, ihm auch keine zu geben.

Fuck!

»Und weißt du schon, was genau du studieren willst?«, fragt er. Ich schüttle den Kopf, bekomme plötzlich kein Wort heraus.

»Nicht Medizin«, sage ich dann doch noch.

Mein Vater schnaubt. »Ja, ach nee!« Und dann: »Deinen Bruder krieg ich übrigens auch immer seltener zu sehen. Die sind von vorn bis hinten unterbesetzt in der Klinik, fast noch schlimmer als damals zu meiner Zeit. Er schaut ziemlich müde aus. Und wie es aussieht, trifft sich häufiger mit der einen Kollegin. Weißt du etwas davon?«

Nein. Tue ich nicht. Tratscht mein Vater gerade liebevoll über meinen Bruder? Mit mir?

»Die hat aber natürlich nicht weniger zu tun als er. So wird das nichts mit den Enkelkindern.«

»Man kann wohl nicht alles haben.« Endlich ein vernünftiger Satz aus meinem Mund.

Daniele kommt in die Küche, in Jeans und Kapuzenpulli, und ja, mein Vater hat recht: Er sieht irgendwie fertig aus. Die Haare etwas länger als sonst, dazu ein ungewohnter Dreitagebart und Ringe unter den Augen, die sich scheinbar auch durch die zehnstündige Bettruhe bei Mama und Papa nicht wegschlafen lassen.

»Platze ich hier etwas in einen Vater-Sohn-Deep-Talk rein?«, fragt er mit einem amüsierten Lächeln, das die müde Miene gleich wieder zum Leben erweckt.

»Wir haben über dich gesprochen«, sagt mein Vater.

»Bitte keine weiteren Infos, mein Kopf hat sich gerade so schön geleert.« Er setzt sich neben mich. »Silvester feiern wir übrigens bei mir.«

»Cool, mit wem?«

»Zwei von den Jungs. Und Lilly habe ich auch Bescheid gesagt.«

»Ah, schön, wir hatten jetzt schon seit ein paar Wochen keinen Kontakt mehr. Das freut mich, sie wiederzusehen.«

»Wer ist Lilly?«, fragt mein Vater, als er aufsteht und das Geschirr wegräumt.

»Die Blonde mit der Brille auf Millys WhatsApp-Foto. Sie ist in seiner Stufe. Wir gehen regelmäßig zusammen wandern, klettern, schwimmen.«

»Fleißig!«, lobt mein Vater beim Schließen des Geschirrspülers, was so viel bedeutet wie: Ich habe keine Ahnung, wer auf Emilians Profilfoto zu sehen ist, da ich dieses vermutlich noch nie aktiv angeklickt habe. »Um sieben Uhr gibt es Essen«, sagt er noch. »Und gegen fünf kommen unsere Gäste.«

* * *

Es ist 21 Uhr und ich fühle mich wie die gestopfte Weihnachtsgans, die eben noch triefend und glänzend auf der Tischmitte stand. In meinem Magen kämpfen diverse Salate, Knödel, Desserts und andere deftige Speisen um das letzte freie Plätzchen. Ich ziehe meine Jacke an und setze mich kurz auf die Hausstufe, atme die trocken-kalte Abendluft ein, die den Völlerei-Selbstekel sofort ein Stück lindert.

»Hey!« Daniele steht hinter mir. »Darf ich mich dazusetzen?«

»Klar, wieso fragst du?«

Er steht noch immer. »Ich dachte, du willst vielleicht allein sein.«

»Jetzt setz dich doch einfach. Ist das Kaffee?«

»Entkoffeiniert.«

»Du bist ein Suchti.«

Er rutscht neben mich. Wir starren beide auf den pompös beleuchteten Vorgarten des gegenüberliegenden Hauses.

»Warum müssen manche nur so übertreiben?«, murmelt Daniele und zückt eine elektronische Zigarette.

»Du rauchst?«

»Nur E.«

»Wie meine Gastmutter«, sage ich. »Madame Leroy zückt diese Dinger auch immer, wenn sie nervlich angespannt ist.«

»Wegen ihrer Tochter vielleicht? Clara heißt sie, richtig?«

Schweigen.

»Wie kommst du darauf?«, frage ich in die Stille hinein.

»Na ja, du warst doch bei ihr in Paris und hast erzählt, dass sie nicht ganz einfach sei.«

Es berührt mich, dass mein Bruder sich derart genau an Sachen erinnert, die ich ihm vor Wochen berichtet habe.

»Milly …«, sagt er so fürsorglich, dass mir schnell klar wird, was als Nächstes kommt. Ich schlucke.

»Mann, Milly …«, wiederholt er und legt den Arm um mich. »Du hast dich von A bis Z in diese Clara verliebt, oder?«

Ja, von A bis Z. Von Amore bis Zerstörung.

Ich fühle mich peinlich berührt, zugleich aber auch sicher und geborgen. »Ist das so offensichtlich?«

»Ja. Es war schon offensichtlich, als du mich nach deinem Paris-Trip angerufen hast.«

Wir schweigen einen Moment. Die späte Heiligabend-Stimmung hat etwas Magisches. Einerseits fühlt man sich, als wäre man das ganze Jahr über nie wirklich allein gewesen, auch wenn man das zwischendrin mal gedacht hat. Der vierundzwanzigste im Kreise der Familie, auf dem Boden der Besinnlichkeit, zeigt, dass nichts von alledem verschwunden war. Die Verwandten hielten sich leise im Hintergrund und wären da gewesen, hätte man sie gebraucht. Andererseits ist dieser Abend auch voller Abschied. Von Großeltern, die verstorben sind, und einer Kindheit, die nicht wiederkehrt. Von Menschen, die man auf der Strecke zwischen dem letzten und dem diesjährigen Weihnachten kennengelernt hat und denen man über die Ländergrenze hinweg gern Bilder von Büfetts und Bäumen schicken würde, ohne dass das noch angemessen wäre.

»Schreib ihr doch«, meint Daniele, als wüsste er genau, was mir gerade durch den Kopf geht.

»Nein«, widerspreche ich. »Das geht nicht. Wirklich nicht.«

»Wieso nicht?« Sein Arm liegt noch immer um meine Schulter. Vielleicht ist das sein Weg, mir zu zeigen, dass er mich vermisst hat und dass auch für ihn nicht alles ganz einfach war mit dem Klinikstart und meinem Auslandsjahr.

»Kurz vor Weihnachten gab es dieses Konzert in Saint-Malo. Sie hat die *Ocean-Etüde* gespielt und den *Danse macabre*, das ist der Totentanz. Chopin und Saint-Saens.«

»Du bist ja ein richtiger Klassikkenner geworden.«

»Das gehört bei Clara einfach dazu. Wenn man sie verstehen will, muss man ihr zuhören. Nicht nur beim Sprechen, sondern auch beim Spielen.«

»Ich warte auf das Aber.«

»Aber es ging ihr ziemlich schlecht an diesem Abend. Stress mit ihrer Mutter, ihrem Bruder, irgendwie auch mit mir.«

»Um es kurz zu machen: Stress mit jedem.«

»Mit jedem außer Roman.«

»Roman?«

»Ja, er hat mit ihr beim Konzert gemeinsam Musik gemacht und sie später nach Hause gefahren. Nach Paris.«

Der Klang seines Namens löst ein krampfiges Gefühl in meiner Bauchgegend aus – als würden sich die Darmschlingen zu einem Kummerknoten zusammenziehen. Roman.

Roman, der Renner beim Konzert, der mir ordentlich was gegeigt hat.

Roman, der Retter *nach* dem Konzert, der sie nachts in die Hauptstadt kutschierte.

Roman, die reife Randfigur, die plötzlich überall im Mittelpunkt stand.

Daniele scheint mein Unwohlsein zu bemerken und drückt mich fester an sich. Mein Kopf sinkt ungeplant auf seine Schulter, folgt dem Gesetz der Schwerkraft und Anziehung.

»Was genau war denn das Problem zwischen euch?«, fragt er ruhiger. »Ich meine jetzt weder ihren Bruder noch ihre Mutter und von diesem seltsamen Roman möchte ich auch nichts hören. Was war da zwischen dir und ihr?«

»Ich …«

Ich weiß es nicht. Und weiß es doch. Sie hatte Probleme – mit sich selbst und somit auch mit uns. Ganz verstanden habe ich es immer noch nicht, aber ihre inneren Kämpfe waren deutlich größer, als sie nach außen hin den Anschein machten.

»Ich glaube …«, beginne ich mit dünner Stimme.

Mein Bruder drückt kurz meinen Oberarm, tätschelt meinen Kopf – ein bisschen, als wäre ich ein Kleinkind oder Haustier. Vielleicht möchte er verhindern, dass dieser trostvolle Moment zu unangenehm oder zu viel wird. Und es ist erstaunlich, wie gut er das hinbekommt. Seine Nähe umgibt mich wie eine Winterdecke, unter der man keine dicke, schützende Kleiderschicht mehr braucht – die man aber jederzeit ein Stück runterschieben könnte, sollte es einem zu warm werden.

»Es ist alles nicht so heiß, wie ihr beide das gekocht habt, du und deine Clara und euer deutsch-französisches Süppchen.«

Mit einem leisen Auflachen schlucke ich den Kloß herunter, der sich in meinem Hals breitzumachen droht.

»Lasst die ganze Sache über die Feiertage runterkühlen«, rät er. »Dann probierst du mal, mit ihr zu sprechen, was denkst du?«

Ich mache den Kopf wieder gerade, atme die frische Brise ein, die mit einem leisen Pfeifen durch meine Heimatstraße zieht.

»Ich möchte sie aber nicht bedrängen.«

»Mir ist noch nicht ganz klar, was da los war – die Details packst du ja nicht richtig aus – aber es scheint, als hättest du deinen Gedanken und Gefühlen bei deinem Mädel noch nie so richtig Luft gemacht.«

Meinem Mädel. Schön wäre es.

»Früher oder später solltest du ihr mal in Ruhe mitteilen, was die ganzen Unklarheiten mit dir gemacht haben.«

Überrascht drehe ich ihm den Kopf zu. »Du verstehst ja doch was von der Liebe.«

Ich schrecke innerlich auf bei dem Wort. Liebe. Liebe ich Clara? Zumindest möchte ich sie lieben. Aber das funktioniert doch nur, wenn sie bereit ist, sich darauf einzulassen – und ich meine: länger als für ein paar Tage am Stück.

Vielleicht gibt es diese Chance ja tatsächlich.

»Ich finde dich ohnehin total stark«, lobt Daniele. »Ich hätte ihr mit achtzehn schon fünfmal geschrieben. Und Mama oder Papa damit vollgeheult. Und mich bei dreihundert Freunden gemeldet und nach ihrer Meinung gefragt. Und dann hätte ich mich im Wald besoffen und mit dem Schul-Dealer einen Joint geraucht und in den Bach gekotzt.«

Ich versuche zu lächeln. Mein Bruder nimmt seinen Arm wieder runter, zieht noch mal kräftig an seiner E-Zigarette. Dann erhebt er sich von der Treppenstufe und kippt sich den Restkaffee in den Rachen. »Komm, wir gehen rein.«

Ich stehe ebenfalls auf. »Der war nicht entkoffeiniert, oder?«

»Nope.«

KAPITEL 32

Clara

Ich hatte nicht erwartet, dass Silvester härter werden würde als Weihnachten. Am vierundzwanzigsten konnte ich mit Roman und seinen beiden WG-Mitbewohnern mithilfe von Wodka-Shots, scharfer Pizza und anschließendem Trash-TV die schmerzlichen Gedanken an Saint-Malo wunderbar wegdrücken. Ich habe mich frei gefühlt. Als könnte das mächtige Ebbe-und-Flut-Spiel in meiner Heimat mich weder runterziehen noch ans Ufer schwemmen.

Zwischen den Feiertagen kippte die Stimmung dann wieder. Und jetzt, am letzten Abend des Jahres, habe ich ganz und gar nicht das Gefühl, als würde ich etwas abschließen, um mit vollem Tank neu starten zu können. Im Gegenteil. Ich fühle mich, als hätte sich das Gewicht der letzten dreihundertfünfundsechzig Tage über all meine Knochen verteilt. Als würde ich die Last vom letzten Jahr mit ins nächste schleppen, wo dann wiederum neue Lasten warten. Wie soll das alles gehen?

Ich öffne das Fenster meiner Wohnung. Seit die Dunkelheit eingebrochen ist, liegt der Geruch von Silvester noch stärker in der Luft, eine Mischung aus kalter Frische und etwas Verbranntem. Ich kann mir gut vorstellen, was die anderen fühlen, wenn sie diesen feierlichen Geruch einatmen: dieses Endjahr-Kribbeln. Diese bedeutungsvolle *Alles-Revue-passieren-lassen*-Stimmung. Kenne ich ja auch. Nur nicht in diesem Jahr. Ich bin auf die Party eines Kommilitonen eingeladen. Aber da ich es nach der Winterpause vermutlich nicht zurück an die Uni schaffe, um Prüfungen zu schreiben und Konzerte zu rocken, wäre es wohl das Beste, den anderen Studis jetzt nicht in die Arme zu laufen. Nicht, dass mir einer von ihnen noch von der Stirn ablesen kann, dass ich wieder reif für die Klinik bin. *Wieder* ist wohl das falsche Wort. *Noch immer.*

In Leggins und Oversize-Pulli gehe ich runter zum Büdchen, kaufe mir eine Packung Zigaretten, einen Sekt, und stelle mich in der Wohnung wieder ans Fenster.

Ich zücke mein Handy.

> **CLARA**
> Hey, Léon. Guten Rutsch. Bleibst du auch im nächsten Jahr mein Bruder?

Ich mache mir eine Zigarette an, qualme den Rauch in die Pariser Partynacht. Mein Telefon klingelt nach nicht einmal drei Zügen.

»Hey«, sagt Léon. Seit dem Weihnachtskonzert haben wir noch keinmal telefoniert, nur geschrieben.

»Hey.«

»Was machst du heute?« Er klingt wie immer, weder distanziert noch verlegen. Das ist irgendwie beruhigend.

»Ich bleibe zu Hause.«

»Sicher?«

»Ja.«

Schweigen.

»Okay«, sagt er. »Ich bin bei Alex und Céline mit ein paar aus der Stufe.«

»Grüßt du alle von mir?«

»Klar.«

»Wie geht es Milly?«

»Er ist noch in Deutschland.«

In Deutschland. In einem anderen Leben. Eins, in dem ich bald schon einen Platz als Auslandsjahr-Abenteuer einnehme. Als die ältere Studentin, mit der er kurz mal was hatte. Die Hübsche, die aber schwierig war. »Wie so viele Hübsche«, wird einer seiner Jungs einwerfen. Milly wird kurz innehalten und sagen, dass ich nicht wie »viele« bin und zwischen uns etwas Besonderes war. Aber ehe er in Gedanken versinken und unsere Beziehung mit seinen Gefühlen nachzeichnen kann, quatschen die anderen schon weiter. Und letztlich ist Milly froh, wieder in seiner Heimat zu sein. Im Kreise von Menschen, die ihn – anders als ich – nicht vor die Frage stellen, woran er bei ihnen ist. Und nach ein paar Monaten werde ich nicht mehr als *Monumental Memory* herausstechen, sondern neben all den anderen Erinnerungen seines Lebens koexistieren und schließlich verblassen. Irgendwann wird nicht einmal mehr der Anblick eines Eiffelturms ihn an mich erinnern.

»Soll ich ihn von dir grüßen?«, schiebt mein Bruder hinterher.

»Nein. Nein, alles gut. Vielleicht schreibe ich ihm zum neuen Jahr«, sage ich, ohne selbst dran zu glauben. »Und, Léon …?«

»Ja?«

»Ich war bei meinem Hausarzt. Er schaut, ob er mir noch mal einen Klinikplatz organisieren kann.«

Sein Ton wird umgehend weicher. »Das finde ich gut.« Er atmet geräuschvoll aus. »Ich bin stolz auf dich.«

Ich habe die erste Therapie abgebrochen, meine Beziehung mit Milly gegen die Wand gefahren und fast meinen eigenen Bruder vergrault. Worauf genau ist er jetzt stolz?

»Danke«, sage ich und bin selbst überrascht, dass meine Stimme dabei bricht. Ich ziehe noch mal kräftig an der Zigarette, blase den Rauch langsam und kontrolliert aus. »Im nächsten Jahr kann ich dir vielleicht eine bessere große Schwester sein.«

»Clara … Du bist für mich eine Wahnsinnsinspiration, weißt du das? Allein schon dir dabei zuzusehen, wie du dein Ding durchziehst, trotz aller Schwierigkeiten …«

»Das tue ich aber für mich. Nicht für dich. Was hast du überhaupt von mir?« Meine Stimme wird dünner. »Was gebe ich dir?«

Mein Bruder legt auf. Okay? Ah, Videocall. Ich gehe ran. Halte die Kippe in der einen Hand, das Handy in der anderen. Im Hintergrund der schwarz gerahmte Himmel in meinem Rücken. Léon nimmt die Brille ab, als wolle er die Wirkung seiner Augen ganz bewusst verstärken und mit dem unvergleichlichen Blau über zweihundert Kilometer Distanz zu mir durchzudringen. »Du bist warmherzig«, sagt er. »Und witzig. Und eigensinnig. Du verteidigst mich mit deinem Leben, wenn du das Gefühl hast, jemand wolle mir wehtun. Was Mama angeht, hast du den Weg für so viele Dinge freigekämpft, von denen ich stillschweigend profitiert habe. Du hattest es immer schwerer als ich, in so vielen Situationen. Aber du hast mir das nie vorgeworfen, warst trotzdem immer lieb zu mir, immer fair.«

»Ich bin selbstbezogen.«

»Nicht mehr als wir anderen«, sagt er entschlossen. »In der Nacht, als die Bombe bei Alex und Céline geplatzt ist, habe ich Milly eine reingehauen.«

»Wie bitte?«

»Ja. Und ich habe das nicht nur getan, weil ich dich beschützen wollte. Sondern, weil ich mich verarscht gefühlt habe. Ich habe ihm eine reingehauen, weil ich richtig sauer auf euch beide war.«

»Hat er zurückgeschlagen?«

»Nein, das nicht. Aber danach war die Stimmung zwischen uns natürlich angespannt. Er hat erwartet, dass ich auf ihn zugehe und die Dinge in Ordnung bringe, das hat man ihm angemerkt. Ist ja auch das Mindeste.«

Und das fühlt sich jetzt wie ein Schlag in *mein* Gesicht an. Dass Milly den Ausraster meines Bruders so reif und erwachsen weggesteckt hat, ohne die Sache eskalieren zu lassen. Er hat eben Charakter. Tja.

»Hast du dich denn reingehängt?«, frage ich.

»Begonnen habe ich damit, ja, aber das Thema ist noch nicht ganz durch. Ich denke, er braucht noch ein paar Tage und das ist nicht verwunderlich, wenn man bedenkt, wie hart ich zu ihm war, nicht nur körperlich …« Er stößt einen bedauernden Seufzer aus. »Zur Not gehe ich vor ihm auf die Knie«, behauptet er mit einem vorsichtigen Lächeln. »Dann muss er mir vergeben.«

»Glaubst du …«, beginne ich vorsichtig. »Glaubst du, er würde mir auch …«

»Ja, Clara. Das glaube ich. Entschuldige dich bei ihm.«

»Gibt es dann noch eine zweite Chance für uns?«

»Vielleicht schon. Schreib ihm. Klär das, bevor das nächste Jahr anbricht. Entschuldige dich und biete an, in den kommenden Tagen zu telefonieren, vielleicht könnt ihr euch sogar treffen. Und wenn du dich bereit fühlst, könntest du ihm von der Klinik erzählen.«

»Alles klar«, sage ich. »Danke für den Anruf. Du siehst aus, als wärst du auf dem Sprung.«

»Ja, bin ich. Aber alles gut.«

»Guten Rutsch dir.«

»Guten Rutsch, Clara. Und melde dich, wenn was ist.«

Melde dich, wenn was ist. Einer der Top 3 inflationär verwendeten Sätze. Aber wenn Léon ihn in den Mund nimmt, wiegt jeder Buchstabe so schwer wie Gold.

* * *

Nach dem Telefonat mit Léon wage ich es, in Bezug auf Milly wieder neue Hoffnung zu schöpfen. Dass eine Entschuldigung sinnvoll wäre, war mir natürlich auch vorher klar. Aber die Art und Weise, wie mein Bruder mir das Potenzial eines solchen Schritts vor Augen geführt hat, öffnet gefühlt eine neue Tür. Im Grunde war sie die ganze Zeit schon in Sichtweite – nur hatte ich nicht den Mut, mich ihr zu nähern. Aus Angst, ich würde nach dem Runterdrücken der Klinke vor dem Nichts stehen. Kein Milly, keine Vergebung, keine neue Chance. Nur ich, im Türrahmen. Abgewiesen. Allein. Und vielleicht sogar unfähig, wieder rauszutreten, die Tür zuzuschlagen und das Leben auf der anderen Seite, der millyfreien Seite, weiterzuleben. Und zu akzeptieren, dass es vorbei ist. Wirklich vorbei. Indem ich Distanz wahrte, habe ich mich davor geschützt, dass er innerlich weitergezogen sein könnte. Eine Art Fake-Schutz. Wie ein Kind, das sich mitten in seinem Zimmer die Augen zuhält und behauptet, es gäbe nichts aufzuräumen, obwohl es aussieht, als hätte eine Bombe in das Spielparadies eingeschlagen.

Mein Handy vibriert. Eine Privatnachricht von Amélie aus der *Lonely-Hearts-Club*-Gruppe. Sie hatte von ihren Silvesterplänen erzählt und gefragt, was ich vorhabe.

> **AMÉLIE**
> Hey, Clara, ich kann verstehen, dass du keine Lust auf die Uni-Party hast. Aber bist du sicher, dass du allein

daheim bleiben willst? Ich kenne das ja selbst. Ich war auch mal an Silvester allein und fand es im ersten Moment befreiend, auf alles und jeden zu scheißen und mich einfach mit Netflix und Wärmflasche ins Bett zu hauen. Aber je näher null Uhr rückte, desto größer wurde die Einsamkeit. Es war, als würde die ganze Welt zusammen ins neue Jahr feiern, während ich mich ausgeschlossen und ausgeladen fühlte, obwohl ich selber abgesagt hatte. Und dann war Land unter.

CLARA
Hey, Amélie. Danke für deine liebe Nachricht. Wie es aussieht, habe ich heute doch noch was vor. Etwas, wofür ich ein bisschen Alleinzeit am Seine-Ufer brauche. Und dann schaue ich mir als Belohnung noch das Feuerwerk an. Bald mehr :) Viele Grüße in die Alpen und guten Rutsch!

AMÉLIE
Du machst es spannend. Pass auf dich auf und meld dich morgen mal. Guten Rutsch!

Als ich mich gegen halb zwölf leicht angeheitert auf den Weg zur Seine mache, ist die Nachricht an Milly bereits vorformuliert und in meinen Notizen abgespeichert. Ich suche genau die Stelle auf, an der wir gemeinsam im November gesessen haben. Dasselbe Mauerstück. Derselbe Ausblick. Dieselbe Strömung. Dasselbe Laternenlicht. Sogar derselbe Geruch. Es ist zwar deutlich belebter als damals, aber das macht mir nichts. Ich setze einfach meine Kopfhörer auf, schalte Tschaikowski an und blende die Menschen um mich herum aus. *Der Nussknacker* erscheint mir passend zur Stimmung: Die Weihnachtstage hallen noch deutlich nach. Die Stadt ist übersät mit Kristall-Deko, geschmückten Tannenbäumen und Leuchtsternen. Überall süße Gerüche, die sich mit einer alkoholischen Note vermischen, und Riesenplakate von Musicals und Konzerten.

Die Musik erklingt in meinen Ohren, lässt alles verstummen, lässt alles erklingen. Im *Nussknacker* geht es um die verträumte Begegnung zwischen dem Nussknacker-Prinzen und Clara. Ja, sie trägt in der westlichen Fassung tatsächlich meinen Namen. In Russland wird die Figur oft »Mascha« genannt. Aber wir sind nicht in Russland.

Clara steht an der Schwelle zwischen Kindheit und Erwachsenwerden. Sie ist mutig und träumt von einem magischen Königreich, sucht nach einer Flucht vor der Realität. Als sie später aufwacht und feststellt, dass alles nur geträumt war, klingt die Magie noch spürbar in ihr nach.

Kurz vor Mitternacht läuft mein Lieblingsteil aus dem Ballett, das *Pas de deux*. Es ist so sanft und romantisch, so voller Liebe, dass ich Tschaikowski mit einem Kloß im Hals dafür danken muss, dass er mir erlaubt, als Mensch voller Fehler etwas so Vollkommenes zu hören.

Ich zücke das Handy, um Milly meine Nachricht zu schicken, solange wir noch den einunddreißigsten haben. Um mich in letzter Sekunde zu entschuldigen und um eine zweite Chance zu bitten, bevor wir ins neue Jahr katapultiert werden.

Beim Entsperren sehe ich eine Push-Nachricht von *Instagram*, die anzeigt, dass mein Kontakt *mill_mey* eine Story hochgeladen hat. Die erste, seit wir uns auf *Insta* folgen. Seit Sommer.

Ich klicke sein Profil an, bewege den Daumen zu diesem einladenden, leuchtenden Kreis um sein Foto.

Mein Herz rast. Ich fasse mir an die Brust, bitte es, einen Gang runterzuschalten. Aber es will absolut nicht hören. Es will in den Kreis hinein, in Millys Status. Erst dann wird es abbremsen. Wenn es den lila Ring passiert hat. Und ja, tatsächlich: Mein Herz macht eine Vollbremsung.

Der Status: Milly, sein Bruder und ein Mädel, das ich bereits von seinem WhatsApp-Profil kenne: die Blonde, die auf seinem Anzeigefoto neben ihm in den Bergen vor der Talaussicht steht. Sie hat Milly auf ihrem »Guten Rutsch«-Status verlinkt. Darauf trägt sie ein schwarz glitzerndes Kleid, roten Lippenstift und goldene Creolen. Um den Kopf hat sie so ein 20er-Jahre-mäßiges Vintage-Haarband. Ganz anders als das Wanderoutfit auf WhatsApp.

Und Milly ... Oh, Milly.

Milly sieht gut aus. Gelöst. Er sitzt zwischen ihr und Daniele, hat den Arm um sie gelegt und Daniele seinen um Milly. Ihr Haar berührt seine Schläfe. Daniele lächelt müde, aber die beiden, Milly und Miss Twenties, strahlen mit so einer Vorfreude. Einer Neujahrs-Neugierde. Sie sind glücklich.

Er ist glücklich.

Glücklich. Glücklich. Glücklich. Ich verabscheue dieses Wort. Es klingt so dämlich. Glück-lich. Wie kann so ein albernes Adjektiv so eine große Bedeutung haben. Ich hasse es. Ich hasse *Glück. Lich.*

Und mein Handy hasst gleich *mich.* Denn es fliegt im hohen Bogen über die Seine und versinkt mit einem bedeutungslosen Platscher in die Silvesterströmung. Und dann wird aus Silvester Neujahr.

Feuerwerk. Bunte Lichter. Jubel. Glückwünsche. Umarmungen. Alles knallt. Alles raucht. Alles leuchtet. Die giftigen Feuerwerkskörper erzeugen beeindruckende Bilder am schwarzen Himmel.

Wie kann etwas so Grausames so wunderschön sein?

Ich habe kein Handy mehr.

Ich habe keinen Milly mehr.

Ich will *Pas de deux* weiterhören. Aber ohne Handy keine Musik. Ohne Handy muss ich mir den aufdringlichen Klang von Neujahr reinziehen.

Ich will schlafen und erst wieder aufwachen, wenn wir den zweiten Januar haben. Oder den dritten. Oder wenn wieder September ist. Nicht der kommende, sondern der letzte. Als ich an meinem selbst gebastelten DJ-Pult in unserem Haus stand und bei stickigen dreißig Grad Beethovens *Siebte* aufgelegt habe und Milly mich anstarrte, als würde er sich live und in Zeitlupe in mich verlieben. Und ich mit betonter Lockerheit zurückschaute, da ich dachte, ich hätte alles unter Kontrolle.

Kontrolle. Was für ein Drecks-Trugschluss.

Die Kontrolle hat mir von Anfang an was vorgemacht. Ich habe sie nie besessen. Ich werde sie nie besitzen. Wenigstens das weiß ich jetzt.

Super Erkenntnis. Danke für alles. Danke für nichts.

Frohes neues Jahr.

* * *

Als ich am nächsten Morgen die Augen öffne, ist es kurz nach Mittag. Noch bevor ich aufstehe und die Jalousien hochziehe, weiß ich, dass der Himmel heute grau ist und der Asphalt dunkel durchnässt. Vom Dauerregen, den das neue Jahr als Begrüßungsgeschenk mitbringt.

Aber von Aufstehen ist ohnehin keine Rede, so verklatscht, wie ich noch bin. Als ich vor ein paar Stunden von der Seine nach Hause lief, war ich so aufgewühlt, dass mein Herz mir gefühlt bis in die Ohren pulsierte. Gegen vier Uhr früh habe ich mich ins Bett gelegt, war müde und wach zugleich – als hätte man nach mehreren schlaflosen Nächten noch eine Kanne Kaffee geext. Irgendwann bin ich dann ins Bad und habe das Medikamentenfach durchwühlt, bis ich auf etwas Brauchbares stieß: Allergietabletten. Die machen müde. Also nahm ich gleich zwei Stück, dazu den restlichen Sekt aus dem Kühlschrank – und weg war ich. Weg, weg, weg. Mein Neujahrs-Begrüßungsgeschenk an mich selbst: es sich zur Abwechslung mal leicht machen. Muss ja nicht alles immer so hart sein.

Ich setze mich ein Stück auf, lehne mich mit dem Rücken an die Bettlehne und greife nach meinem Mac auf dem Nachttisch. Ein Handy besitze ich ja nicht mehr.

Eine E-Mail von Dr. Morel. Es sind mittlerweile über zehn Tage vergangen, seit ich seine Praxis aufgesucht habe. Arbeitet er etwa schon wieder? Ich klicke sie an:

Hallo Clara, dies, das. *Frohes Neues.* Danke, Ihnen auch. *Mit meiner Schwägerin gesprochen ...* Ah, verstehe. *Klinikplatz.* Oh. *Für Mitte Januar.* Oh, oh. *Formulare, Telefonate.* Puh. *Bitte schnell reagieren.* Schnell? *Heute noch.* Mein Schädel platzt.

Ich wollte es mir doch leicht machen. Mir fortan jede Nacht Allergietabletten mit Sekt reinknallen. Gern mit kostspieligem Feuerwerk. Mit günstigem Wegwerfhandy.

Mir selbst könnte ich das antun. Morel aber nicht. Er bietet mir mehr seelische Unterstützung als meine Eltern zusammen und mal vier und hoch drei. *Das ist zwar die falsche Motivation,* höre ich ihn in Gedanken sagen. *Aber es ist immerhin eine Motivation und das ist alles, was zählt. Nehmen wir, was wir kriegen können, oder?*

Ach, Dr. Morel. Sie bringen mich zum Weinen.

KAPITEL 33

Milly

Vierzehnter Februar. Ich hätte nicht gedacht, dass das Lycée Laplace den Valentinstag so groß aufzieht, dass kein Weg am Ro-
mantik-Rummel vorbeiführt. An den Schließfächern sind rote
Ballons angebracht und in den Klassenräumen liegen Körbe mit
Goodies: rote Post-it-Blöcke, Glitzerkulis und pinke Lollis, die
wohl bald die Schulmülleimer füllen werden.

Am Mittag sitze ich mit Léon zu zweit in der Cafeteria und
starre ungläubig auf das Tagesdessert: Ein Stück Kuchen, in dem
ein herzförmiges, weißes Schokoladenplättchen mit der Aufschrift *L'amour toujours* steckt – bitte was?

»Sag mal, ist die gesamte Schule heute auf Drogen?«, frage ich
meinen Gastbruder.

»Tja, wir sind halt nicht das Land, das beim Lockdown Klo-
papier hortet, sondern Alkohol und Kondome.« Er nimmt meine
Hand und drückt sie gespielt pärchenhaft. »Ich habe später auch
noch eine Überraschung für dich. Alles Liebe zum Valentinstag.«

Überfordert ziehe ich sie zurück. Irgendwie bin ich nicht in der Stimmung, das Ganze mit Humor zu nehmen. »Hast du nichts für Alex geplant?«

»Ihr Vater hat heute Geburtstag. Letztes Jahr hat sie seinen Ehrentag sausen lassen, damit wir etwas unternehmen konnten. Dafür kriegt er heute die doppelte Aufmerksamkeit.«

»Und was ist mit der Lerngruppe? Fällt die wegen des ganzen Kommerz-Kitschs heute aus?« Ich stecke mir das übersüßte *L'amour-toujours*-Schokoplättchen in den Mund.

»Ja«, sagt Léon beim Picken einer Fritte. »Heute zelebrieren wir den Tag der Liebe. Sei es die romantische Liebe, die Gastbruderliebe. Oder einfach nur die Liebe zum Leben. Der gute Valentin lässt uns da sicher Spielraum. War bestimmt ein flexibler Typ.«

»Valentin wurde hingerichtet. Wir feiern den Tag, an dem er enthauptet wurde.«

Léons Miene wird kurz ernst. »Oh, echt?«

»Ja.«

Er isst weiter, überlegt. »Vielleicht könnte man es ja netter formulieren: Wir feiern den Tag, an dem Valentin seinen Kopf verlor.«

»Das klingt irreführend. Als hätte er ihn aus Liebe verloren. Wobei ... das hat er irgendwie auch. Er hat Liebespaare getraut, ohne dass er das durfte. Hat ihn dann letztlich den Kopf gekostet.«

Léon hebt eine Hand. »Na also! Da haben wir unser Valentins-Happy-End.«

»Happy? Was daran?«

Er lässt die Gabel aufs Tablett fallen. »Mann, Milly ...«

»Was denn?« Ich esse weiter, als wäre nichts. Als würde ich seinen besorgten Blick nicht auf mir spüren.

»Dir geht's scheiße, oder?« Es ist, als würden wir beide um den heißen Brei herumreden. Ein Brei, der eigentlich nicht mehr heiß sein sollte, da ich mir die Zunge schon vor Wochen dran verbrannt habe. Es ist mir peinlich zuzugeben, dass der ganze Valentins-Schnickschnack schon wieder Kummer bei mir auslöst. Wie lange soll ich denn noch an Clara denken? Mich durch Erinnerungen an sie runter- und durch falsche Hoffnungen wieder hochziehen lassen? Diese falschen Hoffnungen (auf eine Nachricht von ihr, einen Anruf, einen Überraschungsbesuch) sind wie kleine Blitze, die man bewusst in sich einschlagen lässt, damit sie kurz mal die dunklen Annahmen erhellen und die Erinnerungen an die abgekühlte Beziehung aufheizen – nur um einen anschließend mit Herzflimmern und brennender Seele zurückzulassen.

»Nein, alles gut«, sage ich, noch immer seinen Blick meidend. »Mir geht's gut. *L'amour toujours.* Bin gespannt auf unser Date.«

»Wir treffen uns nach dem Unterricht am Schuleingang«, antwortet er wieder entspannter. »Pas d'excuses.«

* * *

Nach dem Essen haben wir Sportunterricht, heute steht Ausdauer auf dem Programm. Alle paar Wochen entscheidet unsere Sportlehrerin, uns einfach eine dreiviertel Stunde lang durch die Turnhalle joggen zu lassen und uns wie in Trance dabei zuzusehen, wie wir Runde für Runde für Runde drehen. Wie die einen irgendwann mit Seitenstichen das Feld räumen, während die anderen im Rausch des *Runners High* abheben. Das High kann ich heute gut gebrauchen – an diesem Tag der Liebe oder der Verliebten oder der verlorenen Köpfe oder was auch immer. Ich weiß genau, dass ich die Alles-nur-Kommerz-Leier nicht abgezogen hätte, wenn Clara noch hier wäre. Ich wäre mit ihr dick eingepackt am Meer spazieren gegangen, hätte ihr ein paar selbst geschriebene Zeilen überreicht – nichts Peinliches, möchtegern-Goethiges mit Kuvert und Wachssiegel: bloß eine Handvoll Sätze, um das Herz voll Gefühle zu beschreiben. Und dann hätte ich sie irgendwie eigeladen, auf ein Konzert oder zum Essen, und später wären wir zusammen eingeschlafen, in ihrem Zimmer, das nun auch zu meinem geworden ist, in *unserem* Zimmer. Und vielleicht wäre dann auch mehr passiert, wenn nicht eine Etage über uns Madame Leroy schlafen würde.

Dass ich Clara mal so nah war, kommt mir mittlerweile wie ein Traum vor, dessen Inhalt ich in meiner müden Verwirrung mit der Realität vermischt habe. Obwohl ich rational weiß, was wir in Paris gemeinsam erlebt haben, zweifelt ein kleiner Teil in mir daran.

Wenn etwas sowohl zu schön als auch zu weit weg ist, um wahr zu sein, fühlt es sich plötzlich unwahr an.

Das letzte Lebenszeichen von ihr bekam ich an Silvester, als sie meine Story angeklickt hat. Im ersten Moment habe ich mich über ihr Interesse gefreut – im dritten, vierten, hundertsten Moment zerbrach ich mir den Kopf darüber, ob das so klug war, ein Foto mit Lilly und Daniele zu teilen. Je mehr Tage und Wochen ohne Kontakt vergingen, desto größer wurde die Sorge, dass sie den Schnappschuss als letzte Bye-Botschaft, als endgültiges Farewell-Foto interpretiert haben könnte. Gerade, als ich kurz davor war, ihr zu schreiben, dass Lilly nur eine Freundin sei und es mir leidtue, falls sie das in den falschen Hals bekommen habe, realisierte ich, dass es im Grunde keinen *richtigen Hals* gab. Zwischen Clara und mir waren die Dinge nicht wegen eines Fotos gescheitert. Oder wegen Roman oder der Distanz zwischen Saint-Malo und Paris oder wegen meines Alters oder ihrer Musikkarriere – sondern unseretwegen.

Weil wir beide es irgendwie nicht hinbekommen haben. Mittlerweile ist mir auch völlig gleich, wer nun die größere Schuld daran trägt. Zu einer Verbindung gehören zwei Menschen. Und diese zwei sind sie und ich.

Aber warum verschwindet ihr Bild dann nicht aus meinem Kopf? Ich habe es von meiner Wand gehängt, habe es aus meinem Leben gehängt. Trotzdem hört es einfach nicht damit auf, mich anzustarren. Mit diesen braun leuchtenden, schlingenden Augen, die offiziell nichts einfordern und inoffiziell dann alles bekommen – was ihnen aber wenig bringt, wenn sie es schlussendlich nicht annehmen können.

* * *

Léon hält auf dem großen Parkplatz des *Grand Aquarium Saint-Malo*. Er zieht die Handbremse an, schaltet den Motor aus und dreht mir den Kopf zu. »Wir werden die Probleme vom Festland jetzt mal hinter uns lassen und den Ozean abchecken.«

Ein Aquariumsbesuch also. Okay. Ich kann nicht gerade behaupten, dass ich in der Stimmung bin, um Wassertiere zu bestaunen. Andererseits berührt es mich, dass Léon mich heute um jeden Preis von Claras Abwesenheit ablenken will. Er hätte genauso gut mit Alex und Céline am Familiengeburtstag teilnehmen können, um den Valentinstag mit seiner Freundin zu verbringen.

Wir laufen rein, er holt die Karten an der Kasse. »Soll ich uns eine Audio-Tour dazubuchen?«

»Auf keinen Fall.«

»Ist ja gut«, sagt er grinsend. »Bitte nicht schlagen.«

Nach wenigen Minuten bin ich dann doch überrascht, wie viel das Aquarium zu bieten hat. In den Innenräumen ist das Licht gedämpft, die Becken mit den bunten Fischen darin sind hingegen großzügig ausgeleuchtet. Sie sehen knallig und exotisch aus. Ich bin alles andere als ein Experte für die Unterwasserwelt, aber die Seepferdchen und Rochen erkenne sogar ich, auch die Clownfische. Dann geht es weiter zum ringförmigen 360-Grad-Panoramabecken, dem Ring der Meere mit den verschiedenen

Haiarten. Die Wände in diesem Raum bestehen aus dicken Glasscheiben, durch die man den Haien, die in gleichmäßigen Zügen auf- und abschwimmen, direkt in die Augen sehen kann. Mein Blick bleibt lange an einem von ihnen hängen, der hinter der Scheibe verwundbar und zugleich stolz wirkt. Selbst eingesperrt in einer Touristenattraktion bewahrt er seine gefährliche Aura, ein kampflustiges Funkeln, das mich in seinen Bann zieht und dazu bringt, mir mit einer gewissen Ehrfurcht – die Betonung liegt auf *Furcht* – vorzustellen, wie es wäre, ihm auf offener See zu begegnen.

Was mich aber am meisten fasziniert und vom ganzen pinken Prunk am Lycée ablenkt, ist der gläserne Tunnel, den wir langsam passieren, während um uns herum allerlei Tiere schwimmen, wie ein Spaziergang durch einen transparenten Meerestunnel. Das Licht, das durch das Wasser strömt, taucht alles in ein tiefes, mystisches Blau. Die angenehme Stille wird durch das leise Plätschern und sanfte Blubbern der vorbeigleitenden Tiere durchbrochen, deren bewegte Konturen fast surreal wirken, wie in einer Live-Animation.

»Krass, oder?«, flüstert Léon fasziniert.

Ich nicke. »Wann warst du hier das letzte Mal?«

»Als Kind mit meinem Vater.«

»Und Clara?«

Mit dem Blick nach oben gerichtet, tut er, als hätte er meine Frage überhört, und murmelt »Wow« in Richtung der gebogenen Glasdecke des nahtlosen Tunnels. Ich warte, bis eine Frau mit ihrem Kind an uns vorbeigelaufen ist, und sage dann: »Du brauchst nicht ständig aufzupassen, sie nicht zu erwähnen. Ich weiß, dass sie weiterexistiert, auch, wenn niemand ihren Namen fallen lässt.«

Langsam dreht Léon mir den Kopf zu und verschränkt seine Arme. Wir schweigen einen Moment und lauschen den leisen, fließenden Klängen im Hintergrund.

»Schon gut«, sage ich. »Lass uns weitergehen.« Mir ist völlig klar, dass er mit Clara in Kontakt steht und weiß, was sie treibt, denkt und fühlt. Das verwandelt ihn für mich in eine Art menschlichen Tresor, in dem er hochsensible Informationen aufbewahrt und an den ich nicht ran kam, obwohl er sich die ganze Zeit in Sichtweite befindet. Madame Leroy verliert ebenso selten ein Wort über Clara, was aber weniger so wirkt, als täte sie das aus einer loyalen Verschwiegenheit, so wie Léon. Eher, als habe sie schlichtweg keine Ahnung, wie es ihrer Tochter im Moment geht. Freundlich ist sie weiterhin, und zwar auf eine steife, überkorrekte Art, die eine spürbare Distanz zu uns schafft. Vielleicht ist das einfach ihr Umgang mit Claras Abstinenz, von der sie sich partout nicht aus der Fassung bringen lassen will.

Als ich Léon nach meiner Rückkehr aus Deutschland fragte, ob sie an Weihnachten oder Neujahr in Saint-Malo gewesen sei, sagte er kurz und knapp »Ne, ne« und wechselte das Thema, ehe ich aus seinem Tonfall oder Blick etwas Brauchbares herauslesen konnte.

Ich bin bereits ein paar Schritte vorgelaufen, als er stehen bleibt.

»Ich wünschte, ich könnte irgendetwas tun, damit es für euch beide leichter ist«, sagt mein Gastbruder bedauernd. »Aber Clara geht im Moment ihren Weg und du deinen, und obwohl ich weiß, dass ihr einander vermisst —«

Ich drehe mich nach ihm um. »Hat sie das gesagt? Dass sie mich vermisst?«

»Nicht direkt, aber —«

»Dann gibt es kein Aber. Wir haben seit dem Konzert im *Palais* weder geschrieben noch gesprochen. Kein Weihnachtsgruß. Keine Neujahrsfloskel. Das wäre an ihr gewesen.«

Er schüttelt den Kopf, zuckt ratlos mit den Schultern: »Ich weiß.«

Ich spüre, wie sich eine Mauer in mir hochzieht, deren Ziegelsteine ich zum Selbstschutz schon seit Tagen und Wochen gesammelt habe. »Solange sie nicht ausdrücklich über mich gesprochen oder mir etwas ausgerichtet hat, gibt es nichts, was sich da schönreden oder zurechtinterpretieren lässt.«

Wir schauen uns an, im bläulichen Schimmer der Unterwasserwelt. Der Mut, nun doch über Clara und mich zu sprechen, scheint daher zu kommen, dass wir uns gefühlt fünftausend Meilen unter dem Meer befinden. Weit entfernt von der scharfen, klaren Realität, in der die Dinge weder treiben noch schwimmen, sondern feststehen.

»Ich kann dir nur sagen, dass meine Schwester es im Moment nicht sonderlich leicht hat.«

Ich nicke. »Ist okay«, sage ich und meine damit nicht die ganze Situation, sondern die Tatsache, dass es eben *nicht okay* ist. Aber das auszuhalten, ist okay, denke ich und höre völlig unerwartet die Stimme meines Vaters in meinem Kopf: »Das auszuhalten, gehört zum Erwachsenwerden dazu.« Es ist beruhigend, auf diese Weise an ihn zu denken, fast schon trostvoll.

* * *

Am frühen Abend verlassen wir das Aquarium, holen uns noch einen Happen auf die Hand und fahren im Dunkeln nach Hause.

»Danke für den tollen Valentinstag«, sage ich auf dem Beifahrersitz, während wir in langsamem Tempo durch ein Wohnviertel mit klassischen Straßenlaternen fahren. »Er fing mit Rosa und Rot an und endete dann ganz unerwartet mit Meeresblau.« Im Hintergrund läuft Radio. Französischer Rap.

»Von Wolke sieben bis unters Meer«, ergänzt Léon.

Ich atme tief ein, spüre, wie mein Herzschlag sich in Aussicht auf das, was ich gleich sagen werde, beschleunigt. »Ich glaube, ich habe heute das letzte Stück Hoffnung losgelassen. Und das ist gut so.«

Léon, anscheinend unfähig, den Ernst der Situation auszuhalten: »Hast du sie den Fischen zum Fraß gegeben?«

»Es hat lange genug wehgetan«, sage ich leiser. »Ich glaube, jetzt ist es an der Zeit, sich auch mal befreit zu fühlen.«

Er antwortet nicht.

»Nicht von deiner Schwester, versteh mich nicht falsch …«

»Ich verstehe schon, wovon.«

Er parkt in der Einfahrt, wir gehen ins Haus und laufen hoch auf unsere Zimmer. Ich putze mir schon mal die Zähne, schlüpfe aus meiner Kleidung und lasse mich in T-Shirt und Boxer aufs Bett fallen.

»Wollen wir gleich noch was gucken oder zocken?«, fragt Léon im Türrahmen. »Lerntechnisch ist der Tag eh gelaufen.«

Ich strecke meinen verspannten Körper im Bett. »Ich glaube, ich bin für heute durch.«

»Klar, kein Ding.«

»Kannst du das Licht ausschalten?«

»Wir haben noch nicht einmal acht. Ich habe dich mit dem Aquarium wohl ziemlich gekillt«, sagt er beim Ausknipsen der Deckenlampe und schließt sanft die Tür hinter sich.

Ich schlafe selten um diese Uhrzeit ein und wenn, dann schlafe ich ganz sicher nicht durch. Diese Nacht wird das anders sein, das spüre ich.

Ich werde diesen langen und tiefen Schlaf brauchen, um meine letzte Abnabelung von Clara zu festigen – wie ein datenreiches Geschichtskapitel, das ich mir seit Wochen und Monaten in den Kopf zu hämmern versuche.

KAPITEL 34

Clara

Ich freue mich über den Vorschlag von Frau Dr. Dupont, den Termin nach draußen zu verlegen und einen Spaziergang zu machen.

»Gestern war Valentinstag«, sage ich, als wir gemeinsam das Klinikgebäude verlassen. »Haben Sie etwas geschenkt bekommen?«

Wir überqueren den Besucherparkplatz und nehmen einen Wanderweg, der unmittelbar an das Klinikgelände grenzt.

»Sie wissen ja, dass ich mit Ihnen nicht über mein Privatleben sprechen werde.« Sie trägt einen schicken Mantel, dazu einen farblich passenden Schal und Lederstiefel. Die Haare hat sie zu einem Zopf zusammengebunden. Dr. Dupont hat bestimmt einen Freund, eine Handvoll Verehrer, und der Psychologe mit der Brille, der immer irgendwie neben ihr auftaucht und dabei so merkwürdig wild gestikuliert, steht bestimmt auch auf sie.

»Aber wenn Sie so fragen, scheint der Valentinstag Sie beschäftigt zu haben«, sagt sie.

Ich zucke mit den Schultern. »An meiner Schule wurde das

immer groß aufgezogen, keine Ahnung, warum. Hat sich irgendwie durchgesetzt.«

»Das ist doch schön.«

»Ja. Na ja. Es war schön, jetzt ist es vorbei.«

Ich atme den erdigen Wald- und Wiesengeruch ein, der sich mit der kühlen Luft zu einem frischen Wachmacher vermischt. Der schmale Wanderweg ist durch den gestrigen Regen noch leicht aufgeweicht und zieht sich durch eine flache, mit Gras bewachsene Landschaft. In der weiten, offenen Aussicht tauchen nur vereinzelt Bäume auf. Einer von ihnen fällt mir besonders ins Auge. Er trägt seine kahle Krone mit dem Stolz eines selbstzufriedenen Einzelgängers, der schon einige Winter allein überstanden hat – anders als die dichten Baumgruppen am Horizont, die eine Linie zwischen Boden und Himmel ziehen.

»Ihr Freund hat sich nicht gemeldet?«

»Mein Gastbruder? Nein.«

»Hatten Sie damit gerechnet, dass er sich meldet?«

Ich halte kurz inne. Vor vier Wochen, als ich hier ankam, hätte ich die Frage wohl einfach verneint. Doch seit ich ständig darüber sprechen muss, was in mir vorgeht – in meinem Bauch, meinem Kopf, meinem Herzen – ist die Hemmschwelle deutlich gesunken. Sei es in der Bewegungs- oder Musikgruppe, in der Gesprächsgruppe, bei der Chefarztvisite oder eben bei meiner Psychiaterin Frau Dr. Dupont: Überall geht es um das, was *mit* und *in* uns passiert.

»Schon ein bisschen«, antworte ich. »Ich dachte, er würde den Tag vielleicht als Aufhänger nutzen, um mich zu fragen, wie es mir geht. Dabei ist das doch lächerlich. Wäre Milly so ein Typ, der den Valentinstag braucht, um zu sagen, was er zu sagen hat, dann hätte ich mich wohl kaum in ihn verliebt.«

Die Ärztin bleibt stehen, sieht mich mit einem überraschten Lächeln an. »Verliebt?«

Ich spüre einen stechenden Schmerz in der Brust und muss wohl das Gesicht verziehen, da Dr. Dupont mir die Hand auf die Schulter legt. »Schon gut, Madame Leroy. Es ist okay, zuzugeben, dass jemand, zu dem man im Moment keinen Kontakt hat, weiterhin von großer Bedeutung ist.«

Es passiert mir in den letzten Tagen immer häufiger, dass ich traurig werde und weinen muss. Vor allem, wenn ich checke, was ich fühle und das Gecheckte in Worte packen kann und diese Worte auch noch über die Lippen bekomme. Das ist befreiend, tut aber auch weh. Wie bei einer Geburt vermutlich. Ganz viele Gefühlsgeburten. Dupont nimmt die Hand von meiner Schulter, greift in ihre Manteltasche und zückt ein Taschentuch. Ich bedanke mich, schniefe leise in das Tuch hinein. Als ich aufhöre zu weinen, lege ich den Kopf in den Nacken. Zum ersten Mal seit Tagen bricht die Sonne durch die klare Kälte und fällt direkt auf mein Gesicht. Ihre Strahlen sind warm und trostvoll, und plötzlich bedaure ich, dass ich sie in den letzten Monaten kaum beachtet habe. Es gab so viele Dinge, die mich davon abhielten, einfach mal stillzustehen und mir einen Moment in der Sonne zu erlauben. Das möchte ich ändern. Ich will wieder häufiger aufblicken. Ihre Zuwendung ist etwas Kostbares, das ich mir nicht erst verdienen muss.

Wir laufen weiter.

»Glauben Sie, ich bin beziehungsunfähig?«

Meine Ärztin seufzt leise, fast schon bedauernd. »Natürlich glaube ich das nicht.« Und dann: »Ich bin jedoch der Ansicht, dass Sie bislang wenig Gelegenheit hatten, sich in ausgeglichenen Beziehungen zu üben. Ihre Kernbeziehungen zu Mutter und Vater waren und sind nicht ganz unkompliziert.«

»Für mich vielleicht. Mein Bruder hat irgendwie weniger Probleme mit der ganzen Situation. Die Beziehung zwischen ihm und meiner Mutter ist viel ausgeglichener, ohne diese ganzen Höhen und Tiefen. Vielleicht hat er sich auch deshalb nie so stark nach einem männlichen Gegenpol gesehnt. Nach der bedingungslosen Unterstützung, die ich immer wieder mal bei meinem Vater gesucht habe.«

»Für mich klingt es aber auch danach, als habe ihr Bruder ein starkes Harmoniebedürfnis entwickelt und als würde er Konfrontationen und Konflikte scheuen. Es ist fast undenkbar, dass er sich nie nach einem Vater im Haus gesehnt hat. Ich kann mir vorstellen, dass er vermeiden wollte, Ihre Mutter vor den Kopf zu stoßen und ihr das Gefühl zu geben, nicht zu genügen. Und dass er starke Hemmungen hatte, Ihren scheinbar passiven und eher selbstfokussierten Vater mit seinen Bedürfnissen belasten.«

Ich verspüre den plötzlichen Drang, die Sitzung frühzeitig zu beenden, auf mein Zimmer zu laufen und Léon anzurufen. Ihm zu sagen, dass ich einfach mal wieder mit ihm Essen bestellen und einen Film gucken will, im Wohnzimmer auf der Couch, jeder an seinem gewohnten Ende, mit einer Decke über unseren Beinen. Vielleicht würden wir während der unwichtigen Szenen sogar über ihn und Alex sprechen. Über seine Studienpläne und ob er sich schon Gedanken gemacht hat, ob er nach Paris ziehen wird.

»Woran denken Sie gerade?«, fragt Dupont und biegt dabei nach rechts auf einen Feldweg ab.

»An Léon. Ich bedaure, dass wir lange keine entspannte Zeit mehr zusammen verbracht haben. Es war einfach so viel los: der Klinikabbruch damals, das Uniprogramm, das Weihnachtskonzert, die Probleme mit meiner Mutter, die Beziehung mit Milly, das Hin und Her zwischen Paris und Saint-Malo …«

Meine Psychiaterin lächelt zufrieden. »Dann holen Sie das bald nach.«

Ich stecke die Hand in die Jackentasche, greife nach meinem Handy. »Ich würde ihm das kurz mal schreiben.«

»Nach der Sitzung.«

»Warum nicht jetzt?«

»Lassen Sie den Gedanken im Hinterkopf, bis unser Termin rum ist. Halten Sie diese Spannung aus, indem Sie sich auf unser Gespräch konzentrieren, auf den Spaziergang und Ihre Sinneseindrücke. Ihr Bruder läuft nicht weg, versprochen.«

»Was ist, wenn ich mich später nicht mehr traue?«

»Dann schreiben Sie sich auf, was Sie ihm sagen möchten. Wenn Sie dann wieder so weit sind, und das ist sehr wahrscheinlich, haben Sie schon alles parat.«

Dupont muss aus allem, was nicht bei drei auf dem Baum ist, eine therapeutische Übung machen. Aber gut, dafür bin ich hier, auch wenn es nervig ist, ständig irgendwas auszuhalten, statt es entweder wegzuschieben oder zu überstürzen.

* * *

Zurück in ihrem Büro überreiche ich ihr noch den Ausgangszettel, auf dem ich eingetragen habe, dass ich später gern bis 23 Uhr ausbleiben würde. Anfangs fand ich es nervig, dass man für Abwesenheiten über vier Stunden eine schriftliche Genehmigung braucht, als wäre man unter Aufsicht auf Klassenfahrt. Aber dann bekam ich mit, wie Bernd mit über zwei Promille vom Sonntagsausflug zurückkam, Anita sich daheim nach einem Ehestreit die Gabel in den Oberschenkel gestochen hat und Jens, ein bipolarer Patient, kurz davorstand, spontan zu heiraten. Seither kann ich das mit den Zetteln und Unterschriften definitiv besser verstehen.

»Geplante Aktivität: Treffen mit ehemaligen PatientInnen«, liest Dr. Dupont vom Zettel ab. »Oh, schön. Wen treffen Sie?«, fragt sie hinter ihrem Schreibtisch, mit einem Kuli in der Hand.

Ich stehe mitten im Raum, ohne Jacke und Schal abzulegen. »Leute von meinem letzten Aufenthalt. Wir haben eine WhatsApp-Gruppe, die noch recht aktiv ist.«

Sie lehnt sich nach vorn und reicht mir den Ausgangszettel.

»Das freut mich für Sie.«

Ich blicke zur Uhr, wir haben bereits über fünf Minuten überzogen. Der Gedanke, sie könne meinetwegen in Zeitverzug geraten, ist mir unangenehm.

»Wohin gehen Sie?«, fragt sie, als ich die Tür ansteuere.

Ich berühre die Klinke, ohne sie runterzudrücken. »Sie haben bestimmt viel zu tun.«

Die Psychiaterin tritt hinter dem Schreibtisch hervor. »Machen Sie sich keine Sorgen um meinen Zeitplan.«

»Aber wir sind schon fünf Minuten drüber.«

»Haben Sie direkt hiernach einen Anschlusstermin?«, fragt sie.

»Nein, das nicht.«

»Dann gibt es doch sicher noch etwas anderes, das Sie tun könnten, statt für mich mitzudenken und die Situation zu verlassen.«

Ich lasse die Klinke los, verschränke die Arme. Weiß nicht, worauf sie hinauswill. »Die Situation … *nicht* verlassen?«

Sie lächelt herausfordernd.

»Die Situation … nutzen?«, probiere ich weiter und spüre dabei eine Mischung aus wohltuender Nähe und leiser Spannung zwischen uns.

»Und was machen Sie mit der Sorge, meine Zeit zu stark zu beanspruchen?« Obwohl sie mich ein wenig vorführt, wirkt sie nicht unsympathisch dabei.

»Ich könnte Sie fragen, ob das für Sie in Ordnung ist. Oder mich dafür bedanken, dass wir überziehen.«

Jetzt ist sie diejenige, die nach der Klinke packt. »Hundert Punkte«, sagt sie beim Öffnen der Tür. »Und jetzt müssen Sie tatsächlich gehen, da ich jeden Moment einen Anruf erwarte.«

Ich fühle mich vor den Kopf gestoßen, ohne dass es wehtut. Als würden wir nur spielen. Als würde meine Stirn nur auf Schaumstoff treffen.

»Bis bald«, sage ich und verlasse ihren Raum.

* * *

Nach der Atemtherapie klopfe ich an der Tür von Louise, eine Mitpatientin, mit der ich eine Freundschaft geschlossen habe, welche die Klinikzeit überdauern könnte. Wir haben eine Menge Programmpunkte zusammen, zudem ist sie mit ihren achtzehn Jahren die Jüngste hier, dicht gefolgt von meiner Zwanzig. »Bist du ready?«

Sie schaut mich mit einer bedauernden Miene an. »Ich habe ziemliche Kopfschmerzen.«

»Louise, na komm. Wir wollten doch zusammen hin, die Gruppe weiß auch schon Bescheid. Hast du denn was eingenommen?«

Ich trete ein. Sie setzt sich aufs Bett, greift nach ihrem Heizkissen und platziert es um ihren Hals.

»So schlimm?«

»Ja, es fing im Nacken an und zog sich dann hoch in den Kopf. Ich habe schon zwei Ibus geschluckt, aber es tut sich einfach nichts.«

Louises Körper macht ihr häufiger Probleme. Dabei wirkt sie nach außen hin ganz fit und strahlt eine ruhige Wärme aus. Als ich davon erfuhr, dass sie so stark unter ihren Schmerzen leidet und deshalb öfter Freunde versetzen und Termine absagen muss, war ich ganz überrascht, wie wenig ihre äußere Erscheinung über ihr tatsächliches Wohlbefinden verrät.

»Warte einen Moment«, sage ich und laufe schnell runter in die Cafeteria. In der Tee-Ecke schneide ich Ingwer in dünne Scheiben, presse eine Zitrone aus und bringe ihr den Tee in Rekordtempo aufs Zimmer.

»Oh, danke«, sagt sie. »Ich hätte mir fast selbst einen geholt, aber es ist so grell und laut unten.«

Ich bleibe im Zimmer stehen, während sie sich in ihr Bett kuschelt, den Kopf an die Wand lehnt und die Teetasse vorsichtig auf ihre bedeckten Knie stellt.

»Kommst du später bei mir vorbei?«, fragt sie.

»Um elf noch? Schläfst du da nicht schon?«

»Schreib mir einfach, dann sehen wir weiter.«

»Ja, gern. Wann kontrolliert die Nachtwache freitags die Flure? Erst nach Mitternacht, oder?«

»Ja, genau.«

»Alles klar.« Ich beuge mich zu ihr runter, umarme sie vorsichtig, ohne ihren Tee zu verschütten.

»Cool, dann habe ich was, worauf ich mich freuen kann«, sagt sie mit einem müden Lächeln.

»Aber zwing dich nicht, wach zu bleiben«, bitte ich sie. »Nicht, dass die Schmerzen noch schlimmer werden.«

»Alles gut! Viel Spaß euch.«

Auf dem Weg nach draußen denke ich daran, was Louise mir erzählt hat: dass vor allem neue und unberechenbare Situationen sie belasten würden. Vielleicht hatte sie Bammel davor, die Gruppe kennenzulernen. Schon komisch. Während Louise vor dem Unbekannten zurückschreckt, tue ich mich schwer mit wachsender Vertrautheit, vor allem, wenn tiefere Gefühle im Spiel sind. Statt die Nähe einfach zuzulassen, schwanke ich dann zwischen der Angst, dass der andere irgendwann weggeht, und der Sorge, dass ich selbst das Handtuch werfen könnte.

* * *

Ich laufe zur Bushaltestelle, ziehe mir die Jacke zu. Es ist viel zu kalt für meinen Rock, die Nylonstrumpfhose und die Schnür-Stiefeletten. Aber Frieren gehört zu einem coolen Abendoutfit dazu. Und es tut gut, sich mal wieder richtig fett zu stylen. Sich mit knallroten Lippen und hohen Schuhen auf dem Weg zu einer Bar zu machen, um beim Quatschen mit netten Leuten die Zeit zu vergessen. Ganz ohne das Ziel, jemanden beeindrucken zu wollen. Ganz ohne den Druck, etwas beweisen oder geradebiegen zu müssen. Ohne ständig zwischen dem Wunsch, gesehen und übersehen zu werden, hin- und herzuschaukeln, bis einem übel wird.

In der Tapas-Bar gibt es dann freudige Umarmungen und feuchte Augen.

»Das war so eine intensive Zeit damals«, sagt Amélie, während sie sich mit dem Finger ein Tränchen wegwischt. Genau wie ich ist sie heute zum ersten Mal bei einem Treffen dabei. Wir legen Jacken und Schals ab und setzen uns an einen Vierertisch, Fabien und ich auf der einen Seite, Kira und Amélie uns gegenüber.

»Ihr habt mich durch die schwierigste Zeit meines Lebens begleitet«, spricht sie weiter. »Ich wusste weder, was aus meiner Beziehung wird, noch aus meinem Job. Aber ihr wart da. Für einen Waldspaziergang, ein Krisengespräch.«

»Schon toll, wenn niemand einen blöd anguckt, weil man bereits am Frühstückstisch von Schlafstörungen und Zukunftsängsten spricht«, pflichtet ihr Fabien bei.

Kira verteilt die Getränkekarten. »Manchmal vermisse ich das sogar«, gesteht sie. »Dieses Gefühl, auf einer Klinik-Klassenfahrt zu sein und immer Leute um sich zu haben. Ich habe das im Sommer gar nicht so zu schätzen gewusst.«

»Ich auch nicht«, stimmt Amélie zu.

»Ich schon«, sagt Fabien. »Nach mehreren Aufenthalten weiß man, wie der Hase läuft.«

»Schade, dass heute nicht mehr aus der Gruppe können«, sagt Kira. »Beim letzten Mal waren wir zu acht oder neunt.«

In meinem Hals bildet sich ein Kloß. »Ich wünschte, ich hätte damals nicht abgebrochen«, spreche ich zu meiner eigenen Überraschung laut aus. »Dann würde ich jetzt auch nostalgisch auf unsere gemeinsame Klinikzeit blicken.«

Fabien legt den Arm um meine Schulter, Amélie streckt ihre Hand über die Tischplatte nach mir aus. Ich atme tief durch.

Schenke Fabien ein dankendes Lächeln. Drücke die Hand, die Amélie mir anbietet. Und versuche, meine Gefühle in Worte zu fassen, damit der Kloß nicht weiter anschwillt und in einem Tränenschwall zerplatzt. »Ich dachte damals, ich könne einfach weitermachen. Und dass sich die Probleme mit jedem gemeisterten Monat an der Uni weiter verdünnen. Als wäre die Zeit ein ungefährliches Streckmittel.« Es wird besser, der Kloß schwillt ab. »Aber vermutlich musste ich da durch, damit ich jetzt beim zweiten Anlauf bereit bin, mir das ganze Chaos noch mal anzuschauen.«

»Und aufzulösen«, sagt Amélie. »Dass du das alles so sehen kannst, heißt, dass du schon mitten im Therapieprozess bist. Das ist super, Clara.«

»Danke!«

Wir bestellen Getränke, zwei große Tapas-Platten. Gehen ab und an draußen eine rauchen, wechseln die Plätze und Gesprächspartner. Als Amélie neben mir landet, erzähle ich ihr von meinen Sitzungen mit Dr. Dupont, die mit ihrer lockeren und zugleich bestimmten Art bei mir ins Schwarze trifft. Von meinem Glück mit Louise, die zufällig am selben Tag wie ich in der Klinik gestartet ist. Von meinem Appetit, der sich gebessert hat, seit ich meine Gefühle nicht mehr ständig in mich hineinfresse, bis ich sie irgendwann im Strahl auskotze – und den zweieinhalb Kilogramm, die ich seither zugenommen habe (nicht die Welt, aber immerhin). Als Fabien nach dem Essen noch mal eine Runde vor die Tür will, schnappe ich mir mein Cola-Glas und begleite ihn. Anders als Amélie und Kira haben wir keinen Wein bestellt. Er, weil er trockener Alkoholiker ist, ich, weil ich nicht gegen die Klinikregeln verstoßen möchte.

Fabien zückt seine Iqos, ich habe für heute mein Kippen-Höchstpensum erreicht und stelle mich einfach in Jacke und Schal dazu.

»Diese Dinger erinnern mich an meine Mutter«, sage ich, während er eine Wolke in den dunklen, trocken-kalten Abend dampft.

»Wie läuft es denn mit ihr?«

Ich stoße einen lang gezogenen Frag-nicht-Seufzer aus.

»Hat sie noch Probleme mit deinem Account?«, hakt er weiter nach. »Und dass du diesen heiligen Klassikkram in Electro packst?«

»Hatte ich davon erzählt?«

»Ja, in der Klinik damals, beim Mittagessen. Ich folge dir auch.«

»Auf *Insta*?«

»Ja, mit einem Quatsch-Account ohne Foto und Klarname.«

»Ach, wie süß, danke! Mit meiner Mutter läuft es weder gut noch schlecht, sondern gar nicht. Wir haben im Moment keinen Kontakt. Ich muss noch mal mit Dr. Dupont besprechen, wie ich mich ihr gegenüber in Zukunft verhalten möchte.« Ich denke an die Nachricht, die ich ihr mithilfe meiner Psychiaterin geschrieben habe. Darin habe ich kurz und knapp erklärt, dass ich für zehn Wochen stationär in der Klinik bin und momentan nicht darüber sprechen möchte. Zudem bat ich sie, Léon nicht auszuquetschen – da es nicht seine Aufgabe ist, zwischen den Stühlen zu sitzen und mit unseren Interessen zu jonglieren. Daraufhin versuchte sie mehrfach, mich zu erreichen, und stellte meinem Bruder natürlich trotzdem einhundert Fragen, was mir leidtut. Vor allem, weil er sich aufs Abi konzentrieren muss. »Aber das ist nicht Ihre Schuld«, hat Dupont mit einer ruhigen Beharrlichkeit wiederholt, die ich zum Glück nicht so leicht aus dem Kopf bekomme. »Nichts von alledem: weder, dass Sie in einer psychiatrischen Klinik sind, noch, dass zwischen Ihnen und Ihrer Mutter Distanz herrscht. Noch, dass Léon daheim mit unangenehmen Fragen konfrontiert wird. All das sind keine Dinge, die Sie verbrochen haben. Keine Dinge, *die Sie zu einer schlechten Schwester oder Tochter machen.*«

Fabien zieht an der Iqos, angeleuchtet vom hellen Trubel und Treiben der Tapas-Bar. »Du machst das gut«, sagt er beim Ausblasen. »Sich von den eigenen Eltern verlassen zu fühlen, obwohl sie noch am Leben sind, gehört wohl zu den schmerzvollsten Erfahrungen der Welt. Und leider auch zu denen, die gar nicht mal so selten sind.«

Als Gruppenweiser bemüht er sich, mir eine Stütze zu sein, aber ich höre ihm an, dass die Worte ihm selbst gefährlich nahegehen. Weil er diesen Schmerz der Verlassenheit bestens kennt und ihn seit Jahren mit Alkohol zu betäuben versucht. Fünfmal war er bereits in der Klinik. Der Januar ist sein neunter trockener Monat, hat er erzählt, und die depressiven Tage würden sich im Moment auf Sonntage, Feiertage und den Todestag seines Vaters begrenzen, der ebenfalls alkoholkrank war und an einer Leberzirrhose verstarb.

»Darf ich dich mal umarmen?«, frage ich, obwohl ich in Paris oder Saint-Malo nie auf so eine offene, direkte Art gefragt hätte. Vor den Klinikleuten gibt es jedoch eine Clara, die spontan Nähe anbieten oder erbitten kann, ohne sich dabei zu aufdringlich oder verletzlich zu fühlen. Vielleicht, weil hier nicht nur alle im selben Boot sitzen, sondern weil auch niemand diese Tatsache leugnet.

Anders als da draußen.

* * *

Zurück in der Klinik melde ich mich bei der Pflege und gehe dann direkt hoch zu Louise, die mir eben geschrieben hat, dass sie noch wach sei und ihre Kopfschmerzen deutlich nachgelassen hätten. Ich schleiche mich zu ihr ins Zimmer, lege meine Sachen ab und setze mich neben sie aufs Bett, mit dem Rücken an die Wand gelehnt. Eingekuschelt unter ihrer vorgewärmten Decke. Sie legt ihr Tablet beiseite, auf dem sie gerade eine Serie schaut.

»Hast du hier im Nirgendwo Empfang?«

»Nein, das hatte ich mir alles schon runtergeladen.«

»Und was schaust du?«

»Eine Ärzteserie«, sagt sie etwas ertappt. »Ich finde Krankenhäuser total spannend.«

Ich sehe sie mit großen Augen an. »Du weißt aber schon, dass die Ärzte nicht alle so heiß sind und die Patienten nicht alle so spannend und die Partys nicht alle so wild?«

»Klar weiß ich das. Das ist eine Doku-Serie mit echtem Personal und Fällen.«

»Oops, sorry«, rudere ich zurück.

Sie winkt ab. »Schon gut. Ich glaube, ich werde nach dem Abi einen Freiwilligendienst im Krankenhaus machen.«

»Ein Service Civique?«

»Ja, ein Jahr lang in einer anderen Stadt. Dann komme ich auch mal raus aus meinem kleinen Vorort.«

»Perfekt«, sage ich. »Du kommst nach Paris. Da gibt es unzählige Krankenhäuser.«

Sie schweigt. Sie überlegt. Sie sagt nicht direkt Nein. Ich glaube, einen Funken Freude in meinem Bauch zu spüren. Das ist auch etwas, das ich hier geübt habe: nicht nur negativen Gefühlen Raum zu geben, sondern auch positiven. Wenn sich da etwas bemerkbar macht, das sich nach Freude oder Begeisterung anfühlt – vielleicht auch nach Dankbarkeit, Wärme oder Verbundenheit –, dann halte ich kurz inne und warte ab, bis Herz und Körper miteinander fertig gesprochen haben. Und dann lasse ich diesen schönen Austausch zwischen ihnen kurz in mir nachhallen.

Ich packe ihre warme Hand: »Das wird super.«

»Moment mal«, sagt sie, ohne das aufgeregte Lächeln unterdrücken zu können. »Ich gehe verloren in Paris.«

»Du wirst dich finden in Paris.«

Ihr Blick ist sanft und noch immer etwas erschöpft von den Kopfschmerzen. »Ein Jahr an einer Universitätsklinik, befreundet mit der Starpianistin Clara Leroy ...« Sie umklammert ihre angezogenen Beine, als müsse sie sich bei der Vorstellung festhalten.

»Der abgestürzten Klavierstudentin, meinst du.«

»Du steigst wieder auf in Paris.«

Ich wende den Blick ab und starre ihren Fernseher an, versinke kurz in Gedanken an mein Zuhause.

»Bist du gerade in Saint-Malo?«, fragt Louise.

Schweigen.

»Bei Milly?«, schiebt sie sanft hinterher.

Sie hängt es zwar nie an die große Glocke, aber sie ist eine von denen, die blitzschnell raffen, worum es geht. Im Urwald wäre sie ein unscheinbares, gut getarntes Tier zwischen Matsch und Gräsern und Pflanzen und würde die Dynamiken, Gefahren und Möglichkeiten besser kennen als die Könige und Protze, vor denen sich alle fürchten.

Ich nicke, ohne den Blick von ihrem Wandgerät abzuwenden.

»Ich bereue, ihn verloren zu haben. Und vermisse es so sehr, mit ihm zusammen zu sein, dass es manchmal körperlich wehtut.«

Sie berührt mich am Oberarm. »Du bist so stark.«

Nein. Ich kann jetzt nicht weinen. Es ist bald Mitternacht, Louise ist extra für mich wach geblieben. Und sie hat sich wohl eher einen netten Friday-Night-Mädels-Plausch versprochen und keine Heulerei um etwas, das schon vor vier Wochen zum Heulen war, als wir uns das erste Mal begegnet sind.

»Willst du heute bei mir schlafen?«, fragt sie. »Die kontrollieren ja nicht in den Zimmern, nur in den Fluren.«

Ich nehme ihr Angebot ohne Widerworte an. Sie leiht mir Schlafshorts und ein T-Shirt. Ich spüle mir den Mund mit ihrem antibakteriellen Mintwasser aus, schminke mich mit ihren Pads ab. Dann legen wir uns mit dem Kopf an unterschiedliche Bettenden. Louise lässt das Nachtlicht an.

»Geht das denn mit deinen Kopfschmerzen?«, flüstere ich in die Stille hinein.

»Ja, voll. Clara?«

»Ja?«

»Du weißt, dass du um Milly kämpfen musst, oder?«

Schweigen.

Um Milly kämpfen. Zum ersten Mal höre ich diese Worte aus dem Mund einer anderen Person. Um Milly kämpfen. Ich muss kämpfen. Um Milly. Hinterher sein. Dranbleiben. Ihm zur Not ein bisschen nachlaufen. Die eine oder andere Abfuhr riskieren. Bis er mich angehört hat. Bis ich alles losgeworden bin. Allein bei dem Gedanken daran wird mir ganz flau. Als hätte ich etwas gegessen, dessen Haltbarkeit ich nicht mehr überprüfen kann, da die Packung bereits im Müll liegt. Und jetzt muss ich damit leben, es nicht sicher zu wissen. Muss versuchen, mich nicht in eine Übelkeit reinzusteigern, für die es vielleicht gar keinen Grund gibt. Denn vielleicht war das Datum ja doch noch nicht abgelaufen.

Vielleicht, aber auch nur vielleicht, ist es noch nicht zu spät, um sein Vertrauen zurückzugewinnen.

* * *

Woche sechs. In der Gesprächsgruppe stehen heute sogenannte »Skills« auf dem Programm. Techniken, die uns bei starker innerer Anspannung helfen sollen – vor allem, um impulsive und selbstschädigende Handlungen zu vermeiden. Wir sitzen im Halbkreis, die Gruppenleiterin steht mit dickem Stift an der Whiteboard-Tafel und sammelt Beispiele für »seelische Selbstschädigung«. Manche heben die Hand, bevor sie etwas sagen. Andere rufen einfach rein. Beides scheint in Ordnung zu sein. Ein Mitpatient erzählt, dass er beobachtet, wie er mit nahstehenden Menschen Streit anfängt, um negativen Gefühlen Luft zu machen. Ein anderer berichtet, er habe aus Wut auf sich und die Welt ein Vorstellungsgespräch abgesagt, um Kontrolle auszuüben. Kurzfristig sei das erleichternd gewesen. Später habe das allerdings zu Reue und Selbstvorwürfen geführt.

»Wer kennt's noch?«, fragt er frei heraus. »Bitte mal ehrlich die Hände hoch.«

Die Therapeutin schaut kurz irritiert, nickt dann aber zustimmend in die Runde.

Gut die Hälfte der Teilnehmer hebt sofort die Hand, dann folgen noch ein paar zögerliche Hände, einschließlich meiner. Und schließlich traut sich auch Louise zuzugeben, dass sie sich schon mal selbst ins Knie geschossen hat.

Für das Whiteboard formuliert die Fachfrau die gesammelten Punkte etwas allgemeiner:

Beispiele für seelische Selbstschädigung:

- Streitigkeiten provozieren und eskalieren lassen

- Eigene Bedürfnisse unterdrücken, um Konflikte zu vermeiden

- Beziehungen oder Kontakte abbrechen, die eigentlich wertvoll sind

- Den Kontakt zu unfairen oder verletzenden Menschen suchen

- Chancen (beruflich oder privat) nicht wahrnehmen

- Hilfe, die angeboten wird, ablehnen

- Etwas, das man vorbereitet hat, in letzter Sekunde absagen

Während ich die Stichworte durchlese, weiß ich nicht ganz, ob es mich beruhigt oder irritiert, wie ähnlich mir meine Mitpatienten in ihrer Selbstsabotage sind. Bin ich also gar nicht so anders und kompliziert, wie ich dachte? Sind meine Verhaltensweisen erklär- und nachvollziehbar? Wie Mathematik? *Mental Maths.* Das wäre tröstlich. Mathe klingt nach Logik. Nach Lösungen.

Als wir zu körperlichen Formen von Selbstschädigung kommen, wird deutlich, dass es dabei nicht nur um eindeutige Verhaltensweisen wie Ritzen oder Verbrennen geht.

»Der schlechte oder schädigende Umgang mit dem Körper kann auch anders aussehen«, sagt die Gruppenleiterin. »Subtiler und nicht auf den ersten Blick erkennbar.« Diesmal ist die Gruppe zurückhaltend. Auch ich traue mich nicht, Dinge wie »Zu wenig essen« oder »Leicht bekleidet bei drei Grad eine rauchen« anzusprechen. Als wäre die körperliche Gesundheit ein höheres Gut als die seelische. Als wäre es deutlich beschämender, Muskeln, Haut und Knochen in Gefahr zu bringen als Gedanken, Glaube und Gefühle. Letztlich muss die Leiterin die Punkte selbst anschreiben und damit leben, dass die Gruppe in ihrem betretenen Schweigen verharrt – worauf sie recht gelassen reagiert. Sie scheint zu wissen, was los ist.

Beispiele für körperliche Selbstschädigung:

- Sexuelles Risikoverhalten ohne Rücksicht auf die eigene Gesundheit oder emotionale Grenzen

- Medikamente, die man braucht, nicht nehmen (z. B. bei chronischen Krankheiten)

- Arztbesuche aufschieben oder absagen

- Essen oder Körperpflege vernachlässigen

- Substanzmissbrauch zur Betäubung innerer Schmerzen (z. B. Alkohol, Drogen, Schlaf- oder Beruhigungsmittel)

- Gefährliche Situationen im Straßenverkehr riskieren

- Schmerzen oder Krankheit ignorieren, um weiter zu funktionieren (z. B. arbeiten oder andere versorgen)

In der letzten Zeile – Abliefern trotz Abschmier-Gefahr – erkenne ich mich eindeutig wieder. Und im vorletzten eigentlich auch, wenn ich an das eine oder andere Fahrradmanöver denke.

Das tut weh. Das tut gut. Ich bin nicht allein. Und auch, wenn geteiltes Leid kein halbes Leid ist, ist es immerhin *gemeinsames Leid.*

Louise macht sich eine Menge Notizen. Ein anderer Mitpatient fotografiert das Whiteboard mit seinem Handy ab, ohne vorher zu fragen. Die Therapeutin wartet einen Moment ab, dann geht es weiter. Sie möchte wissen, welche gesünderen Alternativen es gibt, um die inneren Spannungen abzubauen.

Ich melde mich als Erste zu Wort: »Musik machen, Musik hören.«

»Freunde anrufen«, sagt Louise. »Oder draußen spazieren.«

»Und wenn man das nicht packt oder das Wetter eine Zumutung ist, könnte man zumindest die Haustreppen hoch- und runterlaufen«, ergänzt die Frau neben Louise. Das habe die ambulante Psychologin aus ihrem Heimatort empfohlen – ebenso wie kaltes Duschen oder Rückwärtszählen, zum Beispiel in Siebenerschritten.

Dann empfiehlt die Therapeutin noch ein paar Skills, auf die ich selbst nie gekommen wäre: Zum Beispiel einen Eiswürfel auf bestimmte Körperstellen oder in den Mund legen. Ein Gummiband auf die Haut flitschen lassen. Einen Igelball über den Arm rollen. Minzöl auf die Zunge träufeln. An einem Ammoniakstäbchen mit intensivem Geruch riechen (kann man wohl in der Apotheke kaufen). Oder kurze, schnelle Liegestütze machen. Das müsste ich mal ausprobieren, Liegestütze gehören zu den anstrengendsten Übungen, die ich mir vorstellen kann. Allein der Gedanke daran tut weh. Aber das ist vermutlich auch das Ziel: den intensiven seelischen Schmerz durch einen harmloseren äußeren abzumildern.

* * *

Nach der Gruppentherapiesitzung gehe ich hinauf in den kleinen Aufenthaltsraum mit dem Klavier: ein Yamaha im warmen Holzton. Seit ich hier bin, und das sind mittlerweile anderthalb Monate, habe ich es noch nicht fertiggebracht, mich dranzusetzen. Die Angst, dass ich mich beim Spielen wieder wie davor fühle, ist überwältigend. Ich möchte nicht daran denken, wie ich drauf war, bevor ich in die Klinik kam. Wie ich mich beim Dezemberkonzert am Klavier festhielt, als wäre es die berüchtigte Titanic-Tür. Das letzte Holz des Überlebens. Und wie ich später dem Ozean dann doch viel zu nahekam, als ich über dem Balkon hing, bis Roman mich runterzerrte. Wie ich Léon und Milly genauso schlecht behandelt habe wie mich selbst. Außerdem erinnern mich die Stücke aus dem Uni-Repertoire daran, dass ich dieses Semester nicht regulär abschließen werde. Also verlasse ich den Raum wieder, ohne die Tastatur zu berühren, und finde erst in meiner achten Klinikwoche, kurz vor Frühlingsanfang, den Mut, mich dem Klavier wieder zu nähern. Genauer gesagt, nach der Sitzung bei Dr. Dupont, die mir geraten hat, mich einfach dranzusetzen, ohne einen konkreten Plan. Ohne mir vorzunehmen, ein bestimmtes Stück zu proben oder nach einer neuen Idee für den *Insta*-Account zu suchen.

»Sie tun viel dafür, dass das Klavier Sie wertschätzt«, hat sie gesagt. »Jetzt drehen Sie mal den Spieß um. Lassen Sie sich vom Klavier etwas geben. Gehen Sie in den dritten Stock und schauen Sie einfach, was passiert.«

Ich setze mich dran, wie mit Dupont besprochen. Das Fenster ist geschlossen, die Heizung leicht aufgedreht. Es riecht nach altem, wohligem Holz. Nach einer stillen, blassen Gemütlichkeit, die sofort lebendiger werden könnte, sobald sich ein paar Leute dazugesellen würden. Ich lege meine Hände auf die Klaviatur, schließe die Augen. Ich höre die Stille, fühle das glatte Tastholz unter meinen Fingern, rieche den Raum. Und dann sehe ich plötzlich noch etwas anderes als die Dunkelheit hinter meinen Lidern: Rachmaninov. Russischer Komponist und Pianist der Romantik. Ein Genie. Ein Beweis, dass der Mensch nicht allein sein kann auf dieser Welt. Dass es einen Gott geben muss, der ihm geholfen hat, diese Art von Musik zu erschaffen. Und jetzt erklingt in der Stille auch die *Elegie* in meinen Ohren. Ein Stück, das Rachmaninov geschrieben hat, als er erst 19 Jahre alt war. Ein Jahr jünger als ich. Ich öffne die Augen wieder und beginne, es zu spielen. Ich kenne es größtenteils auswendig. Die Melodie ist so klar, ohne ihre Verträumtheit einzubüßen. So traurig, ohne einen zu brechen. Jede Sekunde in diesem Stück zeugt von emotionaler Tiefe und technischer Intelligenz, ohne sich über den Spieler und Hörer zu erheben. Wie konnte Rachmaninov mit nur 19 Jahren die Welt eben mal in es-Moll erklären? Wie? Wie ist das möglich? Ich liebe ihn. Sein 19-jähriges Ich. Ich liebe das Klavier. Ich liebe das Stück *Elegie*. Und in diesem Moment liebe ich mich auch selbst. Dafür, dass ich es nicht nur spielen, sondern auch hören kann. Ich liebe das Leben, ehrlich. Und selbst, wenn es auch immer etwas wehtun wird zu lieben, möchte ich lieben. Denn sonst kann ich Rachmaninov vergessen. Die *Elegie* vergessen, deren Melodie aus nichts Geringerem als mutiger Liebe entstanden ist. Und all die Menschen, denen ich am Herzen liege, könnte ich auch vergessen, wenn ich aus meinem *eigenen* das Blut rauspumpe und es mit Angst und Sorge und falschem Stolz befülle.

* * *

April. In meiner zehnten und letzten Klinikwoche geht plötzlich alles ganz schnell. Mir werden diverse Abschlusstermine eingeplant: Bei der Sozialarbeiterin, die mir die Kontaktadressen einiger Pariser Psychologen mitgibt, die ich anschreiben kann. Beim Chefarzt, der mich kurz und schmerzlos fragt, wie es mir gehe und ob er mich guten Gewissens entlassen könne. In der Gesprächsgruppe stimmt die Therapeutin eine Feedbackrunde an, die mich peinlich und doch tief berührt. Es fallen Sätze wie »Taffe Schale, sanfter Kern«, »Man hat richtig gemerkt, wie du dich nach und nach geöffnet hast«, »Zieht ihr Ding durch, und das ist stark«, »Ich werde dir weiter auf *Insta* folgen« und Louises »Ich habe in dir eine neue Freundin gefunden.«

Für den letzten Termin mit Frau Dr. Dupont überlege ich mir ein besonderes Abschiedsgeschenk, das ich ihr mit einer Karte in einem grünen Umschlag überreichen möchte.

Als der Tag gekommen ist, tippt sie weder etwas in ihren PC, noch schreibt sie auf ihrem Klemmbrett mit. Sie sitzt mir einfach nur gegenüber. Die Hände leer, die Beine übereinandergeschlagen. Der Blick zufrieden und ein wenig traurig, glaube ich.

»Ich weiß noch immer nicht, wie ich mit meiner Mutter umgehen soll«, gestehe ich. »Ich möchte den Kontakt nicht abbrechen.«

»Das müssen Sie auch nicht. Seien Sie freundlich, aber distanziert«, sagt sie, was untypisch ist, da sie sonst immer Wert darauflegt, mir Fragen zu stellen, damit wir uns gemeinsam einer Lösung nähern. Aber ich nehme an, dass auch sie die Uhr im Blick hat: In wenigen Minuten endet unsere gemeinsame Zeit, vermutlich für immer. Es ist hart, sich das so klarzumachen, aber ich werde Dr. Dupont vermutlich nie wiedersehen. Und das, obwohl sie in den letzten drei Monaten so tief in mich hineingeschaut hat, dass ich noch immer ihren Blick auf mein Herz spüren kann. Und ich glaube, dass ich ihn noch lange dort spüren werde. Vielleicht soll das so sein. Vielleicht war das ihr Ziel. Vielleicht ist dieser Blick ein Andenken an alles, was ich hier gehört, gefühlt und verstanden habe.

»Es ist wichtig, dass Sie jetzt eine gesunde Phase der Abgrenzung erleben können. Solange Sie wissen, was Sie brauchen und wollen … Solange Sie in Ihren Absichten und Handlungen klar und sicher bleiben, kann Ihnen keiner etwas anhaben. Ein toxisches Muster braucht immer zwei Seiten. Wenn Sie sich rausnehmen, löst es sich nach und nach auf. Dieser Weg wird nicht unbedingt linear verlaufen. Sie könnten mehrere Anläufe benötigen und auch mal in alte Verhaltensmuster zurückfallen – gerade zu Beginn, wenn die Dinge noch nicht ganz gefestigt sind, oder in Krisensituationen, wenn der Boden unter den Füßen wackelt. Wichtig ist, dass Sie in diesen Momenten nicht in ein entmutigendes Schwarz-Weiß-Denken verfallen und sich klarmachen, dass Fortschritte und Rückfälle nebeneinander existieren dürfen. Sie sind Teil des Änderungsprozesses.«

»Glauben Sie denn, meine Mutter wird das alles akzeptieren?«

»Das wird sie müssen, wenn sie die Beziehung zu ihrer Tochter nicht ganz verlieren will, denn andernfalls stellt sie ihre eigenen ungesunden Bedürfnisse über die Liebe und Bindung zu Ihnen.« Und dann fügt sie noch ziemlich direkt hinzu: »Sollte das passieren, liegt es in Ihrer Verantwortung, Madame Leroy, einen Umgang damit zu finden – mit der Hilfe Ihres Umfelds oder einer weiterführenden Therapie, die nach einem Klinikaufenthalt ohnehin sinnvoll wäre. Das wird sich manchmal schmerzhaft und anstrengend anfühlen, aber ich bin sicher, dass Sie die nötige Kraft dafür haben.« Ihre Worte sind so klar und direkt wie nie zuvor. »Wir sprechen hier allerdings vom Worst-Case-Szenario. Ich gehe eher davon aus, dass Sie sich jetzt erst mal eine Zeit lang in Abgrenzung üben und mit Ihrer Mutter Phasen der Distanz erleben, aber auch gute Momente. Und dann, vielleicht in einem Jahr, vielleicht in fünf Jahren, wird sich das womöglich einpendeln.«

»Oder in zehn Jahren.«

Sie nickt. »Oder in zehn.«

Ich sehe mich ein letztes Mal in ihrem Raum um. Werfe einen Blick auf die Dankes- und Postkarten an der Pinnwand. Auf die schwarz gepolsterte Patientenliege. Den Kleiderhaken, an dem ihr weißer Kittel hängt, den sie bei der körperlichen Aufnahmeuntersuchung getragen hat.

»Nehmen Sie Abschied von den vier Wänden hier?«, fragt sie plötzlich ganz sanft.

»Ja«, sage ich und ziehe den vorbereiteten Umschlag aus meiner Tasche. »Ich habe auch noch ein Geschenk für Sie.«

»Grün«, sagt sie mit einem milden Lächeln. »Die Farbe der Hoffnung.« Dann zieht sie eine Konzertkarte für das Théâtre des Champs-Élysées heraus, dazu das ausgedruckte Programm: ein russischer Klavierabend. Die erste Hälfte besteht aus *Les Saisons*, dem Jahreszeiten-Zyklus von Tschaikowski. Sie schaut mir länger als üblich in die Augen und dreht dann den Kopf nach rechts zum ausgedruckten Fotoposter über ihrem Schreibtisch: das von der *Schwanensee*-Aufführung in der *Opéra national* in Paris.

»Ich erinnere mich noch gut an Ihren ersten Klinikaufenthalt«, sagt sie. »Und an Ihren Kommentar über Tschaikowski, als Sie das Poster sahen. Sie haben mir von seinen seelischen Auffälligkeiten erzählt. Ich glaube, Sie wollten mir weismachen, dass gute Künstler nun einmal irre sind.«

Ich schmunzle. »Und irre bleiben sollten.«

»Ja, genau. Und kurz darauf haben Sie die Therapie abgebrochen.«

Ich blicke an die Wanduhr. »Haben wir noch Zeit?«

Sie schüttelt den Kopf mit einer schweren Ruhe. »Kaum.«

»Ich dachte, wir könnten uns den *April* aus dem *Jahreszeiten*-Zyklus gemeinsam anhören. Passend zum Monat.«

Die leise Sanftheit in Duponts Stimme wird noch hörbarer: »Sie kamen im Winter und gehen im Frühling.«

Ich zücke mein Handy, rufe auf *Spotify* den *April* von Tschaikowski auf. »Wissen Sie, welchen Untertitel das Aprilstück hat? *Schneeglöckchen.*«

Sie lächelt und versteht. »Die ersten Frühlingsboten, die durch den Schnee hindurch wachsen können. Aber ist der April nicht etwas spät dafür?«

Ich lege mein Handy auf den Rundtisch zwischen uns ab. »Vielleicht liegt das daran, dass der russische April kälter ist als unserer.«

Dann drücke ich auf Play und lasse das Stück laufen, das den Übergang vom Winter in den Frühling mit einer verspielten Leichtigkeit beschreibt, die im Nachklang etwas wehmütig klingt. Als wäre es trotz der Freude über das Erwachen der Blumen auch ein bisschen traurig, den Frost und die Dunkelheit zu verabschieden.

Und ja: Das eine Auge weint, wie man so schön sagt. Und dass das andere immerhin lächelt (lachen wäre zu stark gesprochen), habe ich auch diesem Ort zu verdanken, den ich nun leider und hoffentlich hinter mir lasse.

TEIL 5

FINALE

KAPITEL 35

Milly

Der Frühling zeigt sich heute von seiner großzügigen Seite: knappe zwanzig Grad mit einer Sonne, die sich hin und wieder aus ihrem Wolkenversteck heraustraut. Ich trage ein weißes T-Shirt und eine helle Jeans, den »deutschen Look«, wie Léon sagen würde. Die Haare habe ich mir heute nicht gegelt, da sie dafür mittlerweile zu lang geworden sind; ich muss dringend zum Friseur. Als ich für die Heimfahrt mein Rad aufschließe und von meinem Gastbruder keine Spur ist, schicke ich ihm eine Nachricht.

> **MILLY**
> Wollen wir los? Ich stehe bei den Fahrrädern vor dem Schultor.

Ich stecke das Handy in die Hosentasche, lehne mit dem Rücken an den Fahrradbügel und lege den Kopf in den Nacken, das Gesicht zur Sonne gerichtet. Die lauwarme Luft trägt den milden, grasig-blumigen Geruch eines zurückhaltenden Neuanfangs. Das gefällt mir am Frühling. Nach dem nasskalten Winter mischt er sich so unaufdringlich in die Atmosphäre, dass man gar nicht genau festmachen kann, wann genau es anfing, nach Hoffnung zu riechen. Sogar, wenn er sich mit all seinen Noten entfaltet, von nass und erdig bis hin zu süß und blühend, ist er noch subtil – aber dennoch einnehmend. Gäbe es ein Duschgel mit der Sorte *Springstart*, würde ich es mir das ganze Jahr hindurch kaufen.

»Hey, Milly.«

Ich mache den Kopf gerade und öffne die Augen.

Nein.

Doch.

Nein.

Doch.

Ja, doch. Das ist keine Einbildung. Das ist sie. Das ist Clara.

Sie trägt einen kurzen Jeansrock, darüber einen weißen, weiten Pulli und an den Füßen ihre rockigen Stiefeletten. Ihr Haar ist gewachsen, es geht ihr bis über die Schulter und obwohl ihre großen, braunen Augen unsicher dreinblicken, glänzen sie irgendwie. So ein Ganzheits-Glanz, der versichert, dass sie voll da ist und keine zensierte Version von sich präsentiert, während sie im Verborgenen mit dem restlichen Teil kämpft.

Als ich sie das letzte Mal gesehen habe, lagen die Temperaturen am Gefrierpunkt und ihr Gesicht spiegelte eine unübersehbare Erschöpfung wider. Nun hat ihre blasse Haut Farbe bekommen und von den Augenringen, die man früher beim zweiten Hinsehen entdeckte, ist auch beim fünften Mal nichts mehr zu sehen.

»Du siehst gut aus«, sagt sie, als würde sie dasselbe über mich denken wie ich über sie.

Dann tritt sie näher. In meiner Brust bricht das Chaos aus. Das Herz rast und pocht, ohne dass erkennbar wird, ob es gegen

Clara revoltiert oder für sie jubelt. Meine Lungenflügel heben und senken sich so unkontrolliert, als wären sie in Turbulenzen geraten.

Sag nett Hallo und fahr davon, rät mein Gedächtnis, das sämtliche Erinnerungskarteien aus der Schublade zieht, um mich zu schützen.

Kartei Paris: Das miese Gefühl, nachts allein in ihrem Bett aufzuwachen und zu spüren, dass sie unmittelbar nach unserem ersten Mal begonnen hatte, auf Distanz zu gehen.

Kartei Konzert: Der fiese Stich, als sie das Weihnachtskonzert im Palais mit Roman verließ, statt mit mir ein klärendes Gespräch zu führen.

Kartei Kommunikation: Die unzählbaren Momente, in denen ich auf mein Handy blickte, nur um festzustellen, dass sie entweder gar nicht oder – wenn ich Glück im Unglück hatte – belanglosen Bullshit geschrieben hatte.

»Wie geht es dir, Milly?«

Ich kann ihr Parfüm riechen. Es ist dasselbe, das sie schon im letzten Jahr trug, ein unverkennbarer Orchideenduft, der ganz andere Erinnerungen weckt als jene, die mich vor einem Fehler bewahren sollen. Ich denke daran, wie angenommen ich mich fühlte, wann immer wir uns nah waren. Wie zärtlich sie mich dabei berührte, wie liebevoll sie mich ansah. Ich erinnere mich, wie viel Mühe sie sich gab, mir ihre Welt zu zeigen, obwohl ich kein Wort davon verstand. Am Grab von Chopin mischte sich ihr Orchideenduft mit der milden Herbstluft, die den Geruch von Blüten, Blättern und alten Steinen des Friedhofs trug.

Willst du ihr wirklich wieder vertrauen?, fragt mein Bauch. *Du hast die Verletzung sorgfältig gereinigt, verbunden und über Wochen heilen lassen – möchtest du jetzt wirklich riskieren, dass sie wieder aufgeht oder eine neue hinzukommt? Wirst du die Kraft haben, die Schmerzen erneut durchzustehen?*

Lächelnd sagt Clara in einem freundlichen, aber besorgten Ton: »Es ist so schön, dich zu sehen.«

Zum Ganzheits-Glanz in ihren Augen mischt sich ein Tränenglanz, den ich bereits vom Abend unserer ersten Begegnung kenne – nachts in der Küche, als wir darüber sprachen, wer wen retten könnte.

Es ist so schön, dich zu sehen – hat sie das gerade wirklich gesagt? Hat sie *jemals* so etwas zu mir gesagt? Nein, auch in den guten Momenten nicht.

Sie packt neue Waffen aus, sagt mein Kopf, *aber es sind nur Worte, Milly. Waffen, die aus Worten bestehen, kann man abwehren, indem man sie überhört.*

Meine Ohren mischen sich ein: *Wenn ich so bedeutsame Worte überhören soll, müsst ihr mir schon die Trommelfelle durchschneiden.*

»Darf ich dich umarmen?«, fragt sie mit einem sanft verführenden Nachdruck, der mich kurz erweichen lässt, sodass ich leicht mit dem Kopf wackle – so ein Zwischending-Wackeln, das sowohl Ja als auch Jein heißen könnte, aber definitiv nicht Nein. Als sie sich jedoch mit einem zufriedenen Strahlen nähert, steigt plötzlich Empörung in mir auf. Vier Monate lang habe ich darum gekämpft, mich auf den Beinen zu halten – und sobald sie mit dem Finger schnippt, soll ich mit meiner mühsam bewahrten Kraft einen Versöhnungs-Flickflack hinlegen? Was denkt sie denn, wer ich bin? Der Trottel unter den Turnern?

In mir zieht sich alles zusammen, während ich ihren weißen, grob gestrickten Pullover durch mein T-Shirt spüre, den leichten Druck ihres Kopfes an meiner Schulter, ihre Brust, die sich an meinen Oberkörper schmiegt, die Arme, die mich vorsichtig über der Hüfte umfassen. Die Sorge, das könne viel zu schnell gehen, kämpft mit dem Verlangen, der Anziehung nachzugeben und die verlorene Zeit aufzuholen, statt anzuprangern.

Lauf weg. Sieh weg. Fühl weg. Hör weg.

Einerseits geht bei mir der Alarm an, andererseits scheinen die Türen bereits verschlossen zu sein. Was macht man dann? Aus dem Fenster springen?

Mein Fenster kommt gerade angelaufen, sogar mit Doppelverglasung: Céline und Alexandra.

»Clara?«, höre ich Céline rufen.

Hastig löse ich mich aus der Umarmung.

Spring oder stirb.

»Ich muss los«, behaupte ich, springe auf mein Fahrrad, während die Mädels sie grüßen und umarmen, fahre wie ein Irrer über den Hof, wie ein Gejagter durch die Straßen. Trete in die Pedale, als würde mein Herz davon abhängen. Als würde ich mit jedem Tritt die Pumpleistung erbringen, die nötig ist, um nicht tot umzufallen.

* * *

Das Haus ist leer. Madame Leroy arbeitet heute nachmittags und Léon … Weiß er, dass seine Schwester hier ist? Ich laufe hoch in den ersten Stock, springe spontan unter die Dusche und wechsle meine Kleidung, die nach Orchideen und Flucht riecht. Anschließend lege ich mich mit nassen Haaren auf eine Gartenliege und ziehe mir die Sonnenbrille auf, als eine Nachricht aufploppt.

> **CLARA**
> Hey Milly, könnten wir uns vielleicht zu zweit treffen, um in Ruhe zu reden?
> Übrigens: Céline hat mir angeboten, in den nächsten paar Tagen bei ihr auf der Etage zu wohnen. Ich denke, das wäre das Beste.
> Was sagst du, hättest du heute Zeit?

Ich lege das Handy auf der Liege ab und blicke durch die dunklen Gläser zur Sonne auf.

Vor einer Stunde noch habe ich sie mit anderen Augen gesehen. Augen, die dieses Jahr noch nicht in Claras geblickt hatten. Ich habe mich zufrieden gefühlt, während ich nichts ahnend auf Léon wartete. Die Abivorbereitungen nehmen Fahrt auf, meine Vornoten sind gut und mit Céline bin ich mittlerweile so eng befreundet, dass wir häufiger Dinge zu viert unternehmen. Anfangs hat es mir einen Stich versetzt, wenn Claras Name mal beiläufig in einer Anekdote fiel. Aber mit der Zeit wurde der Stich zu einem Piks und ich lernte damit umzugehen, dass die Erinnerungen an sie niemals neutral werden würden. Lernte zu akzeptieren, dass es wohl zum Leben dazugehört, sich hin und wieder die Spuren anzusehen, die ein besonderer Mensch auf dem Pfad der Seele hinterlassen hat.

Aber jetzt ist sie wieder hier und erwartet, dass wir das klärende Gespräch führen, das sie mir vor ein paar Monaten noch verwehrt hat. Wo war sie, als meine ungesagten Worte mit jedem Tag ohne Raum und Gehör immer schwerer wurden und mich weiter runterzogen? Um Fairness sollte man nicht bitten müssen. Außerdem fühlt es sich so an, als würde sie mir klammheimlich das Recht nehmen, enttäuscht zu sein: durch ihren Überraschungsbesuch an der Schule, die Umarmung, die sie ganz selbstverständlich initiiert hat, und ihre locker-flockige Nachricht. Auf den zweiten Blick liest sie sich auch etwas fordernd: »Was sagst du, wann hättest du Zeit?«

Wie, was ich sage? Nichts sage ich. Warum sollte ich? Und dieses »Hey, Milly«. *Hey*. Was, hey? Als hätten wir die ganze Zeit über easy-peasy kumpelhaft Kontakt gehalten und jetzt wolle sie eben mal wissen, ob wir eine Runde Beachvolleyball spielen gehen. *Hey*.

Clara kann sich nicht in ihren Bagger reinsetzen, die Abrissbirne schwingen, mich verletzt in unseren Beziehungstrümmern zurücklassen – und dann strahlender denn je in ihrem schicken Outfit vor mir stehen und erwarten, dass ich ihr den roten Teppich in mein Leben ausrolle. Ein Leben, das ich mit Ach und Krach zusammengehalten habe, um nicht Mathieu der Zweite zu werden.

Ich bin sauer, das kann ich nicht leugnen. Eigentlich mag ich dieses Gefühl nicht, wenn die Haut sich aufwärmt, der Körper sich anspannt und die Gedanken nur darauf zielen, der wütenden Unruhe Luft zu machen. Aber genau das brauche ich jetzt, um nicht vor Clara einzuknicken wie ein Blatt Papier, das sie nach Lust und Laune falten, beschmieren oder zerreißen kann. Ich setze mich auf, schiebe die Sonnenbrille hoch und beginne, eine Antwort zu formulieren.

> **MILLY**
> Hey, Clara,
> danke für dein Angebot zu sprechen. Vielleicht können wir das auf einen anderen Zeitpunkt verschieben. Im Moment bin ich ganz gut im Flow mit der Schule und mache mir daneben Gedanken, wie es nach dem Abi weitergeht. Ich melde mich noch mal bei dir. Und natürlich kannst du hier übernachten, es ist ja dein Zuhause. Lass uns einfach kurz absprechen, an welchen Tagen du hier bist, damit ich das Gästezimmer beziehen kann. Zum Lernen würde ich dann hauptsächlich in die Bibliothek gehen. Ich hoffe, dass du dich hier weiterhin wohlfühlen kannst, und wünsche dir eine gute Zeit mit Céline.
> Gruß, Milly

Ja, das tut gut: Eine saftige Absage, die weder Angriffsfläche bietet (der höfliche Tonfall lässt sich nur schwer schlechtreden) noch

Interpretationsspielraum (die eindeutige Message lässt sich kaum schönreden).

Abgeschickt.

Ich lasse mich wieder auf den Rücken fallen und spüre, wie ein Stück von der Leichtigkeit zurückkehrt, die ich empfand, als ich am Fahrradbügel den Kopf in den Nacken gelegt hatte. Die Sonne war durchweg dieselbe – bevor Clara kam, während sie vor mir stand und jetzt, nachdem sie von mir das erste *Nein* erhalten hat, seit wir uns kennen. Aber seit ihrer Ankunft fühlte ich mich von ihrem Licht eher geblendet als gewärmt. Genau wie im letzten Jahr, als die Unklarheit zwischen uns so viel Raum einnahm, dass andere Dinge um mich herum zunehmend anstrengend wirkten.

So etwas möchte ich im nächsten nicht wieder erleben.

KAPITEL 36

Clara

Nachdem ich Millys Nachricht erhielt, bin ich zum Strand gefahren, dem *Plage du Sillon*, für den Touristen stundenlange Anfahrten auf sich nehmen. Immerhin zählt er zu den schönsten Stränden des Landes. Ich sitze ohne Handtuch recht nah am Wasser, unter mir der feine, goldfarbene Sand – mit Blick auf das *Fort National*, das ich mit Léon und meinen Eltern als Kind besucht habe. Im Oktober war das, glaube ich, als Milly mir ein Foto von der Aussicht auf der Festung schickte und wir uns abends im Kino mit den anderen trafen.

Ich ziehe die Beine an, blicke auf das türkis schimmernde Wasser. Der Wind ist heute recht mild und das ruhige Rauschen der Wellen klingt fast schon meditativ. Warum war ich hier kein einziges Mal mit Milly? Es wurde Herbst, ja, und dann hatten wir plötzlich Winter, dennoch hätten wir einen Strandspaziergang machen müssen. Ohnehin habe ich ihm viel zu wenig von Saint-Malo gezeigt; das hat mein Bruder übernommen. So sehr war ich darauf fixiert, entweder Nähe oder Distanz herzustellen, dass mir egal wurde, ob unsere Kulisse aus einem fünfzehn Quadratmeter großen Zimmer bestand oder dem Atlantischen Ozean.

Das war dumm. Das war sehr dumm. Nun fehlen diese Erinnerungen, diese gemeinsamen Erlebnisse in Millys innerer Schatztruhe. Vielleicht hätten sie ihn daran gehindert, mir diese Absage-Nachricht zu schreiben.

Meine Augen füllen sich mit Tränen – auch, weil ich realisiere, wie sehr mir der Meeresgeruch in den letzten Monaten gefehlt hat. Die Seine in Paris wird niemals mit dieser Mischung aus heimischer Nähe und wehmütiger Ferne mithalten können. Zu den Tränen gibt es aber zum Glück keinen dazugehörigen Kloß, der mir die Kehle zuschnürt, keine Schwere, die auf meiner Brust lastet. Die Tränen sind kein notgedrungener Ausbruch, sondern ein *Ausdruck.* Verflüssigte Gefühle.

Ich wünschte, Milly wäre jetzt hier und würde mir die Chance geben, die ich vielleicht gar nicht mehr verdiene. Als wir uns umarmten, spürte ich nicht nur die Wärme, die aus seinen Poren in meine drang, sondern auch den Sicherheitsabstand, den er innerlich wahrte – eine Zerrissenheit, für die mein Verhalten im letzten Jahr verantwortlich ist. Sogar zwischen seinen WhatsApp-Zeilen kann man die Schutzschilde herauslesen, die er rund um sich selbst aufgestellt hat, als wäre ich mit Speeren bewaffnet. Oder noch schlimmer: als wäre ich selbst einer.

Das Handy vibriert in meiner Ledertasche.

> **LÉON**
> Hey, ist alles okay? Hast du ihn abgefangen? Wenn ihr zu uns gefahren seid, kann ich zu Alex rüber, dann habt ihr noch Zeit für euch. Mama ist heute erst gegen eins ins Büro und kommt spät. Gib mal Bescheid!

CLARA

Hey, sorry, du kannst ruhig nach Hause. Wir haben nicht mehr geredet. Ich übernachte bei Céline und Alex, vielleicht sehen wir uns später ja dort, dann erzähle ich dir, wie es lief. Oder eben nicht lief. Haha.

LÉON

Okay, ich hatte es geahnt. Ich dachte aber, du gibst Bescheid, wie es ausgegangen ist. Egal, wir sehen uns später!

Hätte ich früher sicher getan. Aber mittlerweile kriege ich es hin, mich auch mal anderen anzuvertrauen, das konnte ich in der Klinik ganz gut üben: mich zu überwinden, über meine Probleme zu sprechen, ohne mich dabei gleich schwach und angreifbar zu fühlen. Es tut weder Léon noch mir gut, wenn er die Rolle des Daueransprechpartners übernimmt.

»Abhängigkeiten können sich nicht nur bei demjenigen entwickeln, der die Zuwendung und Hilfe in Anspruch nimmt, sondern auch bei dem, der sie gibt«, hat Dr. Dupont dazu gesagt. »Der eine genießt das Gefühl des Umsorgtwerdens, der andere das Gefühl des Gebrauchtwerdens. Beides hat seinen Preis.«

Ich stecke die Kopfhörer ein und wähle die Nummer von Louise, die glücklicherweise sofort abhebt.

»Hey Clara, na? Ich bin gerade auf dem Sprung zum Sport, aber ein paar Minuten habe ich.«

»Hey, danke, das ist lieb.«

»Wie lief es mit Milly?«

»Es geht. Wir haben uns umarmt und dann ist er auf dem Fahrrad abgerauscht. Ich habe ihn gefragt, ob wir uns zum Reden treffen, aber er ist noch nicht so weit. Vielleicht wird er es auch nie mehr sein.«

»Nie mehr? Das weißt du nach deinem allerersten Versuch, der ... wie lange ging?«

Ich muss unwillkürlich schmunzeln. »Ziemlich kurz.«

»Du hast erzählt, dass du stunden- und monatelang für Klavierstücke übst, die am Ende nur ein paar Minuten lang dauern. Wenn du für die Musik so viel Geduld aufbringst, warum dann nicht für Milly? Sagen wir, ein Hundertstel davon.«

Es tut gut, ihre ruhige, klare Stimme zu hören. Im Hintergrund höre ich sie rumwuseln und mit einem Schlüssel klappern.

»Wäre es nicht auch etwas seltsam, wenn er dir direkt um den Hals fallen würde?«

»Das mag sein, aber es würde mich weniger verunsichern«, gestehe ich.

»Vielleicht wartest du noch ein paar Tage«, rät meine Freundin. »Und wenn er dann noch immer nicht bereit ist, schreibst du ihm etwas Längeres, was hältst du davon?«

»Du meinst, mit allem Drum und Dran?«

»Falls du mit Drum und Dran den Klinikaufenthalt meinst, dann: ja. Mit allem Drum und Dran.«

Ich schnaube lachend, während sich meine Augen mit Tränen füllen.

»Du musst ja nichts ins Detail gehen. Erzähl ihm einfach so viel, wie du magst, ohne dich unter Druck zu setzen. Hauptsache, du fühlst dich wohl dabei. Später kannst du ihm immer noch mehr verraten, wenn du das Bedürfnis danach hast.«

»Nein, ich will es ja. Er soll es verstehen, das ist mir wichtig ... Musst du nicht los?«

»Doch! Ich melde mich später noch mal, ja? Schreib mir ruhig, wann du Lust hast, ich antworte dann, sobald ich es schaffe.«

»Klar. Ich wollte auch nicht nur von mir sprechen, tut mir leid.«

»Das nächste Mal spreche ich nur von mir, damit du dich besser fühlst«, witzelt sie.

Schon wieder ein kleines Lachen, schon wieder eine aufsteigende Träne. Das ist seltsam, dieses Tränenlachen, wie Heulen und Loslassen zur selben Zeit. Entweder werde ich jetzt endgültig verrückt oder aber es geht mir tatsächlich besser. Ich tippe mal vorsichtig auf Letzteres.

»Okay«, antworte ich. »Fühl dich gedrückt.«

»Du dich auch. Das wird! Und wenn nicht, überlegen wir uns einen neuen Plan.«

»Danke.«

Wir legen auf.

* * *

Abends sitze ich in Leggins und T-Shirt auf Célines Luftmatratze, die sie neben ihrem Bett für mich aufgepumpt hat. Das Deckenlicht ist gedimmt und die bunte Lichterkette, die über ihrem Fenster hängt, taucht den Raum in warme, rotstichige Farben.

»Ist es wirklich okay für dich, dass ich hier schlafe und nicht im Gästezimmer?«

Céline trägt eine Jogginghose und ein schwarzes Tanktop, ihr blond gesträhntes Haar ist zu einem Zopf zusammengebunden.

»Klar, ich freue mich. So was haben wir lang nicht mehr gemacht.«

Ich lasse den Blick über die wechselnden Fotos an ihrer Zimmertür schweifen und stelle fest, dass ich nicht nur auf verschiedenen Gruppenbildern auftauche, sondern auch auf einem Arm-in-Arm-Foto zu zweit, das bei einem Familienurlaub entstanden ist: ihre Mutter, sie, Alex, Léon, ich und meine Mutter in Südfrankreich.

»Unser Bild ist schön«, sage ich.

Céline legt sich auf den Bauch, stützt ihren Kopf in die Hände und winkelt die Beine an.

»Es hat mich im letzten Jahr oft an dich erinnert«, gesteht sie.

»Wir haben zwar nicht miteinander gesprochen, aber in Gedanken habe ich häufig überlegt, was du wohl hierzu oder dazu sagen würdest.«

Wie schafft sie es, so entspannt über ihre Gefühle zu sprechen? Ist sie von Natur aus mutig oder verlangt ihr diese Offenheit keine Überwindung ab?

Ich lege mich ebenfalls auf den Bauch, mit dem Kopf zur Tür. Die Luftmatratze ist ein kleines Stück niedriger als ihr Bett.

»Wir haben eine Menge zu viert unternommen in den letzten Monaten«, fährt sie fort. »Milly ging es nicht gut, aber er hat sich zusammengerissen und alles ohne Gejammer durchgezogen. Verabredungen, Klausuren, sogar bei den Sportspielen im März hat er mitgemacht.«

»Das wusste ich nicht.«

»Ja.«

Ich schlucke. Vielleicht ging es ihm in Wahrheit besser, als Céline behauptet. Vielleicht hält er mich auf Abstand, weil er die Zeit in Frankreich endlich genießen kann, ohne einen toxischen Störenfried, der im Background sein Gift verspritzt. Eine Vorstellung, die wehtut.

»Glaubst du, er ist glücklicher ohne mich?«, frage ich in der Hoffnung, meinen Sorgen dadurch den Wind aus den Segeln zu nehmen – oder, noch besser: von Céline *Gegen*wind zu bekommen.

Sie öffnet ihren Zopf, wuschelt sich mit der Hand durch die blonden Locken und schiebt ihre Mähne seitlich über die Schulter.

»Nur, weil er nicht an der Situation zerbricht, heißt das nicht, dass sie für ihn einfach ist. Es heißt vor allem, dass er stark ist.«

»Da hast du auch wieder recht.«

»So einen wie Mathieu wolltest du doch selber nicht: der sein Abi aus den Augen verliert, weil du ihn geghostet hast.«

»Hab ich das?«

»Jap. Hast du.«

»Ja, war natürlich nicht toll von mir.«

»Stimmt, aber zurück zu Milly: Versuch, das Ganze jetzt einfach mal auszuhalten. Wenn er es schafft, dann packst du das auch!«

Sie streckt ihre Hand nach mir aus und krault mich kurz am Kopf.

»O mein Gott, tut das gut«, sage ich und staube ein paar weitere Kraulkreise ab.

»Wollen wir einen Podcast hören?«, fragt sie, nachdem sie die Hand wieder heruntergenommen hat.

»Yes!«

Sie springt auf, nimmt ihr Handy vom Tisch und schließt es an die Musikbox an. »*Loving Z* vielleicht? Das ist so ein Dating-Podcast.«

»Nein, bitte nicht«, rufe ich. »Sonst muss ich am Ende feststellen, dass ich eine musizierende Red Flag bin.«

Sie scrollt weiter über das Display und verzieht nach ein paar Sekunden das Gesicht. »Uh, das klingt richtig fies. True Crime, bist du dabei?«

»Dabei.«

Die Nachbarn heißt die Folge, die Céline anmacht, und der Titel lässt bereits erahnen, dass sie von Furchtbarem hinter freundlichen Fassaden handelt. Sie schaltet das gedimmte Deckenlicht aus und legt sich zurück in ihr Bett. Während die männliche Erzählerstimme uns gleich zu Beginn mit schonungslosen Details in die blutige Horrorstory einführt, das Zimmer nur noch von Rotlicht durchflutet wird und die provisorische Luftmatratze sich an meinen Körper schmiegt, dringt die wohlige Geborgenheit von außen nach innen. Und ich glaube zu spüren, wie sie der belastenden Angst, Milly zu verlieren, etwas Raum wegnimmt.

* * *

Sonntagnachmittag. Mein Bruder und ich sitzen im Auto, wenige
Gehminuten vom Bahnhof entfernt. Der Zug nach Paris fährt in
einer halben Stunde ab. Léon wollte, dass wir früher aufbrechen,
damit wir noch etwas Zeit zu zweit haben.

»Ich hoffe, du wartest nicht wieder so lange bis zu deinem
nächsten Besuch«, sagt er, nachdem er den Motor abgestellt hat.
Er fährt sich durch sein dunkelbraunes Haar und stößt einen lauten Seufzer aus. »Du kannst mir ruhig wieder mehr erzählen. Irgendwie habe ich dieses Mal kaum etwas von dir mitbekommen.«

Schweigen.

»Hat das etwas mit der Klinik zu tun? Haben die dir gesagt, du
sollst Mama und mich auf Abstand halten?«

»Léon, nein, doch nicht so, ich …«

Verdammt. Alles hat einen Rattenschwanz. Miese Entscheidungen. Gesunde Entscheidungen. Nichts scheint ohne Konsequenzen zu bleiben.

Er lässt das Fenster auf der Fahrerseite ein Stück runter und
verschränkt die Arme. Draußen ist es etwas frischer als in den
letzten Tagen, der Himmel teasert Regenschauer an, könnte aber
auch noch einen Rückzieher machen.

»Alex hat mir erzählt, dass du mit Céline wieder enger bist«, verrät er, ohne mich anzusehen. »Das freut mich natürlich für dich.«

»Aber das ist nicht der Grund, warum ich dich –«

»Bitte lass mich ausreden.« Als er mir den Kopf wieder zudreht,
deutet sich in seinen meerblauen Augen eine Flut an, bei der die
Wellen jedoch nicht über die Mauer schwappen. Fließen werden
die Tränen nicht.

»Das waren echt ein paar beschissene Monate – du in der Klinik, Mama im Verdrängungsmodus, Milly im Kampf gegen Liebeskummer. Klar, ich hatte Alex und dafür bin ich auch dankbar,

aber eine Freundin ist nicht dasselbe wie Familie.« Er hält kurz inne. »Mir reicht es schon, dass Papa abgehauen ist, um sein Pianisten-Leben ohne uns zu leben. Wenn du das jetzt auch noch vorhast …« Seine Brust hebt und senkt sich schwer. Obwohl die Ehrlichkeit in seinen Worten zutiefst brutal ist, lassen sie ihn sanfter wirken. »Dann tu das von mir aus, aber sag es mir, okay?« Er umklammert das Lenkrad mit einer Hand und wendet den Blick ab. »Sag es mir und ich versuche, damit klarzukommen. Aber mach es nicht wie er. Geh nicht weg, ohne dich zu verabschieden, nur um dann zu tun, als wärst du nie gegangen. Das kann ich kein zweites Mal.«

Diverse Impulse ploppen in mir auf, von *fight* bis *flight*, von *tears* bis *fears*. Ich versuche, sie wahrzunehmen und willkommen zu heißen – ihnen jedoch klarzumachen, dass wir nicht zusammenkommen werden, da ich mich für etwas entscheide, das stärker und wichtiger ist: das tiefe Bedürfnis, hier und jetzt für Léon da zu sein. Gerade geht es um ihn, nicht um mich.

»Kannst du mich bitte ansehen?«, frage ich ruhig.

Er schüttelt den Kopf, die Augen stur auf den Lenker gerichtet.

Sanft berühre ich ihn an der rechten Schulter, streichle gleichmäßig mit meinem Daumen über seinen Oberarm, bis er mich wieder ansieht. Der Blick in seinen Augen hat etwas Entschuldigendes. Als täte es ihm leid, dass er mich mit seinen Gefühlen belastet hat. Gerade ist Léon mir so verdammt ähnlich. Das hat immerhin den Vorteil, dass ich genau weiß, was ihm jetzt guttun würde.

Ich lasse meine Hand auf seinem Oberarm ruhen und sage mit einer Überzeugung, die gefühlt seine Schrottkiste zum Beben bringt und damit droht, sie in ihre Blechteile zu zerlegen: »Ich werde dich niemals verlassen, nie, nie, niemals. Nicht nur, weil du mein Bruder bist. Du bist besonders und jeder, der riskiert, dich zu verlieren, muss ein destruktiver Dummkopf sein. So wie ich, kurz vor Weihnachten. Ich weiß, was ich an dir habe, und ich will wieder öfter für dich da sein. Das war ich viel zu selten im letzten Jahr. Und ...« Ich schlucke. »Das tut mir sehr leid.«

Als ich meine Hand wieder runternehme, beugt er sich zu mir rüber und schließt mich mit einem unsicheren Zögern in die Arme.

»Léon«, murmle ich, während ich ihn an mich drücke. »Wir kriegen das alles hin, das weiß ich genau.« Er nickt wortlos, die leichte Bewegung seines Kopfes an meiner Schulter spürbar. Ich kann sein typisches Duschgel riechen, das mich daran erinnert, wie ich mich morgens für die Schule fertig machte, nachdem er seine tägliche Wechseldusche genommen hatte (die mir damals äußerst masochistisch vorkam und mittlerweile auf meiner Liste zur Regulierung von Emotionen steht).

Als ich die Umarmung beenden will, tut er etwas Ungewöhnliches: Er hält mich weiter fest, woraufhin ich ihn noch ein Stück kräftiger drücke, gerührt von der Verletzlichkeit, die er offenbart.

Anschließend steige ich aus dem Auto, nehme meine Sachen aus dem Kofferraum und gehe in den Bahnhof.

Ich glaube, das ist der erste Abschied in meinem Leben, der sich gleichzeitig wie ein Ankommen anfühlt.

Jetzt, da mein Bruder mir von seiner Angst erzählt hat, ich könne mich sang- und klanglos entfernen, fühle ich mich ihm näher denn je.

Unsere Beziehung hat eine neue Stufe erreicht.

* * *

Gut eine halbe Stunde vor der Ankunft in Paris greife ich unter dem Sitz nach meiner Ledertasche, um eine Wasserflasche zu holen. Dabei streift meine Hand etwas Papierartiges. Ich fische einen weißen Briefumschlag mit der Aufschrift »Clara« heraus und erkenne die Handschrift meiner Mutter. Wie ist er hier reingekommen? Sofort stecke ich mir Kopfhörer ein und aktiviere den Modus Geräuschunterdrückung, damit das Rascheln und

Knattern und Quatschen im Zug in eine weite Ferne rückt. Ich ziehe ein einzelnes Blatt aus dem Umschlag und überlege bis kurz vor Paris, ob ich bereit bin, das Risiko einzugehen, Dinge zu spüren, die ich vielleicht nicht sofort händeln kann. Zum einen, weil mein *Soul System* durch die Sache mit Milly bereits ordentlich beansprucht wird, zum anderen, weil meine Mutter nun einmal meine Mutter ist und ihre Worte mich vermutlich weder in diesem noch im nächsten Leben komplett kaltlassen werden.

Letztlich entscheide mich dafür. Nicht nur aus Neugierde, sondern auch, weil ich sie vermisse.

Hallo Clara,

es ist schade, dass wir uns nun seit Weihnachten nicht mehr gesehen haben und du dich dazu entschieden hast, im Haus von Madame Sacré zu schlafen statt bei deiner Familie.

Ich weiß nicht genau, was mit dir los ist, aber ich nehme an, dass du die Lösung für deine Probleme darin siehst, dich von mir zu distanzieren. Es ist bedauerlich, dass meine Anwesenheit anscheinend so belastend für dich ist. Vielleicht ist das an dieser Stelle fehl am Platz, aber lass mich dir sagen: Deine ist es umgekehrt nicht für mich. Im Gegenteil. Du bist der Mittelpunkt in diesem Haus, schon immer gewesen. Nicht, weil ich dich dazu gemacht habe – so etwas tut man nicht, wenn man zwei Kinder hat – sondern, weil du so jemand bist, der durch seinen Charakter und seine Fähigkeiten schnell in ein auffälliges Licht rückt. Das ist ein Kompliment.

Ich glaube, zwischen uns herrscht ein ganz furchtbares Missverständnis, das ich hier gern aufklären würde.

Ich liebe dich nicht, weil du schön, klug oder begabt bist. Ich liebe dich, weil ich dich in diese Welt gesetzt und großgezogen habe und der Gedanke daran, dir könne etwas passieren, mich von jetzt auf gleich in einen tiefen Abgrund stößt. Du und dein Bruder seid das Beste, was ich hinbekommen habe, vielleicht auch das Einzige. Aber das würde mir reichen, denn wenig ist es nicht.

Du glaubst, ich wisse nicht, was Liebe bedeutet, oder? Das ist etwas überheblich, muss ich sagen (bitte sei nicht böse, dass ich das schreibe). Denn ich bin eine erwachsene Frau und du und Léon wäret nicht auf dieser Welt, wenn ich so ahnungslos wäre, wie du in deiner Wut und Enttäuschung manchmal denken magst. Liebe bedeutet nicht nur, das zu geben, was man hat – sondern ganz bewusst das Risiko einzugehen, nichts Gleichwertiges dafür zurückzubekommen. Oder nein, noch präziser: Es nicht einmal als Risiko zu betrachten.

Ich liebe dich. Bitte sprich mir das niemals ab.

Deine Mama

Ich lese ihren Brief insgesamt dreimal.

Beim ersten Mal bin ich berührt davon, dass sie sich überhaupt die Mühe gemacht hat, mir diese Zeilen zu schreiben und zukommen zu lassen (vermutlich hat Léon ihn in meine Tasche gesteckt, als er sie in den Kofferraum geräumt hat). Berührt, dass sie so offen über ihre Gefühle spricht, sogar von Liebe und dem Abgrund, in dem sie landen würde, wenn mir etwas zustieße.

Das zweite Lesen macht mich traurig, da sie glaubt, sie sei für meine Probleme verantwortlich, obwohl sie vieles nur gut gemeint hat. Auch dass sie Léon und mich für das einzig Gelungene in ihrem Leben hält, ist bedrückend – vor allem, wenn ich bedenke, dass ich ihr die Hälfte davon in den letzten Monaten auch noch weggenommen habe.

Beim dritten und letzten Lesen werde ich plötzlich wütend, da ich das Gefühl habe, dass der Brief auch voller Schuldzuweisungen steckt.

Schuld Nummer 1: Meine Übernachtung bei Freunden statt daheim.

Schuld Nummer 2: Meine nicht grade unbegründete Annahme, unsere Mutter-Tochter-Beziehung könne problematisch sein.

Schuld Nummer 3: Mein Versuch, mich aus dem Familien-Mittelpunkt zu entfernen.

Schuld Nummer 4: Meine vermeintliche Blindheit für ihre kompromisslose Liebe.

Ich stecke den Brief zurück in den Umschlag und sinke in meinen Sitz. Noch vier Minuten bis Paris.

Dr. Dupont würde jetzt sagen, dass diese drei Gefühle – Rührung, Traurigkeit und Wut – sich nicht widersprechen oder ausschließen müssen. Dass sie alle das Recht haben, Raum zu bekommen, aber auch wieder verschwinden können, sobald sie gespürt und akzeptiert wurden.

Könnte es nicht genauso gut sein, dass meine Mutter mich auf ihre Weise liebt und mir *dennoch* Schuldgefühle einreden will? Merkt sie überhaupt, dass sie das tut?

Es ist nicht alles nur schwarz oder weiß.

Ich zücke mein Handy und öffne den Chat mit ihr.

CLARA
Hallo Mama,
danke für deinen Brief. Ein paar deiner Worte haben mich sehr berührt. Dennoch finde ich es schade, dass

du anscheinend (noch?) kein Interesse daran hast zu verstehen, was zwischen uns schiefgelaufen ist und sich ändern könnte und sollte. Mir tut es leid, dass du dich unfair behandelt fühlst, aber vielleicht kannst du irgendwann verstehen, dass es hierbei nicht darum geht, dass ich dir etwas Böses will, sondern mir etwas Gutes. Gut bedeutet für mich, wenn ich deine Liebe spüren kann, ohne dabei Freiheit oder Leichtigkeit einbüßen zu müssen.

Ich zitiere dich: Bitte sprich mir das nicht ab.

Deine Clara

Und dann gibt es noch etwas, das ich auslasse, da ich ihr nicht zu viel auf einmal zumuten will: Der Preis für ihre Liebe darf niemals *meine Liebe zu mir selbst* sein. Wenn ich diese verliere, habe ich im Grunde alles verloren, da nichts mehr auf eine erfüllende Weise Sinn ergeben kann.

Das weiß ich jetzt. Aber genauso schnell könnte ich das wieder vergessen. Manchmal muss man auch Erkenntnisse hegen und pflegen und schützen, so wie diese.

Vielleicht schreibe ich ihr das noch, aber nicht jetzt. Ich glaube, sie hat genug zu schlucken und zu verdauen.

Darum ist das also so schwer mit dem Grenzensetzen. Man bekommt es mit der Angst zu tun, der andere könne sich durch die gezogene Linie vor den Kopf gestoßen fühlen und abwenden. Und anscheinend bedeutet Selbstliebe, genau das in Kauf zu nehmen.

KAPITEL 37

Milly

Am Tag nach Claras Abreise – Léon erwähnte beiläufig, dass er seine Schwester zum Bahnhof gebracht habe – treffen wir uns abends bei Céline und Alexandra zum Pizzabacken und Seriengucken. Da die Küche auf ihrer Etage recht klein ist, kümmern Céline und ich uns um das Belegen des Fertigteigs, während die beiden anderen aus dem Wohnzimmer lautstark ihre Serienideen verkünden. Léon versucht, uns in einer Tour auf die Horrorschiene zu ziehen, während Alex beharrlich auf nordische Krimiserien besteht.

Gegen einundzwanzig Uhr, als die Pizzen verdrückt sind und die Pilotfolge der satirischen Horrorserie sich dem Ende nähert (Léon konnte die Mehrheit der Stimmen gewinnen), entdecke ich eine Sprachnachricht von Clara auf meinem Handy. Céline sitzt neben mir und wirft einen seitlichen Blick auf das Display.

»Alles okay?«, flüstert sie mir zu. Aus den Augenwinkeln nehme ich wahr, wie Léon vom anderen Ende des L-förmigen Sofas in unsere Richtung schaut; er scheint ihre Frage gehört zu haben.

»Klar.«

Ich stecke das Handy wieder weg, spüre die beiden Augenpaare noch einen Moment lang auf mir und starre zum Fernseher, auf dem eine clownsähnliche Figur sich selbst eine Plastiktüte über den Kopf zieht und in schallendes Lachen ausbricht. Die absurden, provokanten Szenen ziehen an mir vorbei, während das Bild des Audiosymbols auf meinem Display ständig in meinem Kopf aufblitzt, im Wechsel mit Bildern von Clara, wie sie die Nachricht in ihrer Pariser Wohnung aufgenommen hat, vielleicht auch am Seine-Ufer oder in diesem bunten Studentenladen, den wir mit Roman besucht haben.

»Ich schnappe mal kurz frische Luft«, sage ich knapp und bin im nächsten Moment schon in meinen Schuhen und durch die Tür.

Die Temperaturen sind merklich gesunken. Es ist, als würde der frühe Aprilfrühling nachts mit dem Spätwinter zusammensitzen und ein Bier zischen – ungeachtet dessen, dass die kalte Gesellschaft auf uns Menschen hier unten zurückfällt. Die lebhafte Erinnerung daran, wie Clara mich vor drei Tagen in der Nachmittagssonne an der Schule abgefangen hat, steuert meine Beine in Richtung Lycée Laplace, das nur wenige Gehminuten vom Zuhause der Schwestern entfernt liegt. An der Schule angekommen, suche ich genau den Stahlbügel, an dem mein Fahrrad befestigt war, als Clara mich grüßte – neben einem kleinen Gebüsch auf dem Asphalt, schwach angeleuchtet durch einen Laternenmast. Ich lehne mich mit dem Rücken gegen den Fahrradständer und krampfe kurz zusammen, als der abgekühlte Wind unter meinen locker sitzenden Hoodie zieht. Weder trage ich ein Unterhemd, noch habe ich beim Rausrauschen an meine Jacke gedacht. Ich nehme mein Handy aus der Hosentasche, tippe ihre Nachricht an. Ihr Profilfoto hat sich geändert und zwar zum ersten Mal, seit ich ihre Nummer besitze. Das neue scheint brandaktuell zu sein, mit länger gewachsenen Haaren und dem Ganzheitsglanz in ihren Augen.

Es tut weh, dieses Bild von ihr zu sehen und sie dabei so weit weg zu wissen. Als sie vor mir stand, konnte ich es verhindern, dass meine Sehnsucht meinen Selbstschutz durchbrach – und auch, als ihre Bitte um ein Treffen später auf meinem Handy aufploppte, ließ ich nicht zu, dass mein *Nein* einfach in einen *Neuanfang* verwandelt wurde. Aber jetzt, da sie weg ist – weg, weg, weg – bekomme ich es plötzlich mit der Angst zu tun, dass die Gelegenheit auf eine Versöhnung nicht wiederkehrt. Was, wenn sie es sich in den nächsten Tagen anders überlegt, weil der Mut sie verlässt, vielleicht auch die Motivation? Wenn sie fälschlicherweise denkt, ich wolle sie durch mein Zögern bestrafen? Der nächste Gedanke schmerzt, bevor ich ihn zu Ende gedacht habe: Was, wenn sie Trost bei Roman sucht? Fuck, ich hätte sie nicht mit leeren Händen ziehen lassen dürfen. Zumindest einen konkreten Termin hätte ich ihr anbieten sollen, damit wir uns beide an etwas festhalten können, das greifbarer ist als das *Vielleicht …* Oder das *Vielleicht auch nicht*, das zwischen den Zeilen meiner Absage mitschwang. Gerade spüre ich weder ein *Nein* noch ein *Vielleicht*. Ich spüre nur, dass sie mir fehlt und mir heute Nacht nichts weiter bleibt als die Erinnerung an ihre Umarmung am Fahrradständer vor der Schule.

Zeit, ihre Nachricht abzuhören.

> **CLARA**
> 🎤 Hey Milly,
> ich hoffe, es geht dir gut. Ich respektiere, dass du dich für ein persönliches Gespräch nicht bereit fühlst, aber es gibt ein paar Dinge, die ich dir gern mitteilen würde und falls du sie nicht hören willst, dann kannst du die Nachricht an dieser Stelle stoppen …

Ich habe mir ein paar Notizen gemacht, die ich mir auf dem Weg zum Laplace immer wieder durchgelesen habe. Jetzt liegt der Zettel hier wie ein Spickzettel für eine Prüfung, die abgesagt wurde. Und das aus gutem Grund. Vermutlich hätte ich an deiner Stelle genauso reagiert.

Ich möchte mich aufrichtig bei dir entschuldigen. Es tut mir leid, wie ich dich seit unserem Paris-Wochenende behandelt habe. Es muss sehr hart für dich gewesen sein, Vertrauen zu mir aufzubauen und plötzlich nicht mehr zu wissen, woran du bist. Ich stelle mir das schmerzhaft vor und bewundere deinen Umgang mit der Situation.

Ich habe mich nicht so verhalten, weil ich desinteressiert war oder dich gezielt abweisen wollte, sondern weil ich mich überfordert gefühlt habe. Schon bevor du nach Frankreich gekommen bist, war ich nicht im Reinen mit mir selbst oder im Gleichgewicht mit meinem Leben. Die Nähe zwischen uns, so wundervoll ich sie auch fand, hat alles ins Wanken gebracht. Wenn die Dinge stabil sind, kann man sich diesem Wanken sicher besser hingeben und es genießen, aber bei mir hat es das Chaos weiter verstärkt. Wie es aussieht, kann nicht nur Schlechtes Unruhe stiften, sondern auch Gutes – zumindest, wenn man nicht in der Lage ist, es auszuhalten und zu händeln. Ich war es nicht.

Die letzten zehn Wochen habe ich in einer ländlich gelegenen Klinik nördlich von Paris verbracht. Sie ist darauf spezialisiert, psychische Probleme zu behandeln. Das war mein zweiter Anlauf, den ersten habe ich abgebrochen – zufällig an dem Tag, an dem du in Saint-Malo angekommen bist.

Ich war emotional nicht stabil und bin es noch immer nicht ganz, aber es geht mir schon deutlich besser und eine Anschlusstherapie bei einem Psychologen ist auch geplant. Wie du vielleicht schon festgestellt hast, habe ich Probleme, mich richtig fallen zu lassen. Aber daran möchte ich arbeiten. Meine Angst davor, mich langfristig zu öffnen und auf wen anderes zu verlassen als mich selbst, wird aber nicht von heute auf morgen verschwinden, da möchte ich ehrlich sein. In meiner Vorstellung sind wir zusammen, während ich stückweise herausfinde, zu wie viel ich in der Lage bin. Ich habe das Gefühl, dass es mit dir weitaus mehr sein könnte als ohne dich. Als mit wem anders.

Ich hoffe, du kannst mir verzeihen, dass ich dich so hängen gelassen habe. Das war weder fair noch passte es zu dem, was ich in den Momenten empfand, als die Angst und die Unsicherheit sich legten.

Ich habe hier auf meinem Zettel als letzten Punkt stehen: Ich würde gern nochmal von vorn anfangen. Aber das möchte ich gar nicht. Ich will nicht alles vergessen, was wir zusammen erlebt haben, ich über dich weiß und du über mich. Darum: Ich würde gern weitermachen, wo wir aufgehört haben, aber mit ein paar Veränderungen. Ich möchte lernen, dich nicht auszuschließen, sobald du tiefer in meine Welt eindringst.

Puh. Die Nachricht ist ziemlich lang geworden, auf dem Zettel sahen die Stichpunkte nach deutlich weniger aus.

Ich werde sie jetzt mal beenden. Meld dich, wenn du magst.

Vielleicht bis bald und wenn nicht, dann: bis irgendwann.

Okay.

Okay, okay, okay.

Nein. Nichts ist okay.

»Milly!«

Ich blicke von meinem Handy auf. Claras Stimme war so einnehmend, dass ich nicht gehört habe, wie sich Léon genähert hat. Er steht vor mir, das Gesicht sanft angeleuchtet, sein Ausdruck ernst; in den Händen hält er meine Jacke.

»Ich habe aus dem Fenster gesehen, in welche Richtung du läufst. Irgendwie habe ich mir gedacht, dass du hier landest«, verrät er. »Komm, zieh die an. Es sind acht Grad.«

»Mir ist nicht kalt«, behaupte ich und halte das Handy so fest, als wäre es meine Eintrittskarte in ein neues, besseres Leben, die ich mir von niemandem wegnehmen lasse.

Léon tritt einen Schritt näher, ich weiche zurück.

»Hey, ist alles okay?«

Ein kühler Windstoß zieht durch die Straße, ich verschränke schützend die Arme vor der Brust und blicke zum Mond hinauf, der wie ein schmales, gebogenes Strichlein am Himmel hängt – ein erstarrtes Lächeln, das kaum Licht spendet. Auch Léon ist stets freundlich geblieben, ohne mich zu erhellen. Mit keinem einzigen Wort hat er erwähnt, was hier eigentlich vor sich geht.

»Vielleicht sollte ich mich endlich mal revanchieren«, sage ich, die Arme noch immer verschränkt, das Handy mit Claras Sprachnachricht noch immer fest umklammert. »Und dir auch eine reinhauen.«

Léon wirf mir die Jacke vor die Füße. »Oder du ziehst deinen Scheißparka an, das geht auch.« Es scheint ihn zu treffen, dass ich das begrabene Kriegsbeil unerwartet wieder ausbuddle.

Keiner regt und rührt sich für einen langen Moment. Im stillen Einverständnis überlassen wir der Nacht das Wort und lauschen ihrer Entscheidung zu schweigen.

»Du hättest etwas sagen müssen«, beginne ich und bin erstaunt über den kleinen Kloß, der plötzlich in meinem Hals sitzt. »Du bist kein gottverdammter Arzt mit einer gottverfickten Schweigepflicht. Warum hast du mir nicht gesagt, dass deine Schwester seit Januar in einer Klinik war?«

»Weil ich ihr Bruder bin. Und auch Brüder haben eine Schweigepflicht, die nicht weniger bedeuten kann als die eines Arztes gegenüber Wildfremden.«

Er hebt die Jacke auf und kommt näher. Ich stoß ihn einhändig von mir, woraufhin er nur leicht zurücktaumelt und gleich wieder vortritt.

»Na gut, dann hau mir halt eine rein. Wie es aussieht, hast du das ja doch nicht so elegant weggesteckt, wie du mir weismachen wolltest. Also: bitte.« Er deutet mit der Hand auf seine Wange. »Schlag zu, dann sind wir quitt und du kannst mir nicht nach Lust und Laune einen Strick aus meiner Verschwiegenheit drehen.«

»Das will ich doch gar nicht«, werde ich lauter. »Aber es ist mein gutes Recht, angepisst zu sein. Akzeptier das doch, statt ständig mit der Jacke rumzufuchteln oder anzubieten, dass ich dir eine reinhaue. Ganz ehrlich, langsam erkenne ich Parallelen zwischen dir und deiner Schwester: Ihr kommt beide nicht darauf klar, die Dinge einfach mal stehen zu lassen und auszuhalten. Nur kannst du es besser vertuschen.«

Überrascht weiten sich seine Augen, er öffnet den Mund, gibt aber keinen Ton von sich. Wie ein Vorhang, der aufgeht, obwohl die Bühne leer ist.

Ich stecke das Handy in meine Hosentasche, nehme ihm die Jacke ab und ziehe sie an. »Schon gut.«

»Nein, ist es nicht.«

Den Reißverschluss schließe ich bis zur Hälfte und bin überrascht, dass Léon die Hand ausstreckt und ihn wie selbstverständlich das restliche Stück hochzieht.

»Wenn ich ehrlich bin, fand ich es auch gut, dass du mal Abstand und Ruhe von der Sache hattest«, gesteht er. »Wie hättest du das alles sonst verarbeiten sollen? Die Klinik-Info hätte doch die nächste Achterbahnfahrt losgetreten, inklusive dreißig Loopings.«

»Dann hättest du mir halt eine Kotztüte gegeben. Ich hätte das schon überlebt.«

Seufzend schließt Léon die Augen. Als er sie wieder öffnet, steht ihm auf einmal eine tiefe Erschöpfung ins Gesicht geschrieben. Vielleicht, weil er es leid ist, immer zwischen den Stühlen zu sitzen. Zudem war er allein mit dem gesamten Wissen um Claras Situation. Wer hat sich in der ganzen Zeit eigentlich um *ihn* gekümmert?

»Komm, wir vergessen das«, schlage ich in einem Anflug von schlechtem Gewissen vor. »Lass uns zurück.«

Nachdem wir uns einige Meter von der Schule entfernt haben, fragt er in entspannterem Ton: »Also hat meine Schwester dir geschrieben, ja?«

»Sie hat mir eine Sprachnachricht geschickt und einiges erklärt«, antworte ich, während wir die unbefahrene Straße überqueren und den gegenüberliegenden Bürgersteig ansteuern.

Ich denke wieder an ihre Stimme, die erstaunlich gefestigt klang, und stelle mir vor, wie sie beim Sprechen den Zettel mit ihren Stichpunkten gehalten hat. Sie hat Dinge gesagt, auf die ich seit Wochen und Monaten gewartet habe. Entschuldigt hat sie sich und mir damit den Ball zugespielt: Ich kann ihr verzeihen oder ihn aus dem Feld kicken und das Spiel beenden, das im Grunde nie eins war. Aber wo bleibt der Part, in dem ich von meiner Version, meinen Gefühlen erzähle? Habe ich das Treffen womöglich deshalb ausgeschlagen, weil mein Bauchgefühl mir bereits verriet, dass sie es zu eilig hat – die Dinge zu schnell vorantreiben, die Probleme zu rasch klären und einfach hinter sich lassen will? Ihre Annäherungen freuen mich, aber mir fällt auf, dass sie es vermeidet, mir die simple Frage zu stellen: »Wie geht es dir jetzt mit allem?« Oder: »Wie waren die letzten Wochen für dich?«

Léon ergreift wieder das Wort: »Bist du denn noch in sie …?«

Ich drehe ihm das Gesicht zu. »Fragt wer? Mein Gastbruder oder Claras Spion?«

»Dein Gastbruder, der sich von niemandem als Spion rekrutieren lässt.«

»Na gut.« Ich richte den Blick wieder nach vorn, in die von Straßenlaternen gesprenkelte Dunkelheit. »Eigentlich dachte ich, die Gefühle hätten etwas nachgelassen. Aber in Wahrheit waren sie nur weggesperrt, zu meiner eigenen Sicherheit. Ihre Nachricht hat das Schloss wieder aufgebrochen.«

»Das habe ich mir schon gedacht.«

Wir stehen wieder vor dem Haus der Schwestern, aus der dritten Etage strömt warmes, einladendes Licht.

»Danke für die Jacke«, sage ich, bevor er klingelt.

»Danke für deine Freundschaft«, murmelt er – und das ist das erste Mal, seit er mich vor fast einem Jahr am Bahnhof von Saint-Malo in seiner Klapperkiste empfangen hat, dass sein Gesicht eine unsichere Verlegenheit offenbart, die ihn noch liebenswerter macht.

* * *

Über zwei Wochen später.

Ich herzte Claras Sprachnachricht noch in derselben Nacht, ließ mir aber ein paar Tage Zeit, ehe ich ihr ein Wiedersehen an den Osterfeiertagen vorschlug. Anschließend haben wir uns hin und wieder mal geschrieben, einen Link oder ein Meme geschickt; stets mit einer humorvollen Note, aber ohne sonderlich in die Tiefe zu gehen. Die Art von Oberflächlichkeit, die nicht unangenehm, sondern notwendig ist, um die Brücke zwischen der Distanz der letzten Monate und der potenziellen Annäherung in den kommenden Wochen zu schlagen.

Am Ostersamstag stehe ich wartend vor dem Bahnhof, ein paar Meter vom Haupteingang entfernt, mit einer Sonnenbrille auf der Nase, von der ich mir ein bisschen Schutz vor ihrem schönen Anblick verspreche. Ich zücke wiederholt mein Handy, nur um jedes Mal festzustellen, dass die Zeit sich entweder gar nicht oder nur um eine Minute vorwärtsbewegt hat, als hätte jemand den Slow Motion-Knopf gedrückt. Okay, da ist sie. Oje. O, Gott. Sie trägt ein Kleid, was selten ist – ich kenne sie vor allem in Hosen, Röcken oder Shorts. Trotz meiner Brille erkenne ich den roten, gemusterten Grundton des kurzärmligen Stoffs, der ihr bis über die Knie reicht wie ein längeres T-Shirt. Ihr leicht gewelltes Haar fällt ihr offen bis über die Schulter, und über dem Arm trägt sie eine Jeansjacke.

Ihr Anblick lässt mich meine Organe stärker spüren. Das Herz, das Trampolin springt (was sich freudig anfühlt) und sich mit jedem Sprung weiter meiner Kehle nähert (was wiederum bedrohlich wirkt). Der Bauch, der eine Rolle rückwärts macht und sich herumdreht, sodass mir kurz übel wird – ob vor Sorge oder Aufregung, bleibt etwas unklar. Clara erinnert mich daran, dass ich ein Mensch bin, was sich in solchen Momenten beinahe unerträglich real anfühlt.

Ich gehe auf sie zu, wir umarmen uns, und es ist sofort gut, deutlich besser als beim letzte Mal. Das liegt sicher auch daran, dass sie sich immer wieder gemeldet hat und kein einziges Mal abgetaucht ist, seit wir wieder Kontakt haben. Wir halten uns fest, atmen einander ein. Trotz allem, was sie durchgemacht hat, bleibt sie zart und zierlich. Zudem riecht sie unverändert nach unaufdringlichen Orchideen, die mit der warmen Frühlingsluft harmonieren.

»Gehst du mit mir am Strand spazieren?«, fragt sie, als sie sich aus meinem Arm löst.

»Wenn du magst«, antworte ich leicht verwundert über den entschiedenen Ton in ihrer Stimme. Hat sie etwas Bestimmtes am Strand vor?

Sie hebt die Hände, greift nach meinem Brillengestell und zieht es mir ohne Vorwarnung von der Nase. Für einen Moment blinzle ich irritiert ins Sonnenlicht, dann trifft mich ihr warmer, lebendiger Blick, vor dem mich nichts mehr abschirmt. Ich fühle mich nackt.

»Ich war noch nie mit dir gemeinsam am Meer«, erklärt sie. »Und das ist bedauerlich.«

»Na gut«, sage ich, schon halb losgehend und froh darüber, diesen entwaffnenden Moment zu zerstreuen.

Wir machen uns auf den Weg zum Strand, der rund fünfzehn bis zwanzig Gehminuten entfernt liegt.

»Es tut mir leid, wie belastet du warst«, beginne ich vorsichtig, aber bestimmt. »Ich finde es stark, dass du dir Hilfe geholt hast.«

Clara reagiert mit einem erschöpften Seufzen. Vielleicht ist das ihre Art zu zeigen, dass sie nicht weiter darüber sprechen will. Details verlange ich ja gar nicht, aber ich bin es auch leid, meine Fragen und Gedanken runterzuschlucken.

»Du musst dich allein gefühlt haben«, fahre ich unbeirrt fort. »Das ist kein schönes Gefühl. Das weiß ich, weil —«

»Milly«, unterbricht sie mich, ohne dass wir uns dabei ansehen. »Wollen wir nicht den Moment genießen? Ich freue mich total, dich wiederzusehen, und würde mich gern auf das Positive konzentrieren.«

Ich bleibe stehen. Sie läuft noch ein, zwei Schritte vor, ehe sie meine Abwesenheit bemerkt und sich nach mir umdreht.

»Nein. Tut mir leid, aber auf Positives kann ich mich erst konzentrieren, wenn das Negative geklärt wurde. Und Nähe können wir gern wieder aufbauen, wenn wir über die Distanz gesprochen haben.«

Sie sieht mich nur an, rührt sich nicht von der Stelle. »Du redest ja schon wie meine Therapeuten«, sagt sie schließlich mit einem unsicheren Lächeln.

»Ich habe mich allein gefühlt«, ignoriere ich ihren Kommentar. »Vermisst habe ich dich, kam aber nicht mehr an dich ran und verstand nicht, wieso. Das war fast das Schlimmste: es nicht zu verstehen, nicht einmal die Chance dazu zu bekommen.«

Sie nickt schuldbewusst und verschränkt abwehrend die Arme.

»Ständig habe ich in meinem Kopf Thesen aufgestellt, bin Situationen durchgegangen, habe nach Hinweisen gesucht, nach eigenen Fehlern.«

»Es war nicht deine Schuld.« Ihre Stimme klingt leise und brüchig.

Ich lege die flache Hand auf meine Brust. »Das hat mir richtig wehgetan, Clara. Verdammt krass wehgetan.« In meiner Stimme schwingt ein emotionaler Unterton mit, ohne dass sie dadurch undeutlicher oder kraftloser klingt. Sie fordert, gehört zu werden, und das ist ihr gutes Recht. Wenn nicht sogar ihre Pflicht.

»Es tut mir leid«, sagt sie fast flüsternd. »Ich hoffe, du glaubst mir das.«

Ein kräftiger Windstoß wirbelt durch die Luft, streift mein Gesicht und lässt das Gespräch für einen kurzen Augenblick verstummen.

»Mir ist einfach wichtig, dass du dir darüber im Klaren bist, dass ich so etwas kein zweites Mal mitmachen kann. Allein der Gedanke daran ist belastend.«

»Es wird kein zweites Mal geben.«

»Okay«, reagiere ich wieder sanfter und merke, wie die Spannung langsam aus meinem Körper weicht.

Und Clara … steht da, als wäre sie bereit, sich widerstandslos alles anzuhören, was ich noch zu sagen habe. Das ist irgendwie beruhigend, auch wenn es mir für heute genügt.

»Lass uns über den Rest später oder die Tage reden, was denkst du?«

Sofort nickt sie. »Ja. Natürlich.« Dann fragt sie mit einem Lächeln, das ihren traurigen Augen trotzt: »Wollen wir mit den Füßen ins Wasser?«

»Das wird eisig, aber warum nicht.«

An einem ruhigen Plätzchen ziehen wir uns die Schuhe aus – ich meine Sneakers, sie ihre Stiefeletten – und bewegen uns im gemächlichen Spazierschritt auf das Meer zu. Der Sand hat eine angenehme Temperatur. Die Luft riecht salzig und frisch, ohne sich kühl auf der Haut anzufühlen und das gleichmäßige Rauschen der Wellen klingt, als würde das Meer ganz in Ruhe atmen. Das Sonnenlicht lässt das Wasser im begehrten Smaragdton erstrahlen, kokettiert aber nicht zu stark mit Gefunkel und Geglitzer. Gut, dass der Strand heute so bodenständig wirkt und unsere Situation nicht zusätzlich dramatisch auflädt.

»Brutal kalt«, sage ich, als das Wasser uns bis zu den Knöcheln geht.

Clara schließt die Augen, atmet geräuschvoll ein und aus. »Findest du? Kalt, ja. Aber brutal … Ich weiß nicht. Die Kälte lenkt angenehm ab.«

Ich schaue sie an. »Wovon?«

»Von der Angst«, antwortet sie, die Augen noch immer geschlossen. Ein sanfter Windstoß lässt ihre Haare leicht aufsteigen.

»Angst wovor?«

Jetzt dreht sie mir ebenfalls den Kopf zu und öffnet die Augen wieder. »Angst, dich zu verlieren.«

Mich zu verlieren.

So viel Offenheit bin ich von ihr nicht gewohnt. Das berührt mich – so tief, dass es zieht. Vermutlich, weil die Schichten, die sie damit durchdringt, nicht allzu oft erreicht werden. Ich blicke nach vorn zum Horizont, lausche dem Meeresatem, lasse mich von der friedlichen Weite beruhigen.

Plötzlich, und ich weiß nicht, wer von uns beiden genau dafür verantwortlich ist, sind unsere Hände so nah beieinander, dass sie sich kurz berühren.

»Milly«, sagt sie in einem unerwartet flehenden Ton. Meine Augen halten am Horizont fest wie an einem visuellen Anker.

»Es tut mir leid, wie ich mich verhalten habe. Kannst ...« Ihre Stimme bricht. »Kannst du mir ...«

Sie zieht die Nase hoch, dann entweicht ihr ein leises Schluchzen. Das ist das erste Mal, seit wir uns kennen, dass ich sie weinen höre. Sie auch noch weinen zu sehen, würde ich das packen?

»Sorry, ich bin ... Ich bin gar nicht traurig. Es ist so schön, dich wiederzusehen.« Ihre Worte kommen stockend, immer wieder unterbrochen von kleinen Schluchzern. »Es tut mir einfach nur so leid und gleichzeitig ...« Sie holt tief Luft, ringt hörbar um Fassung. »Gleichzeitig bin ich so erleichtert, dass du mit mir hier bist. Aber ich habe auch Angst, dass ich zu viel ... kaputt gemacht habe.«

Das Meer verschwimmt vor meinen Augen. Dass sie sich mir zuliebe überwindet, sich so offen und schutzlos zu zeigen, rührt mich ebenso zu Tränen wie der Schmerz, den sie durchgemacht haben muss, als sie nicht nur mich, sondern auch sich selbst verletzte.

Ich möchte, dass sie sich sicher fühlt, und zwar sofort. Ich möchte, dass sie entweder aufhört zu weinen oder aber in meinem Arm weiterweint. Also drehe ich mich zu ihr um, sehe in ihr Gesicht, das sie mit der Hand zu trocknen versucht, während neue Tränen über ihre Wangen rollen. Dann greife ich nach ihrer

Schulter und ziehe sie an mich, sie schlingt ihre Arme so fest um meinen Oberkörper, dass es fast weh tut. Aber sollte ich auf Schmerzen stehen, dann auf diesen und keinen anderen.

Kurz weint sie noch heftiger und ich streiche mit der Hand über ihre Haare, lege meine Wange auf ihrem Kopf ab. Ihr Orchideenparfüm steigt wieder auf und mischt sich mit der salzigfrischen Meeresnote zu einem ganz neuen Blumenmeerduft, der besser zu Clara passt als jeder andere – besser als Orchideen im herbstlichen Paris oder im schwülen Sommergarten von Madame Leroy, besser als Orchideen im Weihnachtsfrost. Sie beruhigt sich allmählich, ihr Griff lockert sich, das Schluchzen wird leiser, die Atmung flacher. Nachdem wir uns gelöst haben, hebt sie den Kopf und versucht mir ein Lächeln zu schenken, das mir zusammen mit den geröteten Augen das halbe Herz zerreißt. Ich beuge mich vor und küsse sie auf die rechte Wange, auf die linke, auf die Stirn und dann küsst sie mich auf den Mund, kurz und intensiv – wie ein kleines, schönes, absichtliches Versehen.

»Ich habe dich vermisst«, sagt sie mit verweinter Stimme.

Als ich den Mund aufmache, um etwas zu erwidern, schnürt sich meine Kehle zu, sodass ich lediglich nicke und zustimmend lächle.

Nachdem wir unsere Schuhe eingesammelt haben, laufen wir noch ein ganzes Stück barfuß den Strand entlang, bis unsere Füße getrocknet sind. Danach setzen wir uns in dasselbe Strandrestaurant, das ich zum ersten Mal mit Léon besucht habe, und bestellen Muscheln mit Fritten. Wir unterhalten uns über alles Mögliche, lachen hin und wieder, einmal beugt sie sich sogar ein Stück vor und fasst mir triezend, aber zärtlich ins Gesicht. Nach unserem zweiten »ersten« Kuss – der erste *erste* Kuss liegt gefühlt nicht nur im letzten Jahr, sondern in einem anderen Leben – ist die Stimmung zwar ausgelassener, aber das Gespräch und ihr emotionaler Ausbruch liegen noch spürbar auf unseren Schultern, was sich jedoch nicht wie eine Last anfühlt, sondern eher wie etwas, das zur ganzen Situation dazu gehört. Als wir das Lokal verlassen, dämmert es bereits. Léon hat geschrieben und uns im Namen von Céline und Alexandra in die Schwestern-Etage eingeladen. Hand in Hand vor der Haustüre angekommen, berühre ich seitlich ihren Kopf und gebe ihr einen letzten Kuss, ehe wir zum ersten Mal gemeinsam vor die anderen treten. Aus dem Hausinneren dringen Stimmen, vermutlich ist die Balkontür im dritten Stock geöffnet.

»Bestimmt warten sie schon auf uns«, sage ich.

Sie streckt ihre Hand nach dem Klingelknopf aus, ohne die Augen von mir zu nehmen und schaut plötzlich ernst und fordernd. So, als würde sie auf etwas warten. Etwas *erwarten*, und zwar von mir. Da meine Reaktion ausbleibt, drückt sie den runden Silberknopf und startet damit einen lautlosen Countdown.

Zehn. Neun …

Ich nutze die schwindend kurze Zeitspanne zwischen dem Klingeln und dem Türöffnen, um die drei Worte zu sagen, bevor dieser Tag zu zweit zwischen uns endet.

Acht. Sieben …

Sie verdient es, die Wahrheit zu hören, und ich sehne mich danach, sie auszusprechen – nach dem ganzen Talk über verletzte Gefühle, Distanz und Verlustangst wird es Zeit für die andere Seite der Versöhnungsmedaille.

Sechs. Fünf …

»Ich –«

Sie fällt mir ins Wort: »Ich dich auch!«

NULL.

Okay, das kam jetzt unerwartet.

Wow.

Clara drückt die laut summende Tür auf. Bevor sie eintritt, schenkt sie mir noch einen dieser Blicke, die mich an unsere Anfangszeit erinnern: eindringlich, spielerisch und zugleich etwas unsicher. »*Lieben*, meine ich.«

Meine Mundwinkel heben sich unwillkürlich zu einem Lächeln, das meine Gesichtsmuskulatur nicht unterdrücken kann. Das ganze Glück, das ich grade empfinde, steckt in diesem Moment in meinen Lippen. Das ist ein krasses Gefühl, wenn ein einziges Lächeln sich wie das Leben anfühlt.

Ich folge ihr ins Treppenhaus.

Anscheinend hatte sie es zwar auf die drei Worte abgesehen, konnte dann aber kaum ertragen, sie laut und deutlich aus meinem Mund zu hören.

Meine Bereitschaft hat ihr genügt.

Das passt irgendwie zu ihr.

Therapie hin oder her. Sie bleibt ja immer noch Clara.

Und das ist auch gut so.

SENSIBLE THEMEN

(Achtung: Spoiler)

Dieses Buch enthält möglicherweise triggernde Inhalte zu den Themen Depression, emotionale Instabilität, Herausforderungen in Beziehungen sowie familiäre Konflikte. Falls dich diese Themen belasten, findest du auf der nächsten Seite Anlaufstellen und Adressen für Unterstützung.

HILFSANGEBOTE

Wenn du immer wieder unter belastenden Gefühlen wie Traurigkeit, Antriebslosigkeit, fehlender Freude, dem Verlust deiner Interessen oder ständiger Erschöpfung leidest, sprich mit deiner Hausärztin oder deinem Hausarzt. Auch anhaltende Konzentrationsstörungen, Schlafprobleme, ungeklärte Gewichtsveränderungen oder Gefühle von Hoffnungslosigkeit sollten ernst genommen werden.

Deine Hausärztin oder dein Hausarzt kann eine erste Anlaufstelle sein, um deine Situation professionell einzuschätzen und dich bei der Suche nach weiterführender Unterstützung (Beratungsstellen, Psychotherapie, Klinik) zu begleiten.

Auf der Homepage der Deutschen Depressionshilfe (www. deutsche-depressionshilfe.de) findest du eine Auflistung von Krisendiensten und Beratungsstellen in deiner Region. Unter der 0800/33 44 533 ist außerdem ein Info-Telefon eingerichtet.

Auch quälende Einsamkeit und starke Stimmungsschwankungen, die deinen Alltag beeinträchtigen – wie Anspannung, Wut, innere Leere, Verzweiflung oder die Angst vor Nähe und emotionalen Verletzungen – können sehr belastend sein. In solchen Fällen kann es ebenfalls sinnvoll sein, professionelle Unterstützung in Anspruch zu nehmen.

In Notfällen, insbesondere bei konkreten Suizidgedanken, wende dich bitte sofort an die nächste psychiatrische Klinik oder wähle den Notruf unter 112. Du erreichst außerdem rund um die Uhr die Berater*innen der Telefonseelsorge unter den kostenfreien Telefonnummern 0800/111 0 111 und 0800/111 0 222.

Für weitere Informationen und Anlaufstellen kannst du auch die folgenden Websites besuchen:

- www.telefonseelsorge.de
- www.bptk.de
- www.stark-gegen-depression.de

Diese Seiten bieten umfangreiche Informationen und unterstützen dich bei der Suche nach Hilfe.

QUELLEN

Teil 1:
Peter Tschaikowski – *Schwanensee*
Amy Winehouse – *Back to Black*
Supertramp – *Goodbye Stranger*
Ludwig van Beethoven – *Symphonie Nr. 7 (2. Satz)*
Frédéric Chopin – *Ocean-Etüde (Op. 25, No. 12)*
Frédéric Chopin – *Revolutionsetüde (Op. 10, No 2)*
Leo Tolstoi – *Anna Karenina*
Eminem – *Houdini*

Teil 2:
Crazy Town – *Butterfly*
Antonio Vivaldi – *Sommer (3. Satz)*
Molière – *Der eingebildete Kranke*

Teil 3:
10cc – *Not in Love*
Teddy Swims – *Lose Control*
Frédéric Chopin – *Regentropfen Prélude*
Danse Macabre – *Camille Saint-Saëns*
Audrey Hepburn – *Moon River*
Paul Verlaine – *Herbstlied*
Miles Davis – Zitat: *If you sacrifice your art because of some woman, or some man, or for some color, or for some wealth, you can't be trusted.*

Teil 4:
Peter Tschaikowski – *Pas de Deux* (Der Nussknacker)
Sergej Rachmaninov – *Elegie*
Peter Tschaikowski – *April („Schneeglöckchen")*

Schon ausgelesen?

Lies direkt weiter in unserem New-Adult-Programm.
Emilie und Jake aus *Say It With A Love Song* warten in
Brighton auf dich!

Emilie

»HALT!« Eine Hand umschließt meinen Arm und zieht mich mit einem Ruck zurück. Im letzten Moment packe ich noch mein Handy, das mir bei dem plötzlichen Stopp fast aus der Hand gefallen wäre, und dann rast auch schon eine rote Wand an mir vorbei. Schwer atmend starre ich dem Doppeldeckerbus hinterher, der mich ganz sicher erwischt hätte, wäre ich auch nur einen Schritt weitergegangen. Mein Herz klopft wie wild, während ich dem hupenden Bus hinterherblicke. Die fremde Hand liegt noch immer schwer auf meinem Arm. Als ich mich umdrehe, steht vor mir ein dunkelhaariger Typ mit den grünsten Augen, die ich je gesehen habe. Kurz treffen sich unsere Blicke. Er hebt die Augenbraue, was ihm einen überraschten Ausdruck verleiht. Mit einer schnellen Bewegung nimmt er die Hand von meinem Arm und steckt sie in die Tasche seiner Lederjacke. Obwohl der Bus längst weitergefahren ist, klopft mein Herz noch immer viel zu schnell. Ich sollte etwas sagen. Los, Emilie, sag was. Irgendwas.

»Danke.« Wow, nicht gleich alle Worte auf einmal verbrauchen, was? Mein Blick wandert auf den Boden. Ich spüre, wie mir die Röte die Wangen hinaufklettert. Vor mir an dem Übergang der Straße sind große weiße Buchstaben auf den Boden gepinselt. Der Blick des Typen folgt meinem.

»Look left‹!, steht doch sogar da, damit ihr Touristen euch nicht umbringt«, sagt er mit tiefer Stimme. Ein amüsiertes Lächeln breitet sich auf seinem Gesicht aus und bringt seine Augen zum Leuchten. Schnell sehe ich woanders hin.

»Stimmt«, stottere ich. »Ich bin noch ganz neu in der Stadt und ich äh, ich habe gerade etwas auf meinem Handy gesucht und dabei wohl auf nichts anderes mehr geachtet.«

»Das habe ich gemerkt. Du hast genau einmal hochgeschaut. Und dann auch noch in die falsche Richtung. So schwer ist das mit dem Linksverkehr ja nun wirklich nicht.« Wieder dieses amüsierte Lächeln.

»Ja, danke«, murmele ich abgelenkt und starre auf mein Handy, das hier anscheinend auch nicht wirklich klarkommt. Ich werfe erneut einen Blick auf den kleinen blauen Punkt auf meiner Google-Karte, der hektisch hin und her hüpft. Statt mir die richtige Richtung anzuzeigen, dreht er sich sekündlich im Kreis und macht mich total kirre. So komme ich nie ans Ziel. Ob der Typ wohl die Chocolaterie kennt? Ich ziehe unschlüssig eine meiner Locken lang und wickele sie um meinen Finger.

Aber da hat er sich auch schon umgedreht und ist im Begriff zu gehen. Noch ein Blick auf den hektisch blinkenden Pfeil und ich werfe meinen letzten Rest Würde über Bord.

»Warte doch mal!«

»Was denn noch?« Er wendet sich etwas widerwillig in meine Richtung und schaut dabei auf seine Armbanduhr.

»Kennst du die Chocolaterie *Bittersweet*?«

»Vielleicht.« Er zieht eine Augenbraue hoch. »Brauchst du auf den Schock erstmal was Süßes?«

Ich ignoriere seinen Einwand. »Könntest du mir eventuell zeigen, wo ich langmuss?« Ich schlucke, es kostet mich Überwindung, ihn danach zu fragen, aber ich irre hier schon seit einer halben Ewigkeit herum.

»Also gut, du gehst einmal hier gerade aus in die Queens Gardens, dann zweimal links und einmal rechts und dann bist du schon da.« Ich lächele ihn dankbar an. »Schaffst du es allein über die Straße, Curly?«, setzt er noch hinterher und grinst.

»Danke, das sollte ich hinbekommen«, sage ich und werde rot. »Ich heiße übrigens Emilie«, füge ich noch hinzu. Er tippt sich an die Cap und überquert vor mir mit einem demonstrativen Blick nach links die große West Street.

Linksverkehr und leichte Orientierungslosigkeit ... Das fängt ja alles schon so richtig gut an. Aber es nützt ja nichts. Mit einem Schulterzucken setze ich mich in die Richtung in Bewegung, die mir der Typ gezeigt hat. Wenige Minuten später laufe ich durch das Gewirr aus schmalen Gassen. Die meisten sind gerade mal so breit, dass zwei erwachsene Menschen sich aneinander vorbeischieben können. Jede Gasse sieht aus, als wäre sie direkt aus einem *Sherlock-Holmes*-Buch gefallen, fast schon erwarte ich Gehstöcke, Lupen und Pfeifen im Schaufenster, und tatsächlich gibt es hier zahlreiche Herrenausstatter mit Seidenschals, Cord- und Tweedjacketts in der Auslage, Juweliere, Süßigkeitenläden, Souvenirgeschäfte, kleine Handarbeitsshops und irgendwo eben auch die berühmte Chocolaterie *Bittersweet*. Ich betrete die die Queens Gardens und biege an der nächsten Ecke links ab. Noch einmal links und tatsächlich sehe ich schon von Weitem das Schild *Bittersweet*. Erleichterung macht sich in mir breit. Ich komme nicht zu spät. Und ich habe sogar noch genug Zeit für einen Kaffee und ein Croissant, bevor ich meinen ersten Arbeitstag beginne. Schräg gegenüber ist ein Café. *North Laine Café* steht in dunklen schwarzen Buchstaben darüber und im Schaufenster türmen sich Brote, Croissants und kleine Plunderteilchen. Mir läuft das Wasser im Mund zusammen und ich strecke die Hand aus, um die Klinke herunterzudrücken.

Das Klingeln einer Glocke ertönt, als ich die Tür aufdrücke und das Café betrete. Der Raum vor mir ist klein und sehr gemütlich eingerichtet. Genau mein Ding. Wackelige Holztische stehen im Raum verteilt, an denen die ersten Frühstücksgäste Baked Beans und Toast genießen, auf ihren Tischen thronen bauchige Teekannen und kleine Kännchen mit Milch. Typisch englisch eben. Das sieht alles so lecker aus, dass sich sofort mein Magen bemerkbar macht. Schnell trete ich an die Theke und schenke der jungen Frau dahinter ein Lächeln.»Hi, ich hätte gern einen Café Latte und ein Croissant.«

Ping!, macht das kleine Glöckchen erneut, das an einer dünnen Schnur über der Tür befestigt ist. Und dann höre ich eine spöttische Stimme, die mir vage bekannt vorkommt.»Verfolgst du mich etwa, Curly?« Erschrocken ziehe ich die Luft ein und drehe mich mit einer schnellen Bewegung um. Und wirklich, es ist tatsächlich der Typ, der mich gerade eben noch vor dem Doppeldeckerbus gerettet hat. Der Mann mit den grünsten Augen, die ich je gesehen habe. Und mit genau diesen Augen zwinkert er mir gerade zu und lehnt sich provokant langsam neben mich an den Tresen. Er schaut mich an und zieht schon wieder die Augenbraue auf eine Weise hoch, die ich irritierend sexy finde und die mich gleichzeitig wahnsinnig macht.

»Ich heiße Emilie«, sage ich und werde zu meinem eigenen Ärger rot. »Und ich war vor dir hier.« Ich hasse es, rot zu werden. Das sieht immer wie ein Schuldeingeständnis aus. Als ob ich Zeit hätte, ausgerechnet heute Morgen irgendwelchen Kerlen hinterherzulaufen. Trotzdem denkt er das. Und ich könnte im Boden versinken.

Ohne auf meine Worte einzugehen, wendet er sich an die Barista, lehnt sich über den Tresen und begrüßt sie mit einem Küsschen auf die Wange. »Hello Love, machst du mir das gleiche wie immer?«

»Sorry Jake, das letzte Croissant habe ich gerade verkauft.« Sie zeigt bedauernd auf mich. Spätestens jetzt kann ich mich von einer halbwegs normalen Gesichtsfarbe verabschieden, ich glühe inzwischen so sehr, ich könnte den Laden damit beleuchten. Mann Emilie, nun reiß dich aber mal zusammen!

Er dreht sich zu mir und sieht mich mit seinem durchdringenden Blick an. »Du willst mir das Croissant nicht zufällig als Dank für meine Rettung überlassen und dafür eines dieser herrlichen Plunderteilchen probieren?«, fragt er und grinst mich an.

»Nein, danke. Du wirst bestimmt etwas anderes finden. Mal was anderes probieren, von Routinen abweichen, soll ja gut sein«, sage ich und hoffe inständig, dass sich meine Gesichtsfarbe inzwischen wieder in einem normalen Spektrum bewegt. Flirte ich etwa gerade mit diesem, zugegeben sehr attraktiven, Kerl? Mein Blick fällt auf die große runde Uhr hinter dem Tresen. Mist. Ich muss jetzt wirklich los. Wie lange dauert der Kaffee denn noch?

Doch die Barista hat mich scheinbar direkt nach dem Auftauchen von diesem Typen vergessen. Jedenfalls steht die Tasse mit meinem fertigen Kaffee noch immer unter der Kaffeemaschine.

Stattdessen macht sie sich eifrig daran, seinen Cappuccino zuzubereiten. Ich räuspere mich, um die Aufmerksamkeit auf mich zu lenken. »Sorry, ich muss gleich weiter, machst du mir meinen Kaffee doch zum Mitnehmen?« Jetzt sieht sie mich genervt an und schüttet den Kaffee aus der Tasse in einen Pappbecher. Ich hatte eigentlich auf einen frischen gehofft, aber das traue ich mich nicht mehr zu sagen. Während ich umständlich versuche, den Plastikdeckel auf meinem To-go-Becher zu befestigen, fragt der Kerl gegen das laute Zischen des nun wieder einsetzenden Milchschäumers:

»Habe ich dich verärgert, Curly? Oder hast du den Weg noch immer nicht herausgefunden?«

»Wie schon gesagt, ich heiße Emilie«, murmele ich. »Und danke der Nachfrage, ich weiß genau, wo ich jetzt hinmuss.«

»Dachte ich es mir doch, bist ein cleveres Mädchen«, sagt er und nickt mir schmunzelnd zu. In dem Moment reicht ihm die Frau seinen Kaffee über den Tresen. Er nimmt ihn mit einem lässigen »Thanks Love« entgegen und schnappt sich mit einer schnellen Bewegung mein Croissant. »Wir sehen uns morgen!«, verabschiedet er sich von der Barista, blickt mir noch einmal kurz in die Augen, beugt sich etwas vor zu mir und sagt leise: »Danke für das Croissant, Curly! In der Chocolaterie bekommst du sicher noch etwas Gutes zum Frühstück.«

Ich öffne den Mund, um etwas zu erwidern, doch ich bin so überrumpelt, dass mir nichts Passendes einfällt.

Die Barista grinst breit. »Mach dir nichts draus, so ist er eben. Jake Albright bekommt immer, was er will.« Dann dreht sie sich um und ich verlasse mit knurrendem Magen und einem lauwarmen Kaffee den Laden.

Fünf Minuten später stehe ich vor der Chocolaterie *Bittersweet* und streiche mir zum siebten Mal meine dunkelbraunen Locken im Schaufenster glatt. Noch ist alles dunkel. Ist hier keiner? Und ich habe mich so beeilt. Ich nehme den letzten Schluck Kaffee.

Ist es wirklich erst drei Tage her, dass ich in London Gatwick gelandet und in den Zug nach Brighton gestiegen bin? Dreißig

Minuten dauerte die Fahrt in mein neues Leben. Währenddessen klebte ich mit der Nase an der Scheibe, um auch ja nichts von dem zu verpassen, was da draußen vor sich geht. Ein Jahr würde England mein Zuhause sein. Ich konnte es noch immer nicht fassen. Vor fast genau drei Monaten hatte ein Brief alles verändert. Als ich den grauen Umschlag im Briefkasten entdeckte, war mir gleich klar: Hier kommen keine guten News. Gute Neuigkeiten kommen nicht in grauen Umschlägen. Dieser war von der zentralen BAföG-Stelle, die mir höflich mitteilte, dass ich für eine Unterstützung durch Auslands-BAföG leider nicht infrage kommen würde. Das Leben ist einfach nicht fair. Meine Mutter hat kein Geld oder Möglichkeiten, um mir das Auslandspraktikum zu finanzieren, das ich brauche, um an der Baker Academy angenommen zu werden – und meinen Vater wollte ich nach all den Jahren, in denen es ihm egal war, was aus mir wird, bestimmt nicht um Geld bitten. Es musste eine andere Möglichkeit geben. Ich weiß noch genau, wie ich verzweifelt »Alternative Auslands-BAföG« in die Suchleiste meines Handybrowsers eingetippt habe. Und dann diese eine Anzeige erschien.

Die Stadt Bremen vergibt erstmals ein Stipendium für ausgelernte Fachkräfte, die ihre Kenntnisse in einem Auslandsaufenthalt vertiefen möchten, um sich so beruflich und persönlich weiterzuentwickeln.

Mein Herz klopfte wie wild, als ich auf den Link klickte. Schnell flog ich über den Text:

ein Jahr in einem Praktikumsbetrieb der eigenen Wahl im englischsprachigen Ausland.
Teilnahmevoraussetzungen:
Unter 25 Jahre alt – CHECK!
Ausgelernte Fachkraft – CHECK!
Keine weitere Förderung
z. B. durch Auslands-BAföG – DOPPELCHECK!

Auf freiwilliger Basis gab es die Möglichkeit, sich während dieser Zeit durch ein Online-Coaching begleiten zu lassen. *»Um sein bestmögliches Potenzial zu entwickeln«* stand da. Ich hatte länger überlegt, ob ich diesen Haken setzen sollte oder nicht, habe es dann aber gemacht. Vielleicht will die Organisation diese Bereitwilligkeit sehen, dachte ich.

Anmeldefrist: Endet heute!

Das war es, mein Zeichen! Eigentlich bin ich nicht so der spontane Typ, habe immer Angst, eine falsche Entscheidung zu treffen, aber da war auch mir klar: Jetzt oder nie! Vier Wochen später lag wieder Post in meinem Briefkasten. Ein weißer, dicker Brief. Diesmal öffnete ich ihn mit meiner besten Freundin zusammen. Juli und ich sind seit dem Kindergarten unzertrennlich. Wir haben uns als Teenager die Haare in unmöglichen Farben getönt, haben uns die Hand beim ersten Liebeskummer und die Haare beim ersten Rausch gehalten. Und auch im Job haben wir einen gemeinsamen Weg eingeschlagen: Während sie die Menschen als Köchin mit gutem Essen verwöhnt, backe ich süße Köstlichkeiten, die Herzen zum Schmelzen bringen. So hat es zumindest Juli einmal ausgedrückt.

Wir hatten einen Plan! Sie würde nach der Meisterschule auf eine Culinary School hier in Bremen gehen, um sich auf die vegane Küche zu spezialisieren, und ich mein Glück in England versuchen, um danach einen Platz an der Baker Academy zu ergattern.

Juli hielt meine Hand, die vor Aufregung so sehr zitterte, dass ich fast den Umschlag nicht aufbekommen habe. »Girl, ich drücke dir fest die Daumen, und wenn das klappt, komme ich dich ganz oft besuchen und wir mischen die Engländer mal so richtig auf!« Sie strahlte mich zuversichtlich aus ihren blauen Augen an.

Ich konnte nur nicken, mein Hals war wie zugeschnürt.

»Wir freuen uns, Ihnen mitteilen zu können …«

Julis Kreischen ließ mich zusammenfahren. »Emmi, du hast es wirklich geschafft!«

Ich las den Satz noch dreimal und stieg dann in ihr Freuden-geheul ein.

Drei Wochen später fuhr mein Zug in Brighton ein. Wahnsinn, es sah genau so aus, wie ich es mir vorgestellt hatte! Die Leute schoben mich den Bahnsteig entlang und ich konnte den Blick nicht von dem wunderschönen alten Bahnhof wenden. Ein Dach aus Stahlstreben und Bögen, überall waren kleine Stände, an denen man heißen Kaffee und butteriges Blätterteiggebäck kaufen konnte. Ich zog meinen schweren Koffer weiter durch die kleine Eingangshalle, hinaus auf den Bahnhofsvorplatz und quietschte vor Freude auf, während mein Herz verrückt spielte. Vor mir fuhren bestimmt zehn rote Doppeldeckerbusse ab. Das war ja wie im Film! Ein schnelles Selfie für Juli und ich reihte mich in die Schlange für die Taxis ein. Ich sog alles auf, was um mich herum geschah: Ich war tatsächlich in England. Bisher war ich mit meiner Mutter ein paar Mal in Pauschalreisebunkern in Spanien gewesen, aber das hatte sich nie so angefühlt wie dieser Moment am Bahnhof. Alle um mich herum sprachen Englisch, mit diesem herrlichen britischen Singsang.

»Wohin darf es gehen, Miss?«, unterbrach mich in dem Moment der Taxifahrer.

»Ich … ähm … St. James Street 14«, antwortete ich und hielt ihm mein Handy mit der Adresse hin. Der Taxifahrer schnaubte und lud grimmig meine Gepäckstücke in den Kofferraum. Was hatte ich denn nun falsch gemacht? War ich unfreundlich gewesen oder warum hatte sich seine Laune direkt so verschlechtert? Ich setzte mich auf die Rückbank und konnte mich gerade noch anschnallen, bevor er ruppig anfuhr. Wie irre es aussieht, auf der falschen Seite Auto zu fahren. Linksverkehr. Sagt einem vorher jeder, fühlt sich aber mit jeder Pore meines Körpers falsch an. Ich klammerte mich an den Griff, während der Fahrer einen kleinen Berg hinunterholperte. Ich entdeckte gleich drei Pubs nebeneinander. Alle holzvertäfelt, mit üppigen Blumenampeln, die sich vor dem Namensschild im Wind leicht hin und herbewegten. Es folgten ein Handyshop, zwei indische Restaurants, und als der Fahrer an einem Kreisel mit einem großen Uhrenturm in der Mitte abbog, sah ich es: Das Meer! Da unten befand sich tatsächlich das Meer! Der Fahrer hielt ruckartig am Straßenrand vor einer kleinen Bar an. Ich blickte mich um. Keine Ampel. »Wir sind da«, knurrte er. Und plötzlich wusste ich, warum er so schlecht gelaunt war. Das war eine Fahrt von nicht einmal fünf Minuten. Mir wurde heiß. »Sorry, ich wusste nicht, dass es so eine kurze Strecke ist«, entschuldigte ich mich und entschied, es mit einem großzügigen Trinkgeld wiedergutzumachen.

Das laute Ping! der Türglocke holt mich zurück in die Gegenwart. Vor mir betritt eine Frau die Chocolaterie, in der ich das nächste Jahr arbeiten werde. Ob das Carol ist? Drinnen gehen die Lichter an. Ich versuche durch das Schaufenster einen Blick ins Innere zu erhaschen. Er bleibt an der üppigen Auslage hängen. Der Wahnsinn! Hier präsentieren sich mehrstöckige Torten neben Schokoladenfiguren, Macarons und Pralinen, die perfekt glänzen. Die Torten, die Figuren, einfach alles ist so überbordend, so lebendig, so kreativ. Mein Herzschlag erhöht sich sofort und ich spüre, wie meine Hände schwitzig werden. »Ich bin nicht so gut«, schallt es in meinem Kopf, so etwas haben wir auf der Konditorenschule nicht gelernt. Ping!, unterbricht die Türglocke meine Gedanken.

»Bist du Emilie?«, fragt die Frau und steckt ihren Kopf wieder zur Tür heraus. Sie ist vielleicht Anfang vierzig, hat kurze schwarze Haare, trägt eine Brille und ist komplett in Schwarz gekleidet. »Jajaaa!«, stottere ich und bin mit ein paar schnellen Schritten an der Eingangstür. »Hi!«, strahle ich sie an.

»Hallo. Na komm schon rein!«, antwortet die Frau und verschwindet wieder im Inneren.

Ich erwische die Tür noch gerade so, bevor sie zufällt. Der ganze Verkaufsbereich ist dunkelgrün gestrichen, an den Wänden hängen Bilder von Blumen oder Pflanzen in schweren goldenen Brokatrahmen. Feine Lichterketten sorgen dafür, die wahnsinnigen Schokoladenkreationen, die Motivtorten und die Skulpturen ins rechte Licht zu rücken. Diese stehen in krassem Gegensatz zu dem düsteren Dekor. Sie sind bunt, glänzend und haben fast alle ein Motto. Mexikanische Totenmasken, zarte chinesische Kirschbaumblüten, Figuren aus Filmen, mir leuchtet das Gold eines riesigen *Schnatz* mit Flügeln entgegen, daneben liegt *Fuchur*, der Drache aus *Die unendliche Geschichte*, und ich entdecke drei kleine Tische mit jeweils zwei Stühlen und niedlichen Spitzendeckchen zwischen all den Torten. Dort können die Gäste bestimmt die Kreationen probieren, bevor sie eine eigene Torte in Auftrag geben. Das hatte ich auf der Website gelesen.

»Kommst du?«, fragt eine Stimme aus dem Raum hinter dem Verkaufstresen.

Ich beeile mich, schlängele mich an den Schokokreationen und Torten vorbei, peinlich darauf bedacht, bloß nichts umzustoßen, und betrete die Backstube.

Hier ist es im krassen Gegensatz zu dem dunklen Verkaufsraum hell, fast schon steril. In der Mitte des Raumes entdecke ich eine große stählerne Kücheninsel, umlaufend befindet sich eine Küchenzeile mit einem großen Gasherd mit sechs Flammen, zwei großen Öfen und mehreren Rührmaschinen. Alles wirkt, als wäre es in einem Top-Zustand und blitzblank geputzt. Nur die Frau vor mir fällt in ihrer komplett schwarzen Aufmachung ein bisschen aus dem Rahmen. Ich beeile mich, meine Jacke auszuziehen, und hole meine Schürze aus der Tasche, die ich mir sicherheitshalber eingepackt hatte. Ich streiche sie verlegen glatt, da sie durch den Transport ganz verknittert ist.

»Ihr habt es wohl nicht so mit Hygienestandards in Deutschland, was?«, knurrt die Frau, die sich mir immer noch nicht vorgestellt hat, von der ich aber ziemlich sicher bin, dass sie die Inhaberin Carol Bings ist. Ich traue mich aber nicht zu fragen.

»Ich, äh, wie bitte?«, antworte ich nicht sehr eloquent.

»Die Personalumkleide ist da.« Sie zeigt auf eine kleine Tür, die neben den Öfen von der Backstube abgeht. »Straßenkleidung wird dort ausgezogen.« Sie deutet auf meine Jacke und geht voraus in die kleine dunkle Umkleide. »Hier kannst du deine Jacke und deinen Rucksack aufhängen und dort findest du saubere Schürzen in einer Hygieneverpackung. Hier nimmst du dir bitte jeden Morgen ein frisches Exemplar und lässt dieses …« Sie nimmt meine weiße, saubere Schürze, die ich extra noch gebügelt hatte, mit spitzen Fingern hoch. »… Ding bitte in Zukunft zu Hause.« Sie atmet hörbar ein und wieder aus, was ihren Unmut nur unterstreicht. »Mein Name ist Carol und wir werden in den nächsten Wochen hauptsächlich zusammenarbeiten. Ich bitte um pünktliches Erscheinen, ich entscheide, welche Musik läuft, ich dulde keine Handys in der Backstube, und da ich gehört habe, dass du bereits in Deutschland als Konditorin gearbeitet hast, erwarte ich viel von dir und deiner Leistung. Wir haben immer mehr Aufträge als Stunden Zeit, um sie abzuarbeiten. Also, machen wir uns ans Werk. Fragen?«

Etwa eine Million. Aber das sage ich nicht. Ich ziehe mir lieber meine neue Schürze über. Mein Herz klopft wie wild. Ich hatte gehofft, ich könnte heute zunächst einmal alles kennenlernen, einen entspannten ersten Tag haben.

»Hrmhrm«, Carol räuspert sich und deutet auf meine Haare. »Bitte mach dir einen Knoten, ich möchte keine Haare in der Schokolade haben. Ansonsten müsstest du dir ein Haarnetz besorgen. Dort ist die Toilette.« Sie zeigt auf eine weitere Tür, die von dem kleinen Raum abgeht.

Ich werde rot. Ich bin erst fünf Minuten hier und fühle mich wieder wie in meinem ersten Lehrjahr. Mit zittrigen Händen drehe ich meine Locken zu einem engen Knoten, gehe danach mit weichen Knien zum Waschbecken, um mir gründlich die Hände zu reinigen, und trete dann erneut neben Carol in die Backstube.

»Wir beginnen immer mit unseren Backwaren, die vorne in den Verkauf gehen. Danach machen wir uns an die Torten und die Schokoladenkreationen. Aber ich möchte erst einmal sehen, wie dein Kenntnisstand wirklich ist. Du findest alles im Schrank.«

Wortlos legt sie mir ein Rezept hin.

Ich überfliege die Zutatenliste und werde blass.

Dripping Chocolate Scones

YIELD: 8 LARGE SCONES

- 1 and 2/3 cups all-purpose flour
- 1/3 cup unsweetened cocoa powder

Schon jetzt habe ich keine Ahnung, worum es geht. Was ist all-purpose flour und wie messe ich noch mal in cups? Was für cups? Teetassen? Kaffeetassen? Suppentassen? Hilfe!

- 1/2 cup granulated sugar
- 2 and 1/2 teaspoons baking powder
- 1/2 teaspoon salt
- 1/2 cup unsalted butter, frozen
- 1/2 cup + 1 tablespoon heavy cream

Heavy cream. Was ist heavy cream? Cream ist Sahne, heftige Sahne macht keinen Sinn. Meine eigentlich ganz guten Englischkenntnisse scheinen sich in Puderzucker aufgelöst zu haben. Ich hätte jetzt wirklich gern mein Handy, um kurz zu googeln. Meine Hände werden schwitzig und ich merke, wie diese Unruhe immer weiter in mir aufsteigt. Das ist immer so, wenn ich überfordert bin, nicht weiß, was ich jetzt tun soll. Am liebsten würde ich mich dann in einer Höhle verkriechen und abwarten. Aber hier ist keine. Immer schneller fliegen meine Augen über das Rezept. Auch die Anleitung hilft mir kein bisschen weiter.

INSTRUCTIONS

Whisk flour, cocoa powder, sugar, baking powder, and salt in a large bowl. Grate the frozen butter with a box grater. Add it to the flour mixture and mix it with your fingers until it comes together in small crumbs.

Was ist ein box grater? Und warum ist die Butter gefroren? Frozen heißt doch gefroren oder gekühlt? Mir bricht der Schweiß aus. Ich habe wirklich keine Ahnung, was die hier von mir wollen. Ich spüre Carols Blick auf mir. Ich scanne die Zutaten und die Zubereitung und merke, wie erneut die Panik in mir hochkriecht. Ich verstehe nur die Hälfte des Rezeptes. Einige Zutaten kenne ich gar nicht und diese Mengenangaben helfen auch nicht weiter. Ich hole tief Luft.»Carol? Ich habe da doch noch eine Frage.«

»Hm?« Sie hebt nicht einmal den Kopf, sondern knetet weiter einen großen Hefeteig, den sie soeben aus einer Schüssel geholt hat.

»Was ist heavy cream? Und was ist granulated sugar? Wie groß sind eure cups?«

Sie seufzt und holt mir die gewünschten Zutaten aus Schrank und Kühlschrank. Ich bin erleichtert, heavy cream ist Schlagsahne und der granulated sugar ist ganz einfacher Zucker. Okay. Ich gehe mit meinem Rezept durch die Küche und suche mir die anderen Zutaten zusammen. Dann baue ich mir meinen Platz auf, finde eine Waage und sogar einen Messbecher – auf dem Gott sei Dank auch cups als Maßeinheit vermerkt sind.

Irgendwie kriege ich das Rezept zusammen und schaffe es sogar, die Scones zu backen. Sie sind vielleicht noch nicht perfekt, aber sie sind fluffig und saftig und die Schokolade tropft herrlich daran herunter. Carol hat in der Zwischenzeit wunderbar duftende Chocolate Swirls gebacken und dekoriert gerade eine Torte, die übersät ist mit kleinen Monstern.

»Bist du fertig?«, fragt sie ungehalten.

Ich nicke. Es müsste doch schon Mittagszeit sein, mein Magen knurrt auf jeden Fall inzwischen vernehmlich.

»Gut, dann mach bitte den Laden vorne auf, gleich kommen die ersten Kunden für eine Tortenprobe.« Ich nicke wieder. Traue mich nicht, nach einer Pause zu fragen. Stattdessen gehe ich in den Verkaufsraum und habe nicht die geringste Idee, wo ich anfangen soll. Der Tisch und die Stühle stehen an ihrem Platz. Ich könnte heulen, weil ich das hier so gern gut machen möchte und gerade das Gefühl habe, Carol nur so richtig krass auf die Nerven zu gehen.

Ping! Oh, oh. Das war die Türglocke. Die Gäste sind da und ich habe immer noch keine Ahnung, was ich tun soll. Hallo sagen, nach hinten gehen und Carol holen? Wie eingefroren stehe ich hinter dem Verkaufstresen und blicke den Gästen entgegen. Zwei Frauen, ich schätze etwa in Carols Alter. Die eine hat lilafarbene aufgetürmte Haare und trägt ein schwarzes Kleid mit einem wippenden Fünfzigerjahre Rock. Die andere trägt einen Anzug und einen Spazierstock mit einem goldenen Löwen als Knauf. Sie lächeln mir freundlich zu und ich spüre, wie sich meine Mundwinkel zu einem gequälten Lächeln nach oben verziehen.

Bevor ich mich noch weiter zum Idioten machen kann, nimmt Carol mir die Entscheidung ab. Sie schiebt sich an mir vorbei und tritt mit einem strahlenden Lächeln auf die beiden Frauen zu. »Beth, Lil, wie schön, euch zu sehen, ich habe euch ein paar wundervolle Tortenproben vorbereitet, da ist ganz sicher etwas für eure Hochzeit dabei.«

Sie scheucht mich mit einer Handbewegung in die Backstube. Dort stehen auf einem Tablett aufgereiht fünf verschiedene Torten. Alle aus Schokolade und doch unterschiedlich. Neben den bereits portionierten Probierstückchen liegt jeweils ein Zettel, der die Geschmacksrichtung beschreibt. Die rosafarbene Torte ist zum Beispiel aus Ruby Chocolate mit Goji-Flavour und rotem Pfeffer. Hier ist wirklich nichts einfach oder traditionell.

Ich helfe Carol beim Teekochen, serviere die Stücke und schaffe es sogar, ihr weder im Weg zu stehen noch ihr total auf den Keks zu gehen. Als sich die Gäste zufrieden verabschieden, ist es 15 Uhr und ich bin so hungrig, dass ich gleich umfalle.

»Eine halbe Stunde Lunch!«, ruft Carol und beißt in ihr mitgebrachtes Sandwich.

Ich habe nichts dabei und will auf keinen Fall zusammen mit Carol essen. Schnell ziehe ich mir meine Jacke über die Schürze und stürme hinaus.

Jake

Was für ein beschissener Morgen. Ich rolle mich mit einem Stöhnen aus meinem großen Bett, um das die Klamotten der letzten Nacht verteilt sind. Mein Kopf dröhnt und mir ist schwindelig. Ich stütze mich mit einer Hand an dem Designertisch ab, der unter dem Fenster eigentlich als mein Schreibtisch fungieren soll. Er ist über und über mit Kram bedeckt. Der Stapel mit sauberer Wäsche, die unsere Haushälterin Matilda dort für mich abgelegt hat, gerät gefährlich ins Wanken. Probeweise hebe ich eine schwarze Jeans vom Boden auf und lasse sie direkt angeekelt wieder fallen. Die Klamotten riechen nach Bier, nach Qualm und nach Pub. Ich ziehe eine andere schwarze Jeans aus dem Schrank, schnappe mir ein schwarzes Bandshirt und einen ebenfalls schwarzen Hoodie und schlurfe in Boxershorts über den Flur unserer Einliegerwohnung ins Bad.

»Guten Morgen, Sonnenschein«, tönt Amys für diese Uhrzeit eindeutig zu fröhliche Stimme aus unserer gemeinsamen Küche. Seit unsere Eltern uns den Keller ihrer Villa zu einer kleinen Wohnung ausgebaut haben, leben wir hier in einer Geschwister-WG. Im Gegensatz zu mir kann Amy nach unserer Schicht in der Bar jedoch ganz entspannt in den Tag starten. Sie muss nicht wahllos Zahlenreihen hintereinander setzen, um Codes zu generieren, wie ich es seit zwei Semestern in meinem IT-Studium tue. Ich betrete die geräumige Wohnküche, die von einer Kücheninsel aus dunklem Marmor dominiert wird.

»Morgen«, brumme ich.

»Der letzte Shot war wohl schlecht«, grinst Amy und lässt die Beine von der Arbeitsplatte baumeln, auf der sie einen ihrer merkwürdigen grünen Säfte trinkt. Ich drücke den Knopf unserer vollautomatischen Kaffeemaschine. Während die Milch in dem Schäumer ihre Kreise zieht, sehe ich dabei zu, wie die heiße braune Flüssigkeit in meinen Becher tropft.

DIE BÜCHERMENSCHEN HINTER NASANINS PROJEKT

Verlagsleitung: Eva Dotterweich
Projektleitung: Ariane Hug
Lektorat: Leonie Ritz
Cover: ki36 Editorial Design, München,
Bettina Stickel, Anika Neudert
Covermotiv: Stocksy
Satz: KONTRASTE, Björn Fremgen
Herstellung: Markus Plötz
Fotografie: Matthias Meurer
Illustration: Roberta Nunes
Kapitelaufmacher und Icons: Shutterstock
Bildredaktion: Petra Ender, Simone Hoffmann
Syndication: Bildagentur Image Professionals
GmbH, Tumblingerstr. 32, 80337 München
www.imageprofessionals.com
Reproduktion: Ludwig Media, Zell am See
Druck & Bindung: GGP Media, Pößneck

NASANIN KAMANI
Was ich dir mit meinem Buch auf den Weg geben möchte
Themen wie Einsamkeit, Depressionen, familiäre Probleme und Ängste in Beziehungen betreffen viele junge Menschen – oft, ohne dass es auf den ersten Blick sichtbar ist, wie bei der Protagonistin Clara. Mit diesem Roman möchte ich nicht nur eine zarte Liebesgeschichte erzählen, sondern relevante Themen der mentalen Gesundheit aufgreifen und sie dir auf eine spannende sowie einfühlsame Weise näher bringen.
Viel Spaß beim Eintauchen in die Welt von Clara und Milly!

Besuche Nasanin auf:
www.dr-kamani.de

Und folge ihr auf:

 @dr_kamani_

MIX
Papier | Fördert
gute Waldnutzung
FSC® C014496

Dieses Buch wurde vermittelt von:
connACT GmbH, Nicola Einsle

Alle Rechte vorbehalten. Nachdruck, auch auszugsweise, sowie Verbreitung nur mit schriftlicher Genehmigung des Verlages. Die automatisierte Analyse des Werkes, um daraus Informationen insbesondere über Muster, Trends und Korrelationen gemäß § 44b UrhG (»Text und Data Mining«) zu gewinnen, ist untersagt.

© 2025 GRÄFE UND UNZER VERLAG GmbH
Grillparzerstraße 12, 81675 München

www.gu.de/kontakt | hallo@gu.de

GU ist eine eingetragene Marke der
GRÄFE UND UNZER VERLAG GmbH

1. Auflage 2025, ISBN: 978-3-8338-9717-7

G|U

LIEBE LESERIN, LIEBER LESER,

wie wunderbar, dass du dich für ein Buch von GU entschieden hast! In unserem Verlag dreht sich alles darum, dir mit gutem Rat dein Leben schöner, erfüllter und einfacher zu machen. Dabei erzählen wir auch leidenschaftlich gerne packende Geschichten, die mit einer heilsamen Botschaft bereichern. Unsere erfahrenen Redakteurinnen und Redakteure stecken viel Liebe und Sorgfalt in jedes einzelne Buch, um dir ein Leseerlebnis zu bieten, das wirklich besonders ist. Qualität steht bei uns schon seit jeher an erster Stelle – jedes Buch ist von Büchermenschen für Buchbegeisterte gemacht, mit dem Ziel, dein neues Lieblingsbuch zu werden.

Deine Meinung ist uns wichtig, und wir freuen uns sehr über dein Feedback und deine Empfehlungen – sei es im Freundeskreis oder online.

Viel Spaß beim Lesen und Entdecken!

P.S. Hier noch mehr GU-Bücher entdecken: www.gu.de

WERDE TEIL DER GU-COMMUNITY!

Du und deine Familie, dein Haustier, dein Garten oder einfach richtig gutes Essen. Egal, wo du im Leben stehst: Als Teil unserer Community entdeckst du die neuesten GU-Bücher als erstes, du genießt exklusive Leseproben und wirst mit wertvollen Impulsen und kreativen Ideen bereichert.

Worauf wartest du? Hier scannen!

www.gu.de/gu-community

FÜR DIE UMWELT

Dieses Buch wurde auf FSC-zertifiziertem Papier aus nachhaltiger Waldwirtschaft gedruckt. Aus Liebe zur Natur verwenden wir leichtes Papier.

WARUM UNS DAS BUCH BEGEISTERT

Weil jeder,
der sich einsam fühlt,
einen eigenen Milly
haben sollte.

Eva Dotterweich, Verlagsleitung